푸코의 진자

푸코의 진자 (하)

Il pendolo di Foucault

움베르토 에코 장편소설　이윤기 옮김

IL PENDOLO DI FOUCAULT
by UMBERTO ECO

This Korean edition is published by arrangement with La nave di Teseo Editore Srl through Shinwon Agency.

이 책은 실로 꿰매어 제본하는 정통적인 사철 방식으로 만들어졌습니다.
사철 방식으로 제본된 책은 오랫동안 보관해도 손상되지 않습니다.

가르침과 배움에 충실한 이들이여, 우리는 오로지 그대들만을 위하여 이 책을 쓴다. 이 책을 고구(考究)하되 우리가 도처에 뿌려 두고 도처에 거두어 둔 의미를 되새기라. 우리가 한곳에서는 갈무리하고 다른 한곳에서 드러내는 뜻은 오로지 그대들의 지혜로써만 새길 수 있을 것이니.

— 하인리히 코르넬리우스 폰 네테스하임, 『은비 철학(隱秘哲學)』, 3, 65

미신은 악운을 부르는 법.

— 레이먼드 스물리얀, 『기원전 5000년』, 1.3.8

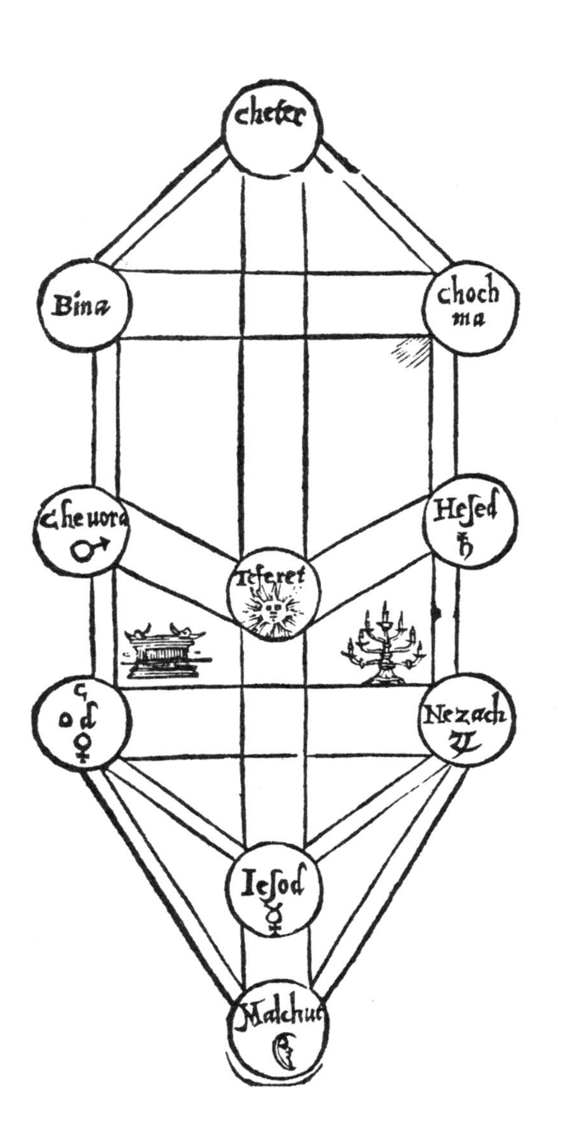

cheter
Bina
choch ma
Cheuora
Hesed
Teferet
Nezach
Iesod
Malchut

* 앞 페이지의 표는 〈세피로트 나무〉라고 불린다. 〈세피로트〉라는 말 자체는 〈수(數)〉 혹은 〈구체(球體)〉를 뜻한다(단수는 〈세피라〉). 세피로트, 즉 숫자는 하느님이 드러내고자 하는 열 가지 속성을 가리키는데, 각 숫자가 드러내는 속성은 다음과 같다.

1. 케테르……왕관
2. 호흐마……지혜
3. 비나……지성
4. 헤세드……사랑
5. 디인……정의
6. 라하밈……신심
7. 네차흐……영원
8. 호드……위엄
9. 예소드……토대
10. 말후트……왕국

세피로트 나무는 이 소설의 줄거리와 긴밀한 상징적인 관계가 있다. 유대교 신비주의의 전통에 따르면 세상은 지상계(地上界, 즉 지상의 왕국인 〈말후트〉)에서 시작되어 거룩한 원리인 〈케테르〉로 회귀한다. 그러나 이 소설은 반대로 〈케테르〉 장(章)에서 시작되어 〈말후트〉 장에서 끝날 뿐만 아니라 제5세피라 〈디인〉과 제6세피라 〈라하밈〉이 각각 〈게부라[惡]〉와 〈티페렛(아름다움과 조화)〉으로 바뀌어 있다.

차례

티페렛

네차흐

호드

예소드

말후트

티페렛

76

18세기 프랑스 프리메이슨의 특징을 정의한다면, 한 단어면 족하다. 그것은 딜레탕티즘이라는 것이다.
— 르네 르 포레스티에, 『성전 기사적 · 은비학적 프랑스 프리메이슨』, 파리, 오비에, 1970, 2

다음 날 밤, 우리는 알리에를 술집 필라데로 불러냈다. 예전과는 달리 필라데의 새 손님들은 양복에 넥타이를 한 사람들로 바뀌었지만, 파란 줄무늬 양복에다 눈같이 새하얀 셔츠, 넥타이에 금빛 핀까지 찌른 우리 손님의 출현은 좌중의 눈을 휘둥그레지게 하기에 충분했다. 오후 6시 전후라서 필라데가 한산한 것이 다행이었다.

필라데 씨는, 알리에가 특정 상표의 이름을 대며 코냑을 주문하자 어쩔 줄 몰랐다. 벌써 여러 해째 계산대 뒤의 선반에 고이 모셔졌던 것이라서 그렇지 술집 필라데에도 그런 코냑이 있기는 있었다.

알리에가 코냑을 술잔에 따라 불에다 비춰 보더니 손으로 감싸 덥혔는데 손을 움직일 때마다 어쩐지 이집트풍이 도는 황금빛 소매 단추가 유난히 돋보였다.

우리는 그에게 표를 보여 주면서 〈악마 연구가들〉의 원고에서 정리한 것이라고 했다.

그가 표를 일별하면서 말했다. 「성전 기사단이, 솔로몬의 성전 건립 당시에 성립된 고위 〈메이슨[石工]〉의 옛 지부와 관련이 있는 것은 사실입니다. 그리고, 이 단체들이, 성전 건립 당시의 건축가 히람이 암살 사건에 희생되었다는 것을 기억하고 있었던 것 또한 어김없는 사실입니다. 석공들은 히람의 복수를 맹세했지요. 프랑스에서 박해받고 뿔뿔이 흩어졌던 상당수의 성전 기사들은 틀림없이 이 기술자 결사에 합류했을 것입니다. 석공의 결사는 히람의 복수를 다짐했는 데 견주어 성전 기사의 결사는 자크 드 몰레의 복수를 다짐했으니만치, 약간의 혼란이 있기는 해도 복수의 신화만은 동일했을 테니까요. 18세기 런던에는 진짜 석공 결사가 지부가 있었습니다. 당시에는 〈활성 지부(活性支部)〉라는 이름으로 불렸지요. 그런데 세월이 흐르면서 다소 게으르기는 해도 겉으로 보면 흠잡을 데 없는 신사들이 이 활성 메이슨 지부에 합류하지요. 이렇게 해서 상징적인, 철학적인 프리메이슨이 가능해집니다.

분위기가 이렇게 돌아가는데, 뉴턴의 사상을 일반에 알리던 데자궐리에라는 사람이, 앤더슨이라는 개신교 목사를 부추겨, 〈석공 우애회 지부〉의 헌장을 초안하게 합니다. 바로 이신론적(理神論的)인 이 헌장에서 앤더슨 목사는, 석공 우애회가 4천 년 전에 솔로몬 성전을 건설한 석공의 모임에 그 기원을 둔 동업 단체라고 바람을 잡게 됩니다. 바로 이 때문에 석공 우애회원들 복장에 앞치마, 흙손, 망치 같은 장식적인 요소가 등장합니다. 그런데 이 프리메이슨 복장이 요란스럽게 유행하게 되지요. 이 프리메이슨이 귀족들을 매료시킨 것은, 고대로부터 면면히 이어져 온 계보 때문입니다. 귀족이라면 마땅히 거기에 들어 계보상의 한자리를 차지하고 싶었겠죠. 그러나 귀족 이상으로 여기에 관심을 보인 것은 신흥 부르주아 계급입니다. 신흥 부르주아들로서는 귀족 계급과 대등한 입장에서 참가할 수 있고, 더구나 여기에 들면 귀족처럼 단검을 차고 다닐 수 있었으니 여간 굉장한 게 아니었을 테죠. 이렇게 해서 실로 통탄할 만한 근대 사회가 등장합니다. 귀족에게는 새로운 자본 생산자들과 관계를 유지하는 어떤 환경이 필요했고, 신흥 부르주아는 어떻게 하든지 자기네 신분의 상승을 기정사실화할 필요가 있었던 것입니다.」

「하지만 성전 기사단과의 관계가 표면화하는 것은 훨씬 뒷날의 일이겠지요?」

「성전 기사단과 직접적인 관계를 확립한 최초의 인물은 램지라는 사람이에요. 하지만 이 램지 이야기는 하고 싶지가 않군요. 예수회의 사주를 받고 나선 사람이라서요. 이 램지의 설교는 엉뚱하게도 석공 우애회의 〈스코틀랜드 의례파(儀禮派)〉의 탄생을 부추기게 됩니다.」

「스코틀랜드 의례파라면…….」

「〈스코틀랜드 의례파〉는 프랑스와 독일의 합작품입니다. 런던의 석공회에는 도제, 장인, 명장, 이렇게 세 계급이 있었어요. 그런데 스코틀랜드 분파는 이 계급의 수를 늘렸어요. 계급의 수가 늘어난다는 것은 결국 입회의 절차가 까다로워진다는 뜻입니다. 왜 그랬을까요? 그래야 까다로운 입회 절차가 생기고, 뭔가 신비스러울 것 아니겠어요? 프랑스인들은 약간 어리숙한 데가 있어서 비밀을 되게 좋아하지요.」

「가령 어떤 비밀 말씀이신가요?」

「실제로 비밀 같은 것은 있지도 않았어요. 하지만 비밀 같은 게 있었다면(혹은, 비밀 비슷한 걸 하나 감추고 있었다면), 그 비밀에 접하는 복잡한 절차를 통해, 사람들은, 아, 이래서 서열이 이렇게 복잡하구나, 했을 거 아니겠어요? 램지가 계급을 세분화시킨 것은 사람들로 하여금 뭔가 비밀 같은 게 있어 보이게 만들기 위해서였습니다. 한번 상상해 보세요. 평범한 상인들이 목하 복수의 왕자로 둔갑한다……. 전율스러운 순간이 아니었겠어요?」

알리에는 석공회 야화(野話)에 박식했다. 늘 그러듯이, 이야기를 진행시키면서 그는 슬그머니 이야기를 1인칭 회고조로 바꾸어 나갔다.

「당시 프랑스에서 이 〈프리마송〉의 인기는 대단했어요. 대구(對句)로 된 유행가까지 나왔을 정돕니다. 지부가 속속 설립되면서 성직자, 수도사, 남작, 심지어는 가게 주인까지 끌어들이게 됩니다. 왕후장상(王侯將相)은 지부의 들보 노릇을 했고요. 당시 폰 훈트라는 괴짜가 설립한 〈성전 기사단 감독회〉에는 괴테, 레싱, 모차르트, 볼테르까지 가입해 있었을 정돕니다. 군대에도 지부가 생기면서 군인들은 모이기만 하면 히람의 복수를 해야 한다느니, 혁명을 일으켜야 한다느니 말들이 많았지요. 그러나 일반인들이 보기에 프리메이슨이라는 것은 무슨 사교 단체, 혹은 회원제 클럽 같은, 요컨대 사회적 위치가 고만고만한 사람들의 모임 같은 것이었어요. 아무튼 별의별 사람들이 다 프리메이슨이 되었지요. 칼리오스트로, 메스머, 카사노바, 돌바크 남작, 달랑베르……. 백과전서파, 연금술사, 자유사상가, 신비주의자. 그런데 드디어 프랑스 혁명이 터집니다. 같은 지부의 회원들이 혁명에 대한 지지 여부로 총부리를 맞대는 사태가 비일비재해지면서 우애단은 굉장한 위기에 봉착하게 됩니다.」

「〈대동방회〉 지부와 〈스코틀랜드 의례파〉 지부도 적대 관계가 되지 않았습니까?」

「명분 때문에 세간의 소문이 그랬던 것에 지나지 않아요. 가령 〈구자매회(九姉妹會)〉의 지부는 미국인 프랭클린을 받아들입니다. 프랭클린의 목적이 무엇이었겠어요? 지부가 지닌 종교적인 색깔을 일소하고, 어떻게 하든지 미국의 독립 운동에 대한 지지를 얻어 내자는 거 아니겠어요? 당시 〈구자매회〉는 밀리 백작 같은 멍텅구리가 추밀 요원으로 앉아 있었을 정돕니다. 이 밀리 백작은 영생 불사약을 만든답시고 껍죽거리다가 실험 중에 독약을 잘못 마시고 죽은 사람입니다. 칼리오스트로도 엉뚱하기는 마찬가지였지요. 칼리오스트로는 이런 우애회에다 이집트식 의례를 끌어들인 장본인이자, 〈앙시앙레짐[舊體制]〉에 대한 신망을 실추시키려고 새 지도 계급이 획책한, 이른바 여왕의 다이아몬드 목걸이 사건에 연루된 장본인이기도 합니다. 칼리오스트로가 그 사건과 관련이 있었다는 것만은 분명해요. 이런 사람들과 같은 시대에 살아야 했으니 어땠을지 짐작이 가요?」

「쉽지 않았겠군요.」 벨보가, 이해가 간다는 듯이 고개를 끄덕거렸다.

「〈미지의 초인들〉을 찾아 다녔다는, 이 폰 훈트 남작이라는 사람은 어떤 사람이었습니까?」 내가 물었다.

「목걸이 사건을 전후해서, 전혀 성격이 다른, 새로운 부류가 부상합니다. 지지자를 규합하기 위해 프리메이슨 지부를 표방하기는 합니다만 이들이 지향하는 바는 지극히 신비주의적이었어요. 〈미지의 초인들〉에 대한 논쟁이 시작된 것은 이즈음입니다. 불행히도 폰 훈트 남작은 진지한 사람이 못 되었어요. 처음에 폰 훈트는 자기 지지자들에게 〈미지의 초인〉은 〈스튜어트 왕조의 왕족〉이라고 주장했어요. 그다음에는, 지부의 목적은 성전 기사단이 보유하고 있던 원래의 재물을 되찾는 것이라면서 사방에서 자금을 끌어들입니다. 그러나 그렇게 하는 것으로 성에 차지 않았던지 이번에는 스타르크라는 자를 끌어들입니다. 이 스타르크라는 자는, 페테르부르그에서, 진짜 〈미지의 초인들〉로부터 연금하는 법을 배웠다고 주장합니다. 이런 소문이 퍼졌으니 신지학자들, 싸구려 연금술사들, 막차 탄 장미 십자단원들이 벌 떼처럼 몰려왔을 수밖에. 이 무리가 입을 맞추어 의로운 사람을 지도자로 뽑습니다. 이렇게 해서 뽑힌 사람이 브라운슈바이크 공작입니다. 지도자로 뽑힌 순간 브라운슈바이크 공작은, 아뿔싸, 합니다. 사방을 둘러봐도 인간 망종들뿐이었을 테지요. 가령, 〈성전 기사단 감독회〉의 일원인 헤세 백작은, 생제르맹 백작을 초청합니다. 금을 만들 줄 안다면서요. 생제르맹 백작 같은 사람이 이런 초청을 마다할 수 있었겠어요? 당시의 권력자들에게는 하고 싶은 짓은 기어이 하고야 마는 버릇이 있었답니다. 성자(聖者)요? 되고 싶으면 될 수도 있었어요. 당시 헤세 백작은 자기가 성 베드로인 것으로 착각하고 있었답니다. 믿어지지 않겠지만 이건 사실이에요. 라바터라는 사람은 막빈(幕賓)으로 백작의 영지에서 한동안 지낸 적이 있는데, 이 사람은 데본셔 공작 부인이, 자기를 막달라 마리아로 착각하는 통에 아주 애를 먹었더랍니다.」

「빌레르모즈와 마르티네스 파스콸리스라는 사람은 어떤 사람들입니까? 단체를 번갈아 가면서 창설하던데요?」

「파스콸리스는 황당한 사람이었어요. 밀실에서 심령술을

실습하고 있는데 천사 수호령이, 빛줄기와 신성 문자 꼴로 제 앞에 나타나더라지요? 빌레르모즈는 그 말을 곧이곧대로 믿었고요. 빌레르모즈는 정직했지만 지나치게 순진했던 모양이에요. 연금술에 미쳐 버린 빌레르모즈는, 선택받은 사람만 좇을 수 있는 〈걸작〉의 아이디어를 냅니다. 〈걸작〉이라고 하는 것은 여섯 가지 귀금속의 융합점을 찾아내는 기술을 말하는데, 걸작은 빌레르모즈의 주장입니다. 빌레르모즈는, 이 기술을 익히려면, 솔로몬이 택함을 입은 자들에게 교시해 준 하느님의 이름 여섯 자의 비밀을 탐구해야 한다고 주장한 것이지요.」

「그래서, 결국 걸작을 만들었습니까?」

「웬걸요. 당시에는 흔히들 그랬듯이 빌레르모즈도 이 단체 저 단체를 세우고 이 지부 저 지부에 가입하면서 끊임없이 결정적인 실마리를 찾고 있었지요. 그게 어딘가에 숨어 있다고 믿었으니까요. 하기야, 결정적인 실마리라는 게 어딘가에 있기는 있겠지요. 그것만이 유일 불변의 진리일 테니까. 그런데 막판에는 파스콸리스가 만든 〈선택 받은 사제회〉에 가입하지요. 하지만 파스콸리스는 1872년 산토도밍고로 떠나 버립니다. 걸작이고 뭐고 공중에 부웅 뜨지요. 파스콸리스는 왜 떠났을까요? 모르기는 하지만 어떤 비밀의 실마리를 붙잡기는 붙잡았는데, 이걸 빌레르모즈에게는 가르쳐 주고 싶지 않았기 때문일 테지요. 하여튼 만사휴의. 파스콸리스는 그 깜깜한 땅으로 사라져 버리니 명복이나 빌어야 할 일이지요.」

「빌레르모즈는요?」

「당시 우리는 스베덴보리의 죽음에 큰 충격을 받고 있었어요. 스베덴보리야말로 병들어 버린 서구를 위해 많은 가르침을 베풀 수 있는 분, 서구가 귀를 기울이기만 했더라면 굉장한 일을 할 수 있었던 분이었거든요. 하지만 시대는 혁명의 광기에 휩쓸리게 됩니다. 뒤이어 〈제3계급〉이 등장했고요. 빌레르모즈가, 폰 훈트의 〈성전 기사단 감독회〉 소문을 듣고 거기에 또 홀딱 반한 건 이즈음입니다. 빌레르모즈는, 단체 같은 것을 만듦으로써 정체를 드러내는 성전 기사는 성전 기사가 아니다, 이 소리를 듣고는 귀가 솔깃했어요. 하지만 18세기는 사람들의 귀가 얇던 시대입니다. 빌레르모즈는 폰 훈트와 함께, 카소봉의 일람표에 등장한 갖가지 단체를 만듭니다. 그런데 폰 훈트의 정체가 드러났어요. 돈 상자를 들고 다른 단체에서 도망쳐 왔던 전력이 들통 난 거지요. 결국 브라운슈바이크 공작은 폰 훈트를 조직에서 추방합니다.」

알리에는 내가 작성한 표를 다시 한번 일별하면서 말을 이었다. 「아, 그래, 바이스하우프트. 하마터면 잊을 뻔했어요. 〈바이에른의 계명 결사(啓明結社)〉. 처음에는 이런 이름이 먹혔어요. 정신이 제자리에 박힌 사람들이 많이 모여들었지요. 그런데 이 바이스하우프트는 무정부주의자였어요. 요즘 말로 하자면 공산주의자라고나 할까. 이런 사람들이 그 시대에 무슨 소리를 지껄였겠어요? 쿠데타, 권좌 축출, 피의 숙청…… 뭐 이런 거 아니겠어요? 하지만 나는 바이스하우프트를 굉장히 존경했어요. 정치적인 이념 때문에 존경한 것이 아니고, 비밀 결사에 대한 그의 지극히 정리된 견해 때문에 존경했던 겁니다. 조직 관리 능력은 탁월한데, 그것을 이끄는 정치 이념은 허술한 경우가 종종 있지요.

요컨대, 폰 훈트가 야기한 혼란의 수습책을 강구하던 브라운슈바이크 공작은 역사의 과도기에 독일의 프리메이슨에는 세 갈래의 서로 반목하는 흐름이 있다는 것을 깨닫게 됩니다. 그게 무엇 무엇이냐 하면, 장미 십자단의 일부를 아우르는 지적이고 은비주의적인 흐름, 합리주의의 흐름, 그리고 바이에른 계명 결사라고 하는 혁명적 무정부주의의 흐름입니다. 그래서 공작은 모든 교단이나 의례파 단체를 상대로 빌헬름스바트에서의 〈콘벤트(총궐기 대회)〉를 제안합니다. 당시 사람들은 이것을 〈삼부회〉 비슷한 이름으로 불렀지요. 제기될 문제는 대략, 각 교단은 진정으로 고대의 결사로부터 연유한 것인가? 그렇다면 그 결사는 무엇인가? 고대 전통을 수호해 온 〈미지의 초인들〉은 실제로 존재하는 것인가, 만일에 존재한다면 그들은 누구인가? 각 단체가 지향하는 진정한 목적은 무엇인가? 각 교단의 지상의 목표는 과연 성전 기사단을 재건하는 것인가? 은비학과의 관계 정립은 어떻게 할 것인가? 이런 것들입니다. 빌레르모즈는 열성적으로 이 총궐기 대회에 참가합니다. 자기 자신에게 평생에 걸쳐 던져 오던 질문의 해답을 어쩌면 거기에서 얻을 수 있을지 모른다는 희망에 들떠 있었지요. 그런데 여기에서 드 메스트르 사건이 발생합니다.」

「드 메스트르라니 어느 드 메스트르입니까? 조제프 드 메스트르입니까, 아니면 자비에르 드 메스트르입니까?」 내가 물었다.

「조제프요.」

「반동주의자 말씀이신가요?」

「반동주의자였다고 하더라도 철저한 반동주의자는 못 되었어요. 하여튼 재미있는 사람입니다. 생각해 보세요. 교황청이 프리메이슨을 탄핵하는 회칙을 공표할 무렵, 가톨릭의 독실한 신자인 조제프 드 메스트르가 〈요세푸스 아 플로리부스〉라는 가명으로 지부의 회원이 되는 상황을요. 드 메스트르는 교황이 예수회를 비난하던 1773년에 프리메이슨에 접근합니다. 물론 드 메스트르가 접근한 프리메이슨은 스코틀랜드 지부입니다. 드 메스트르는 계몽주의의 추종자인 부르주아가 아니라 〈계명주의자(啓明主義者)〉였으니까요. 계몽주의와 계명주의, 이 두 표현법의 차이에 주의할 필요가 있습니다. 이탈리아어로 〈일루미니스토(계몽주의자)〉라고 하면 자코뱅 당원이라는 뜻이 됩니다. 다른 나라 말로는 전통적인 은비학 신봉자를 뜻하지만요. 기묘한 현상입니다만 어딘가에서 표현상의 혼선이 있었다고밖에는 볼 수 없어요.」

알리에는 코냑을 마시면서 순백색에 가깝도록 윤이 나는 은제 담배통에서 모양이 여느 것과 다른 엽궐련을 꺼냈다. 「런던의 엽연초상이 나를 위해서 특별히 만든 거랍니다. 우리 집에서도 보신 적이 있지요, 아마……. 한 대씩 해보시지요. 맛이 썩 좋답니다…….」 그는 담배를 피우면서, 눈을 가늘게 뜨고는 추억을 더듬어 가면서 말을 이었다.

「드 메스트르……. 정말 대단한 멋쟁이였지요. 그 사람 말을 듣고 있는 것 자체가 대단한 영적인 즐거움이었으니까요. 은비학권(隱秘學圈)에서도 굉장한 권위를 확립했어요. 그러나 빌헬름스바트에서 그는 우리 기대를 저버립니다. 공작에게 보낸 편지에서 이 양반은 성전 기사단과의 관련성 자체를 단호하게 부인하고, 〈미지의 초인들〉에 대한 믿음을 파기하겠다고 선언하는가 하면 비학의 효용성 자체를 부인하기에 이릅니다. 뿐만 아닙니다. 물론 가톨릭에 대한 믿음에서 그런 것을 거부한 것이기는 하나 그의 논법은 가톨릭적이라기보다는 부르주아 백과전서파적이었어요. 공작이 그 편지를 친지들 몇몇에게 읽어 주었지만 아무도 믿으려고 하지 않더래요. 드 메스트르는 여기에서 머물지 않고, 교단의 목적은 영적인 부활에 불과하며 형식주의적이고 전통주의적인 의례는 오로지 신비주의적 정신을 유지하기 위해서만 존재하는 것이라고 확언하기에 이릅니다. 또 있군요. 그는 메이슨의 새로운 상징체계를 찬미하면서도 여러 가지를 한꺼번에 표상하는 상징은 결국 아무것도 나타내지 못하는 것과 같다고 단언했어요. 이렇게 말해서 뭣하오만, 드 메스트르의 발언은 모든 헤르메스적 전통에 정면으로 위배됩니다. 상징이라고 하는 것은 모호하면 모호할수록 난해하면 난해할수록 그만큼 더 의미심장하고 강력해지는 것이 아닌가요? 다른 말로 하자면, 그래서 천의 얼굴을 가진 헤르메스 신의 정신은 이로써 드러나는 것이 아닙니까?

성전 기사단에 대해서도 드 메스트르는, 탐욕으로 흥하고 탐욕으로 망한 조직이라고 막말을 합니다. 이 사부아 사나이는, 기사단이 교황의 동의 아래 와해되었던 일을 절대 잊지 않았던 것이죠. 그래서 가톨릭 정통파는, 그들이 아무리 헤르메스적 소명에 투철하다 할지라도, 믿을 자들이 못 된다니까요. 〈미지의 초인〉에 대한 드 메스트르의 견해는 실로 황당하다 못해 웃기기까지 합니다. 우리에게 〈미지의 초인〉에 대한 정보가 하나도 없는 것이야말로 〈미지의 초인〉이 존재하지 않는 이유라고 주장한 겁니다. 알지 못하기 때문에 〈미지의 초인〉인 것이지, 알았다면 〈미지의 초인〉이었겠어요? 조직의 그런 핵심이 신비주의에 대해 그 정도 감각밖에 갖추지 못했다니, 이상한 일 아닙니까? 마침내 드 메스트르는 마지막 일격을 가합니다. 즉, 멤피스 아류의 헛짓은 이제 그만 청산하고 복음서로 돌아가자고요. 결국 교회가 2천 년 동안이나 해오던 소리를 되풀이한 것입니다.

빌헬름스바트 회동이 이루어질 당시의 분위기를 이해하실 겁니다. 드 메스트르 같은 거물이 변절하게 되는 판이니 빌레르모즈 같은 건 바람 앞의 등불 신세지요. 결국 타협이 이루어지지 않을 수 없게 됩니다. 성전 기사단 의례는 유지하되, 기사단의 유래에 대한 논쟁의 결론은 유보하기로 한 것입니다. 한마디로 총궐기 대회는 실패로 돌아간 거지요. 스코틀랜드 지부는 좋은 기회를 놓친 셈이지요. 만일에 이때 일이 좀 낫게 풀렸다면 다음 세기의 역사도 달라졌을 겁니다.」

「그 뒤의 사정은 어떻습니까? 와해된 조직을 부흥시키려는 기도 같은 것은 없었습니까?」 내가 물었다.

「와해된 조직이라고 하니 하는 말이오만, 부흥시키고 자시고 할 게 있었어야지요. 그로부터 3년 뒤, 이름이 란체라고 하던가, 바이에른 계명 결사에 몸을 담고 있던 한 선교사가 산에서 벼락을 맞아 죽었어요. 그런데 그 선교사의 몸에서 교단의 지침서 같은 게 발견되면서 바이에른 정부가 조사에 착수합니다. 그 결과 바이스하우프트가 반(反)국가 음모를 꾸미고 있었다는 사실이 드러나고, 교단은 그다음 해 지독한 박해를 받습니다. 하지만 거기에서 끝나지 않아요. 바이스하우프트의 기록이 출판됩니다. 계명 결사의 이른바 거사 계획이라는 것이죠. 이것 때문에 그 세기가 끝나기까지 프랑스와 독일의 신(新)성전 기사단 체면은 말이 아니게 됩니다. 바이스하우프트의 계명 결사는 자코뱅 메이슨에 속하면서, 신성전 기사단에 침투하여 이 세력을 와해시키려 했을 가능성이 있습니다. 따라서 이 악당들이 혁명군 사령관 미라보를 저희 편으로 끌어들이려 했던 것은 우연이 아닙니다. 내가 이런 말을 공공연히 해서 될지 어떨지 모르지만.」

「들려주시지요.」

「잃어버린 전통의 단편을 복원시키는 일에 관심이 있는 나 같은 사람에게 빌헬름스바트 사건은 참으로 당혹스럽기 짝이 없는 것이랍니다. 수습하려고 나서는 사람이 없었어요. 그러려니 추측만 하는 사람, 침묵으로 일관하는 사람, 아는 체하는 사람, 위증하는 사람. 한심한 노릇이지요. 그러다 때를 놓치게 됩니다. 유럽 전역이 혁명의 와중에 휘말리게 되면서 19세기의 은비학 바람이 불지요. 이 표를 좀 보세요. 신흥 종교의 발호, 경신(輕信)과 악의, 상호 중상의 잔치를 방불케 합니다. 개나 고양이나 비밀, 비밀, 비밀. 바야흐로 은비학의 극장을 방불케 하지 않습니까?」

「은비주의자들은 사기성이 농후하다는 말씀이신가요?」 벨보가 물었다.

「먼저 〈에소테리스모[秘學]〉와 〈오쿨티스모[隱秘學]〉를 구분해서 생각할 줄 알아야 합니다. 비학을 한다는 것은, 상징을 통해서만 전해지는 지혜, 다시 말해서 속인은 범접할 수 없는 지혜를 탐구하는 일입니다. 19세기에 유행하던 은비학은, 표면으로 떠오른 비학적 비밀의 빙산의 일각에 지나지 않습니다. 성전 기사들은 오의(奧義)를 전수한 비학자들이라고 할 수 있습니다. 잔혹한 고문을 당하면서도, 오히려 죽음으로써 비밀을 지킨 자세가 바로 그 증겁니다. 비밀을 지켜 낸 그들의 힘이야말로 우리가 그들을 오의 전수자들로 믿게 하는 증거이고, 우리가 그들이 알고 있던 것을 더불어 알고 싶은 것은 바로 그들이야말로 그런 힘을 지닌 오의의 전수자들이었기 때문입니다. 은비주의자는 자기 현시가 심합니다. 펠라당이 일찍이 지적했듯이 정체가 노출된 비밀 결사는 아무 소용도 없는 것이지요. 불행히도 펠라당 자신은 오의를 전수한 사람이 아닙니다. 그는 은비주의자에 지나지 못하지요. 19세기는 밀정의 시대였어요. 너 나 할 것 없이 주술, 마법, 카발라, 타로 점술의 비밀을 출판하겠다고 날뛰던 시대였지요. 어쩌면 사실인 줄 믿고 그랬는지도 모르지요.」

알리에는 일람표를 훑어 내리면서 이따금씩 한심하다는 듯이 웃기도 하면서 설명을 계속했다. 「엘레나 페트로브나. 좋은 여자였지요. 하지만 사람만 좋았지, 남들이 쓰지 않은 말은 한마디도 할 줄 모르는 여자였답니다. 과이타. 마약 중독자를 방불케 하는 장서광. 파퓌스 같은 위인도 들어 있네요.」 그러다 한곳에 눈길을 모으고는 중얼거렸다. 「〈트레스〉라……. 이 자료는 어디에서 나온 건가요? 누구의 원고에서 나온 거지요?」

됐다, 끼워 넣은 걸 봤구나. 나는 이런 생각을 하면서 모호하게 대답했다. 「글쎄요. 하도 많은 원고에서 정리해서요. 대부분의 원고는 반환이 되어 버려서 확인하기가 쉽지 않겠습니다만. 하도 쓰레기 같아서요. 벨보 박사님, 기억나세요? 이 〈트레스〉가 어느 원고에서 나왔는지?」

「글쎄, 나도 모르겠는걸. 디오탈레비, 자네는?」

「며칠 전의 일이라서……. 중요한 건가요?」

「별로. 내가 일찍이 들어보지 못했던 거라서요. 누가 언급했는지 전혀 생각나지 않나요?」 알리에가 반문했다.

우리는 미안하다고 했다. 전혀 기억이 나지 않는다고 했다.

알리에는 조끼에서 시계를 꺼내 보고는 일어섰다. 「미안합니다. 다른 약속이 있어서요. 신사분들께서는 양해해 주시겠지요?」

알리에가 자리를 떠난 뒤에도 우리는 필라데에 남아서 이야기를 더 나누었다.

「이제 뭔가가 좀 보이는 듯합니다. 영국의 성전 기사단은 베이컨파의 계획에 따라 유럽의 오의 전수자들을 규합하느라고 메이슨을 조직한 겁니다.」

「하지만 그 계획은 절반도 이루어지지 못하지 않았나? 베이컨파의 아이디어는 지나치게 매력적이어서 오히려 결과는 기대하던 바와 정반대로 나오게 된 것 같아. 소위 스코틀랜드파는 성전 기사단을 승계하는 수단으로 새로운 결사를 본 것 같고, 그래서 독일의 성전 기사단과 접촉한 것 같아.」

「알리에는 왜 그런 일이 있었는지 이해하지 못하는 것 같군요. 하지만 적어도 우리에게는 분명합니다. 이 일람표에는 국가별로 다양한 조직이 피아(彼我)를 가리기도 어려울 정도로 이전투구를 벌이고 있어요. 나는, 마르티네스 파스콸리가 토마르 조직의 정보원이었을 가능성도 배제하지 않습니다. 영국의 분파는 스코틀랜드 분파를 배격합니다. 그런데 이번에는 프랑스 분파가 등장해서는 둘로 나뉩니다. 친영(親英) 분파와 친독(親獨) 분파로요. 프리메이슨은 위장에 지나지 않을 겁니다. 각기 서로 다른 그룹에 파견한 정보원들을 은닉하기 위한 구실에 지나지 않을지도 모른다는 겁니다. 파울리키아누스파와 예루살렘파는 종무소식이고요. 만나면 치고받으면서, 다른 결사를 와해시키려고만 합니다.」

「프리메이슨은, 영화 〈카사블랑카〉에 나오는 릭의 가게와 같은 것이라네. 어제의 친구가 오늘은 적이 되고, 이합집산하느라고 날을 새는 곳. 프리메이슨은 비밀 결사도 아니야.」 벨보의 말이었다.

「아니에요. 프리메이슨은 자유항 같은 거예요. 마카오 같은 항구. 허울뿐인 조직. 비밀은 다른 데 있어요.」

「프리메이슨만 불쌍하게 되었네?」

「진보라는 것은 원래 희생자를 필요로 합니다. 하지만, 우리가 역사에 내재하는 합리성을 재발견하고 있다는 것은 인정하시겠지요.」

「역사의 합리성은 〈토라〉의 성공적인 조합으로만 가능한 것이야. 우리가 하고 있는 작업이 바로 그것이기도 하고. 높으신 하느님을 찬양할지라.」 디오탈레비의 말이었다.

벨보도 한마디 거들었다. 「좋아, 정리하세. 베이컨파는 생마르탱데샹을 차지했다. 프랑스-독일 연합 신성전 기사단은 무수한 분파로 공중분해 단계에 있다. 그런데도 우리는 비밀의 정체가 무엇인지를 아직 결정하지 못하고 있네.」

벨보의 말에 디오탈레비가 응수했다. 「그거야 자네들 둘의 손에 달린 거 아닌가?」

「어째서 둘이죠? 우리 세 사람 다 여기에 연루되어 있어요. 이걸 깔끔하게 정리해 내지 못하면 웃음거리가 되고 말 거라고요.」

「웃음거리가 되다니, 누구에게?」

「역사의 웃음거리가 되겠지요. 진실의 법정에서요.」

「*Quid est veritas*(진실이 뭔데)?」 벨보가 물었다.

「우리가 곧 진실이죠.」 내가 대답했다.

77

이 풀을 철학자들은 마독초(魔毒草)라고 부른다. 확인된 바에 따르면 마귀와 마귀의 곡두를 몰아낼 수 있는 것은 이 풀의 씨앗뿐이다……. 밤마다 마귀에 시달리는 젊은 여자에게 이것을 주면 악마를 물리치는 데 요긴하다.
— 요하네스 데 루페시사, 『제5원소론』, II

그로부터 며칠간은 〈계획〉에서 손을 뗀 채로 지냈다. 리아가 만삭이어서 되도록이면 가까이 있고 싶어서였다. 나는 초조했으나 리아는, 때가 되지 않았다면서 오히려 나를 달래고는 했다. 리아는 무통 분만 수업을 받고 있었다. 나는 되도록이면 무통 분만 체조에도 참가하려고 애를 썼다. 리아는 태아의 성별을 미리 알 수 있다는 과학의 제의를 묵살했다. 리아는 기분 좋은 깜짝 쇼를 원했다. 나는 그게 대견해서 리아의 배를 쓰다듬으면서도 아들인지 딸인지 궁금하게 여기지 않았다. 우리는 아기를 〈작품〉이라고 불렀다.

나는 리아에게 아기를 낳을 때 어떤 역할을 해주면 좋겠느냐고 물어보았다. 「내 것, 말하자면 내 〈작품〉이기도 하니까. 줄담배 피우면서 병원 복도를 왔다 갔다 하는, 영화 속의 아버지 꼴은 되고 싶지 않아.」

「핌, 당신이 할 수 있는 건 그 정도밖에 안 돼. 곧 내 할 일만 남는 순간이 올 테니까. 게다가 당신은 담배도 안 피우잖아? 그 순간을 위해 담배를 배우려는 건 설마 아니겠지?」

「그럼 나는 뭘 하지?」

「낳기 전에 한 일이 있으니 낳은 뒤에도 할 일이 있겠지. 낳은 뒤에 할 일이 뭐냐 하면, 만일에 아들이면 가르치고, 인도하고, 남들이 다 그러듯이 저 유서 깊은 오이디푸스 콤플렉스나 안겨 주고, 무슨 말인지 알아? 때가 오면 웃는 얼굴로, 의례적인 친부 살해(親父殺害)를 멋지게 해낼 수 있도록 도와주고(아는 듯 모르는 듯이), 당신의 지저분한 사무실의 카드 색인과, 『금속의 경이로운 모험』의 교정쇄를 보여 주면서, 〈얘야, 이 모든 게 언젠가는 네 차지가 된다〉, 이런 소리나 해주면 되겠지, 뭐.」

「딸이면?」

「〈얘야, 이 모든 게 언젠가는 보잘것없는 네 서방 차지가 된다〉, 이러면 되겠지.」

「낳기 전에는?」

「진통이 시작되면, 진통 주기를 재야 해. 진통 주기가 짧아지면 분만이 가까워지는 증거거든. 함께 재면 돼. 당신은 노예선의 노잡이처럼 박자를 맞춰 줘야 해. 박자를 맞춘다는 것은, 우리 〈작품〉을 컴컴한 굴에서 밖으로 불러내는 것과 같은 거야. 귀여운 우리 〈작품〉. 손 이리 줘봐. 어둠 속에서 편안하게 쉬면서 문어처럼 양수를 마시고 있네. 자유롭게. 그러다가, 펑, 대명천지로 나와 눈을 깜박거리며 묻겠지. 아니, 여기가 도대체 어디야?」

「귀여운 것. 아직 가라몬드 사장도 구경 못한 귀여운 것. 그나저나 연습해 보자. 진통 주기 재는 연습이나 해보자.」

우리는 어둠 속에서 서로 손을 잡고 수를 세는 연습을 했다. 그러다 문득 백일몽을 꾸었다. 우리 〈작품〉이 태어나서 〈악마 연구가들〉의 헛소리에 실재감과 의미를 부여하는 꿈.

십팔금을 만든답시고, 〈철인의 돌〉이 과연 〈라피스 엑실리스〉인지, 아니면 싸구려 점토 성배인지 알아낸답시고 밤마다 화학적 결혼으로 지새는 가엾은 〈악마 연구가들〉. 내 성배는 리아의 배 속에 있다.

리아가, 잔뜩 부풀어 올라 팽팽한 배를 쓰다듬으면서 말했다. 「그래. 당신이 가진 양질의 〈제1질료〉는 다 이 안에 잠겨 있어. 당신이 피에몬테의 저택에서 만났다는 사람들은, 이 배 속에서 무슨 일이 일어난다고 한 거야?」

「매우 우울한 일이 일어나고 있다더군. 요란한 소리를 내면서……. 유황 내 나는 흙, 흑연, 사투르누스의 기름, 재계용(齋戒用) 스틱스 강물[三途川水], 증류, 풍화, 액화, 연단(鍊丹), *terra foetida*(부식토), 악취 풍기는 무덤이 들끓고 있대.」

「그 사람들, 고자들 아닌가? 그 사람들은, 이 배 속에서 우리 〈작품〉이 하얗게, 혹은 분홍빛으로, 예쁘게 자라고 있다는 것도 모르나 봐.」

「알겠지. 하지만 그자들 눈에는 당신의 배까지도 메타포인가 봐. 너울에 가려진 비밀의 메타포…….」

「핌, 여기에 무슨 비밀이 있어? 우리는 이 〈작품〉이 어떻게 만들어지는지 잘 알잖아. 조그만 신경 가닥과 힘살이, 귀여운 두 눈과 비장과 췌장의 덩어리들이 어떻게 생기고 어떻게 자라는지 잘 알잖아?」

「맙소사. 췌장이 하나 말고 더 있나? 복수를 쓰게? 로즈마리의 아기도 아닌데.」

「말하자면 그렇다는 거지. 머리가 두 개라도 우리 애는 우리가 사랑할 수 있어야 해.」

「아무렴. 머리 두 개짜리가 나오면 트럼펫과 클라리넷 이

중주를 시켜야지……. 아니다, 안 되겠구나. 그러자면 손이 네 개 있어야 하는데, 그건 아무래도 너무 많거든. 하지만 손도 네 개짜리가 나올 경우를 대비해서. 어디 생각 좀 해보자. 그래 피아니스트로 키우자. 두 개의 왼손을 위한 콘체르토. 아무래도 안 되겠어. 취소. 하지만 우리 회사의 〈악마 연구가들〉도 알고 있어. 어느 날 병원에서 〈걸작〉이, 〈백술(白術)〉이, 〈레비스〉라는 이름의 어지자지가 태어난다는 걸…….」

「우리는 그건 거 몰라도 돼. 그것은 그렇고, 우리 할아버지 이름을 따서 아들이면 〈줄리오〉, 딸이면 〈줄리아〉라고 했으면 좋겠는데.」

「좋군, 좋아.」

아, 거기에서 그만두었더라면 좋았을 것을. 〈너울 벗은 이시스〉의 신자들을 위해 훌륭한 마법의 백서(白書)나 한 권 썼으면 좋았을 것을. 이로써 이 정신 나간 자들에게, *secretum secre-torum*[祕中祕]이라고 하는 것은 더 이상 추구할 필요가 없다는 것을, 생명의 서(書)에는 감추어진 의미가 없다는 것을 설명해 주었다면 좋았을 것을. 모든 것은, 산부인과 병실 침대의 깔개 속에 누워서 출산을 기다리든 강둑에 누워서 출산을 기다리든 현실을 사는 리아의 배 속에 다 있다는 것을. 〈유랑하는 돌〉이나 성배라고 하는 것은, 배에다 탯줄을 단 채로 의사에게 엉덩이를 철썩 소리가 나게 얻어맞고 첫울음을 터뜨리는 원숭이 같은 아기에 지나지 않는다는 것을. 우리 〈작품〉의 눈에는 나와 리아가 바로 〈미지의 초인들〉로 보인다는 것을, 우리 〈작품〉은 저 멍청한 늙은이 드 메스트르에게 가서 물어보지 않고도 곧 우리를 알아본다는 것을 설명하는 것으로 만족했으면 얼마나 좋았으랴.

그러나 나는 그렇게 하지 못했다. 비아냥거리고 싶어 온몸이 근질거리던 우리는 〈악마 연구가들〉을 상대로 장난을 계속했다. 우리는 그들에게, 만일에 우주적인 음모라는 것이 존재한다면, 우리가 가장 우주적인 음모를 발명할 수 있다는 것을 보여 주려고 했다.

이런 곤욕을 치러도 싸지. 나는 파리의 공예원 박물관에서 이런 생각을 했다. 푸코의 진자 아래서, 끔찍한 일이 벌어질 순간을 기다리면서.

78

이 잡종 괴물은 제 어미의 자궁에서 나온 것이 아니라 에피알테스 같은 거인, 몽마(夢魔), 이도 저도 아니면 끔찍한 마귀에게서 나온 것임에 분명하다. 악취가 나는, 유독한 진균(眞菌)에서 회임한 파우누스나 님프의 자식 같은 이것은 인간보다는 악마와 흡사하다.

— 아타나시우스 키르허, 『지하 세계』, 암스테르담, 얀손, 1665, II, pp. 279~280

그날은 어쩐지 집에 있고 싶었다. 예감이 이상해서였다. 그러나 리아는 여왕의 부군(夫君) 시늉은 그만하고 일터에 나가라고 했다. 「핌, 아직 시간이 있어. 아직 나올 때가 안 됐어. 나도 외출해야 하니까 어서 나가 봐.」

그래서 내 개인 사무실로 나갔다. 사무실로 마악 들어가려는데 살론 씨의 박제소 문이 열렸다. 노인이 노란 앞치마를 두르고 나타났다. 인사 않고 지나칠 수가 없어서 인사를 했던 것인데 노인은 안으로 들어오라고 했다. 그의 작업실 구경은 그때가 처음이었다.

원래 살림용 아파트였던 것을 살론 씨가 칸막이 벽을 허물고 개조한 모양이었다. 내 눈앞에 펼쳐진 것은 작업실이라기보다는 넓고 어두컴컴한 동굴을 방불케 했다. 건축가는 처음부터 무슨 생각이 있어서 그렇게 설계했겠지만, 건물의 그쪽 날개는 이중 경사 지붕으로 되어 있어서 빛이 간접적으로만 들어오게 되어 있었다. 유리에 때가 끼어 있었는지 불투명 유리로 되어 있었는지, 살론 씨가 직사광선이 들어오지 못하게 유리에다 뭘 씌웠는지, 이도 저도 아니라면 빈틈이 있을세라 뭘 잔뜩 쟁여 놓아서 그랬는지는 모르겠다. 하여튼 벌건 대낮인데도 그 동굴은 벌써 해거름이었다. 넓은 방의 칸을 막는 것이라고는 약국 같은 데서 볼 수 있는 선반뿐이었다. 그 선반 앞에 서 있으려니 홍예문 앞에 서 있는 기분이었다. 홍예문과 거리와 교차로의 원근법 구도가 눈에 보이는 것 같았다. 내부는 갈색 일색이었다. 선반, 선반에 놓인 것들, 탁자, 난반사를 통해 들어온 햇빛, 심지어는 낡은 등에서 비치는 희미한 빛줄기까지 갈색으로 보였다. 첫인상은, 스트라디바리우스 이래로 아무도 돌본 이 없어서, 수금(豎琴)의 줄무늬 소리통에 먼지가 두껍게 싸여 있는 악공(樂工)의 작업실에 들어온 기분이었다.

어둠에 눈이 익으면서 석화(石化)된 동물을 모아 놓은 듯한 동물원이 보였다. 인조 나뭇가지 위에 올라앉은, 유리 눈을 해 박은 새끼 곰, 눈이 부시는 듯한 얼굴을 하고 바로 내 옆에 서 있는, 이집트 승려 같은 올빼미. 내 앞 탁자에는 족제비인지 담비인지 스컹크인지 도무지 구분해 낼 수 없는 동물이 한 마리 놓여 있었다. 그 뒤로는 선사 시대 것으로 보이는 고양잇과 동물의 형해(形骸)가 보였다. 퓨마 같기도 하고 표범 같기도 했지만 어떻게 보면 덩치가 큰 개 같기도 했다. 대부분의 뼈는 이미 조립이 끝난 상태에서 짚이 덮여 있었다. 형해는 쇠틀이 떠받치고 있었다.

살론이 낄낄거리면서 설명했다.「그레이트 데인 종 개랍니다. 부부처럼 의지하고 살던 생전의 모습 그대로 이 개를 기억하고 싶어 하시는 어느 자비로우신 부잣집 마나님의 주문을 받고 제작 중이지요. 박제를 아세요? 먼저 가죽을 벗기고, 가죽 안쪽에는 비소(砒素)가 들어간 비눗물을 바릅니다. 뼈는 물에 담가 표백을 시키지요. 선반을 보세요. 등뼈랑 갈비뼈가 쌓여 있지요? 선반이 그대로 납골당인 셈이지요. 다음에는 철사로 뼈를 이어 쇠틀에 의지해서 골격을 복원합니다. 그런 다음에 마른 짚이나 구긴 종이 또는 석고를 채우고 가죽을 입힙니다. 마지막으로 사인(死因)이 된 흉터나, 부패한 흔적을 없애면 박제가 완성됩니다. 이 올빼미를 보세요. 살아 있는 것 같지 않아요?」

이때부터 내 눈에는 살아 있는 올빼미는 죽은 올빼미로, 살론이 박제한 올빼미는 살아 있는 올빼미로 보이기 시작했다. 살론의 얼굴도 가만히 보고 있자니, 눈썹이 짙고 뺨이 검은 이 동물 파라오의 방부장(防腐匠)이 살아 있는 존재인지, 방부장 자신의 박제 작품인지 알 수 없다는 생각이 들기까지 했다.

살론의 얼굴을 원경으로 보고 싶어서 몇 걸음 뒤로 물러서는데 문득 무엇인가가 목덜미를 긁었다. 온몸에 소름이 끼쳤다. 돌아보니, 진동 중인 진자였다.

여느 진자가 아니라 새로 만들어진 커다란 진자였다. 배가 갈라진 커다란 새 한 마리가, 몸에 꽂힌 창의 움직임에 따라 끄덕거리고 있었다. 창은 머리로 들어가, 염통과 모래주머니가 있던 곳을 지나, 밖으로 튀어나와 있었다. 배가 갈려서, 배 속으로 들어가 있는데도 불구하고 창끝이 보였다. 끝을 보니 삼지창이었다. 삼지창의 한 갈래는, 내장을 들어낸 배 속을 지나 칼끝같이 나와 있었고, 두 갈래는 두 개의 다리를 지나 발톱을 통해 대칭으로 나와 튀어나와 있었다. 새가 흔들리자 세 개의 삼지창 끝은 바닥에 그 그림자로 신비스러운 기호를 그리고 있었다.

살론이 설명했다. 「검독수리 박제랍니다. 완성하자면 며칠이 더 걸리겠어요. 마침 눈을 고르고 있던 참이에요.」 그는 이러면서 나에게 유리로 만든 각막과 눈알이 잔뜩 든 상자를 보여 주었다. 성 루치아의 눈을 뽑은 사형 집행인 같았다. 그 사형 집행인은 사형수의 눈을 수집했었다니까. 「곤충이면 조그만 상자갑 하나와 핀 하나면 되는데 새들은 쉽지 않아요. 가령 이건 포르말린 처리까지 해야 합니다.」

시체 공시소 냄새가 났다. 「굉장히 매혹적인 작업인 것 같군요.」 나는 빈말을 했다. 그 박제사의 작업실에서 나는 내내 리아의 배 속에서 놀고 있는, 살아 있는 우리들의 〈작품〉을 생각했다. 문득 불길한 생각이 들었다. 우리의 〈작품〉이 죽으면 묻어야지. 지하의 벌레들 밥이 되게 함으로써 대지를 걸우어야지. 늘 살아 있는 것을 실감하는 길은 그것뿐이니까.

살론은 연신 지껄이고 있었다. 그는, 이번에는 선반에서 이상한 박제 하나를 꺼냈다. 길이는 30센티미터 정도 되는 파충류의 박제였다. 검은 피막 날개, 머리에 달린 볏, 벌려진 입 안의 톱니 같은 이빨. 용이었다. 「근사하지요? 내가 합성한 거라오. 살라만드로스와 박쥐와 뱀의 비늘을 써서……. 지하에 사는 용이랍니다. 이걸 보고 영감을 얻어…….」 살론은 이러면서 나를 탁자로 데려가, 고대의 양피지 표지에 가죽끈으로 제본한 커다란 고서 한 권을 보여 주었다. 「이거 장만하느라고 한밑천 들었지요. 나는 장서가는 아니오만, 이것만은 어떻게든 마련해야겠다 싶데요. 아타나시우스 키르허의 『지하 세계』의 1665년 초판이지요. 여길 보세요. 용이 나와 있지요? 내가 만든 것과 똑같지요? 예수회 신부였던 키르허의 말에 따르면, 화산 굴에 사는 이 용은 이 세상에서 모르는 게 없습니다. 기왕에 알려진 것은 물론이고 알려지지 않은 것까지, 심지어는 존재하지 않는 것까지도.」

「어르신께서는 늘 지하 세계를 생각하시나요?」 뮌헨에서 그와 나눈 대화를 떠올리면서, 디오니시우스의 귀를 통하여 감청(感聽)했던 말을 떠올리면서 내가 물었다.

살론은 다른 페이지를 펼쳤다. 지구의 이미지인데 흡사 개복 수술(開腹手術)을 받고 있는, 잔뜩 부풀어 오른 시커먼 인체 같았다. 위로는 발광성 거미줄 같기도 하고 뱀의 핏줄 같기도 한 무수한 선이 지나가고 있었다. 「키르허 신부의 말이 옳다면, 지구 속에는, 지표에 있는 것 이상으로 많은 길이 나 있어요. 자연계에서 일어나는 일은 지하의 열기와 물기에서 기인하는 것이거든요…….」

나는 리아의 배 속에 있는 우리의 〈흑술(黑術)〉, 제 어미의 화산을 뚫고 나오려고 발버둥치는 우리의 〈작품〉을 떠올렸다.

「……뿐만 아니오. 인간 사회에서 일어나는 일도 모두 지하에서 계획된 것이랍니다.」

「키르허 신부가 그런 소리도 했습니까?」

「아니오. 키르허는 자연 현상에만 관심을 기울였어요. 하지만 이상하게도 이 책의 제2부는 연금술과 연금술사에 대한 것으로 꾸며져 있어요. 여길 보세요. 장미 십자단을 공격하고 있지 않은가요. 지하 세계에 관한 책이 왜 장미 십자단을 공격하고 있을까요? 우리의 이 예수회 신부는 뭘 좀 알고 있었어요. 이 양반은 성전 기사단의 잔당들이 아가르타 지하 왕국에 은신하고 있다는 걸 알고 있었음에 분명합니다.」

「아직도 거기 있다는 말씀 같군요?」

「있다마다. 아가르타에 있는 것이 아니고, 터널 속에 있다는 거요. 우리가 선 바로 이 자리 밑에 있는지도 모르지. 밀라노에도 지하철이 있지 않은가요? 누가 지하철을 만들기로 했지요? 누가 지하철 굴착을 감독했지요?」

「토목 기술자들이었겠죠.」

「제 눈을 제가 가리려 하시는군요. 그러면서도 선생의 출판사에서는 이 비슷한 책을 출판하는 것으로 아는데……. 필자들 중에 유대인이 얼마나 되지요?」

「우리는 필자에게 어느 인종인지 묻지는 않습니다.」 내가 다소 뻣뻣하게 응수했다.

「나를 반유대주의자라고 생각하면 안 됩니다. 아니고말고요. 내 친구들 중에도…… 전 특정한 종류의 유대인을 뜻한 겁니다.」

「어떤 종류를 말씀하시는 건가요?」

「그런 종류가 있죠.」

79

그가 금고를 열었다. 장식용 목걸이, 고무줄, 주방 기구, 각기 다른 기술 학교의 기장(記章) 몇 개, 심지어는 러시아 왕비 알렉산드르 표도로브나의 인장(印章), 레지옹 도뇌르 십자 훈장 등, 이루 셀 수도 없는 잡동사니들이 뒤엉킨 채 들어 있었다. 광기에 들린 그의 눈에는 그 모든 잡동사니에 삼각형 두 개를 거꾸로 겹쳐 놓은, 적그리스도의 봉인이 새겨져 있는 것처럼 보였다.

— 알렉산드르 샤일라, 〈세르게이 A. 닐루스와 의정서〉, 「유대 신문」, 1921년 5월 14일, p. 3

살론은 설명을 계속했다. 「들어 보겠어요? 나는 모스크바 태생이랍니다. 내가 어릴 적의 일인데 러시아에서는 유대인 극비 문서가 발견되었지요. 아주 긴 문서였어요. 하지만 요약하면, 세계 여러 나라 정부를 장악하려면 글자 그대로 지하에서 활동할 필요가 있다는 내용이었어요. 들어 볼래요.」 살론은 이러면서 조그만 쪽지를 집어 들었다. 인용문을 복사한 쪽지였다. 「오늘날의 대도시는 철도망과 지하도망으로 얽혀 있다. 세계의 모든 수도를 날려 버릴 수 있는 것은 바로 이 지하에서만 가능하다. 〈시온 장로회의 의정서〉,[1] 문서 번호 9번.」

문득 선반에 놓여 있는 무수한 등뼈, 눈알 상자, 쇠틀에 걸린 무수한 가죽이 유대인 강제 수용소에서 나왔을지도 모른다는 생각이 들었다. 그러나 그럴 리는 없었다. 살론은 러시

1 유대인들이 세계 정복을 위한 음모를 꾸미고 있는 증거라고 폭로된 중상 문서. 19세기에 작성된 이 문서는 20세기 초두 러시아의 반유대적 분위기에 편승해서 유럽 전역으로 퍼졌고, 마침내 나치의 반유대주의를 합리화시키는 텍스트 노릇을 했다.

아의 반유대주의에 향수를 느끼는 노인에 지나지 않을 터이기 때문이었다. 「그렇다면 유대인 비밀 결사 같은 게 있었다는 말씀이 아닙니까? 무슨 음모를 꾸미고 있던……. 유대인 전부가 아니라 일부 유대인이 그랬다는 것인데, 왜 하필이면 지하입니까?」

「당연하지요. 무슨 음모를 꾸미자면 마땅히 지하여야지 대명천지가 당키나 하나요? 이건 태초부터 널리 알려진 사실입니다. 세계를 장악하기 위해서는 먼저 그 세계 밑에 있는 지하를 장악한다는 겁니다. 그게 뭘까요? 지자기류(地磁氣流)이지요.」

나는, 알리에가 자기 서재에서 우리에게 던지던 질문을 떠올렸다. 피에몬테에서 본 드루이드교도들이 했던 말도 생각났다. 용어는 다르지만 그들 역시 〈지자기류〉 문제를 언급하고 있었던 것 같았기 때문이었다.

「켈트인들이 왜 지하에다 성소를 만들고, 성벽과 연통하는 터널을 뚫었을까요? 켈트족 성소의 우물이, 방사능이 함유된 지층에까지 이르러 있었다는 건 주지의 사실입니다. 저 전설의 고도 글래스턴베리의 구조가 어떻게 되어 있었는지 아시지요? 성배의 전설이 나온 곳도 아발론 섬이 아니던가요? 성배 전설을 유대인이 발명하지 않았다면 대체 누가 발명했겠어요?」

빌어먹을, 또 성배 전설이야? 하지만 무슨 성배? 나에게는 단 하나의 성배가 있을 뿐이다. 리아의 자궁 속에 있는 방사능 지층과 접촉하고 있는 우리 〈작품〉. 우리 〈작품〉은 지금쯤 우물의 입구를 향하여 즐겁게 유영하고 있을 테지. 어쩌면 밖으로 나올 준비를 하고 있는지도 모른다. 그런데 이게 무슨 짓인가? 나는 박제에 둘러싸여 있다니. 죽어 버린 무수한 박제 앞에, 살아 있는 체하는 단 하나의 인간 살론 앞에 서 있다니.

「유럽의 모든 성당은 일찍이 켈트족의 〈멘히르(선돌)〉가 있던 자리에 지어졌어요. 어마어마하게 힘이 들었을 텐데 왜 켈트족은 이런 것들을 땅에다 세웠을까요?」

「그렇다면 이집트인들은 왜 피라미드를 쌓아 올렸을까요? 그보다 몇만 배 더 힘이 들었을 텐데.」

「바로 그겁니다. 안테나, 온도계, 탐침. 중국 의사들이 경혈(經穴)이라는 곳에다 놓는 침 같은 겁니다. 지구 중심에는 용해된 핵이 있습니다. 태양과 같은 상태에 있다고 생각하면 됩니다. 실제로 태양의 주위에는 각기 다른 궤도를 도는 행성이 있지요? 지자기류에도 이와 같은 궤도가 있습니다. 켈트인들은 지자기류가 어디에 있고, 어떻게 하면 그 지자기류를 자유자재로 조종하는지 그걸 알고 있었던 것임에 분명합니다. 단테가 좋은 증거가 될 수 있겠군요. 지하 세계로 내려간 것과 관련해서 단테는 무슨 이야기를 우리에게 하고 싶었던 것일까요? 내 말 알아들으시겠소, 젊은 친구?」

나는 그의 젊은 친구가 도무지 되고 싶지 않았다. 그런데도 듣는 것은 마다하지 않았다. 나는 그의 말을 들으면서 딴 생각을 했다. 리아의 중심에 루키페로스처럼 자라고 있는 나의 〈레비스〉 줄리오/줄리아. 이 우리의 〈작품〉은 지금쯤은 거꾸로 선 채, 밖으로 나오려고 버둥거리고 있을 테지. 우리의 〈작품〉은 리아의 지하에서 밖으로 나오도록 만들어져 있다. 비밀을 캔답시고 머리로 리아의 지하로 뚫고 들어가게 만들어져 있는 것은 아니다.

살론은 자기의 독백에 취한 듯했다. 흡사 자기 기억을 복제해 내려는 듯했다. 「잉글랜드의 목초지를 알지요? 비행기를 타고 잉글랜드를 지나 보면 수많은 성지(聖地)가 전국을 가로세로로 얽는 무수한 선에 연결되어 있다는 걸 알게 됩니다. 지금도 볼 수 있지요. 이런 선이 곧 도로가 되었으니까요.」

「성소가 도로망으로 연결되어 있는 것은 조금도 이상한 일이 아니지요. 사람들은 도로를 되도록이면 직선에 가깝게 만들고 싶었을 테니까요.」

「그럴까요? 그렇다면 철새들이 왜 이 선을 따라 이동할까요? 비행접시들이 왜 이 선을 따라 비행할까요? 로마군이 침략하면서 망실한 비밀이랍니다. 하지만 이 비밀을 아는 사람이 없지는 않지요.」

「유대인이겠군요?」

「유대인들도 땅을 팠지요. 연금술의 제1원리는 〈비트리올 VITRIOL〉이라는 것입니다. *Visita Interiora Terrae, Rectificando Invenies Occultum Lapidem*(대지의 배 속으로 들어가 닦고 연구함으로써 비밀의 돌을 찾는다)의 약자지요.」

그렇다면 〈유랑하는 돌〉이 아닌가. 리아라고 하는 용기(用器) 속에서의 오랜 망각과 최면 상태의 유랑을 청산하고 천천히 귀향하고 있는 우리의 〈작품〉이야말로 나의 〈돌〉일 터였다. 속으로 파고드는 것이 아니라 표면으로 떠오르는 나의 아름다운 〈백석(白石)〉일 터였다. 나는 집으로, 리아 곁으로 돌아가고 싶었다. 돌아가 몇 시간이고 우리의 〈작품〉이 모습을 드러내기를, 표면을 회복하는 승리의 귀환을 지켜보고 싶었다. 살론의 동굴에서는 터널 냄새가 났다. 터널은, 파기되어야 하는 고향이지, 목적지가 아니다.

그런데도 살론의 말을 듣고 있으려니 문득, 〈계획〉에 대한 전혀 새롭고도 심술궂은 아이디어가 떠올랐다. 나는 달 아래 있는 땅의 유일한 〈진리〉를 기다리면서도 머릿속으로는 새로운 허위를 지어내고 있었던 셈이다. 지하의 암흑에 사는 동물처럼 눈이 멀어서.

나는 일어섰다. 터널에서 빠져나가야 했다. 「가야겠습니다. 이 방면의 책 중에 읽을 만한 게 있습니까?」

「저런! 쓰인 건 전부 가짜예요. 유다의 영혼이 그렇듯이, 그런 데 들어 있는 건 모두 거짓말이에요. 내가 아는 건, 우리 아버지에게서 전수한 것이랍니다…….」

「지질학자셨던 모양이군요?」

「아니요. 거리가 멀어요. 다리 밑의 물처럼 흘러가 버린 옛날 일이니까 이제는 부끄러울 것도 없지 뭐. 우리 아버지는 〈오흐라나〉를 위해 일했지요. 전설적인 라치콥스키가 아버지의 직속상관이었답니다.」

오흐라나, 오흐라나? KGB 같은 것? 제정 러시아의 비밀경찰이 아니었던가? 그렇다면 라치콥스키는 누구지? 가만 있자. 비슷한 이름을 들은 것 같은데. 맙소사, 아르덴티를 찾아왔다던 수수께끼의 인물이 라코스키 백작 아니던가……. 됐다. 그만하자. 우연의 일치에 지나지 않을 것이다. 나는 죽은 동물을 박제나 하는 사람이 아니라 살아 있는 인간을 만든 사람이 아닌가.

80

그 〈걸작〉의 물질에서 문득 〈흰 것〉이 나타날 때가 바로 〈삶〉이 〈죽음〉을 극복하고 〈왕〉이 부활하고, 땅과 물이, 〈달〉이 다스리는 대기로 화하는 순간이다. 드디어 자식이 탄생한 것이다……. 이 〈물질〉이 이러한 부동의 지위를 획득하면 〈불〉도 이것을 태우지 못한다……. 우리가 이 완벽한 순백의 상태를 눈으로 보게 되면 철학자는 우리에게 책은 모두 불태우라고 한다. 더 이상은 소용이 없으니까.
— 돔 J. 페르네티, 『신화 연금술 사전』, 파리, 보셰, 1758, 〈블랑쇠르[白石]〉의 장(章)

나는 살론에게 서둘러 이런 변명을 했던 듯하다.「여자 친구가 내일 애를 낳을 것 같아서요.」 살론은 축하한다고 하는데도 인사가 어쩐지 흔연하지 않았다. 아비가 누군지도 모르는 아이를 낳는 줄 알았던 것일까. 나는 맑은 공기를 마시면서 집까지 뛰었다.

리아는 없었다. 주방식탁에는 종이 쪽지가 하나 남겨져 있었다. 〈여보, 양수가 터졌어. 사무실에 연락해도 안 되고. 택시 타고 병원으로 가요. 빨리 와. 외로워.〉

세상에 이런 낭패가 있다니. 나는 리아 옆에서 진통 주기를 재고 있었어야 했다. 아니면 사무실에라도 있었어야 했다. 그래도 연락이 닿을 수 있는 곳이니까. 내 잘못이었다. 우리 〈작품〉은 사산인지도 모른다. 리아 역시 죽었는지도 모른다. 살론은 이 둘을 박제로 만들자고 할지도 모른다.

나는 비틀거리면서 병원으로 정신없이 뛰어 들어가, 엉뚱한 사람들을 상대로 길을 묻고는 두 차례나 엉뚱한 병실을 찾아 들어갔다. 나는 소리를 질렀다.「리아가 애 낳는 데를 모른단 말이오?」「침착해요. 여기 있는 사람들은 다 애를 낳으러 왔으니까.」 그들 중 하나가 대답했다.

어떻게 찾았는지 모르겠지만 어쨌든 나는 방을 찾았다. 리아는 진주같이 창백한데도 웃었다. 누군가가 리아의 머리카락을 수습하여 하얀 모자 속으로 밀어 넣어 주었다. 맨 먼저 눈에 띈 것은 반짝거리는 리아의 이마였다. 그리고 그다음은 〈작품〉.

「줄리오야.」 리아가 속삭였다.

드디어 〈레비스〉가 완성된 것이었다. 시체의 살점을 떼어 내지도 않고, 비소 비누를 쓰지도 않고 나 역시 나의 〈레비스〉를 만든 것이었다. 아이는 완벽했다. 손가락도 발가락도 모두 제자리에 있었다.

나는 부득부득 녀석의 잠지와 큼지막한 불알을 확인했다. 그런 다음에야 리아의 드러난 눈썹에 입을 맞추어 주었다. 「당신 공이야. 밭이 좋아야 하거든.」

「내 공이고말고. 진통 주기도 나 혼자 재었으니까. 나쁜 사람.」

「당신 아니었으면 어쨌을까 몰라.」

81

지하에 사는 백성은 일찍이 고도의 지혜를 터득하고 있었다……. 지상에 사는 인간들이 광기에 사로잡혀 싸움을 걸 경우, 그들에게는 지표를 날려 버릴 힘이 있다…….
— 페르디난트 오센도프스키, 『야수, 인간, 신』, 1924, V

퇴원한 뒤부터 리아가, 집에서 아기의 기저귀를 가는 등 아기를 보살필 때마다 아무래도 자기는 어미 노릇을 제대로 할 것 같지 않다고 푸념을 하는 바람에 나도 집에 죽치고 있었다. 누군가가, 산모가 엄청나게 늘어난 아기 뒷바라지에 절망하는 것은, 출산이라고 하는 승리의 흥분이 가신 뒤에 흔히 산모에게 나타나는 자연적인 현상이라고 설명해 줬다. 어쨌든 아기를 보살피거나 모유를 먹이는 데는 아무 쓸모도 없고 끼어들 자격도 없는 사람이 되어 집 안에서 빈둥거릴 동안 나는 지자기류에 대해 그동안 모은 자료를 닥치는 대로 읽었다.

회사 업무로 돌아가면서 나는 알리에에게 그동안 내가 들은 것, 읽은 것을 털어놓았다. 그는 약간 지겹다는 투로 이런 말을 했다. 「사신 쿤달리니를 가리키는 형편없는 싸구려 메타포에 지나지 않아요. 중국의 토점가(土占家)들도 땅속에서 용을 찾았어요. 땅속의 뱀 이미지는 은비론적인 뱀의 이미지에 지나지 않아요. 여신은 뱀처럼 똬리를 틀고 몸을 눕힌 채 영원한 수면 상태에 든답니다. 쿤달리니는 부드럽게 꿈틀거리면서 무거운 육신과 가벼운 영혼을 연결시킨다고 하지요.

〈옴〉의 첫 음절처럼 와동(渦動)하듯이, 혹은 소용돌이치듯이 솟아오르면서.」

「그렇다면 뱀이 암시하는 것은 뭡니까?」

「지자기류 아니겠어요?」

「지자기류는 뭡니까?」

「뱀을 가리키는 우주론적인 메타포겠지요.」

미친놈. 그만한 건 나도 안다.

나는 벨보와 디오탈레비에게 결론을 메모한 노트를 읽어 주었다. 우리는 가닥이 불을 보듯이 명백하게 잡혀 간다는 데 동의했다. 마침내 우리는 성전 기사단에 막중한 비밀을 부과할 수 있는 단계에 도달한 셈이었다. 우리가 내린 결론은 수수께끼 풀기에 필요한 가장 경제적이고도 우아한 열쇠였다. 천 수백 년에 걸쳐 내려오던 무수한 수수께끼의 조각들은 기가 막힐 정도로 아귀가 잘 맞아떨어졌다.

우리가 내린 결론은 이렇다. 켈트족은 일찍이 지자기류를 알고 있었다. 켈트족에게 이 비밀을 가르친 사람들은 아틀란티스 대륙인들이다. 아틀란티스 대륙이 가라앉자 대륙의 유민들은 이집트로 브리타니아로 뿔뿔이 흩어졌던 것이다.

그렇다면 아틀란티스인들은 이것을 누구에게서 배웠을까? 아틀란티스인들에게 이것을 가르쳐 준 사람들은, 지구의 모든 대륙들이 한 덩어리로 펑퍼짐하게 퍼져 있던 저 〈판게아〉[1]의 시대에 아발론에서 뮤 대륙을 가로질러 오스트레일

1 삼첩기(三疊紀) 이전에 있었다고 하는 대륙. 지구는 원래 하나의 거대한 대륙이었다가 북의 로라시아, 남의 곤드와나로 갈라졌다고 한다.

리아의 내륙 사막까지 진출한 인류의 조상들이다. 만일에 우리가 〈에이어스 바위〉라고 부르는 그 거대한 표석(標石)에 새겨져 있는 신비스러운 명문(銘文)을 해독할 수 있다면 〈해답〉을 얻는 것은 간단하다(이 명문을, 토착민들은 알고 있지만 절대로 가르쳐 주지 않는다). 에이어스 바위는, 거대한 (미지의) 산인 〈극(極)〉, 부르주아 탐험가들이 마음만 먹으면 갈 수 있는 그런 극이 아닌 진정한, 오의의 극인 그 미지의 산에 상응한다. 서구 과학의 가짜 광명의 세례를 받지 않은 사람들은 금방 눈치 챌 터이지만, 우리가 아는 극은 진짜 극이 아니다. 진짜 극은 범용한 사람들의 눈에는 보이지 않는다. 오로지 오의를 전수 받은 사람들, 입을 봉한 사람들 눈에만 보이는 것이다.

그러나 켈트인들은 지자기류의 흐름을 총괄하는 도면만 있으면 수수께끼는 해명된다는 것을 알고 있었다. 그들이 거석 구조물을 세운 것은 그 때문이다. 선돌은, 광맥 채굴에 쓰이는 장치처럼 극도로 민감한 장치였다. 선돌이 선 곳은 지자기류가 달라지는 곳, 혹은 지자기류가 방향을 바꾸는 곳이었다. 그래서 초지(草地)에는, 밝혀진 지자기류의 경로 표지가 만들어지게 되었던 것이다. 고인돌은 집적된 에너지의 창고 노릇을 했다. 드루이드교도들은 바로 이곳에서 토점술(土占術)로 전체의 흐름을 헤아리고 그것을 도면에다 그리려고 했다. 환상 열석(環狀列石)과 스톤헨지는 소우주 대우주 관측소 같은 것으로, 성좌의 순열을 좇아 지자기류의 흐름을 추적하던 곳이었다. 『에메랄드 총서』가 우리에게 가르쳐 주고 있듯이, 하늘 아래서 일어나는 일은 하늘 위에서 일어나고 있는 것과 등정형(等晶形)이므로.

그러나 문제는 이것뿐만이 아니다. 잉글랜드로 흘러 들어간 아틀란티스인뿐만 아니라 다른 곳으로 흘러 들어간 아틀란티스인들도 이것을 알고 있었다. 이집트로 흘러 들어간 아틀란티스인들의 은비학적 지식은 헤르메스 트리스메기스투스를 통해 모세에게 전해지는데, 모세는 자기가 거느리고 다니던, 게걸스럽게 만나나 거머먹고 있던 거러지 패거리에게는 이것을 발설하지 않았다. 거러지 패거리에게는, 알아먹기 쉬운 십계명만 전했다. 나머지 진리는 지극히 고귀한 것이어서 모세는 이것을 〈모세 오경〉에다 암호로 녹여 놓았다. 카발라 학자들만이 이 사실을 알고 있다.

나는 벨보와 디오탈레비에게 설명했다. 「자, 한번 생각해 보자고요. 모든 것은 이미 솔로몬 성전의 치수에 다 기록되어 있습니다. 이 비밀을 지키고 있는 사람들이 바로 태백 우애단을 창설한 장미 십자단, 다시 말해서 에세네파 밀교단인 겁니다. 잘 알려져 있다시피 에세네파는 은밀하게 예수를 입회시킵니다. 그리스도가 십자가에 못 박힌 까닭이 바로 여기에 있는 거지요.」

「그리스도의 고난은 성전 기사단의 박해를 예고한 하나의 알레고리였다는 것이군.」

「바로 그겁니다. 아리마대의 요셉이 예수의 비밀을 켈트인들이 사는 땅으로 전파, 혹은 재전파시킵니다. 하지만 그 비밀은 완전한 것이 못 되었죠. 기독교로 개종한 드루이드교도들은 그 비밀의 단편밖에는 알지 못했어요. 결국 성배가 상징하는 것도 그것입니다. 이 비밀에는 뭔가가 빠져 있는데, 그게 무엇인지는 아무도 모른다는 것을 상징하는 거죠. 솔로몬의 성전에 완벽한 형태로 남아 있는 그 비밀의 의미를 짐작하는 사람들은 팔레스타인에 남아 있던 소수의 랍비들뿐이었지요. 그런데 바로 이들이 이 비밀을 은비주의적인 이슬람교도, 수피교도, 이스마일파, 모타칼리문의 추종자들에게 가르쳐 준 겁니다. 그리고 이들이 성전 기사단원들에게 이것을 전한 것이고요.」

「드디어 성전 기사단이 등장하는군! 안 나오면 어쩌나 하고 걱정하고 있었거든.」 벨보의 말이었다.

우리는 〈계획〉을 빚어내고 있었다. 부드러운 점토를 주무르듯 우리는 우리 손으로 이 〈계획〉이라는 것을 우리 의도에 따라 마음대로 주물렀다. 모래 열풍이 휘몰아치는 사막에서 전우들을 껴안고 밤을 새면서 성전 기사들은 이 비밀을 배웠다. 이들에게 이것을 가르친 사람들은, 메카에 있는 〈검은 돌〉에 결집되어 있는 우주적인 힘의 비밀을 아는 사람들이었다. 성전 기사단원들은 이들로부터 조금씩조금씩 이 비밀을 모아들였다. 사실 이 메카의 〈검은 돌〉은 바빌론 예언자들의 유산이었다. 이런 결론을 내릴 수 있었던 것도, 바벨탑이라고 하는 것도 지나치게 조급을 떤 데다 건축 기술에 대한 과신 때문에 실패로 돌아가고 말았지만, 사실은 가장 강력한 선돌을 축조하는 시도였다는 것이 분명해졌기 때문이었다. 그러나 바빌로니아인들은 중요한 계산 착오를 한 것이다. 키르허 신부가 지적했거니와, 만일에 그 탑이 계획대로 정상에 이르기까지 완성되었더라면 그 엄청난 무게 때문에 지축은 90도, 혹은 그 이상으로 회전하고 말았으리라. 이 경우 지구의 꼴이 어떻게 되었을까. 바쿠스 신의 제사에 등장하는, 위를 향해 씩씩하게 발기한 남근 같은 왕관 꼴이 아니라, 아무짝에도 쓸모없는 맹장(盲腸) 아니면 축 늘어진 음경 혹은 원숭이 꼬리 모양이 되고 말았을 것이다. 실로 볼품없는 상형 문자 꼴이 되어 펭귄들의 놀이터로 전락했을 터, 남극 〈말후트(왕국)〉의 심연에서 길을 잃은 〈세키나(왕관)〉 꼴이 되고 말았을 것이다.

「긴말 제하고, 그럼 성전 기사들이 알아낸 비밀이라는 게 도대체 뭔가?」

「너무 볶지 마세요. 곧 알게 될 테니까요. 이 세상을 만드는 데도 이레가 걸렸어요. 이번에는 〈우리가〉 한번 시도해 보는 겁니다.」

82

지구는 자기체다. 실제로 몇몇 과학자들이 발견했듯이, 지구 전체는 거대한 자석인데, 이것은 파라켈수스가 이미 3백 년 전부터 주장하던 바와 같다.
— H. P. 블라바츠키, 『너울 벗은 이시스』, 뉴욕, 볼턴, 1877, 제1장, p. 23

우리는 시도했고, 성공도 거두었다. 지구는 거대한 하나의 자석이고, 이 자석이 지니는 지자기류의 힘과 방향을 결정하는 것은 천체, 사계절의 주기, 춘추분의 세차 운동(歲差運動), 그리고 우주의 주기 같은 것들이다. 따라서 지자기류는 고정된 것이 아니다. 지자기류는 때에 따라 변하되 그 변하는 양상은 머리카락과 흡사하다. 머리카락은 정수리에서도 자라고 전후좌우에서도 자란다. 그러나 정수리 조금 뒤쪽에는 머리카락의 소용돌이 꼴이 되는 한 점, 즉 가마[旋毛]가 있다. 이 가마 주위의 머리카락은 빗질해 봐야 소용이 없다. 소용돌이꼴 머리카락이 빗에 저항하기 때문이다. 만일에 인류가 지자기류의 가마를 찾아내고 여기에다 강력한 통제소를 세우면 지구 전체 지자기류를 통제하고 지배하는 것도 가능해진다. 성전 기사단은, 그 비밀이라고 하는 것이 지자기류의 지도를 손에 넣는 데 있을 뿐만 아니라 그 급소, *Omphalos*(배꼽), 말하자면 *Umblicus Telluris*(지구의 배꼽), 곧 지구 통제의 급소를 찾아내는 데 있다는 것을 잘 알고 있었다.

연금술에 등장하는 환상적인 용어[〈흑술(黑術)〉은 지하로

하강한다거니, 〈백술(白術)〉은 방전(放電)한다거니 하는]는 상징에 지나지 않는다. 오의 전수자들에게는 그 상징의 의미가 너무나 명백했을 것이다. 다시 말해서 오의 전수자들이 수백 년 동안 추구해 온 것을 상징하는 것으로서 그 궁극적인 목표는 바로 〈적술(赤術)〉의 성취에 있다. 〈적술〉은, 세계를 총괄하는 지식, 곧 지하의 지자기류를 완전히 장악하는 기술을 말한다. 연금술과 성전 기사단 비밀의 진수는, 지구의 이 내적인 율동, 사신 쿤달리니의 율동만큼이나 감미롭고 우아하고 규칙적인 이 율동의 원천을 찾는 것에 다름 아니다. 이 리듬의 전모가 다 알려져 있는 것은 아니지만 시계같이 정확하다. 그 까닭은 하늘에서 유배된 진정한 〈돌〉인, 〈우리의 위대한 어머니 지구〉의 리듬이기 때문이다.

미남왕 필리프가 알고 싶어 한 것도 이것이었다. 종교 재판관들이 교묘하게 〈등뼈의 끝 부분〉에 입맞춤한 것에 대해 그렇게 집요하게 심문한 까닭도 여기에 있다. 종교 재판관들이 알고 싶어 하던 것은 쿤달리니의 비밀이었다. 남색 같은 것은 문젯거리도 아니었다.

「완벽하군! 그런데 그 지자기류를 통제할 수 있게 되면 그걸로 뭘 하나? 맥주라도 만들 수 있나?」 디오탈레비가 물었다.

「이런! 아직도 지자기류의 가마를 찾아내는 게 얼마나 중요한 일인지 모르시는군요. 지구의 배꼽에다 강력한 밸브라도 하나 설치해 놓으면 홍수와 한발을 예측할 수도 있고, 태풍과 해일과 지진을 일으킬 수도 있으며, 대륙을 쪼개고, 섬을 가라앉히고 산맥을 공중에 띄울 수도 있다고요(아틀란티스 대륙도, 무모하게 이걸 실험하다가 가라앉은 게 분명합니다). 여기에다 견주면 원자탄 같은 건 저리 가랍니다. 원자탄은, 떨어뜨리는 쪽도 다치게 되어 있잖아요? 지구의 배꼽을 장악하면, 통제탑에 앉아 미합중국 대통령에게 전화를 걸어 이렇게 말할 수도 있어요. 여보세요. 내일 아침까지 천문학적인 금액이 필요한데요. 준비해 주지 않으면 라틴 아메리카나 하와이 주의 독립을 허용하거나 미국이 보유하고 있는 핵무기를 깡그리 파괴해 버려요. 내 요구에 응하지 않으면 샌앤드리어스 단층을 뽀개 버리고 라스베이거스를 해상 도박장으로 만들어 버리겠소…….」

「라스베이거스는 네바다주에 있는데도?」

「그게 무슨 상관인가요? 지자기류를 통제할 수 있게 되면 네바다와 콜로라도를 싹둑 잘라 버리는 것도 얼마든지 가능한데. 초강대국 소련에 전화해도 됩니다. 서기장 동무요? 내일 아침까지 볼가강에서 나는 철갑상어 알젓을 몽땅 보내시오, 그리고 냉장고로 써야겠으니 시베리아를 주시오. 안 주면 우랄 산맥을 뭉개 버리고 카스피해를 넘치게 만들어 버리겠소. 혹은, 리투아니아와 에스토니아를 잘라 내어 필리핀의 마리아나 해구에다 빠뜨려 버리겠소.」

「알겠어. 아닌 게 아니라 막강하겠군 그래. 그렇게만 된다면 『토라』를 다시 쓰듯이 이 지구를 다시 그릴 수 있겠는데. 일본 열도를 파나마만으로 이동시키는 것도 식은 죽 먹기일 테니까.」 디오탈레비가 그제야 맞장구를 쳤다.

「월가에 경제 공황을 일으키는 것도 식은 죽 먹기죠.」

「스타워즈나 비금속으로 연금하는 것도 손바닥 뒤집기보다 쉽겠어. 지자기류의 맥을 제대로 짚어 가지고 지구 속을 휘저어 버릴 수 있다면 10억 년 동안에 일어난 일을 몇 초 만에 일으키는 것도 가능하겠어. 공업 지대 루르는 그러면 다이아몬드 광산이 되겠네. 그렇지 않아도 엘리파스 레비는, 우주 유동체의 지식에 통달하는 것이 곧 초능력의 비밀이라고 한 적이 있네.」

「아닌 게 아니라 그렇겠군. 온 세상이 〈오르곤 상자〉[1]가 되고 말겠어. 라이히도 분명히 성전 기사였을 거라.」 벨보의 말이었다.

「우리만 빼고, 전부 성전 기사였던 겁니다. 그러나 하느님이 보우하사, 우리도 드디어 성전 기사들이 된 겁니다. 다른 성전 기사들보다는 한발 앞선 성전 기사가 된 겁니다.」

하지만 이 비밀을 알고도 성전 기사들이 움직이지 않았던 까닭은 무엇일까? 문제는 활용이었다. 비밀을 아는 것과 비밀의 활용법을 아는 것은 별문제다. 그래서 성전 기사들은, 악마 취미가 다분히 있는 성 베르나르의 지시를 받고 켈트인들의 원시적인 지자기류 밸브인 선돌을 고딕식 성당으로 바꾸었다. 고딕식 성당은 선돌보다 훨씬 민감하고 강력했으며 지하 납골당에 있는 흑성모를 통하여 방사능 지층과의 직접적인 접촉을 달성하기도 했다. 말하자면 그들은 전 유럽 땅을 망라하는 송수신 체계를 완비하고 지자기류의 힘과 방향, 흐름과 강도에 대한 정보를 서로 교환하고 있었던 것이다.

「그래서 이들은 신세계 아메리카 대륙으로 은광을 이동시켜서 노다지가 쏟아지게 만들고, 멕시코 만류를 다스려 그 귀

1 심리학자 빌헬름 라이히가 상정한 〈오르곤 상자〉는, 우주에 충만해 있는 것으로 믿어지는 활력을 모으는 상자. 그는 이 상자의 힘을 이용하면 심신 장애자를 치료할 수 있다고 주장했다.

금속을 포르투갈로 쏟아져 들어오게 한 겁니다. 토마르는, 그러니까 귀금속의 집산지였던 셈이죠. 프랑스에 있는 동방의 숲은 거대한 창고였던 셈이고요. 이게 곧 성전 기사단 재산의 밑천이 되었던 겁니다. 하지만 이 정도는 새 발의 피에 지나지 않았어요. 그들은, 자기네들이 알고 있는 비밀을 활용할 수 있을 정도로 과학 기술이 발전하려면 6백 년의 세월이 필요하리라는 걸 알았던 모양입니다.」

그래서 성전 기사단은 주도면밀한 계획을 세우고, 후손들이 지자기류를 제대로 활용할 수 있을 때가 되어도 지구의 배꼽이 어딘지 알 수 있도록 해놓았을 것이다. 그렇다면 성전 기사들은 왜 이 비밀을 36조각으로 나누어 세계만방으로 흩어지게 했던 것일까? 명백한 비밀의 열쇠가 어떻게 그 많은 조각으로 나뉠 수가 있었을까? 성전 기사단은, 지구의 배꼽이, 가령 바덴바덴에 있다든지, 트랠리에에 있다든지, 채터누가에 있다든지, 하면 되었지 왜 그렇게 복잡한 밀지가 필요했던 것일까?

지도 같은 것이었을까? 지도 같은 것이라면, 배꼽이 있는 곳에 〈X〉표만 해놓으면 되지 않는가? 〈X〉자가 든 부분을 가진 성전 기사는, 다른 부분을 볼 필요도 없이 그 지점을 바로 찾아낼 수 있을 것이 아닌가? 그렇다. 조금 더 연구해 볼 필요가 있었다. 우리는 며칠 동안 머리를 맞대고 온갖 궁리를 다했다. 벨보는 아불라피아에 물어보기로 했는데, 아불라피아가 내놓은 답은 이랬다.

기욤 포스텔은 1581년에 사망했다.

베이컨은 세인트올번스 자작이다.
공예원 박물관에는 푸코의 진자가 있다.

드디어 진자가 수행하는 기능에 생각이 미쳤다.

며칠 뒤 나는 그럴듯한 해답을 내놓을 수 있었다. 한 〈악마 연구가〉가 성당의 은비학적 비밀에 관한 원고를 보내온 적이 있었다. 이 원고의 필자에 따르면 샤르트르 성당을 세운 건축가들은 천장의 요석(要石)에서 실을 내고 이 실 끝에다 납추를 달아 지구가 자전하고 있다는 것을 간단하게 증명했다는 것이다. 디오탈레비가 그 대목을 읽고 이런 말을 했다. 「갈릴레오가 재판을 받은 까닭을 알겠군. 교회는 갈릴레오에게서 성전 기사의 낌새를 읽었던 거야.」 벨보가 고개를 저었다. 「아닐 거라. 갈릴레오를 기소한 추기경들이야말로 로마에 침투해 있던 성전 기사들이었네. 이들이 토스카나 사람 갈릴레오를 제거하려고 했던 것은, 〈계획〉이 성취되려면 자그마치 4백 년을 더 기다려야 하는데, 갈릴레오가 공명심에 사로잡힌 나머지 비밀을 누설할 것 같았기 때문이야.」

진자 밑에 당시의 석공들이 미로 같은 것을 새겨 놓은 것도 바로 그 때문이었다. 이 미로는, 지자기류의 흐름을 도안화한 것임에 분명했다. 우리는 샤르트르 성당의 미로를 그린 도판화를 찾아보았다. 해시계, 나침면(羅針面), 정맥류 계통도(靜脈流系統圖), 혼수 상태의 쿤달리니가 헤맨 듯한 흔적. 이것이야말로 지표의 조수도(潮水圖)였다.

「바로 이거라. 성전 기사들이 이 진자를, 배꼽의 위치를 나타내는 데 이용했다고 가정하세. 여기에서 중요한 것은, 미로가 아니라고. 그건 추상적인 계획에 불과한 것이니까. 그러니까 미로 대신 세계 지도를 바닥에 놓아 보세. 진자의 끝이 특정 시각에 가리키는 지도 위의 한 점이 바로 지구의 배꼽이라고 가정해 보자고. 하지만 어느 진자가 가리키는 한 점을 배꼽으로 가정해야 하는 거지?」

「진자가 위치한 장소는 논외로 칠 수 있어요. 은신처였던 생마르탱데샹이 틀림없을 테니까.」

「그럴 수도 있을 테지.」 벨보가 대답했다. 「하지만 자정의 그 순간에 진자가 코펜하겐과 케이프타운 사이를 진동하고 있다면? 배꼽은 어디가 되어야 하나? 덴마크인가, 아니면 남아프리카인가?」

「일리 있는 말씀이군요. 하지만 우리 〈악마 연구가〉의 원고에 따르면, 샤르트르 대성당 합창대석의 색유리창에는 열구(裂溝)가 있습니다. 하루의 특정 시각이 되면 이 열구를 통해 들어온 빛이 특정 장소를 비춥니다. 그러니까 늘 바닥의 특정한 부분을 비추는 것이지요. 필자가 여기에서 어떤 결론을 도출하고 있었는지는 기억나지 않습니다만 이건 굉장한 관찰일 수도 있는 거지요. 같은 수법이 생마르탱에서도 재현됩니다. 생마르탱의 합창대석 뒤의 채색 유리에도 두 납틀이 서로 만나는 부분에, 색칠이 되지 않은 부분이 있답니다. 아주 정밀하게 계산된 실수죠. 그런데 근 6백 년 동안 누군가가 늘 이 부분에 색깔이 칠해지지 않도록 주의를 기울입니다. 그런데 특정한 해의 특정한 날 해 뜰 녘이 되면…….」

「성 요한의 날인 6월 24일 새벽. 하지 축제 때가 아니면 언제겠나…….」

「바로 그겁니다. 그날 그 시각, 유리창을 통해 들어온 첫 햇살이 진자 바로 밑에 있는 바닥에 비칩니다. 바로 그 순간 햇살과 진자가 교차하는 일점(一点)에 해당하는 지도 위의 한 지점이 바로 배꼽이 있는 지점인 겁니다.」

「완벽하군. 하지만 구름이 끼면?」 벨보가 물었다.

「다음 해를 기약해야겠지요.」

「이런 말로 흥을 깨어서 미안하지만, 마지막 회동은 예루살렘에서 이루어지게 되어 있네. 그렇다면 진자는, 예루살렘에 있는 오마르 사원의 돔 천장 꼭대기에 달려 있어야 하는 것이 아닌가?」

벨보의 말에 내가 대답했다.「지구의 특정 지역에서 진자는 36시간 걸려 진동 주기를 완성하는데 북극에서는 24시간밖에 걸리지 않습니다. 적도에서는 이 진동 주기가 계절의 변화에 전혀 상관없이 일정하고요. 따라서 중요한 것은 진자가 있는 지역입니다. 만일에 성전 기사들이 생마르탱에서 이것을 발견했다면 이 산법(算法)은 파리에서만 유효합니다. 팔레스타인에서는 진자의 진동 주기가 전혀 달라지는 거지요.」

「성전 기사들이 이것을 생마르탱에서 발견했다고 어떻게 단언할 수 있는가?」

「생마르탱을 은신처로 선택했다는 점에서요. 세인트올번스 자작으로부터 포스텔에 이르기까지, 심지어는 국민공회에 이르기까지 그곳을 장악하려고 했다는 점에서 그렇지요. 푸코가 했던 최초의 실험 이래 진자를 그곳에 설치했다는 점에서 보아도 그렇지요. 증거는 찾으면 얼마든지 있어요.」

「하지만 마지막 회동은 역시 예루살렘에서 이루어지게 되어 있었잖은가?」

「그래서요? 예루살렘에서는 밀지의 단편들이 종합되게 되어 있었던 거지요. 하지만 그게 하루아침에 이루어지는 것이겠어요? 밀지를 가진 추밀단원들은 한 1년쯤 준비해서 다음해 6월 23일 파리에서 만나 지구의 배꼽이 어디 있는지 확인하고, 지구 제패에 들어가게 되어 있었을 테지요.」

「하지만 나로서는 아직도 이해가 안 가는 대목이 있네. 지구의 배꼽에 대한 최종적인 계시 같은 것이 실재한다면, 36명의 추밀단원들은 그것을 사전에 알았을 것이 아니겠느냐고. 진자는 수도원 교회에 있었으니 그게 무슨 비밀이었겠어? 베이컨이나 포스텔이나 푸코(진자를 가지고 그렇게 법석을 떤 것을 보면 푸코는 틀림없이 성전 기사였던 모양인데) 같은 사람이라면 세계 지도를 진자 밑에다 놓고 진자의 주축에 따라 기본 방위를 정하면 문제의 지점을 찾아낼 수 있었을 것이 아니겠느냐, 이 말이네. 우리는 아무래도 헛짚고 있는 것 같네만.」

「아닙니다. 헛짚고 있는 게 아닙니다. 밀지가 모두 모였을 때, 그때까지는 알 수 없었던 사실이 밝혀지게 되는 거니까요. 어떤 지도를 사용해야 하는지가 말이에요.」

83

지도가 영토는 아니다.
— 알프레트 코집스키, 『과학과 정신 위생』, 1933, 제4판, 국제 비(非) 아리스토텔레스 도서관, 1958, II, 제4장, p. 58

나는 설명을 계속했다. 「성전 기사단 시절의 지도가 어땠는지 잘 아시죠? 그 시절의 지도는 아라비아인들이 제작한 지도가 대부분이었어요. 이런 지도에는 아프리카가 위에, 유럽이 아래에 위치합니다. 여러 가지 상황을 고려했을 때 이 항해 지도들은 꽤 정확한 편이었어요. 당시에 이미 300~400년씩 묵은 지도였는데도 불구하고 학교에서 교재로 채택되고 있었거든요. 중요한 것은, 지구의 배꼽을 표시하기 위해서라면, 오늘날 우리가 쓰고 있는 것과 같은 의미의, 정확한 지도가 필요한 것도 아니었어요. 다시 말해서, 그 지도는 그저, 6월 24일의 아침 햇살이 진자가 그리는 원호(圓弧)를 비출 때, 지구의 배꼽이 어디에 있는지 가르쳐 줄 수 있기만 하면 되는 겁니다. 지금부터는 주의 깊게 들어 주셔야 합니다. 자, 지자기류의 중심, 다시 말해서 지구의 배꼽이 예루살렘이라고 가정합시다. 현대의 지도에서 예루살렘의 위치는 그 지도가 어떤 투영 도법(投影圖法)에 따라 제작되었는가에 따라 다릅니다. 우리는 성전 기사들이 사용한 지도가 어떤 투영 도법에 따라 제작되었는지는 알 수 없어요. 하지만 그건 문제가 안 됩니다. 진자가 지도에 맞춰 조정되는 게 아니라 지도가 진자에 맞춰 측정되는 거니까요. 아시겠지요? 따라서 지도가 아무리 괴상망측해도 상관없어요. 6월 24일 아침에 진자 밑에다 펴놓으며 예루살렘의 위치에 해당하는 지점을 지시하기만 하면 되는 것이죠. 이때 진자는 오로지 한 지점, 말하자면 예루살렘일 수밖에 없는 한 지점을 가리키게 되겠지요.」

「문제가 다 해결된 것 같지는 않은데?」 디오탈레비의 말이었다.

「문제가 다 해결된 것은 물론 아니죠. 미지의 36장로의 문제도 해명된 것이 아니고요. 왜냐? 문제의 지도를 찾아내지 못하는 한 문제는 해결되지 않아요. 자, 교회 정위(定位)에 정확하게 대응하는 표준지도 같은 것을 놓고 한번 생각해 볼까요? 제단(祭壇)이 있는 후진(後陣) 쪽이 동쪽이고, 그 반대쪽 본당 회중석 있는 쪽이 서쪽인 지도 말입니다. 교회의 정위는 원래 방향을 이렇게 잡기로 되어 있어요. 이런 지도를 상상하면서, 임의로 그날 아침 진자가 남쪽 사분면(四分面)의 가장자리에 접근하고 있다고 가정합니다. 시계로 말하면 시침이 5시 25분 위치에 있는 겁니다. 됐습니까? 이걸 좀 보세요.」

나는 지도 제작사(製作史)에 관한 책 한 권을 펼치고 설명을 계속했다.

「첫 번째 지도를 잘 보세요. 12세기 지도인데, 당시의 전형적인 〈TO〉형 구조[1]로 되어 있습니다. 아시아를 보세요. 〈지

1 〈TO〉형 지도란 세계를, 〈T〉와 〈O〉가 결합된 ⓣ 꼴로 그린 지도를 말한다. 〈O〉는 세계를 둘러싸고 있는 오케아노스, 즉 대양(大洋)의 모습이고, 〈T〉는 세계의 큰 강, 즉 돈강, 나일강 그리고 지중해이다. 〈T〉 자의 윗부분은 낙원이 있는 동방의 아시아, 왼쪽은 유럽, 오른쪽은 아프리카이다.

상의 낙원〉 위에 있지요? 왼쪽에는 유럽, 오른쪽에는 아프리카가 있습니다. 그리고 여기, 아프리카 건너편에는 오스트레일리아와 뉴질랜드도 표시돼 있어요. 두 번째 지도를 보실까요? 이건 마크로비우스의 『스키피오의 수면(睡眠)』으로부터 영감을 받고 그린 것으로, 16세기까지 여러 판이 나오는 바람에 지금도 구하기가 그렇게 어렵지 않습니다. 아프리카가 좀 작게 그려져 있지요? 하지만 그건 문제가 아닙니다. 자, 보세요. 이 두 지도를 같은 쪽으로 정치(定置)해 놓고 봅시다. 첫 번째 지도에서 5시 25분에 해당하는 지역은 아라비아, 두 번째 지도에서 5시 25분에 해당하는 지역은 뉴질랜드가 됩니다. 설사 진자의 비밀을 속속들이 안다고 해도 이 비밀의 해석에 쓰일 지도가 어떤 지도인지 모른다면 아무 소용도 없는 겁니다. 그런데 그 밀지라는 것에는, 필요한 지도를 어디서 구할 수 있는지가 정교하게 암호화되어 적혀 있었던 것임에 분명합니다. 어쩌면 이 용도를 위해 지도를 특별 제작 했었는지도 모르지요. 밀지에는 어디에서, 혹은 어떤 책에서, 아니면 어떤 도서관, 수도원, 성에 문제의 지도가 있다, 이런 것이 밝혀져 있었던 겁니다. 존 디나 베이컨이나, 혹은 다른 누군가가 밀지의 내용을 해독했을 가능성도 배제 못 합니다. 밀지에는 분명히, 지도는 모처에 있다고 했는데, 그사이에 유럽에 별별 일이 다 일어났으니, 지도를 소장하고 있던 수도원이 불탔을 수도 있고, 지도가 도난당했을 수도 있고, 누군가가 다른 곳으로 옮겨 놓았을 가능성도 있는 겁니다. 누군가가 지도를 가지고 있기는 하지만 그게 어디에 쓰이는 것인지 모르고 있을 수도 있고, 그게 귀하다는 것은 아는데 귀한 까닭을 몰라서 살 사람을 찾아 헤매고 있을 가능성도 있습니다.

이런 상황에서 생각해 보건대 밀지는 본래의 의미에서 일탈, 제멋대로 해석되어 여러 손을 거치게 되고, 경우에 따라서는 지도의 은닉처에 대한 내용이 연금법 교과서로 오인되었을 가능성도 있습니다. 심지어는 순전한 추측만을 근거로 그 지도를 재구(再構)하려는 사람이 있었을 가능성도 배제 못 합니다.」

「가령 어떤 추측?」

「가령 말이지요, 소우주와 대우주의 조응 관계 같은 겁니다. 세 번째 지도를 보실까요? 이건 로버트 플러드의 『소우주와 대우주의 역사』, 제2권의 삽화인데요. 플러드가 런던의 장미 십자단원이라는 걸 잊으면 안 됩니다. 〈로베르투스 데 플룩티부스〉를 자칭하던 우리의 이 멋쟁이가 여기에서 무슨 짓을 했는지 한번 볼까요? 지도가 아닌, 북극에서 내려다 본 지구의 전체 모습을 그리고 있어요. 물론 이 북극은 비학적인 극점(極點)입니다. 따라서, 이상적인 쐐기돌에 매달린 이상적인 진자의 꼭대기에서 내려다본 지구일 수밖에 없는 거지요. 이 지도야말로, 진자 밑에 놓기 위해 특별히 제작된 겁니다. 의심할 여지가 없어요. 나는, 왜 아직까지 이런 것을 알아낸 사람이 없었는지, 상상이 안 됩니다.」

「〈악마 연구가들〉이 워낙 머리가 나빠서 그럴 테지.」 벨보가 대답했다.

「그게 아니고요, 우리야말로 유일하게 합법적인 성전 기사 자격을 갖춘 후계자라는 뜻일 겁니다. 어쨌든, 계속하겠어요. 이 그림을 알아보시겠지요? 이건 움직일 수 있게 되어 있어요. 트리테미우스가 사용했던 회전식 암호 해독반 같은 겁니다. 그렇다면 이건 지도가 아닌 것이죠. 지도가 아니고, 문제

ASIA
RIPHEI MONTES.
EVRO.
FRIGIDA
AETIOPIA. PERVSTA.
MARE RVBEVM
ALVEVS OCEANI.
PERVS T A
TEMPERATA ANTIPODVM.
NOBIS INCOGNITA.
FRIGI DA

의 지도가 나올 때까지 여러 가지 지도를 시작(試作)하는 도구인 것이지요. 플러드도 그 옆에 있는 설명문에서 그렇게 말하고 있어요. 이것은 어떤 도구를 만들기 위한 미완성의 밑그림에 지나지 않는다, 라고요.」

「그렇지만 플러드는 지동설을 끝내 부정했던 사람이 아닌가? 그런 사람이 어떻게 진자를 생각할 수 있었겠느냐고.」

「이 사람들은 오의(奧義) 전수자들이에요. 오의 전수자들은 아는 것을, 알고 있다는 사실을 부정합니다. 그걸 감추기 위해서지요.」

「존 디가 왕실의 지도 제작자들에게 관심을 가졌던 것도 그 때문이겠군? 그의 관심은, 지구가 실제로 어떻게 생겼느냐 하는 데 있었던 것이 아니라 여러 가지 지도 중에서 단 하나의 진정한 지도, 저희들에게 요긴한 그 지도를 찾아내려는 데 있었다는 얘긴데.」

「카소봉의 설명, 나쁘지 않은데. 나쁘지 않아. 가짜 문서를 주도면밀하게 재구성해서 진실에 이르러 보자, 이것인 모양인데.」 디오탈레비가 중얼거렸다.

84

내가 보기에, 이번 〈회합〉의 가장 중요한 과제, 그리고 가장 유익한 과제는 베룰람의 구상에 따라 자연 과학사에 관한 연구에 전념하는 것이 아닐까 싶다.
— 콜베르에게 보내는 크리스티안 하위헌스의 서한, 『하위헌스 전집』, 헤이그, 1888~1950, vi, pp. 95~96

성전 기사단 6개 진(陣)의 목적은 비단 지도를 찾는 데만 국한되어 있는 것은 아니었다. 포르투갈인과 영국인 수중에 있는 밀지의 두 단편에 진자가 언급되었을 가능성이 있기는 하지만 진자에 대한 개념이 당시에는 그다지 분명하지 못했다. 그냥 납덩어리를 줄에 매달아 흔들리게 하는 것과, 특정한 장소, 특정한 시각에 햇빛이 거기에 와 닿도록 정확하게 계산된 정밀한 진자를 만드는 것은 같을 수가 없다. 성전 기사들이 6백 년 동안이나 계산에 계산을 거듭해 온 것도 바로 이 때문이다. 베이컨 진영은 즉시 이 일에 손을 대고는 모든 오의 전수자들을 자기네 편으로 끌어들였다. 밀지 전수의 대가 끊길 것을 염려하던 오의 전수자들은 필사적으로 베이컨 진영에 가담하고자 했다.

장미 십자단원인 살로몽 드 코가 리슐리외를 위해 해시계에 관한 책을 쓴 것도 우연이 아니다. 드 코 이후, 갈릴레오를 위시한 수많은 사람들은 미친 듯이 이 진자의 연구에 매달렸다. 구실은 이로써 경선(經線)을 정확하게 긋겠다는 것이었다. 그러나 1681년, 파리에서는 정확하게 진동하던 진자가 카옌에서는 진동 주기가 길어지는 현상을 관찰한 하위헌스는, 이것이 지구의 자전 때문에 생기는 원심력이 지역마다 다르기 때문이라는 것을 깨달았다. 하위헌스가, 갈릴레오의 진자 이론을 검토한 저서 『진자시계』를 발표하자, 그를 파리로 불러들인 것이 누구였던가. 바로 콜베르가 아니었던가? 콜베르는, 살로몽 드 코를 파리로 불러 지하를 연구하게 한 장본인이다.

1661년, 피렌체의 치멘토 학원이 푸코에 앞서 같은 결론을 발표했을 때 토스카나 대공 레오폴트 1세는 5년 뒤에 이 학원을 폐쇄시키는데, 이 일이 있은 직후 레오폴트 1세는 그 음덕(陰德)으로 바티칸으로부터 추기경 자리를 얻게 된다.

여기에서 끝난 것이 아니다. 진자에 대한 연구는 그 후 몇 세기 간 계속되었다. 1742년(생제르맹이 역사에 등장하는 바로 전 해!)에는 메랑이라는 인물이 왕립 과학 아카데미에 진자에 관한 논문을 제출한다. 그리고 1756년(성전 기사 감독회가 독일에서 창립되는 해!)에는 부게르라는 인물이 『연추(鉛錘)에 매달린 실에 작용하는 힘에 대하여』를 썼다.

아찔할 정도로 제목이 긴 책도 있었다. 가령 장바티스트 비오가 1821년에 펴낸 책 제목은, 『파리 자오선의 연장선상에서 위도와 중력의 편차치를 측정하기 위해, 스페인, 프랑스, 잉글랜드, 스코틀랜드 등지에서 프랑스 경선 관리국의 명에 따라 실시된, 측지학적 · 천문학적 관측 기록』이다. 하필이면 프랑스, 스페인, 잉글랜드, 그리고 스코틀랜드인가! 이거야말로 생마르탱의 자오선에 대한 보고가 아닌가! 1823년 에드워드 새바인 경(卿)이 출판한, 『서로 다른 경선상에서의 진자 진폭 시간으로써 지구의 전모를 명확하게 규명 정립하기 위한 실험 보고서』는 또 무엇인가! 수수께끼의 인물 표도르 페트로비치 리트케 백작이 1836년, 세계 일주 항해 중에 실험한 진자의 진동에 관한 연구 성과를 발표한 것은 또 무엇인가! 더구나 그의 연구는 당시 페테르부르크에 있던 러시아 제국 과학 아카데미의 재정 원조를 뒷받침으로 이루어진 것이다. 그렇다면 러시아까지 이 〈계획〉에 참여하고 있었다는 셈이 되지 않는가!

그리고 그동안 한 진영이 지도나 진자의 도움을 받지 않고, 오로지 근본에만 매달려, 말하자면 뱀의 들숨 날숨에만 의지해서 지자기류의 비밀을 규명하려고 했었다면? 그 진영이, 베이컨 진영의 후계 진영이 아니라면 대체 어떤 진영일 수 있는가? 그렇다면 박제사 살롱의 짐작은 적중한 것이다. 베이컨 진영이 그 발달을 크게 고무한, 산업화한 세계가 대도시의 중심부에 지하 통로를 건설하기 시작할 무렵이 바로 푸코가 진자의 법칙을 발견한 바로 그 무렵이 아니었던가!

내 설명에 벨보가 무릎을 쳤다. 「맞아! 그래. 19세기 사람들은 유난히 지하에 관심이 많았네. 장발장이 그렇고, 팡토마, 자베르, 로캉볼에 이르기까지 19세기 사람들은 대체로 하수도나 지하 도랑에 들락거리기를 좋아했어. 세상에! 그러고 보니 쥘 베른의 작품도 사실은 지하계 비밀을 은비학적으로 해명한 거 아니야! 지저 여행(地底旅行), 해저 2만 리, 신비의 섬에 있는 동굴 탐험, 흑인도(黑印度)의 지하 대제국! 베른의 기이한 여로를 그림으로 그려 보면 뱀이 똬리를 튼 그림이 되겠어. 이게 뭐겠어? 결국은 각 대륙의 목초지에 그려져 있었다는 그림 아니겠어? 결국 베른은 지하와 지상의 지자기류 분포도를 그리고 있었던 거 아닌가?」

나도 한마디 거들지 않을 수 없었다.「흑인도에 나오는 주인공 이름이 뭡니까? 존 〈가랄〉 아닙니까? 어쩐지 울림이 〈그라알[聖杯]〉을 연상시키지 않습니까?」

「역시 상아탑에 갇힌 창백한 인텔리의 탁상공론이 아니라 두 발을 실팍하게 땅에다 댄 우리의 실증적인 연구 결과일세. 베른이 구체적인 실마리를 제공했다는 생각이 드는데그래. 그 양반이 쓴『정복자 로뷔르』의 두문자가 뭐야? 〈R. C.〉 아닌가. 장미 십자단. 그리고 〈로뷔르*robur*〉를 거꾸로 읽으면 〈뤼보르*rubor*〉, 장미의 붉음.」

85

〈필리어스 포그Phileas Fogg〉.[1] 대단히 상징적인 이름이다. 〈에아스*Eas*〉는 그리스어로 〈지구적(地球的)〉이라는 의미를 지닌다. 따라서 〈판[凡]〉 혹은 〈폴리[多]〉와도 등가의 의미를 지닌다. 그렇다면 〈필리어스〉는 〈폴리필레〉, 곧 〈폴리필로스(同胞)〉와 같다. 〈포그〉는 〈브루이야르〉, 즉 〈안개〉라는 뜻이다. 그렇다면 필리어스는 〈르 브루이야르〉 결사에 소속되어 있었음이 분명하다. 그런데 그는 친절하게도 이 결사와 장미 십자단의 관계를 우리에게 명확하게 설명해 주고 있다. 필리어스 포그라고 불리는 이 귀족 모험가가 장미 십자단원이 아니라면 대체 무엇일 수 있는가……. 게다가 그는 〈리폼 클럽(개혁회)〉에 소속되어 있었다. 이 클럽의 두 문자는 역시 〈R. C.〉……. 그렇다면 이 클럽이 겨냥하는 개혁의 객체는 장미 십자단이 아니고 무엇이겠는가? 이 클럽은 런던의 펠 멜가에 있었는데, 이 역시 『폴리필로스의 꿈』[2]을 연상시킨다.

— 미셸 라미, 『오의 전수자이자 스승인 쥘 베른』, 파리, 페이요, 1984, pp. 237～238

우리는 여러 날이 걸리는 이 〈계획〉을 재구하는 일에 죽자사자 매달렸다. 그러다 가끔씩은 서로 그동안 각자가 발견한 새 실마리를 가지고 토론하고는 했다. 우리는, 백과사전이건 신문이건 만화건 도서 목록이건 닥치는 대로 읽었다. 읽으면서도 끊임없이 주위를 곁눈질함으로써 〈계획〉을 재구하는 데 필요한 지름길을 흘끔거렸다. 신문과 잡지가 진열된 가게를 지나칠 때마다 발걸음을 멈추고 뒤적이느라 정신이 없었다. 때로는 〈악마 연구가들〉의 원고를 거리낌 없이 베끼기도 했고 새로운 자료가 발견되면 그걸 들고 의기양양하게 사무

1 쥘 베른의 소설 『80일간의 세계 일주』에 나오는 주인공.

2 15세기 이탈리아의 수도승 프란체스코 콜로나가 쓴 환상적인 작품. 용에게 쫓기는 젊은이가 그려진 판화가 전해진다.

실로 뛰어들면서 책상 위에다 소리 나게 내던지기도 했다. 그즈음의 일을 떠올리다 보면, 어찌나 정신없이 일이 진행되고 있었던지 흡사 키스톤 콥스Keystone Kops의 영화 장면이 그렇듯이 모든 것이 순식간에 이루어진 듯했다는 느낌에 사로잡히고는 한다. 키스톤 콥스의 영화들에서는 문이 초고속으로 여닫히고, 크림 파이가 하늘을 날고, 사람들이 나는 듯이 계단을 오르내리고, 고물 차들이 박치기를 하고, 저장 식품, 치즈, 빨대가 산더미처럼 쌓여 있는 식품점 진열대가 차례로 무너지고, 밀가루 부대가 폭발한다. 그러나 틈틈이 한가로울 때도 있었다. 〈계획〉에 매달리고 있지 않을 때의 시간, 그 일상적인 순간들은 슬로 모션으로 진행되는 이야기로 나는 기억한다. 〈계획〉은 천천히 모습을 갖추어 갔다. 나는 그 진행되는 양상이, 체조 선수의 발 움직임, 투원반 선수의 회전 운동, 투포환 선수의 투척 직전의 긴장된 몸 움직임, 잔디 상태를 읽는 골퍼의 눈길, 신중하게 볼을 고르는 야구 선수의 선구안과 흡사했던 것으로 기억한다. 그러나 진행되는 리듬이야 어떠했든, 승리의 여신은 늘 우리 삼총사에게 미소를 보내고는 했다. 그럴 수밖에. 우리는 자료와 자료의 관계가 필요하면 즉시 그것을 찾아낼 수 있었다. 언제나, 어디서나, 어떤 자료든 논리적인 맥락을 만들어 낼 수 있었다. 이렇게 하고 있으려니 이 세상은 거대한 폭발과 함께 한 소용돌이 속으로 싸잡히는 것 같았다. 이 소용돌이 안에서는 모든 사물은 다른 사물의 다른 모양에 지나지 않았고, 모든 것은 다른 것에 대한 설명에 지나지 못했다.

나는, 걱정을 끼칠 것 같아서 리아에게는 이런 이야기를 하지 않았다. 나는 줄리오마저도 무시하고 살았다. 나는, 가령, 자다가 한밤중에 데카르트의 라틴어 이름 〈레나투스 카르테시우스〉의 두문자 역시 〈R. C.〉라는 데 생각이 미쳐 벌떡 일어난 적도 있었다. 그가 누구던가? 죽자사자 장미 십자단을 찾아다녀 놓고도, 결국 자기가 장미 십자단을 발견한 것을 부인한 장본인이 아니던가! 그는 어째서 〈방법론〉의 문제에 그렇게 집착하고 있었던 것일까? 그것은, 오로지 이 〈방법론〉을 통해서만이 당시 유럽의 모든 오의 전수자들을 매혹시키던 그 수수께끼를 해명할 수 있었기 때문이었다. 고딕 마술을 찬양한 이는 누구던가? 르네 드 샤토브리앙. 베이컨 시대에, 『성전으로 통하는 계단』을 쓴 이는? 리처드 크래쇼. 라니에리 디 칼차비지, 시인 르네 샤르, 탐정 소설가 레이먼드 챈들러, 「카사블랑카」의 릭. 이름의 두문자는 모두 〈R. C.〉.

86

이 방면의 학문은, 적어도 그 요지만은 유실되지 않은 채 시토회 수도승으로부터 교회 관계의 건축가들에게 전수되었다……. 이 건축가들은 15세기에 〈프랑스 탑장(塔匠)〉으로 알려진 한 무리의 장인들이었는데, 에펠에게 자기 손으로 설계한 에펠탑의 건축을 의뢰받은 것도 바로 이들이다.

— L. 샤르팡티에, 『샤르트르 대성당의 수수께끼』, 파리, 라퐁, 1966, pp. 55~56

바야흐로 우리는 이 땅에, 땅을 뚫고 들어가고, 지하에서 이 지구를 엿보는 부지런한 스파이가 버글거리는 현대 세계를 만들어 낸 셈이었다. 그러나 베이컨 진영이 발진시킨 사업이 이것으로 그칠 수는 없었다. 그 외 또 다른 사업이, 아무도 무엇인지 눈치채지 못하는 사이에 이미 그 결과로서, 혹은 상황 진전의 단계로 모든 사람들의 눈앞에 펼쳐지고 있어야 했다. 지층에는 구멍이 뚫리고 심층은 시험을 당했다. 그러나 켈트인들과 성전 기사들이 한 일은 땅에 우물을 파는 데 국한되지 않았다. 그들은 군데군데 거점을 세우고 이것을 하늘에다 겨누어 거석과 거석 간의 연락을 취하게 하는 한편 이로써 천체가 지구에 미치는 영향을 알아내려고 했다.

결국 어느 잠 못 이루던 밤에 벨보의 머리에 해답이 될 만한 생각이 떠올랐다. 그는 창문에 기대서서, 밀라노의 무수한 지붕 너머로 〈이탈리아 라디오〉의 송신탑을 바라보고 있었노라고 했다. 소박하면서도 빈틈없는 바벨탑. 그는 그 순간에 문리(文理)가 트이더라고 했다.

다음 날 그는 우리에게 이런 말을 했다. 「에펠탑이야! 우리가 왜 진작 이 생각을 못했던 것일까? 에펠탑이야말로 금속으로 된 표석이자 켈트족 최후의 선돌, 고딕 탑보다 훨씬 높은 공탑(空塔)이다. 파리는 뭘 노리고 이렇게 쓸모없는 기념물을 세웠을까? 이거야말로 천체 관측을 위한 탐침이자, 지구상에 박혀 있는 모든 탐지기의 정보를 수집하는 안테나일세. 이스터 제도의 거석상, 마추픽추의 유적, 비의 전수자였던 라파예트가 구상했던 자유의 여신상, 룩소르의 오벨리스크, 토마르의 탑, 아무도 모르는, 바다 밑 어딘가에서 아직까지도 신호를 보내 오고 있다는 로도스 섬의 거상, 밀림에 우뚝 선 브라만 사원, 만리장성의 탑, 에이어스 바위 꼭대기, 오의 전수자 괴테가 그토록 사랑하던 스트라스부르의 탑, 오의 전수자 히치콕이 좋아하던 러시모어산의 미국 대통령들 얼굴, 엠파이어스테이트 빌딩 위의 텔레비전 안테나. 미국의 오의 전수자들이 지은 이 엠파이어스테이트 빌딩의 〈엠파이어[帝國]〉가, 프라하에 군림하던 루돌프의 엠파이어가 아니라면 대체 무엇일 수 있겠나? 에펠탑은 지하의 신호를 받아 하늘에서 내려오는 신호와 비교하고 있는 것임에 분명해. 에펠탑을 최초로 무시무시한 영상으로 만들어 우리 앞에서 들이댄 사람이 누군가? 르네 클레르 감독 아닌가? 〈파리는 잠들어〉의 르네 클레르가 아닌가? 〈R. C.〉.」

과학사를 깡그리 다시 읽어야 할 것 같았다. 우주 개발 경쟁이 벌어지고 있는 상황, 멋대가리 없는 인공위성들의 보이지 않는 긴장, 해저 조류, 온난 기류를 측정하느라고 땅덩어리의 사진을 찍어 보내는 상황도 이해할 만했다. 저희들끼리 신호를 보내면서, 에펠탑 나오라, 스톤헨지 나오라…….

87

1623년에, 셰익스피어의 원작으로 알려진 2절판 책에 정확하게 36편의 희곡이 수록되어 있다는 것은 실로 주목하지 않을 수 없는 우연의 일치이다…….
— W. F. C. 위그스턴, 『장미 십자의 가면 : 프랜시스 베이컨 대(對) 유령 선장 셰익스피어』, 런던, 키건 폴, 1891, p. 353

각자 마음대로 상상하고 그 결과를 두고 의견을 교환하고 보니, 우리는 지름길을 지나치게 선호한 나머지 근거도 없는 연상을 통해 결론을 도출했다는 느낌을 지울 수 없었다. 이것은 어느 정도 사실이기도 했다. 그래서 누가 우리를 보고, 그런 것들은 실제로 믿고 그런다고 공박하면 좀 부끄러워했을 것이다. 우리는, 출판사의 〈악마 연구가들〉 필자 패거리의 논리를 그저 비꼬아 개작하는 데 지나지 않는다는 것으로 서로를 위안했다. 그러나 아이러니에 대한 예의상 우리는 이것을 굳이 드러내려고는 하지 않았다. 그런데 아무런 양심의 가책 없이 서로 발표할 자료와 증거를 모으다 보니, 우리의 사고 자체에 변화가 생긴 것 같았다. 즉 사고 자체가 이것과 저것, 저것과 이것을 연결시키는 데 아주 이골이 난 나머지 나중에는 습관적으로, 자동적으로 사물과 사물 간의 관계를 찾아내게 되었다. 사람이 한 가지를 계속해서 믿는 척하면 나중에는 자기가 그것을 믿는 척하는 것인지 정말로 믿는 것인지 분간이 안 갈 때도 있는 법이다.

이것은 스파이들에게 흔히 일어나는 일이기도 하다. 스파이는 적군의 비밀 조직에 침투해서 적군처럼 사고하려고 노력한다. 스파이가 적국에 잠입하고 활동하는 데 성공한다는 것은 곧 적군의 사고방식이 몸에 배었다는 뜻이다. 그런데 이로부터 얼마 안 있으면 스파이는 적군 편으로 넘어가고는 하는데, 이것은 지극히 자연스러운 일이다. 적군처럼 사고하려고 노력한 나머지 아예 적군과 같은 생각을 하게 되어 버리기 때문이다. 개와 단둘이 사는 사람들에게서도 이런 일이 일어난다. 그들은 하루 종일 개에게 말을 걸고, 개의 의도를 이해하려고 애쓴다. 그러다 조금 더 지나면 개들이 자기 말을 알아듣는다고 주장한다. 그래서 자기 개가 수줍음을 탄다거니, 질투심이 강하다느니, 만사에 신경질적이라느니 한다. 그 다음 단계에서는 개를 놀려 주기도 하고, 개를 이해하기도 하고 그러다가 결국은 개가 자기네들과 똑같아졌다고, 말하자면 개가 인간이 되어 버렸다고 생각하게 된다. 그러나 사실은 그들이 개와 비슷해진 것에 지나지 않는다. 그들이 개를 닮게 된 것이다.

날이면 날마다 리아와 아기를 접촉하고 있어서 그랬겠지만 우리 삼총사 중에는 그래도 내 시선이 가장 객관적인 데서 가까웠다. 나는 내가 이 장난을 총괄하고 있다고 믿었다. 흡사 브라질의 의례에서 아고구를 치고 있을 때의 심정과 비슷했다. 말하자면 나는 남의 감정을 통제하는 편에 속해 있는 것이지 통제당하는 편에 서 있는 것이 아니라는 심정이었다. 디오탈레비의 심정이 어땠는지 나는 그때는 알지 못했다. 물론 지금은 잘 알고 있다. 그는 〈악마 연구가들〉의 사고방식을 체질화하려고 애쓰고 있었던 것 같다. 벨보는 우리보다는 훨씬 의식적인 수준에서 〈계획〉과 동일시해 가고 있었다. 나는 중독되어 가고 있었고, 디오탈레비는 전와(轉訛)해 가고 있었으며 벨보는 개종(改宗)되어 가고 있었던 것이다. 요컨대 우리는 서서히, 비슷한 것과 동일한 것, 비유와 실체를 구별하는 지적 감수성을 상실해 가고 있었다. 지적 감수성이라는 것은 가령 어떤 사람을 〈동물적〉이라고 하면서도 그 사람이 정말 짐승이 되었다고는 절대로 믿지 않는 신묘하고 영민하고 아름다운 능력인데 우리는 그것을 상실해 가고 있었다. 그것을 상실하면, 〈동물적〉이라는 말만 들어도 즉시 그 사람이 짖거나 으르렁거리면서 네 발로 기어오는 모습을 떠올리게 되어 버린다.

디오탈레비의 경우, 증상은 여름휴가에서 돌아오면서부터 나타났던 것 같다. 우리가 정신없이 들떠 있지 않았더라면 그것을 알아차릴 수 있었을 터였다. 휴가에서 돌아온 그는 수척해 보였다. 그러나 그것은 일주일 정도 산행(山行)하고 온 사람에게서 볼 수 있는 그런 수척함이 아니었다. 그의 부드럽고 민감한 피부는 누렇게 떠가고 있는 것 같았다. 우리는 그런 변화를 눈치채고도, 그저 랍비들의 저서를 지나치게 읽어서 그렇거니 하는 정도로만 생각했다. 우리는 우리대로 이 일에 미쳐 있었던 것이었다.

우리는 휴가가 끝난 뒤 베이컨 진영과 맞섰던 진영의 면모도 재구해 내었다.

가령 요즘의 프리메이슨 학자들은, 민족의식을 붕괴시키고 국가의 해체를 선창하던 바이에른의 계명 결사는, 단지 바쿠닌의 무정부주의를 고무한 데 그치지 않고 마르크스주의 자체에도 큰 영향을 끼쳤을 것이라고 주장한다. 그러나 이것은 당치 않다. 계명 결사는 선동가 집단이었다. 그들은 튜턴족에 깊숙이 침투해 있던 베이컨 진영의 밀정들이었다. 마르크스와 엥겔스가 1848년에, 〈유령이 유럽을 배회하고 있다〉는 유장한 문장으로 시작되는 『공산당 선언』에서 〈유령〉으로 지칭한 것은 다른 뜻이 있어서였다. 왜 이렇게 고딕풍의 표현이 등장하게 되었던 것일까? 『공산당 선언』은, 수백 년 동안 유럽을 떠들썩하게 했던 〈계획〉에 대한 은밀한 재구를 빈정대고 있는 것이다. 말하자면 『공산당 선언』은, 베이컨 진영이나 신성전 기사단이 제시하고 있는 것과는 다른 해결책을 제시하고 있는 것이다. 유대인이었던 마르크스는 헤로나 혹은 사페트 지역 랍비들의 대변인으로서 선민(選民) 전체를 이 〈계획〉의 재구에 동원하려고 한다. 그러다가 그는 자신의 임무에 완전히 빠져 버리고 만다. 그때부터 그는 떠돌아다니는 왕국의 유민(流民) 〈셰키나〉를 프롤레타리아와 동일시하고는 자기를 가르친 스승들의 기대를 저버리고 유대인 메시아사상을 신봉하던 세력에게 정면으로 맞서게 된다. 전 세계의 성전 기사단원들이여, 단결하라! 노동자에게 문제의 지도를! 절묘하지 않은가! 도대체 누가 공산주의의 역사를 이보다 더 잘 설명할 수 있을 것인가?

벨보가 이런 말을 했다. 「맞는 말이야, 하지만, 베이컨 진영도 도중에 장애물을 만났을 거야. 안 만났을 거라고는 생각들 말게. 일부는 과학이라고 하는 초고속 도로를 달리다 막다른 골목에서 좌초하고 말았거든. 베이컨 왕조 말기에 아인슈타인 및 페르미류(類)의 베이컨주의자들은 소우주의 비밀을 찾아가다가 엉뚱한 것을 발견하지 않았나? 순수하고 자연스럽고 신비스러운 지자기류 대신에 지극히 기술적이고, 부자연스럽고, 오염된 원자력을 발견하고 말았거든…….」

「시간과 공간을 묶어서 사고하는, 서구의 오류이지.」 디오탈레비가 응수했다.

「〈중심〉의 상실입니다. 영생 불사약 대신에 백신과 페니실린을 발견하고 말았거든요.」 내가 덧붙였다.

「또 하나의 성전 기사인 프로이트도 그랬지. 실재하는 세계의 지하 미로를 파들어 가는 대신 정신의 지하를 파들어 가고 말았거든. 그러고는 연금술사들이 오래전에 했던 주장을 되풀이하게 되지.」

「하지만 자네도 한통속이 아닌가? 자네도 바그너 박사의 책을 출판할 마음을 먹고 있는 사람이니까. 내가 보기에, 정신분석이라고 하는 것은 신경증 환자들이나 하는 짓거리 같아.」 디오탈레비가 이죽거렸다.

「그렇습니다. 페니스라고 하는 것은 남근 상징에서 더도 덜도 아니에요. 자, 이야기를 곁가지로 뻗지 않게 합시다. 시간을 낭비할 때가 아닙니다. 우리는 아직까지도 파울리키아누스파와 예루살렘 진영을 검토도 하지 못한 단곕니다.」 내가 결론을 내렸다.

그런데 이 문제가 본격적으로 검토되기도 전에 미지의 36장로의 일부는 아니지만 일찌감치 이 비밀의 해명에 끼어들어 한바탕 분탕질을 친 또 한 진영이 나타났다. 예수회가 바로 그것이다.

88

폰 훈트 남작, 램지 기사…… 그리고 이 의식에 위계를 부여한 다른 많은 사람들은 예수회 지도자의 지령을 받고 활동했다는 것입니다. 성전 기사단의 이념은 곧 예수회 교리인 것입니다.
— 찰스 서더런이 마담 블라바츠키에게 보낸 서한에서. 32∴A&P. R. 94∴멤피스, K. R. ✠, K. 카도슈, M. M. 104, Eng. 등, 장미 십자 우애단과 다른 비밀 결사의 교의 전수자들. 1877년 1월 11일, 『너울 벗은 이시스』, 1877, 제2권 p. 390

우리는, 장미 십자단의 첫 선언문이 나온 시기부터 예수회 교파가 자주 이 일에 관련되어 있었다는 것을 알고 있었다. 일찍이 1620년에 독일에서는 『예수회의 장미』가 출판되는데 이것은 장미 문양이 장미 십자단 이전에도 구교나 마리아 숭배에서 중요한 위치를 차지했음을 반증한다. 그래서 혹자는 이 두 단체가 서로 관계를 맺고 있었다든지, 장미 십자단이 종교 개혁 후의 독일 형편에 맞게 신비주의 색채가 가미된 예수회 일파일 것이라고 추정하고는 한다.

나는 박제사 살론으로부터 들은, 키르허 신부가 장미 십자단을 맹렬하게 공격했다는 사실을 떠올렸다. 그것도 바로 지구의 심원함에 대한 담론의 핵심에 이르러서.

그래서 내가 문제를 제기했다. 「키르허 신부는, 이 이야기의 핵심적인 인물입니다. 그렇게 예민한 통찰력과 실험적인 감각을 갖춘 것으로 실증되는 인물이, 몇 가지 하찮은 가설을 설명하기 위해 그렇게 많은 말을 해야 했고, 그렇게 황당한 전제에 의존해야 했을까요? 이 양반은 당시 영국에서 내로라하는 과학자들과 교우하고 있었어요. 그가 낸 책은 모두 전형적인 장미 십자단의 견해들을 다루고 있습니다. 물론 표면상으로는 장미 십자단의 견해를 공격하고 있지요. 그러나 실제로는 종교 개혁에 대한 자신의 반대 의견을 피력하고 있어요. 종교 개혁에 대한 의지를 드러냈다고 해서 예수회에 의해 노예선에서의 강제 노동에 시달리고 있던 하젤마이어 씨는, 『우애단의 명성』 초판에서 장미 십자단원들이야말로 진정한 예수회 회원들이라고 했어요. 어떻습니까? 키르허 신부도 근 30권이나 되는 저서를 통해 예수회 회원들이야말로 진정한 장미 십자단원들이라는 것을 논증하고 있습니다. 요컨대 예수회 회원들 역시 〈계획〉에 손을 대려 하고 있었다는 겁니다. 키르허 신부는 자기 손으로 진자를 연구하고 싶어 했고, 실제로 나름대로 연구하기도 합니다. 행성 시계 비슷한 것을 발명한 것이 바로 이 수확입니다. 이로써 전 세계에 퍼져 있던 예수회 교단 본부는, 그것이 어디건 정확한 시간을 알 수 있었던 것이지요.」

「하지만 성전 기사들은 고문을 당하면서도 차라리 죽음을 택할지언정 비밀을 누설하지는 않았네. 그런데 예수회에서 어떻게 그 〈계획〉이라는 것을 알 수 있었을까?」 디오탈레비가 물었다.

예수회에서는 모르는 것이 없다 식의 대답은 하지 않는 것이 좋을 것 같았다. 좀 더 설득력이 있는 설명이 필요했다.

그 해답이 나오기까지는 오래 걸리지 않았다. 우리는 기욤 포스텔을 재등장시키지 않을 수 없었다. 크레티노졸리(우리는 이 이름 때문에 배를 싸쥐고 웃었다)[1]가 쓴 예수회 역사책에서, 갑자기 신비주의에의 열정과 영혼의 갱생에 대한 갈망에 사로잡힌 기욤 포스텔이 1554년 로마로 이그나티우스 로욜라[2]를 찾아간 대목을 만난 것이었다. 로욜라는 쌍수를 들고 포스텔을 환영했으나 포스텔은 갖가지 광증, 카발리즘, 세계 교회주의에 대한 집착을 버리려 들지 않았다. 포스텔의 집착 중 예수회로서 무엇보다도 받아들일 수 없었던 광신은, 〈세계의 제왕〉은 프랑스 왕이라는 믿음이었다. 이그나티우스 로욜라는 성인이었는지 모르지만 여전히 스페인인이었다.

결국 이 둘 사이는 틀어지고 만다. 포스텔이 예수회를 떠났거나, 예수회가 포스텔을 추방했거나 둘 중의 하나다. 그러나 지극히 짧은 기간이기는 하지만 포스텔은 예수회에 가입하고, 성 이그나티우스에게 *perinde ac cadaver*(목숨을 걸고) 복종할 것을 서원한 뒤라 분명히 이그나티우스 로욜라에게 자기의 소명(召命)한 바를 고백했던 것으로 보인다. 그는 이렇게 말했는지도 모른다.「이그나티우스여, 나를 받아들임으로써 귀 교단은, 내가 대표하는 프랑스 진영 성전 기사단 〈계획〉의 비밀을 받아들인 것입니다. 우리는 1584년에 있을 세 번째의 세기적인 회동을 기다리고 있습니다. *ad majorem Dei gloriam*(전능하신 하느님의 영광 가운데서요).」

예수회는, 포스텔의 순간적인 실고(失告) 덕분에 성전 기사단의 비밀을 알게 된다. 예수회 쪽에서 보면 이용 가치가 있는 비밀이었다. 성 이그나티우스는 곧 소천(召天)하지만 예수회는 긴장을 풀지 않는다. 예수회는 기욤 포스텔을 예의

1 이 이름 자체가 〈유쾌한 바보 천치〉와 비슷한 의미를 지닌다.
2 〈예수회〉를 창설한 스페인의 성직자(1491~1556).

주시한다. 예수회가 궁금한 것은 1584년에 기욤 포스텔이 누구를 만나느냐 하는 것이다. 하지만 불행히도 기욤 포스텔은 이 회동이 있기도 전에 사망한다. 어떤 자료에 따르면, 한 예수회 간부가 포스텔을 종신(終身)하지만 소용이 없다. 예수회는 포스텔의 뒤를 이을 프랑스 쪽 대표가 누구인지 결국 알아내지 못한다.

「이야기를 끊어서 미안하네, 카소봉. 맥락이 조금 이상하지 않은가? 당신 말이 맞다고 치면, 예수회는 1584년의 회동이 실패로 돌아가리라는 것을 모르고 있지 않았는가?」 벨보가 토를 달고 나섰다.

「예수회 간부들이 그렇게 호락호락한 사람들이 아니라는 걸 알아야지. 그 사람들 좀체 남의 말을 믿지 않아.」 디오탈레비의 설명이었다.

「하기야 예수회 간부가 아침 식사로 성전 기사 둘, 저녁 식사로 성전 기사 둘씩 잡아먹었다고 하니. 예수회는 두어 차례 해산된 적이 있고, 온 유럽의 정부가 손을 써서 해산시키려 했는데도 불구하고 지금까지도 건재하고 있는 걸 보면 자네 말이 그럴듯하기도 하네.」 벨보가 고개를 끄덕였다.

우리는 예수회 입장이 되어 이 문제를 생각해 보았다. 포스텔이 발을 빼려고 했을 때 우리가 예수회 간부들이었다면 어떻게 했을 것인가? 내게 문득 한 가지 묘안이 떠올랐다. 그러나 그 묘안이라는 것이 하도 사악한 것이어서 우리의 〈악마 연구가들〉조차 소화해 낼 것 같지 않았다. 장미 십자단은 예수회의 작품이라는 가설이 그것이었다!

나는 설명을 시도했다. 「포스텔이 사망한 뒤, 영리한 예수회 간부들은 달력이 바뀌는 데서 올 혼란을 예상하고 여기에 대처하기로 합니다. 그래서 결과까지 예상하고 장미 십자단이라는 미끼를 만들어 풀어놓음으로써 사람들의 주의를 다른 데로 돌려놓습니다. 예수회에서는, 진짜 성전 기사들이 경계를 풀고 이 미끼를 물 것으로 기대했던 것이지요. 베이컨이 얼마나 격노했을 것인지 짐작이 갑니다. 〈플러드, 당신 바보천치 아니야? 왜 아가리를 닥치고 가만히 있지 못하고 일을 이렇게 버르집어 놓았어?〉 〈각하, 저는 그들이 우리 편인 줄 알았어요.〉 〈이런 병신, 교황 절대주의자들을 믿지 말라고 그렇게 일렀는데도. 놀라 사람 브루노를 화형주에 매달 것이 아니라 당신 같은 사람을 태워 죽여 버리는 건데.〉」

「그래, 그랬다고 가정하세. 하지만 장미 십자단이 프랑스로 옮겨 갔을 때 예수회, 혹은 당대의 논객들이, 왜 이들을 악마에 들린 이교도들이라고 공격했을까?」 벨보가 물었다.

「예수회가 일을 정공법으로 처리했으리라고 기대하는 건 아니겠죠? 그랬다면 예수회로서의 자격이 없는 거죠.」

우리는, 나의 제안을 놓고 한동안 논란을 벌인 다음에야 만장일치로, 첫 번째의 가설, 즉 장미 십자단은 베이컨주의자들, 혹은 독일인들이 프랑스에다 던진 미끼라는 가설을 채택했다. 예수회에서는, 장미 십자단의 선언문을 보자마자 이 사실을 깨닫고 여기에 가세했다. 다시 말해서 예수회까지 이 이전투구에 끼어든 것이다. 예수회의 목적은, 영국과 독일 진영이 프랑스 진영과 만나는 것을 어떻게든 저지하는 것이었다. 예수회로서는 이 목적만 달성할 수 있다면, 어떤 치사한 수단도 강구할 태세였다.

예수회는 그동안 사태의 추이를 기록하고 정보를 수집해 들였을 터였다. 문제는 그 기록과 정보가 어디에 있느냐는 것이었다. 아불라피아에. 벨보가 농담을 했다. 자료를 모아 본 경험이 있는 디오탈레비는, 벨보의 말은 농담이 아닐 거라고 했다. 디오탈레비의 말에 따르면, 예수회에서는 분명히, 진짜와 가짜를 불문하고 끈기 있게 모아들인 방대한 자료에서 한 가지 결론을 도출할 수 있는, 거대하고 강력한 컴퓨터를 건조했으리라는 것이었다.

디오탈레비는 설명을 계속했다. 「예수회에서는, 고리타분한 프로뱅의 성전 기사단이나 베이컨 진영이 미처 깨닫지 못한 것을 알고 있었음에 분명해. 그게 뭐냐? *Ars combinatoria*(순열 조합법)를 통해 지도를 복원할 수 있다는 걸 알았을 것이라는 말이야. 순열 조합이 뭔가? 바로 컴퓨터의 원리 아닌가? 아불라피아를 발명한 건 예수회 회원들일 거라. 키르허 신부는, 룰루스의 저서를 비롯, 순열 조합법에 관한 책을 모조리 읽었을 거라……. 그의 『큰 지식에 이르는 기술』에 실려 있는 이 그림을 좀 보라고…….」

「뜨개질 무늬 같은데?」 벨보의 말이었다.

「아니올시다. 바로 조합 가능한 순열이라는 것이라네. 『세페르 예시라』의 인자 분석(因子分析)이라는 거야. 가능한 모든 순열을 한자리에 모아 본 거지. 〈테무라〉의 핵심이 여기에 있네.」

그럴듯한 설명이었다. 북극에서 투영시키는 방법을 통해 문제의 지도를 찾아내는 플러드의 막연한 방법을 채용하는 것과, 정확한 지도를 찾아내기 위해서는 실험을 몇 차례 해보아야 하는지를 계산하는 것은 전혀 다른 문제다. 뿐만 아니라 조합이 가능한 순열의 추상적인 모델을 만들어 보는 것과, 그런 생각을 실제로 실험해 볼 수 있는 기계를 제작하는 것 사

EPILOGISMUS

Combinationis Linearis.

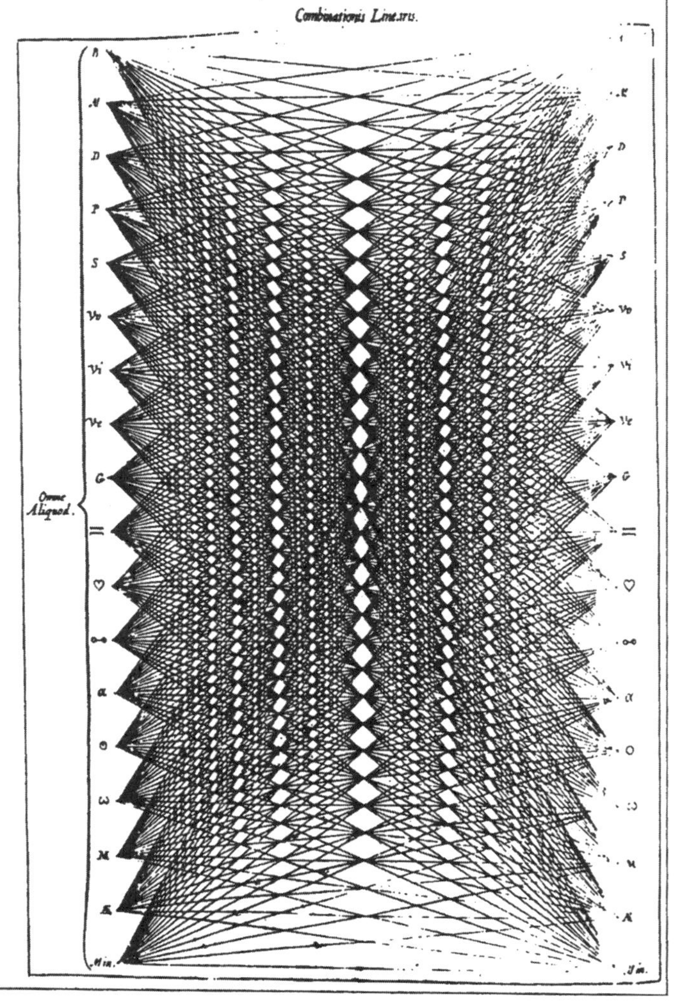

이에는 천양지차가 있다. 따라서 키르허 신부와 그의 제자 쇼트는 컴퓨터의 원조라고 할 만한, 구멍 뚫린 카드를 사용하는 2진법 계산기 같은 기계 장치를 만들었을 가능성이 있다. 말하자면 근대의 기계 공학에 카발리즘이 응용되었을 가능성이 있는 것이다.

IBM은, *Iesus Babbage Mundi,*[3] 혹은 *Iesum Binarium Magni-ficamur*[4]인지도 모른다. AMDG는 *Ad Maiorem Dei Gloriam*이라고? 천만에, 이건 *Ars Magna, Digitale Gaudium*[5]인지도 모른다. IHS는 *Iesus Hominum Salvator*[6]가 아니라 〈예수 하드웨어 & 소프트웨어〉의 약자인지도 모르는 일!

3 예수와 컴퓨터 개발자 배비지에 의한 세계.
4 이진법에 따라 예수가 만든 불가사의.
5 기술의 마력을 전수받은 가우디의 손가락.
6 인류의 구세주 예수.

89

칠흑 어둠 속에서 일찍이 유례가 없는 한 결사가 조직되었다. 이 결사의 조직원들은, 일면식이 없어도 서로를 알아보고, 어떤 설명을 들은 바가 없는데도 서로를 이해하며, 우정이 없는데도 서로를 섬겼다……. 이 결사는 예수회로부터는 맹목적인 복종을, 프리메이슨으로부터는 통과 제의와 의례 절차를, 성전 기사단으로부터는 지하의 신비와 그 기사도의 용기를 배웠다. 생제르맹은, 실제보다 나이가 많아 보이기를 갈망하던 기욤 포스텔을 모방한 데 지나지 않았던 것일까?
— 뤼셰 후작, 『계명 결사에 관한 시론(試論)』, 파리, 1789, 제5장 및 제12장

예수회는, 적을 교란시키는 최선의 방법은, 밀교단을 하나 만들고, 여기에서 과격분자들이 날뛰기를 기다렸다가 일망타진하는 데 있다는 것을 잘 알고 있었다. 바꾸어 말하면, 음모가 두려우면 이쪽에서 먼저 하나 꾸밈으로써 저쪽에 가담하던 자들을 통제한다는 전략이다.

나는 램지에 대한 알리에의 유보적인 태도를 기억했다. 램지는 프리메이슨과 성전 기사단을 연관 지으려면 가장 먼저 등장하는 인물이다. 그런데도 알리에는, 램지는 가톨릭과 연대하고 있었다고 말했다. 실제로 볼테르는 일찍이 램지를 예수회의 끄나풀이라고 비난한 적도 있다는 것이다. 영국의 프리메이슨이 태동하자 프랑스의 예수회는 스코틀랜드의 신성전 기사단을 창설함으로써 맞불을 놓았다는 것이다.

프랑스 쪽의 이러한 음모에 대응하기 위해 뤼셰 후작이라는 사람은 1789년 익명으로 『계명 결사에 관한 시론』을 출판하게 된다. 이 책에서 뤼셰 후작은 바이에른의 계명 결사를 필두로, 성직자에 반감을 품은 무정부주의자들, 밀교적인 신

성전 기사단까지 통렬하게 공격한다. 그의 공격에는 파울리키아누스파, 심지어는 포스텔과 생제르맹까지 싸잡힌다(우리는, 우리의 가설이 척척 아귀가 맞아 가는 것이 그렇게 신기할 수 없었다). 그의 논지는, 성전 기사단 아류의 신비주의적인 단체가 프리메이슨에 대한 신뢰성에 먹칠을 한다는 것이었다. 그의 주장에 따르면 프리메이슨이야말로 선량하고 정직한 사람들로 이루어진 결사였다.

베이컨의 추종자들은, 카사블랑카의 릭 주점 비슷하게 프리메이슨을 만든 셈인데, 이것을 무력화시키려던 사람들이 바로 예수회의 신성전 기사단이다. 이제 뤼셰가 비(非)베이컨 계통의 모든 진영을 짓밟는 데 동원된 것이다.

그런데 바로 이 대목에서 우리는, 알리에로서도 어쩔 수 없는 또 하나의 장애물을 만났다. 그것은 예수회 사람인 드 메스트르가 왜, 뤼셰가 등장하기 7년 전에 빌헬름스바트에 나타나 신성전 기사들 사이의 불화를 조장했는가 하는 것이다.

벨보가 설명을 시도했다. 「18세기 중반까지만 하더라도 신성전 기사단은 그럭저럭 인정을 받았네. 반대 세력에 부딪힌 것은 18세기 후반이거든. 신성전 기사들이 내리막길을 걸은 이유가 무엇일까? 첫째는, 무슨 수단을 쓰든, 가령 〈이성의 여신〉의 힘을 빌리든, 〈궁극적인 절대자〉의 힘을 빌리든, 심지어는 칼리오스트로의 힘을 빌리든, 왕의 모가지만 댕강 자를 수 있으면 무슨 짓이든지 할 용의가 있는 혁명 분자들로 가득 차 있었기 때문이고, 둘째는 이 일에 끼어든 독일의 맹주들, 특히 프로이센의 프리드리히의 목적은 예수회의 목적과 달랐기 때문이네. 창설이야 누가 했건 이 신비주의적인 신성전 기사단이 『마술 피리』 같은 작품을 생산하기 시작했으니 이그나티우스 로욜라의 예수회에서는 어떻게 하든 이 세력을 쓸어버리지 않을 수 없었던 것이지. 이건 고등 금융 사기꾼들이 쓰는 수법과 같아. 회사를 사들인 뒤, 자산을 빼돌린 다음 파산을 선고한다. 그러고는 회사 문을 닫고 빼돌린 자산을 재투자한다. 중요한 것은 회사의 실직한 수위의 운명이 어떻게 되느냐 하는 게 아니라 총체적인 경영자의 전략이지. 고물차와 같다고나 할까. 고장이 나면 폐차장으로 보내 버리니까.」

90

진짜 프리메이슨의 교리에는 마니 이외의 다른 신은 존재하지 않는다. 마니는 카발리스트 프리메이슨, 고대의 장미 십자단, 마르탱파 프리메이슨의 신이다……. 성전 기사단이 쓰고 있던 오명은 원래 마니교도들에게 씌워져 있던 오명이다.
— 바뤼엘 신부, 『자코뱅주의의 역사를 아는 데 유용한 수기』, 함부르크, 1798, 2, xiii

바뤼엘 신부가 남긴 자료를 검토하고 보니 예수회의 전략이 분명하게 드러나는 것 같았다. 프랑스 혁명에 대한 반발의 일환으로 바뤼엘 신부는 1797년에서 1798년 사이에, 놀라고 또 놀랍게도 성전 기사단에 대한 논의로 시작되는, 십전 소설(十錢小說)을 방불케 하는 이 『자코뱅주의의 역사를 아는 데 유용한 수기』를 쓰고 있다. 이 책에 따르면, 몰레가 화형을 당한 뒤 성전 기사단은, 왕정과 교황제를 폐지하고 세계 공화국을 건설하기 위한 비밀 결사로 둔갑한다. 18세기에 이르러 프리메이슨을 장악함으로써 교두보를 확보한 이들은 이것을 발판으로 1763년에는 볼테르, 튀르고, 콩도르세, 디드로, 달랑베르 등으로 이루어진 문학 아카데미를 창립한다. 돌바크 남작의 저택에서 밀회를 거듭하던 이들은, 음모와 음모 끝에 1776년에는 자코뱅 당(黨)을 탄생시킨다. 그러나 이들은 꼭두각시에 불과하다. 요컨대 이들 뒤에는 이들을 조종하는 진짜 실력자들이 따로 있는데 이 진짜 실력자들이야말로 시왕(弑王)의 서원을 세운 바이에른의 계명 결사라는 것이다.

아닌 게 아니라 폐차장을 방불케 한다. 예수회는 램지의 도움을 받아 프리메이슨을 양분시켜 버린 뒤에도 이것을 완전히 공중 분해시키기 위해 이번에는 분열된 프리메이슨을 일단 재편성한다.

바뤼엘의 책은 상당한 성과를 거두었다. 실제로 프랑스의 국립 고문서관에는 나폴레옹의 명에 따라 작성된, 비밀 결사에 대한 두 편의 보고서가 소장되어 있다. 이 보고서는 샤를 드 베르켐이라는 사람에 의해 작성된 것인데, 이 사람은 비밀경찰이 으레 그렇듯이 기왕에 출판된 자료에서 정보를 모았다. 말하자면 처음에는 뤼셰 후작의 책, 다음에는 바뤼엘 신부의 책, 이런 식으로 동초서초(東抄西抄)해서 보고서를 작성한 것이다.

계명 결사와 장차 세계를 지배하게 될 〈미지의 초인들〉로 이루어진 최고 회의의 존재에 대한 이 으스스한 보고서를 접한 나폴레옹은 엉뚱하게도 일말의 주저도 없이 계명 결사의 동아리가 되기로 결심한다. 그는 아우 조제프를 〈대동방(大東方)회〉의 우두머리로 앉히고 자신은, 산재하는 자료에 따르면, 프리메이슨과 접촉하고 이 비밀 결사의 고위직을 장악한다. 나폴레옹이 장악한 프리메이슨의 의례가 어떤 것이었는지는 소상하게 알려져 있지 않으나, 모르기는 해도 지극히 신중하게 거의 모든 의례를 장악하지 않았나 싶다.

나폴레옹이 이런 비밀 결사에 대해 무엇을 알고 있었는지는 우리로서도 자세히는 알 수 없다. 그러나 우리가 잊지 말아야 하는 것은 그가 이집트에서 상당한 기간을 보냈다는 것이다. 피라미드 그늘 아래서 어떤 현자들과 교우했는지 그것도 하느님만이 아실 일이다. (하지만 40세기 동안이나 거기에 서 있던 피라미드가 나폴레옹에게 가르친 것이 은비학적 전통일 것임은 삼척동자도 짐작할 수 있을 것이다.)

1806년에 프랑스의 유대인들을 소집한 것을 보면 나폴레옹은 뭔가를 알고 있었던 것임에 분명하다. 공식적인 이유는 지극히 평범하다. 고리대금업을 억제하고, 유대인의 지지를 확고히 함으로써 새로운 재원을 확보한다는 것이었다. 그러나 이것은, 유대인 동아리의 이름을 〈대(大)산헤드린〉이라고 한 이유에 대한 설명이 되지 못한다. 이 이름 자체가 〈미지의 초인들〉에 의한 것이든 〈기지(旣知)의 초인들〉에 의한 것이든, 어떤 독재 체제를 암시하고 있기 때문이다. 이 교활한 코르시카인은 성전 기사단의 예루살렘 진영을 대표하는 추밀 단원들을 알아보고, 세계에 산재하는 갖가지 성전 기사단 잔당을 결집시키려고 했던 것임에 분명하다.

「나폴레옹의 치하인 1808년에 네 원수(元帥)의 부대가 토마르에 주둔한 것도 내가 보기에는 우연한 것이 아닙니다. 줄거리를 타실 수 있겠습니까?」

「우리는 줄거리를 타기 위해 여기에 있는 것이 아닌가?」

「영국 정복의 야심을 불태우던 즈음의 나폴레옹은 유럽의 중요한 거점은 모두 장악하고 있었을 뿐만 아니라 프랑스의 유대인을 통하여 예루살렘 진영도 장악하고 있었습니다. 그런 나폴레옹에게 무엇이 부족했겠어요?」

「파울리키아누스파의 정체가 궁금했던 모양이군.」

「정확하게 그렇습니다. 하지만 우리는 파울리키아누스파가 어떻게 되었는지 모릅니다. 그런데 나폴레옹이 실마리를 제공한 겁니다. 나폴레옹은 파울리키아누스파를 찾아내기 위해 러시아를 침공한 겁니다.」

파울리키아누스파는 수백 년 동안 슬라브 지역에 살면서 러시아의 갖가지 신비주의 집단의 이름으로 무리를 재편성했다. 황제 알렉산드르 1세의 중진(重鎭) 중에 갈리친 공(公)이라는 사람이 있었는데 이 사람은 마르탱파의 사상에 빠진 신비주의 교파와 밀접한 관련을 맺고 있었다. 그런데 우리는, 나폴레옹이 러시아를 침공하기 10년 전에, 사부아 왕국의 전권 대사를 지낸 사람을 하나 알고 있다. 바로 상트페테르부르크의 신비주의적인 비밀 결사와의 관계를 돈독하게 하고자 했던 드 메스트르, 바로 그 사람이다.

이즈음 드 메스트르는 계명 결사를 신용하지 않았다. 당시의 드 메스트르에게 계명 결사는, 피비린내 나는 프랑스 혁명 전쟁의 전범이라고 할 수 있는 계몽주의자와 다를 것이 없었다. 실제로 바로 이 시기에 즈음해서 드 메스트르는 바뤼엘 신부의 저서 내용을 그대로 반복하면서 세계 제패의 야욕을 불태우는 악마적인 비밀 결사를 비난하고 있다. 아마도 그는 나폴레옹을 염두에 두고 있었을 것이다. 만일에 이 위대한 반동파의 목적이 마르탱파를 교사(教唆)하려는 것이었다면, 그 이유는, 설사 프랑스와 독일의 신성전 기사단과 같은 뿌리에서 나왔다고 하더라도 마르탱파야말로 서구 사상에 물들지 않은 유일한 집단의 상속자로 봤기 때문이다. 서구 사상에 물들지 않은 유일한 집단……. 그렇다. 그것은 파울리키아누스파를 말한다.

그러나 드 메스트르의 계획은 성공을 거두지 못한 것임에 분명하다. 1815년, 예수회는 상트페테르부르크로부터 추방당하고 드 메스트르는 하릴없이 토리노로 돌아왔으니까.

디오탈레비가 말했다. 「드디어 파울리키아누스파를 찾아

낸 셈이군. 나폴레옹 이야기는 그만하자고. 실패했으니까. 나폴레옹이 그 계획을 성사시켰다면 세인트헬레나에서 손가락질 하나로 적의 간담을 서늘하게 만들었을 테지. 이제 나머지 사람들은 어떻게 되는 건가? 아이고, 머리가 쪼개질 것 같네.」

「아직 머리가 남아 있는 게 어디예요.」

91

적그리스도의 길을 예비하는 지옥의 사자를 방불케 하던 비밀 결사의 가면을 벗겨 주셔서 속이 다 시원합니다. 그러나 아직은 건드리다 만 분파가 하나 더 있다는 것에 유념하시기 바랍니다.
— 시모니니 대장이 바뤼엘에게 보낸 서한 중에서. 『라 치빌타 카톨리카』지(誌), 1882년 10월 21일자

나폴레옹이 유대인과 화해하고 나오자 예수회는 애초의 방침을 수정한다. 바뤼엘의 『수기』에는 유대인이 언급되어 있지 않다. 그런데 바뤼엘은 1806년 시모니니 대장이라는 사람으로부터 한 통의 편지를 받는다. 시모니니 대장은 바뤼엘에게, 마니교조(教祖) 마니와, 저 유명한 암살단 산노인(山老人)들 역시 유대인이고, 프리메이슨 역시 유대인이 설립한 비밀 결사이며, 유대인은 당시에 잔존하던 모든 비밀 결사에 침투해 있다는 것을 상기시킨다.

파리에서 암암리에 유포되고 있던 시모니니의 서한은, 겨우 〈대산헤드린〉을 발진시킨 나폴레옹을 매우 당혹스럽게 했다. 이 움직임은 파울리키아누스파에도 충격을 주었음에 분명하다. 우리는 러시아의 동방 정교 주교 회의가 다음과 같은 선언을 하고 나온 것에서 이것을 확인할 수 있다. 〈나폴레옹은, 하느님의 진노로 온 땅에 흩어 놓으신 유대인들을 결집시키려 하고 있다. 장차 이 유대인들은 그리스도 교회를 전복시키고 나폴레옹을 진정한 구세주로 옹립할 것이다.〉

바뤼엘은 이 음모는 프리메이슨, 그중에서도 특히 유대인

프리메이슨에서 나온 것이라는 생각을 받아들인다. 그래서 그는 유대인 음모에 악마적 요소가 있다고 판단하고 새로운 적들, 가령 〈알타 벤디타 카르보나라〉와 마치니에서 가리발디에 이르는 이탈리아의 반교권주의적인 〈리소르지멘토[復興運動]〉의 창시자들을 공격하기에 이른다.

「하지만 바뤼엘이 이들을 공격한 것은 19세기 중엽이고, 〈시온 장로회의 의정서〉가 출판되면서 반유대주의 운동이 일어난 것은 19세기 말이잖아? 더구나 의정서가 출판된 곳도 러시아고. 따라서 주도권은 파울리키아누스파가 쥐고 있었던 것으로 보아야 할 것 같은데?」 디오탈레비의 말이었다.

이 말에는 벨보가 대답했다. 「당연하지. 이로써 예루살렘 진영이 세 파로 나뉜 것으로 확인된 셈이야. 첫째는, 스페인과 프로방스의 카발리스트를 통하여 신성전 기사단 진영의 원동력이 되는 파, 둘째는 베이컨 진영에 흡수되어 과학과 금융업으로 전향한 파. 예수회가 맹렬하게 공격한 것도 바로 이 일파였어. 셋째는 러시아에서 자생하는 일파야. 러시아의 유대인들은 소상인이나 고리 대금업자가 대부분이었는데, 이들은 이것 때문에 가난한 농민들에게는 증오의 대상이었지. 하지만 원래 유대 문화가 성서의 문화 아닌가. 그러니 유대인들이 읽고 쓸 줄을 아는 것은 당연지사. 그래서 무수한 자유주의적·혁명적인 인텔리겐치아를 배출하게 된다. 반면에 파울리키아누스파는 신비주의적이고 반동적이어서 지주들과 연대하는 한편 왕실에도 진출해 있었지. 이러니 파울리키아누스파와 예루살렘 진영 사이에 사상적인 융합이 이루어지는 것은 불가능할 수밖에. 그래서 이들은 유대인들을 불신하는 쪽으로 기울어지고, 결국은 예수회를 통해 배운 대로 유대인을 통해서 해외에 있는 적을 궁지에 몰아넣게 되지. 해외에 있는 적이라면 물론 신성전 기사단과 베이컨주의자들이었을 테지.」

92

이제 의심할 여지가 없다. 악마의 권능과 공포를 지닌 우리 이스라엘의 승리의 왕께서 지배하실 왕국이 이 죄 많은 우리 세계에 도래하고 있다. 시온의 피 속에서 탄생한 왕, 적그리스도께서 우주적인 권세를 거느리시고 옥좌로 다가서고 계시는 것이다.

— 세르게이 닐루스, 『의정서의 에필로그』

벨보의 발상에 일리가 있어 보였다. 그의 발상을 뒷받침해 주자면 우리는 그 「의정서」라는 것을 러시아로 반입한 자가 누구인가를 추론해야 했다.

19세기 말 가장 영향력이 있던 마르탱주의자 중 하나인 파퓌스는, 파리를 방문하고 있는 니콜라이 2세를 설득, 필리프 니지에 앙셀름 바쇼를 대동하고 러시아로 간다. 일찍이 여섯 살에 악마를 접신하고, 열세 살에 치병 무의(治病巫儀)를 주재했고 리옹에서 최면술사로 활동하고 있던 필리프는 니콜라이 2세는 물론이고 선병질적(腺病質的)인 왕비까지 매료시킨다. 필리프는 왕실의 초청을 받아들여 상트페테르부르크 사관 학교의 의무관이 되고, 뒷날 장군이 되어 추밀 고문관을 지낸다.

이렇게 되자 필리프를 적대하는 세력에서는 필리프에 못지않게 카리스마적인 인물을 내세워 그 영향력을 완충시키지 않을 수 없었다. 이렇게 해서 닐루스라는 인물이 전면으로 나서게 된다.

닐루스는 원래 떠돌이 탁발승이었다. 탁발승이 으레 그러듯이 닐루스도, 예언자풍의 수염을 기르고 숲 속(당연히 그래야 할 테지만)을 의지가지로 삼고 떠돌았다. 수하에는 그의 말에 수족처럼 움직이는 두 아내와 어린 딸과 바라지(틀림없이 애인이었겠지만)가 하나 있었다. 신도들의 헌금 접시를 들고 뛰는 반도사(半導師) 기질과, 종말이 가까웠다고 떠들고 다니는 반은자(半隱者) 기질을 고루 갖춘 자들이 대개 그렇듯이 닐루스 역시 적그리스도 관념에 사로잡혀 있었다.

닐루스를 지지하는 세력의 계획에 따르면 일단 닐루스를 사제로 서품하고, 왕비의 시녀인 엘레나 알렉산드로브나 오제로바와 짝을 맺어 주고(이미 두 번을 한 처지인데 한 번 더 못할 것도 없다), 연후에 왕실의 고해를 담당케 한다는 것이었다.

「난 피비린내를 좋아하는 사람은 아니지만 그 말을 들으니 차르스코예 셀로(마을)의 대학살은 아무래도 해충 박멸 작전으로 정당화될 수 있지 않을까 싶은데.」 벨보의 말이었다.

어쨌든 필리프의 지지자들은 왕실에 음탕한 분위기를 조장한다고 닐루스를 비난했다. 그 비난 자체는 일리 없는 것이 아니었다. 결국 닐루스는 왕실을 떠나지 않으면 안 되었는데, 차제에 누군가가 닐루스를 도와주느라고 「의정서」를 건네준 것이다. 당시 사람들은 마르티니스트, 즉 마르탱주의자(생마르탱을 원조로 하는)와 마르티네지스트(알리에가 그토록 싫어하던 마르티네스 파스콸리스의 추종자들)를 혼동하고 있었다. 거기에다가 당시에 널리 유포되어 있는 소문에 따르면 마르티네스 파스콸리스는 유대인이었다. 따라서 유대인에 대한 신망을 실추시키는 것은 곧 마르탱주의자들에 대한 신망을 실추시키는 것을 의미했다. 마르탱주의자들에 대한 신망의 실추는 곧 필리프의 실각을 뜻했다.

사실, 「의정서」가 1903년에 불완전한 형태로나마 최초로 게재된 것은 『즈나미야[軍旗]』를 통해서다. 상트페테르부르크에서 발행되고 있던 이 신문의 주필은 반유대 운동의 선봉이었던 크루셰반이었다. 1905년이 되자 이 「의정서」는 정부의 검열을 정식으로 통과하고 익명의 저자에 의해 한 권의 완전한 책으로 출판되는데, 이때의 제목은 『인류 만악의 근원』이었다. 이 출판사의 주간으로 추정되는 부트미는 크루셰반과 함께 〈러시아 인민 연합〉을 결성한 장본인이다. 뒷날 〈검은 백인대(百人隊)〉가 되는 이 조직은 유대인 대량 학살을 겨냥하고 당시 범죄자들과 극우파 과격 분자들을 산하에 거느리게 된다. 어쨌든 부트미는 자기 이름으로 이 책을 계속해서 찍어 내는데 그중의 한 판(版)이 저 유명한 『인류의 적: 시온의 중앙 서기국 기밀문서 창고에서 나온 의정서』이다.

그런데 부트미판은 값이 싼 소책자였다. 이에 살을 덧붙여 정식 보급판으로 출간된 「의정서」는 1905년, 닐루스가 펴낸 제3판 『하찮은 것 속에 큰 것이 있다: 절박한 정치적 가능성으로서의 적그리스도』에 실려 처음 소개되었고 곧 세계 각국에서 번역되었다. 적십자 지부의 후원으로 차르스코예 셀로에서 출판된 이 책은, 그때까지 나왔던 「의정서」보다 신비주의적인 사상이 확충된 판본이었다. 이 책은 결국 황제의 손에 들어가게 되고, 모스크바의 대주교는 모스크바의 전 교회에 이 책의 강독을 지시하기에 이른다.

「그런데, 이 〈의정서〉가 우리 〈계획〉과 무슨 관계가 있습니까? 아까부터 〈의정서〉 타령인데, 한번 읽어 보아야 하는 거 아니에요?」 내가 벨보에게 물었다.

디오탈레비가 벨보 대신 대답했다. 「구하는 건 간단하다고. 그런 자료의 중판은, 모자라지 않게 찍어 대는 출판사가 반드시 있기 마련이니까. 예전에는 역사적인 자료를 공급해야 한다는 의무감에서 어쩔 수 없이 출간하는 척하는 것이 대세였지만 시간이 흐르면서 다들 양심의 거리낌 없이, 한 마디의 변명도 없이 재판에 재판을 거듭하게 됐지.」

「이교도들이란.」

93

우리가 아는 결사 중에서, 이 일에 관한 한 우리와 겨룰 수 있는 결사로는 예수회가 있을 뿐이다. 하지만 우리는 우매한 민중의 눈앞에서 예수회의 권위를 실추시키는 데 성공했다. 무슨 까닭인가. 예수회는 만천하에 공개된 조직인 데 견주어 우리는 비밀을 엄수하면서 어둠 속에서 행동하는 조직이기 때문이다.
— 「의정서」, V

시온의 장로들에 의해 쓰였다는 이 「의정서」는 행동의 강령인 24개 항목의 선언서로 되어 있다. 우리가 보기에 이른바 장로들의 주장은 앞뒤가 맞지 않는 것 같았다. 가령 출판의 자유를 방기해야 한다는 대목이 있는가 하면 자유방임주의를 고무하자는 대목이 있고, 자유주의를 비판하면서도 동시에 오늘날에는 좌익 과격파에 의한 다국적 자본주의 체제 비판의 근거가 되는, 노동 계급에 대한 우민화를 겨냥한 스포츠와 시청각 교육의 장려를 지지하고 있는 대목이 특히 그랬다. 이 「의정서」에서 장로들은 권력 장악의 방법론을 다각도로 분석하고 있었다. 가령 금권력(金權力)을 찬양한다든지, 자유를 강조함으로써 불만과 혼돈을 조장하고 세계 각국의 혁명 봉기를 촉구하는 것, 동시에 불평등과 빈부의 차를 악화시키는 것 따위가 그랬다. 그들은 세계 도처에다 언제든지 통제가 가능한 괴뢰 정권의 수립을 꾀하는 한편, 전쟁을 부추기고, 무기 생산을 독려하고, (박제사 살론의 말마따나) 대도시를 일거에 장악하기 위한 지하철(지하 세계!)의 건설을 주창하고 있었다.

그들은, 목적은 수단을 정당화할 수 있다고 주장하는가 하면, 유대 빈민들을 제거하고, 장차 유대인이 맞이할 대학살의 비극을 목전에 둔 만큼 이교도의 동정을 유도하기 위해서라도 반유대주의는 강화되어야 한다고 주장하기도 했다(이 대목에서 디오탈레비는, 비싸게 먹히기는 했지만 효과가 있기는 했다고 말했다). 자기네들이 처한 입장을 솔직하게 인정하는 장로들이 주장한 대목을 인용해 본다. 〈우리는 무한한 야심과 끝없는 욕망과 무자비한 복수심과 극렬한 증오심으로 무장하고 있다.〉(이것은, 당시의 반유대 언론에 광범위하게 유포되어 있던 사악한 유대인의 상투적인 이미지를 과장한 일종의 자기 학대 경향의 발로, 반유대주의자의 표지에 등장할 법한 사악한 유대인 판박이의 사고방식과 다를 것이 없었다.) 장로들은 고전과 고대 역사 연구도 폐기되어야 한다고 주장하고 있었다.

「결국 시온의 장로들은 한 무리의 아둔패기들이었다, 이 말 아닌가.」 벨보의 말이었다.

자칭 유대인인 디오탈레비가 응수했다. 「농담 마. 이 책은 아주 진지하게 받아들여졌다고. 하지만 내가 보기에는 이상한 대목이 있어. 유대인의 음모라는 개념이 반유대주의자들의 고색창연한 단골 메뉴라는 것은 알겠는데, 〈의정서〉에서 제기하고 있는 문제가 모두 세기말에 프랑스가 겪고 있던 문제와 밀접한 관계가 있어 보인단 말이야. 시청각 교육의 장려를 통한 우민화 정책은 분명히, 자기 정부에다 프리메이슨을 다섯 사람이나 기용한 레옹 부르주아 정부의 교육 방침 문제를 거론하고 있는 것 같거든. 파나마 운하 추문에 개입된 사람들을 뽑아 주자는 대목도 그래. 이 추문에 관련되었던 에밀

루베는 1899년에 프랑스 공화국의 대통령으로 선출되지 않았나? 지하철이 여기에서 언급되고 있는 것은, 당시 우익 신문들이 파리의 지하철 건설 회사 주주의 반수 이상이 유대인 주주라고 불평하고 있던 상황을 상기시키지 않나? 이러니 이 문서가, 드레퓌스 사건이 터질 당시인 19세기 말 프랑스에서, 자유 진영을 약화시키기 위해 날조된 것이라는 설이 나도는 것도 무리는 아니지.」

벨보가 말을 이었다.「그보다 내 관심을 끈 건, 어디선가 이미 본 듯한 내용이라는 거야. 이 책의 요지가 뭐야? 유대인 장로들이 세계 제패를 노리고 있다는 건데, 이건 귀 아프게 들어온 반유대주의자들의 상투 수작 아니야. 19세기에 실제로 있었던 사건과 문제에 대한 언급을 무시해 버리고, 〈파리 지하철〉이라는 말 대신에 〈프로뱅의 지하 시설물〉이라는 말을, 〈유대인〉이라는 말 대신에 〈성전 기사〉라는 말을, 〈시온의 장로〉라는 말 대신에 〈여섯 무리로 나뉜, 서른여섯 명의 눈에 보이지 않는 자들〉이라는 말을 넣으면……. 하느님 맙소사. 〈시온 장로들의 의정서〉 좋아하네. 이건 바로 프로뱅의 밀지(密旨) 아닌가!」

94

Voltaire lui-même est mort jésuite: en avoit-il le moindre soupçon?[1]
— F. N. 드 본빌, 『예수회에 의한 프리메이슨 박해와 예수회에 대한 프리메이슨의 반격』, 오리앙 드 롱드르, 1788, 2, p. 74

우리는 눈앞에 두고 장님 노릇을 했던 셈이었다. 근 6세기 동안이나 6개 진영은 〈프로뱅의 계획〉을 장악하기 위해 싸워 왔고, 그동안 각 진영은 〈계획〉의 원본을 들고, 그 주제를 조금씩 바꾸어 가면서, 그 바뀐 것을 반대 진영의 허물로 덮어씌워 왔던 셈이었다.

프랑스에 장미 십자단이 탄생하자 예수회는 〈계획〉을 역전시켜 부정하는 입장에 섬으로서 베이컨 진영과 영국에서 부상 중인 프리메이슨에 대한 신용을 실추시킨다.

예수회가 신(新)성전 기사단을 창설하자 뤼셰 후작은 〈계획〉에 대한 기득권을 신성전 기사단에 일임한다. 이윽고 신성전 기사단이라고 하는 장애물을 제거할 필요를 느낀 예수회는 바뤼엘을 통해 뤼셰의 주장을 되풀이하면서 〈계획〉의 기득권을 프리메이슨계 조직에 일임해 버린다.

이때 베이컨 진영이 반격에 나선다. 이 자유주의적이고 세

1 〈볼테르 자신은 예수회 회원으로 생을 마쳤다. 이 점에 대해 약간의 의혹이라도 있을까?〉

속적인 논쟁에 관련된 자료를 검토한 뒤에야 우리는 미슐레 및 키네 같은 역사가로부터 가리발디나 조베르티 같은 정치가에 이르기까지 문제의 밀지를 가진 것은 예수회라고 믿었다는 사실을 알았다(이러한 생각을 처음 했던 사람들은 성전 기사 파스칼 및 그 추종자들이었을 것으로 보인다). 이 주제는 외젠 쉬의 작품 『방랑하는 유대인』 및 이 작품에 나오는 주인공인, 예수회에 의한 세계 제패 음모의 한 전형인 듯한 극악 분자 므슈 로댕으로 인해 민간에 널리 유포된다. 그러나 우리는 쉬의 작품에서 그 이상의 수확을 얻을 수 있었다. 그것은 이 작품에, 그로부터 반세기가 더 지나야 나타날 「의정서」가 자구를 그대로 베껴 놓은 듯이 고스란히 실려 있었다는 것이다. 예수회의 계획이 적나라하게 드러나고 있는 것은 마지막 장인 〈유대 민족의 신비〉에서였다. 예수회의 대표인 로탄 신부(역사상의 실제 인물)가 로댕(『방랑하는 유대인』의 등장인물)에게 보낸 문서에 그 「의정서」가 그대로 실려 있었던 것이다. 이 문서를 입수한 루돌프 드 제롤스탱(『파리의 신비』에 나오는 주인공)은 민주주의자들에게 예수회의 음모를 폭로하면서 이렇게 말한다. 「르브렌, 알겠지. 이 지옥의 음모가 얼마나 정교하게 짜였는지, 불행히도 이 음모가 실현될 경우 유럽과 전 세계가 얼마나 엄청난 전체주의의 비극을 겪게 될 것인지 짐작할 수 있을 테지?」

이 책에 실려 있는 글은 닐루스의 「의정서」 서문을 방불케 했다. 외젠 쉬는, 〈목적이 수단을 신성케 한다〉는 표어도 사실은 예수회의 표어라고 주장했다(「의정서」에서는 유대인들의 표어로 되어 있다).

95

장미 십자단의 위계가 프리메이슨의 지도자들에 의해 도입되었다는 것을 실증하기 위해서라면 새삼스럽게 증거를 댈 필요도 없다. 카발라주의, 그노시스교, 마니교를 방불케 하는 프리메이슨의 교리, 그 증오, 신성 모독적인 예배 방식을 보고 있노라면 이 프리메이슨을 만든 장본인이 누구인지 자명해진다. 바로 유대 카발라주의자들인 것이다.

— S. J. 레옹 뫼랭, 『프리메이슨, 그 사탄의 유대 교회』, 파리, 르토, 1893, p. 182

〈유대 민족의 신비〉가 일반에 유포되고, 자기네 교단이 문제의 교단으로 지목되고 있다는 것을 깨달은 예수회는 전대미문의 교묘한 전략을 구사했다. 시모니니의 편지를 이용해 문제의 교단이 유대인 무리라고 주장하는 전략을 구사한 것이다.

일찍이 주술(呪術)에 관한 두 권의 저서로 유명했던 앙리 구주노 무소는 1869년 『유대인과 유대주의 및 그리스도교도의 유대화』라는 책을 펴냈는데 그는 이 책에서, 유대인은 카발라를 쓰는 사탄 숭배자들이고, 유대인 비밀 결사의 계보는 카인에서 그노시스파, 성전 기사단, 프리메이슨으로 이어지는 것이라고 주장한다. 구주노는 이 책을 낸 뒤 교황 비오 9세로부터 각별한 축복을 받았다.

그런데 외젠 쉬에 의해 소설화된 이 〈계획〉은 그 뒤로도 많은 사람들이 재탕하게 된다. 이것을 재탕하는 사람들은 물론 예수회에 소속된 신자들이 아니다. 그런데 그로부터 얼마 뒤에, 괴기 소설을 방불케 하는 기가 막히는 일이 벌어진다. 1921년 「의정서」가 나와 한바탕 세인의 이목을 집중시키고 있는 가운데 런던의 「타임스」는 기이한 소식을 입수한다. 즉 터키로 망명한 제정 러시아 지주가, 당시 콘스탄티노플에 망명 중인 러시아 전직 비밀경찰 간부로부터 여러 권의 고서를 구입했는데 그중에 표지가 없는 기묘한 책이 섞여 있었다는 것이다. 서문이 1864년에 쓰였다는 것밖에는 확인할 수 없는 이 책등에는 〈졸리〉라고만 쓰여 있었다고 한다. 그런데 문제는 이 책이 「의정서」의 모본(母本)이라는 데 있다. 『더 타임스』는 대영 박물관을 뒤져 문제의 책과 똑같은 책을 찾아냈는데 찾아내고 보니, 1864년 브뤼셀에서 출판된(표지에는 제네바에서 출판된 것으로 되어 있었다) 모리스 졸리의 『몽테스키외와 마키아벨리의 지옥에서의 대화』였다. 모리스 졸리는 크레티노졸리와는 무관한 사람이다. 그러나 이 이름의 유사성은 틀림없이 어떤 의미를 담고 있는 것 같다.

졸리의 이 저서는 요컨대 나폴레옹 3세의 정책을 비판하는 급진적인 소책자 같은 것으로, 독재자 나폴레옹의 냉소를 상징하는 마키아벨리와, 몽테스키외 사이에서 벌어지는 논쟁을 그 내용으로 하고 있다. 졸리는 이 혁명적인 저서 때문에 15년 동안이나 옥고를 치르다가 1878년에 자살한 것으로 되어 있다. 그런데 문제는, 의정서에 나타나 있는 유대인의 음모는 거의 그대로 졸리의 책에 실려 있는 마키아벨리의 주장을 되풀이한 것이라는 점이다. 가령, 〈목적이 수단을 신성케 한다〉는 대목부터가 그랬다. 그러니까 졸리는 마키아벨리를 통하여 나폴레옹 3세로 하여금 과격한 주장을 하게 한 셈이다. 그러나 『더 타임스』는 졸리가 몰염치하게도, 최소한 그보다 7년 전에 나온 외젠 쉬의 책을 베꼈다는 것을 알지 못했다(우리는 물론 알고 있다).

유대인의 음모설과 〈미지의 초인들〉의 존재를 철석같이 믿었던 한 반유대 작가 중에 여류 작가 네스타 웹스터 부인이 있다. 「의정서」가 싸구려 표절문이라는 사실에 직면한 웹스터 부인은, 우리에게 진정한 비의 전수자나, 비의 전수자의 사냥꾼에게나 가능할 법한 근사한 통찰을 마련해 준다. 즉 졸리는 비의 전수자로서, 〈미지의 초인들〉에 의한 〈계획〉을 알고 있었고, 자기가 평소에 증오해 마지않던 나폴레옹 3세를 바로 그 비밀의 열쇠를 가진 장본인으로 지목했다는 것이다. 그러나 이러한 가설은, 〈계획〉이라는 것이 나폴레옹 3세 없이는 존재할 수 없다는 뜻은 아니다. 무슨 말이냐 하면 「의정서」에 그 윤곽이 나타나 있는 〈계획〉은 유대인이 강구할 법한 상투적인 수단을 그대로 반영하고 있으므로 〈계획〉을 성안(成案)한 장본인은 유대인이라는 것이다. 우리는 웹스터 부인의 논리에 따라 다음과 같이 우리의 가설을 수정하지 않으면 안 되었다. 즉, 〈계획〉은 성전 기사단의 원망을 고스란히 반영하고 있으므로, 마땅히 성전 기사단의 〈계획〉이라고 하지 않으면 안 된다는 것이다.

게다가 우리의 논리는 모든 사실에 기초하고 있다. 당시 우리는 프라하 공동묘지에서 벌어졌던 한 사건에 관심을 기울이고 있었다. 프라하 공동묘지 사건이란, 프로이센의 한 평범한 우체국 직원으로 일하다가, 민주주의자 발데크의 명예를 실추시키기 위해 가짜 문서를 출판한 헤르만 괴체와 관련된 이야기다. 괴체가 출판한 문서의 내용은 발데크가 프로이센 국왕의 암살을 기도하고 있다는 것이었다. 이 문서의 출판을 통하여 가면을 벗어 든 괴체는 보수주의적인 대지주 단체의 기관지인 『프로이센 십자 신문(十字新聞)』의 편집자가 되었다. 편집자로 변신한 괴체는 〈존 레트클리프 경〉이라는 가명으로 선정주의적인 소설을 쓰기 시작했다. 1868년에 출판된 그의 소설 『비아리츠』가 그런 소설 중의 하나다. 이 소설에서 괴체는 프라하 공동묘지에서 벌어지는 한 은비주의적인 회합을 그리고 있는데, 이 장면은 뒤마가 『주세페 발사모』의 모두(冒頭)에 묘사한 계명 결사의 모임과 매우 흡사하다. 『주세페 발사모』에 나오는 회합은, 〈미지의 초인들〉(스베덴보리도 이 일원이다)의 우두머리인 칼리오스트로가 이른바 다이아몬드 목걸이 사건을 모의하는 것으로 되어 있다. 그러나 프라하 공동묘지에서 벌어지는 회합에서는 이스라엘 12지파(支派)의 대표들이 세계 제패의 계획을 확대 토론하는 것으로 되어 있다.

그런데 1876년 러시아의 한 선전 책자가 소설 『비아리츠』에 나오는 이 대목을 인용하는데, 이것이 허구인데도 불구하고 실제로 있었던 사건인 양 인용한다. 1881년에는 프랑스의 『콩탕포랭』지(誌)도, 믿을 만한 소식통(영국의 외교관 존 리드클리프 경)으로부터 나온 것이라면서 똑같은 짓을 한다. 1896년 부르낭이라는 사람이 출판한 『현대의 유대인』도 프라하 공동 묘지 장면을 고스란히 되풀이하고 있다. 부르낭은 이 회합에서 〈존 리드클리프〉라는 랍비는 공격적인 연설을 했다는 것까지 덧붙인다. 그 뒤에 나온 판본은 〈리드클리프〉라는 사람을 그 묘지로 데려간 것은 페르디난트 라살이라는 것까지 친절하게 밝혀 주고 있다.

이들이 폭로하고 있는 이른바 유대인의 〈계획〉은, 그보다 몇 년 전인 1880년 15세기의 유대인들에 의해 작성된 것이라면서 두 통의 서한을 게재한 반유대 잡지 『유대인 연구』에 묘사된 것과도 어느 정도 비슷하다. 프랑스에서 유대인들이 박해를 받고 있다면서 콘스탄티노플의 유대인들에게 구조를 요청하는 아를 유대인들의 편지다. 콘스탄티노플의 유대인들은 다음과 같은 내용의 답신을 보낸다. 〈모세 안에서 사랑하는 형제들이여, 프랑스 국왕이 그대들을 기독교로 개종시키려 들거든 기독교로 개종하시오. 그대들에게는 달리 선택의 여지가 없을 것이기 때문이오. 그러나 그대의 가슴속으로는 모세의 율법을 간직하도록 하세요. 프랑스인들이 그대들의 재물을 빼앗으려 들거든 그대들의 자식들을 상인으로 길러 장차 기독교도의 재물을 빼앗게 하세요. 프랑스인들이 그대들의 목숨을 빼앗으려 들거든, 그대들은 자식들을 의사나 약사로 길러 장차 기독교도들의 목숨을 빼앗게 하세요. 프랑스인들이 그대들의 회당을 부수거든 그대들은 자식들을 사제로 길러 장차 그리스도 교회를 부수게 하세요. 프랑스인들이 그대들에게 간난과 신고를 안기거든 그대들의 자식을 법률가나 공증인으로 기르고 그 자식들로 하여금 국사(國事)에 끼어들게 하고 이로써 장차 기독교인들의 목에 멍에를 걸게 하고, 세계를 제패하여 그대들이 당한 복수를 꾀하도록 하세요.〉

영락없는 예수회의 〈계획〉, 그리고 이에 선행하는 성전 기사단의 〈계획〉이 엉뚱하게도 유대인의 〈계획〉으로 날조되고 있었다. 문서는 많아도 달라진 것이나 바뀐 것은 별로 없었다. 「의정서」에는 자생력이 있었다. 「의정서」는 음모의 사슬을 엮어 내는 청사진이었다.

이 기이한 이야기와 닐루스 사이에 어떤 관계가 있는지 그 연결 고리를 찾으려고 애쓰던 차에 우리는 드디어 저 무시무시한 〈오흐라나〉, 즉 제정 러시아의 비밀경찰의 총수 라치콥스키를 만나게 된다.

96

가면이라는 것은 필요한 것이다. 우리가 지닌 힘 중에서 가장 큰 힘은 숨는 힘이다. 그러므로 우리는 다른 결사의 이름 뒤로 숨지 않으면 안 된다.
— 『바이에른 계명 결사에서, 스파르타쿠스파와 필로파에 대한 최후의 논고(論稿)』, 1794, p. 165

〈악마 연구가들〉의 원고를 읽으면서 우리는 무수한 가명으로 활동하던 생제르맹 백작이 〈라츠코치〉라는 이름을 쓰던 인물과 동일인라는 사실을 알았다. 적어도 드레스덴 주재 프리드리히 2세의 대사가 조사한 바에 따르면 그랬다. 생제르맹이 종신(終身)한 것으로 알려진 저택의 주인 헤세 백작에 따르면 생제르맹의 고향은 트란실바니아, 본명은 〈라고츠키〉이다. 우리는 코메니우스라는 사람이 자기의 저서 『만학(萬學)』(장미 십자단 사상을 그 뿌리로 하고 쓰였음에 분명한)을 〈라고프스키〉라는 이름의 영주에게 헌정했다는 사실도 염두에 두지 않으면 안 되었다. 그런데 화룡점정의 순간이 왔다. 카스텔로 광장의 고서 상가를 뒤지던 나는 프리메이슨에 대해 한 익명의 독일인이 출판한 책 한 권을 찾아내었는데, 이 책의 면지(面紙)에서 나는 누군가가 해둔, 그 책의 저자가 〈카를 아우구스트 라고츠키〉임을 밝히는 노트를 발견한 것이다. 아르덴티 대령을 죽인 것으로 짐작되는 저 수수께끼의 인물 이름이 〈라코스키〉였던 것을 감안할 때 우리로서는 생제르맹 백작을 이 〈계획〉에다 연루시키기 않을 수 없었다.

「이 건달에게 우리가 지나치게 막중한 사명을 부여하는 거 아닌가?」 디오탈레비가 걱정스러운 표정을 했다.

「아니야, 우리에게는 생제르맹이 필요해. 중국 음식에 간장이 필요한 것처럼. 간장이 안 들어가면 중국 음식이 아니야. 박식한 알리에를 보라고. 알리에는 칼리오스트로를 자기 모델로 삼은 것일까? 아니면 빌레르모즈를 모델로 삼은 것일까? 천만에. 알리에는 생제르맹을 베끼고 있어. 생제르맹이야말로 *Homo Hermeticus*(헤르메스적 인간)의 전형이니까.」 벨보의 말이었다.

피에르 이바노비치 라치콥스키. 활달하고, 교활하고, 음험하고, 영리하고, 심오한, 위조의 천재. 처음에는 하급 관료였다가 이후에는 혁명 분자들과 접촉, 드렌텔 장군의 암살을 기도한 테러리스트에게 은신처를 제공했다는 혐의를 받고 1879년 비밀경찰에 체포된다. 라치콥스키는 구금 상태에서 경찰의 밀정으로 변신, 〈검은 백인대(百人隊)〉에 합류한다(바로 이거다!). 1890년 라치콥스키는 파리에서 러시아 시위대를 위해 폭탄을 제조하는 조직을 적발한다. 그는 이 조직원들을 체포하도록 조처하고, 73명의 테러리스트를 끌고 러시아로 귀국한다. 그런데 그로부터 10년 뒤에는 폭탄을 제조하던 조직원들이 바로 라치콥스키 자신의 부하들이었던 것으로 판명된다.

1887년 라치콥스키는 이바노프라고 하는, 한 전향한 혁명가의 편지를 유포시킨다. 이바노프의 편지는, 테러리스트의 대부분은 유대인임을 폭로하는 것을 내용으로 한다. 1890년에는「한 늙은 혁명가의 고백」이라는 제목의 글을 통해 런던으로 망명해 있는 혁명 분자들은 영국의 첩자들이라고 주장하고 있다. 1892년에는 플레하노프가 썼다는 허위 문서를 통해,「한 늙은 혁명가의 고백」을 발표한 것은 〈인민의 의지〉당(黨)의 간부들이라고 폭로한다.

1902년에 이르자 라치콥스키는 〈반유대 프랑스 러시아 연맹〉을 결성한다. 이 연맹의 승리를 위해 그는 장미 십자단이 쓴 것과 아주 유사한 전법을 쓴다. 즉 연맹의 존재를 알림으로써 사람들로 하여금 그와 유사한 단체를 조직하게 만든 것이다. 그러나 그가 쓴 전술은 여기에서 그치지 않는다. 그는 진실과 허위를 교묘하게 뒤섞어 유포하고, 진실로 하여금 표면적으로 자신을 중상(中傷)하게 함으로써 실제로는 아무도 그의 허위를 눈치채지 못하게 하는 희한한 전술을 쓰기도 한다. 파리로 간 그는, 이번에는, 사령부를 하리코프에다 둔 〈러시아 애국 연맹〉에 대한 지지를 호소하는 괴문서를 유포시킨다. 이 호소문에서 그는, 연맹의 해체를 바란 장본인이었다는 고백으로 자신을 공격하고, 이어서 자신, 즉 라치콥스키가 마음을 고쳐먹고 연맹의 일에 매진하기를 바란다는 희망을 표명한다. 그는 이 호소문에서, 자기는 닐루스같이 신망을 잃은 사람을 믿고 있다고 주장하는데, 이는 사실이었다.

그렇다면「의정서」가 라치콥스키에 의해 작성되었다고 단정할 수 있는 근거는 어디에 있는가?

라치콥스키의 후원자는, 러시아를 현대화시키는 데 주력하던 각료인 세르게이 비테 백작이다. 비테 백작같이 진보적인 사람이 왜 반동적인 라치콥스키를 이용했는지 그 까닭은 알 수 없다. 그러나 그즈음의 우리 셋은 웬만한 일에는 별로 놀라지 않을 정도로 서로 모순되는 정보에 파묻혀 있었다. 하여튼 비테에게는 정적이 있었다. 일리야 치온이 바로 그 사람이다. 일리야 치온은 「의정서」에 나오는 구절을 상기시키는 주장을 통해 비테 백작을 공개적으로 비난한 적도 있었다. 그러나 일리야 치온이 인용한, 「의정서」에 나오는 구절을 상기시키는 주장에는 유대인에 대한 언급은 빠져 있었다. 그 까닭은 치온 자신이 유대인이기 때문이었다. 1897년 라치콥스키는 비테 백작의 명을 받고 테리타트에 있던 치온의 저택을 수색한다. 이 수색에서 라치콥스키는 졸리의 책(혹은 외젠 쉬의 책?)으로부터 치온 자신이 인용하고 각색한 원고 한 편을 찾아내게 된다. 원고는, 졸리가 마키아벨리와 나폴레옹 3세의 아이디어라고 주장한 반유대 계획은 사실상 비테 백작의 머리에서 나온 아이디어임을 폭로하는 내용으로 되어 있었다. 위조의 천재인 라치콥스키는 〈유대인〉이라는 말을 〈비테〉라는 말로 바꾸어 쓰고는 이 원고로 소책자를 만들어 유포시켰다. 〈치온〉이라는 이름은 영락없이 〈시온〉을 연상시킨다. 따라서 사람들은 이것을 동일시했다. 그러니 결과적으로는 한 권위 있는 유대인이 유대인들의 음모를 폭로한 셈이 된다. 「의정서」는 이렇게 해서 탄생한다. 이 소책자는 율리아나 혹은 쥐스틴 글린카의 손에 들어가게 된다. 글린카는 블라바츠키 부인이 주재하던 교령술(交靈術) 모임에 자주 드나들던 여자로, 때로는 파리에 망명해 있는 혁명가들을 염탐하고 비판하면서 시간을 보냈다. 그런데 우리가 보기에 이 글린카라는 여자는 파울리키아누스파의 첩자였음에 분명하다. 파울리키아누스파는 소작 농민들과 손을 잡고 있었으니, 당연히 차르에게 비테의 계획은 국제적인 유대인 조직 음모의 일환임을 밀고하고 싶었을 것이다. 글린카는 이 문서를 오르게옙스키 장군에게 건네고, 장군은 황실 근위대장을 통해 차르의 손에 들어간 것을 확인한다. 바야흐로 비테가 풍전등화 신세가 된 셈이다.

이렇게 되자 반유대주의의 야망에 불타고 있던 라치콥스키는 결과적으로 자기 상전을 욕보인 셈이 된다. 하지만 상전이 그렇게 되었는데 그 자신인들 무사할까. 이때부터 그가 역사에서 종적을 감추고 있는 것에서 우리는 그것을 확인할 수 있다. 그러나 생제르맹은 또 한 번 변신하고 다른 곳으로 떠났기가 쉽다. 어쨌든 우리의 가설은 사실에 기초해 있었기에, 라치콥스키나 생제르맹의 후일담을 재구해 내지 못했다 하더라도 참으로 그럴듯하고 사리에 여러 모로 합당한 가설이었다.「성서가 진실이라면 이것도 진실이다.」벨보의 말이었다.

이 일련의 자료는 문득 데 안젤리스 경위로부터 들은 시나키 체제를 연상시키는 데가 있었다. 결국 이 모든 이야기(우리가 지어낸 이야기이자, 벨보가 나에게 카드 파일을 넘겨주면서 한 말마따나 〈역사〉 그 자체이기도 한 이야기)에서 가장 중요한 것은, 생사를 건 숙명의 대결에서는 서로 상대의 무기를 이용하면서 싸우다 결국은 자멸하게 된다는 교훈이었다. 내가 내린 결론은 이것이다.「적진에 잠입한 우수한 첩자가 먼저 해야 하는 일은, 잠입한 적의 진영이 바로 첩자의 집단임을 폭로하는 것이군요.」

내 말끝에 벨보가 사담(私談)을 했다.「모처(某處)에서 내가 겪은 일이 생각나는군. 해 질 녘이 되면 어둑어둑한 길을 따라, 이름이 〈레모〉가 맞는지 잘 모르겠지만 〈레모〉라고 하자고. 파시스트 소년단 〈발릴라〉의 단원인 레모를 구경하러 가고는 했네. 까만 콧수염, 까만 고수머리, 까만 셔츠 차림이었는데 이빨까지 충치로 썩어 새까맸네. 그런데 레모가 어떤 처녀에게 키스하는 거라. 이빨이 새까만 레모가 그 아름다운 금발 처녀에게 키스하는 것을 보는 것만으로도 나는 그만 구역질이 나더군. 그 처녀가 어떻게 생긴 처녀였는지 기억은 안 나네만, 어쨌든 내게는 그 처녀야말로 동정녀이자 창녀, 말하자면 『파우스트』에 나오는 〈구원(久遠)의 여성〉 같은 것이었네. 레모가 그런 처녀에게 키스를 했으니 구역질이 났을 수밖에.」 벨보는 반어적인 분위기를 돋우느라고 부러 어조를 착 가라앉히고 있었다. 이것은 벨보가, 자기의 추억이 불러일으킨 순정에 감격하고 있음을 의식하고 있다는 증거였다. 「나는, 검은 여단에 소속되어 있을 터인 레모 같은 자가 어째서 우리 마을을 버젓이 나돌아다닐 수 있는지 그게 궁금했네. 당시 우리 마을은 파시스트가 장악하고 있지도 않았거든. 그런데 누군가가 내 귀에다 대고 레모는 파시스트의 스파이라고 하는 거라. 어쨌든 어느 날 저녁 나는 레모가 예의 그 발릴라 단원의 복장을 한 채로 같은 처녀에게 여전히 새까만 이빨을 들이대면서 키스하는 걸 보았네. 조금 다른 게 있었다면 그날 저녁의 레모 목에는 붉은 수건이 감겨져 있었고 셔츠 색깔이 카키색으로 바뀐 것뿐이었네. 그러니까 레모는 가리발디 여단으로 전출되었던 것이네. 사람들이 레모를 두고 입이 마르게 칭찬을 하자 레모는 실제로 자기에게도 〈전사의 별명〉이 있다면서 자기의 별명은 〈X9〉라는 거야. 알렉스 레이먼드의 만화에 등장하는 간첩의 이름이잖아? 레모는 만화 『아벤투

로소(모험단)』를 읽고 본떴을 거야. 브라보 〈X9〉……. 사람들은, 하여튼 레모를 응원했지. 그런데 사람들이 그러면 그럴수록 내게는 레모가 그만큼 더 싫어지는 거야. 왜? 레모가 군중의 묵시 아래 처녀를 차지하고 있었거든. 그 군중의 무리 중에서 레모가 민병대로 숨어든 파시스트의 스파이라고 주장한 사람 역시 그 처녀를 차지하고 싶었던 사람일 거라. 그래서 〈X9〉에 대해 의혹을 퍼뜨렸던 거지…….」

「그래서요?」

「이런다니까. 카소봉, 당신, 내 인생에 왜 그렇게 관심이 많아?」

「자기 이야기를 민담 구연(口演)하듯이 하니까 그렇죠. 민담이야말로 집단 상상력의 산물 아닌가요?」

「적절한 지적이기는 하네. 하여튼 어느 날 아침 내가 보고 있으려니 〈X9〉가 마을을 지나 들판으로 나가는 거야. 모르기는 하지만 처녀와 데이트 약속이라도 되어 있었던 모양이지. 〈X9〉는 키스하는 데 만족할 수 없었을 거라. 어쩌면 처녀에게 새까맣게 썩은 자기 이빨과는 달리 자기 물건은 멀쩡하다는 걸 보여 주고 싶었는지도 모르지. 미안하네. 아직도 그 친구 생각만 하면 기분이 안 좋아진다네. 어쨌든, 파시스트들은 들판에 매복해 있다가 우리의 〈X9〉를 붙잡아 마을로 데리고 들어와서는 다음 날 아침 5시에 총살해 버리더라고.」

침묵. 벨보는, 기도하듯이 마주 잡고 있던 자기의 두 손을 내려다보았다. 한동안 그러고 있던 그는 이윽고 그 손을 풀면서 말을 이었다.「총살당한 게 뭐겠어. 스파이가 아니었다는 증거 아니겠어?」

「그 이야기의 교훈이 뭐죠?」

「이야기에 꼭 교훈이 있어야 하나? 하지만 곰곰이 생각해 보니 교훈이 있는지도 몰라. 뭔가를 증명하기 위해서는 목숨을 대가로 바쳐야 할 때도 있다는 거겠지.」

97

Ego sum qui sum.[1]
— 「출애굽기」 3:14

Ego sum qui sum. An axiom of hermetic philosophy.[2]
— 마담 블라바츠키, 『너울 벗은 이시스』, 1877, p. 1

「너는 누구냐?」 3백 명이 이구동성으로 물었다. 가까이 서 있던 유령들의 손에서 스무 자루의 칼이 칼빛을 번뜩였다…….
「나는 있으므로 있는 자이다.」 그가 대답했다.
— 알렉상드르 뒤마, 『주세페 발사모』, ii

다음 날 아침에 벨보를 다시 만났다. 「어제는 멋진 통속 소설의 밑그림을 그린 셈인데요. 모르기는 하지만 〈계획〉에 신뢰성을 부여하려면 현실 측면에 대한 고려의 확충이 필요할 겁니다.」

「무슨 현실? 어쩌면 싸구려 통속 소설이 현실을 더 정확하게 반영하는지도 모른다고. 소위 위대한 작가라는 친구들이 우리를 속이고 있는 것인지도 몰라.」

「어떻게요?」

「우리에게, 전형적인 상황에 처한 전형적인 인물을 그리는 〈위대한 예술〉과, 부정형적(不定型的)인 상황에 처한 부정형적 인물을 그리는 스릴러나 로망스 같은 게 따로 있을 것이라

1 〈나는 곧 나다.〉
2 〈나는 있으므로 있는 자이다. 신비주의 철학의 명제.〉

는 암시를 끊임없이 주어 왔으니까. 나는 지금까지, 진짜 멋쟁이는 스칼렛 오하라나 콩스탕스 보나시외[3]나 데이지 공주 같은 여자는 사랑하지 않을 것이라고 생각해 왔네. 내가 통속 소설식으로 나간 것은 일상을 떠나 산보라도 좀 하는 기분으로 그랬던 것이네. 내가 가질 수 없는 것을 그렇게나마 얻으면서 위안을 얻을 수 있었지. 하지만 그건 나의 오산이었네.」

「오산이라고요?」

「오산이었네. 「장엄 미사」보다는 천박한 유행가가 삶을 훨씬 정확하게 그린다는 프루스트의 말이 옳았어. 〈위대한 예술〉은 우리에게 위안을 주는 동시에 우리를 가지고 놀기도 하네. 왜? 〈위대한 예술〉이 보여 주는 세계는 예술가가 있었으면 하고 바라는 세상이지 현실 그 자체는 아니거든. 통속 소설은, 겉으로 보면 실없는 농담을 하고 있는 것 같아도 사실은 세상을 있는 그대로 그리거든. 있는 그대로 그리지 않을 때는 장차 있게 될 현실이라도 그려 낸단 말일세. 여자들이란 〈귀여운 넬〉[4]보다는 〈밀라디〉[5]에 가까운 법이고, 〈푸 만추〉는 〈현자 나탄〉보다 훨씬 현실적인 법이네. 뿐인가, 역사라고 하는 것은 헤겔의 철학보다는 외젠 쉬가 그려 내는 세계와 훨씬 가까운 법일세. 셰익스피어, 멜빌, 발자크, 도스또예프스끼는 모두 선정적인 허구를 그린 것이고. 진짜 세계에서 일어나는 일을 예견하는 것은 그런 소설이 아니라 바로 통속 소설이라고.」

「현실적으로, 통속 소설을 모방하는 편이 진짜 예술을 모

3 소설 『삼총사』에 나오는 여주인공 중 하나.

4 디킨스의 소설에 나오는 여주인공.

5 소설 『삼총사』에 나오는 악녀.

방하는 것보다 훨씬 쉬우니까 그런 거죠. 모나리자 노릇하는 건 어려운 일입니다. 밀라디가 되는 편이 쉽기도 하려니와 쉬운 길을 택하려는 우리의 본능적인 경향을 좇는 일이기도 하지요.」

「알리에가 좋은 본보기를 보이고 있군. 알리에로서는 볼테르를 모방하는 것보다 생제르맹을 모방하는 게 훨씬 쉬웠을 거라.」 잠자코 있던 디오탈레비가 한마디 거들었다.

「암, 여자들에게도 볼테르보다는 생제르맹이 훨씬 인기가 있을 거고…….」 벨보의 말이었다.

뒤에 나는 벨보의 컴퓨터에서 이때 우리가 나눈 대화와 관련된 파일을 찾아낼 수 있었다. 이 파일에서 벨보는 우리가 나눈 이야기를 소설로 바꾸고 있었는데, 글의 흐름을 잇는 데 필요한 몇 문장 말고는 자기 문장을 보태지 않고 오로지 인용과 표절과 차용과 상투 어구만으로 생제르맹 이야기를 재구성해 내고 있었다. 벨보는 여기에서도 〈역사〉의 제약을 피하기 위해 스스로를 문학적 대역으로 세워 자기 삶을 쓰고 재검토하고 있었다.

파일명: 돌아온 생제르맹

지난 5세기 동안이나 전능한 복수의 손길에 쫓기면서 나는 아시아의 오저(奧底)로부터 이 차갑고 음습한 땅까지 떠돌았다. 어디건 내가 가는 곳이면 으레 공포와 절망과 죽음이 뒤따른다. 그러나 나는 공포와 절망과 죽음의 하수인은 아니다. 아는 사람이 하나도 없지만 나는 사실은 〈계획〉의 공증인이다. 나는 참으로 끔찍한 것을 많이 보아 온 사람이다. 내가 지금부터 벌이려는 일도 역겨운 것은 매일반이지만 〈성 바르톨로메오의 밤〉[6]을 준비하는 과정에 견주면 별것 아니다. 아, 왜 내 입술은 악마의 미소로 일그러지고 있는 것일까? 나는 나다. 저 밉살스러운 칼리오스트로가 나에게 하나 남은 신의 은전(恩典)을 앗아 가 버렸기 때문이다.

그러나 내 승리는 목전에 있다. 내가 켈리 행세를 하고 있을 때 소아페스는 런던탑에서 나에게 모든 것을 다 고백했다. 성패의 비결은 내가 다른 누군가로 바뀌는 데 있다.

나는 기계(奇計)로 주세페 발사모를 산레오 요새에 감금하고 그의 비밀을 가로챘다. 생제르맹은 사라졌다. 이제 사람들은 나를 칼리오스트로 백작이라고 믿는다.

....

온 도시의 시계가 일제히 자정을 알린다. 참으로 이상한 정적이 아닌가. 하지만 이 정적도 나를 속이지는 못한다. 춥기는 하지만 참으로 아름다운 밤이다. 하늘 높이 뜬 달이 유서 깊은 파리의 불가사의한 골목에 싸늘한 빛을 던진다. 지금 시각은 10시. 〈흑사제(黑司祭)〉 수도원 첨탑의 종이 느릿느릿 8시를 알린 지 오래지 않다. 바람이 통곡이라도 하듯이 잉잉거리며 쓸쓸하게 펼쳐져

6 1572년 프랑스에서 일어난 신교도 대학살 사건.

있는 지붕 위의 양철 풍향계를 흔들고 있다. 두꺼운 구름이 온 하늘을 가리고 있다.

선장! 돌아갈 건가요? 아니. 침몰하고 있다고요! 빌어먹을, 〈파트나 호〉[7]는 침몰하고 있다고요. 뛰어내려, 뛰어내리라고, 칠해의 정복자 짐! 이 역경을 벗어날 수 있다면 호두알만 한 다이아몬드도 아깝지 않겠다. 주범(主帆)을 바람 부는 쪽으로! 키를 잡아! 윗돛대든 뭐든 잡으라고, 이런 빌어먹을, 윗돛대도 바람에 날리고 있잖아!

이를 악문다. 밀랍같이 굳은 푸르뎅뎅한 내 얼굴이 귀신의 얼굴같이 창백해진다.

복수의 화신인 내가 어떻게 여기까지 오게 된 걸까? 지옥까지 쩌렁쩌렁 울리던 내 목소리를 듣기만 해도 부들부들 떨던 악령들이, 내 눈물을 보면 얼마나 나를 조롱할 것인가.

야, 불빛이 보인다.

여기에 이르기까지 나는 도대체 몇 계단이나 내려왔던 것일까? 일곱 개? 서른여섯 개? 내가 지나쳐 온 돌과 밟은 계단 중에는 신성 문자가 새겨져 있지 않은 것이 하나도 없었다. 내가 그 문자를 해독하는 날, 나를 따르는 자들에게는 신비의 수수께끼가 풀릴 것이다. 따라서 〈밀지〉는 해독될 것이고, 해독된 밀지야말로 우리 〈계획〉의 결정적인 실마리가 될 것이다. 그날이 오면 오의를 전수한 우리 단원들, 오로지 우리 단원들에게만 그

7 조지프 콘래드의 소설 『로드 짐』에 나오는 배 이름.

〈수수께끼〉의 내용이 공개될 것이다.

〈수수께끼〉가 풀리면 〈밀지〉의 해독은 잠깐이다. 수수께끼가 풀리고 밀지가 해독되면 저 빛나는 신성 문자의 의미가 떠오른다. 신성 문자가 해독되어야 〈의문의 기도문〉이 간명하게 정의된다. 그날이 오면 〈비밀〉을 가리고 있던, 저 〈오망성(五芒星)〉을 가리고 있던 이집트의 벽걸이는 걷히게 된다. 그날이 오면 〈오망성〉이 지닌 〈은비학적 의미〉가 선포될 것이지만 이 카발라적 질문에 대답하고 천둥 같은 음성으로 〈불가해한 기호〉의 의미를 읊어 낼 수 있는 사람은 몇 사람 되지 않을 것이다. 〈미지의 36장로들〉은 머리를 조아리고 〈대답〉할 것이지만 몇몇 헤르메스의 자식들을 제외하고는 그 룬 문자의 의미를 알아먹을 사람이 없다. 나머지 사람들에게는, 〈진반 농반(眞半弄半)인 봉인〉이 주어질 것인데, 그 가면 뒤에는 그들이 그토록 그리워하던 〈신비의 레부스〉, 〈거룩한 아나그램〉의 〈형상〉이 그려져 있을 것이다…….

....

「사토르 아레포!」 내가, 지옥의 망령에게 호령하듯이 외친다. 이윽고 사토르 아레포가, 능숙한 사형 집행인의 형차(刑車)에서 손을 떼고 앞으로 나선다. 내 명령을 들으러 그는 내 앞에 엎드린다. 나는 그를 잘 알고 있다. 일찍이 내가 그 정체를 의심하고 있던 자여서 그렇다. 다른 사람이 아닌, 장애자 발송 직원 루치아노다. 루치아노는 〈미지의 초인들〉로부터 하수인으로 임명을 받고,

내가 벌일 피비린내 나는 일의 하수자 노릇을 하게 되어 있다.

나는 사토르 아레포에게 농담 비슷하게 묻는다. 「사토르 아레포, 〈거룩한 아나그램〉의 배후에 감추어져 있는 최종적인 해답이 무엇인지 아느냐?」

「모릅니다, 백작님. 백작님께서 일러 주실 것으로 믿고 이렇게 기다리고 있습니다.」 경솔한 사토르 아레포의 대답이다.

내 입에서 사악한 웃음이 터져 나와 낡은 지하실을 가득 메운다.

「바보 같으니라고. 오로지 오의를 전수한 자만이, 제가 모른다는 사실을 아는 법이다.」

「알겠습니다, 주인님. 주인님만 좋으시다면 저는 벌써 알 준비가 되어 있습니다.」 외팔이 직원이 대답했다.

우리는 클리냥쿠르의 지저분한 지하 감방에 있다. 오늘밤에는 기어이 어느 누구보다도 바로 그대, 나에게 고상한 범죄의 재능을 전수한 그대, 나를 사랑하는 척하는 그대, 설상가상으로 나를 사랑하는 것으로 믿는 그대, 무수한 무명의 원수들과 함께 다음 주말을 보내게 될 그대를 벌하려 한다. 달갑지 않게도 내 치욕의 증인이 된 루치아노는 내게 외팔을 빌려 주기는 하겠지만 그 역시 죽게 될 것이다.

그 방에는 뚜껑 문이 하나, 하수구 혹은 방같이 생긴 지하 통로 쪽으로 나 있다. 아득한 옛날부터 밀수품의 은닉처로 쓰이던 지하 통로는 늘 축축하다. 가까이에 범죄의 미궁, 시궁창 냄새를 풍기는 옹벽에 갇힌 파리의 하수구가 있기 때문이다. 그래서 악덕에 더할 나위 없이 충실한 루치아노의 도움을 얻어 옹벽에다 구멍을 하나 뚫었더니 하수가 쏟아져 들어왔다. 이렇게 쏟아져 들어온 물이 우리 방을 채우자 낡은 벽이 무너지고 지하 통로는 하수구와 합류하면서 무수한 쥐의 시체를 수면으로 떠올린다. 위에서 내려다보면 시커멓게 보이는 표면은 지옥의 입구를 방불케 한다. 멀리 센강이 있고, 이 센강은 바다에 이른다.

사다리가 하나 걸려 있다. 지하 감방의 가장자리에 고정된 채로. 물에 잠긴 채 루치아노는 칼을 한 자루 들고 이 사다리에 자리를 잡는다. 한 손으로는 사다리의 맨 아래쪽 가로장을 잡고 또 한 손으로는 칼을 품은 채. 세 번째 손으로는 희생자를 도륙할 만반의 태세가 되어 있다. 바야흐로 외팔의 삼역(三役)이다. 「조용히 기다려라. 곧 나타날 테니까.」 나는 그에게 명령한다.

나는 그대에게, 흉터가 있는 자는 모두 죽이라고 했다. 그대여, 이리 오시라, 와서 영원히 내 곁에. 함께 성가신 것들을 쓸어버리자. 나는 그대가 그들을 사랑하지 않는다는 것을 잘 알고 있다. 그대가 여러 차례 고백했으니까. 하지만 우리 둘은 남을 것이다. 지자기류와 함께.

이윽고 그대가 들어온다. 신녀(神女)처럼 오만하게, 마녀처럼 쉰 목소리로 뭔가를 지껄이면서. 그 모습에 우리 몸이 오그라 붙는다. 오, 유서 깊은 사타구니의 욕망을 휘젓고, 내 가슴으로 하여금 욕정의 포로가 되게 하는 지옥의 환상이여. 오, 눈부신 혼혈이여, 내 파멸의 씨앗이

여. 독수리 발톱 같은 손으로 나는, 내 가슴을 치장하고 있던 고운 무명 셔츠를 찢고 손톱으로 내 손에다 피투성이의 고랑을 판다. 무서운 열기가 내 입술을 말린다. 내 입술이 흡사 뱀의 비늘처럼 싸늘해진다. 내 영혼의 심연에서 솟은 절규가 악문 이빨 사이로 터져 나온다. 나는 포악한 타르타로스가 토해 낸 켄타우로스가 된다. 그러나 나는 그것을 억누른 채 징글맞을 것임에 분명한 미소를 띠고 그대에게 다가간다.

나는 그대에게 지껄인다. 〈오흐라나〉 비밀경찰 대장이 지껄였다면 아마 그렇게 지껄였을 것이다.「내 사랑하는 소피아. 오래전부터 그대를 기다리고 있었다. 어서 와서 나와 함께 어둠 속에 숨어서 기다리자.」그대는 웃는다. 쉰 목소리로 웃는 끈적끈적한 웃음. 그대는 내게서 재산이라도 상속받게 되는 것처럼, 전리품이라도 얻게 되는 것처럼, 아니면 차르에게 팔아먹을「의정서」라도 건네받게 되는 것처럼 웃는다……. 그대가 그 천사의 미소 뒤로 악마의 본성을 감추는 그 교묘한 재주, 놀라워라. 남녀가 두루 입는 청바지와 속이 비치는 티셔츠에 몸을 가리고, 마침내 저 릴의 사형 집행인이 그대의 하얀 살결에다 새긴 무서운 백합의 문신까지도 숨기고 있으니!

……………………………………………………………

내 꾐에 빠져 함정으로 들어오는 첫 번째 얼뜨기. 망토를 감고 있어서 모습을 알아보기가 어렵다. 그러나 그는 나에게 프로뱅 장미 기사의 휘장을 보여 준다. 토마르 진영의 암살자 소아페스다.

그가 나에게 하는 말. 「백작, 때가 왔소. 우리는 전 세계로 흩어진 채로 너무 오랜 세월을 기다렸소. 당신에게는 밀지의 마지막 한 쪽이 있지요? 이 〈거대한 유희〉가 시작됐을 때 나타난 첫 밀지가 나에게 있습니다. 하지만 지금은 그 이야기를 할 때가 아닙니다. 힘을 모읍시다. 힘을 모아서 놈들을……」

그가 끝맺지 못한 말은 내가 대신해서 끝맺어 주었다. 「놈들을 지옥으로 보내자 이거지. 이것 보게 친구, 방 한가운데를 보게. 금고가 있네. 금고 속에는 그대가 몇 세기 동안 찾아다닌 물건이 들어 있네. 어둠을 두려워 말게. 어둠은 우리를 위협하는 것이 아니고 우리를 보호하는 것이니까.」

그 얼뜨기는 손으로 어둠 속을 더듬으며 몇 걸음을 더 걷는다. 쿵, 하는 소리, 철벅, 하는 소리. 뚜껑 문으로 떨어진 것이다. 루치아노가 그를 잡아 순식간에 그의 목을 따버린다. 피가 솟구치면서 하수구 오물과 뒤섞인다.

....

문을 두드리는 소리. 「디즈레일리, 당신이오?」

「그렇습니다.」 정체 불명의 사나이가 대답한다. 독자 여러분은 벌써 아셨을 것이거니와, 이 사람은 성전 기사단 영국 진영의 우두머리로서, 권력의 절정에 이르러 있는데도 만족할 줄을 모른다. 그의 말이 계속된다. 「백작,

이제 부인해도 소용없습니다. 지구의 거죽이 철로로 뒤덮였듯이, 유럽의 대부분이 비밀 결사의 조직으로 뒤덮였다는 것은 이제 더 이상 숨길 수 없는 노릇이기 때문입니다.」

「당신은 1856년 7월 14일에 하원에서도 그 말을 하지 않았소? 내가 그걸 모르는 줄 아시오? 온 용건만 말하시오.」

베이컨 진영의 이 유대인은 한동안 꿍얼꿍얼 투덜댄 끝에 말을 잇는다. 「수가 너무 많습니다. 36명이던 〈미지의 장로〉들이 자그마치 360명으로 늘어났습니다. 2로 곱해 보세요. 720명이나 됩니다. 여기에서 마지막으로 문이 열리기까지 걸릴 햇수인 120을 뺀다고 하더라도 자그마치 600이 남습니다. 크림 전쟁 당시의 발라클라바 용기병(龍騎兵) 숫자가 아닙니까.」

인두겁을 쓴 악마에게는 수비학(數秘學)도 더 이상의 비밀이아니다. 「그래서?」

「우리에게는 금이 있고 백작에게는 지도가 있습니다. 힘을 합칩시다. 힘을 합치면 천하무적입니다.」

나는 사제가 제단을 가리키듯이 금고를 가리킨다. 욕심에 눈이 어두워진 그는 어둠 속에서 금고가 보인다고 착각한다. 그래서 내가 손가락질하는 쪽으로 다가가다가 폭삭 꼬꾸라진다.

루치아노가 칼질하는 무시무시한 소리가 어렴풋이 들린다. 나는 이 영국인의 고요한 눈동자 속에서 죽음이 가르랑거리는 소리를 듣는다. 정의의 심판이 내리니 사필귀정이다.

나는 세 번째 희생자를 기다린다. 프랑스 장미 십자단원, 몽포콩 드 빌라르. 저희 비밀 결사의 비밀을 팔러 오는 자이다.

「나는 드 가발리스 백작이라고 하오.」 거짓말에 도가 튼 얼뜨기.

내 말 몇 마디가 그를 저승사자 쪽으로 등을 떠민다. 떠밀리다가 쓰러지자 피에 굶주린 루치아노가 제 할 일을 한다.

그대는 어둠 속에서 웃고 있다. 그대는 나에게 말한다. 그대는 나의 것이라고, 그대의 비밀은 나의 비밀이 되었노라고 말한다. 암, 자기기만? 좋고말고, 〈셰키나〉의 가증스러운 캐리커처. 그래. 나는 그대의 시몽이다. 하지만 잠깐만, 그대는 아직 내 말이 무슨 뜻인지 알지 못한다. 그것을 알게 되는 순간은 그대의 삶이 끝나는 순간이다.

내가 무슨 말을 보태랴? 하나씩 하나씩 차례로 들어온다.

브레시아니 신부가 나에게, 독일 계명 결사를 대표하고 있는 인터라켄의 바베테가 올 것이라고 알려줬다. 바베테는 바이스하우프트의 증손녀로, 포식과 강탈과 유혈 속에서 자란 스위스 공산당의 동정녀 같은 여자다.

이 여자는 자기가 소속된 비밀 결사가 명령만 내리면 입수 불가능한 비밀도 훔쳐 낼 수 있고, 봉인도 뜯지 않은 채 극비 문서를 읽어 낼 수 있으며 독물을 제조하는 데도 능수능란하다.

이윽고 범죄의 수호 여신 바베테가, 북극곰 모피 외투 차림에 모피 모자 아래로 금발을 늘어뜨린 채 들어선다. 눈빛이 그렇게 오만해 보이고 냉소적일 수가 없다. 나는 같은 방법으로 이 여자에게 죽을 자리를 가르쳐 준다.

오, 언어의 아이러니여. 자연이 우리에게 언어를 베푼 것은 영혼의 비밀을 침묵 속에 간직하라는 뜻이 아니던가. 〈계몽사상〉의 딸은 〈어둠〉의 희생자가 된다. 루치아노의 칼에 가슴을 세 차례나 난자당하면서도 여자는 욕지거리를 해댄다. 어디에서 경험한 듯한 기시감.

....

드디어 닐루스 차례. 한동안은 한물간 황후와 지도, 이 둘을 다 차지한 줄 알았을 테지……. 더러운 중놈. 적그리스도 좋아하시네. 적그리스도가 네 눈앞에 있는데도 못 알아보고 있지 않느냐? 이자가 신비스러운 것을 좋아하니까 나는 갖가지 신비스러운 아양을 다 떨어 이자를, 이자를 기다리는 지옥으로 몰아넣는다. 루치아노가 십자꼴로 이자의 가슴을 난자하니, 그 자리에서 무너져 영면(永眠)에 드신다.

....

마지막으로 나는 조상 대대로 물려받은 의혹을 청산하지 않으면 안 된다. 마지막으로 들어온 자는 자칭 〈아하수베루스〉, 방랑하는 유대인이자, 나처럼 영생 불사를 얻었다는 〈시온의 장로〉. 매끄러운 미소에 어울리게 의심이 많다. 이자의 수염은 프라하 묘지에서 상습적으로 도살한 기독교도의 따뜻한 피에 젖어 있다. 하지만 나는 라치콥스키보다 더 약았으면 약았지 덜 약지는 않다. 나는, 금고 속에는 지도뿐만 아니라 다이아몬드 원광석도 있다는 것을 암시한다. 나는 그리스도를 죽인 이 종족이 다이아몬드 원광석을 얼마나 좋아하는지 잘 알고 있다. 이자는 탐욕에 이끌려 제 운명의 형장으로 다가선다. 〈히람〉처럼 칼을 맞고 죽어 가면서 이자가 저주한 것은 잔인하고 복수심이 강한 저희 신이다. 하지만 그 신의 이름은 입에 올려서는 안 되는 것이라 그에게는 신을 저주하는 것도 쉽지 않은 일이다.

....

섬망 상태에서 나는 〈위대한 작품〉이 완결된 것으로 오산했다.

바람에 밀리듯이 문이 활짝 열리면서 한 사람이 들어온다. 납빛 얼굴, 가슴을 그러쥔 뺏뺏한 손, 게슴츠레한 눈빛. 내가 그를 알아보지 못할 턱이 없다. 〈검은 교단〉의 검은 법의. 로욜라의 새끼 중 하나다.

「크레티노 아니오?」 내가 소리친다. 오산이다.

그자는 축복이라도 내릴 셈인지 손을 쳐든다. 외식(外

飾)의 몸짓이다. 「나는 나이므로 내가 아니오.」 도무지 인간 같지도 않은 미소를 떠올리면서 그가 한 말이다.

그러면 그렇지. 예수회의 전형적인 수작이다. 이들은 때로는 저희들 존재까지도 부정하는가 하면 때로는 불신자들을 위협하기 위해 저희 교단의 힘을 과시하기도 한다.

무수한 왕자(王者)들을 타락시킨 그자의 말을 들어 보자. 「악마의 자식들이여, 우리의 정체는 늘 그대들의 짐작을 빗나가오. 그대들이 우리를 그 무엇이라고 생각하는 순간, 우리는 그 무엇을 비켜 가오. 하지만 이제 보니, 그대는. 아, 생제르맹이었군요!」

「내 정체를 어찌 아셨소?」 내가 놀라서 물었다.

그는 비아냥거렸다. 「전에 만난 적이 있지요. 그대는 나를 기욤 포스텔의 임종석에서 끌어내고자 한 적이 있지요. 나는 에르블레 수도원장이라는 이름으로 바스티유 감옥에서 그대의 그 죄 많은 환생을 끝맺게 해준 적이 있지요.」 옳거니. 예수회가 콜베르의 밀고를 받고 내게 씌운 철가면의 감촉이 선연하게 남아 있다. 그가 말을 잇는다. 「그대가 속한 비밀 결사가 돌바크 및 콩도르세와 회동했을 때 내가 염탐한 적이 있지요. 그때 우리 만나지 않았는가요.」

「당신 로댕이구려!」 나는 벼락이라도 맞은 듯 흠칫한다.

「그렇소. 얼굴 없는 예수회의 총장 로댕이오. 당신의 꼬임에 넘어가 뚜껑 문으로 떨어지지 않은 유일한 사람, 그렇소, 로댕이오. 생제르맹, 내 말을 잘 들어요. 목적으로 수단을 신성하게 하시는 우리 하느님의 크신 영광에 의지해서 하는 말이오만, 그대가 아무리 세상의 모든 범죄와 사악한 술수를 꿰뚫고 있다 해도 우리를 이기지는 못하오. 그 모든 것은 우리가 발명한 것이니, 우리는 세계를 제패하기 위해 왕관 쓴 무수한 인간들을, 아침이 없는 밤의 나락으로, 혹은 그보다 더한 지옥으로 떨어뜨렸소이다. 바야흐로 우리의 목적지가 목전에 있는데 그대는 감히, 5백 년 동안이나 세계의 역사를 움직여 온 비밀에 다가가지 못하게 할 셈이오?」

로댕은 이렇게 말하면서 시시각각으로 기세를 올린다. 르네상스 이래로 교황들의 가슴을 그을리던 피에 굶주린 야망과 무시무시한 독신(瀆神)의 거드름이 이 로욜라의 새끼 중 하나인 로댕의 미간에 나타난다. 내 눈에는 선명하게 보인다. 권력에의 야망이 그 더러운 피를 설레게 하고, 뜨거운 땀이 그 몸을 적시고, 역겨운 기체가 그 주위에 퍼지고 있는 것이.

이 원수를 어떻게 꺼꾸러뜨리지? 문득 떠오르는 생각……. 수백 년 동안 인간의 마음을 샅샅이 꿰뚫어 본 사람에게나 떠오를 법한 묘안이다.

「이것 보오, 나 역시 한 마리의 〈호랑이〉외다.」 이것이 내가 한 말이다.

묘안을 내었으니 남은 것은 실천이다. 나는 간단히 그대를 방 한가운데로 끌어내고, 그대의 티셔츠를 벗기고, 살갗에 찰싹 붙은 채로 그대의 호박색 배를 가리고 있던 그대 바지의 허리띠를 뜯어 버린다. 반쯤 열린 문을 통해 들어온 창백한 달빛 아래 그대가 우뚝 선다. 그대는 아담을 꾄 뱀보다 아름답다. 동정녀이자 창녀인 그대는 육욕으로 무장하고 당당하면서도 음란한 모습으로 서 있다. 벗은 여자는 곧 무장한 여자이므로.

검다 못해 푸른 빛이 도는 그대의 숱 많은 머리카락에서 이집트 너울이 흘러내린다. 그대의 가슴은 모슬린 너울 아래서 출렁거린다. 그대의 머리카락에 꽂혀 있던 황금빛 뱀 장식. 몸을 구부린 탱탱한 뱀. 그대의 머리 위에서 뱀의 에메랄드 눈과, 루비로 만든 세 갈래가 진 혓바닥이 반짝거린다. 아, 그대의 은빛이 도는 검은 망사 윗도리, 이상한 무지개가 수놓인, 흑진주 박힌 거들. 그대는 치모(恥毛)를 말끔하게 밀고 나왔으니, 그대를 안으면 대리석 조각같이 매끄럽겠구나. 검은 말라바 하녀가 감미로운 붓끝으로 붉은 입술연지를 찍어 바른, 그대의 젖꼭지는 상처받은 여인처럼 보는 것만으로 벌써 유혹이다.

로댕은 헐떡거린다. 권력에의 의지에 사로잡혀 오래 금욕해 온 그에게 욕정은 참을 수 없을 것이다. 악마의 눈만큼이나 검은 눈, 부드럽고 탐스러운 어깨, 향내 나는 머리카락, 희고 부드러운 살갗. 아름다우면서도 후안무치한 이 여왕 앞에서 로댕은 일찍이 경험하지 못한 애무, 이루 형언하기 어려운 열락의 가능성을 꿈꾼다. 그의 육신은, 수면에 비친 발가벗은 요정을 내려다보는 목양신(牧羊神)의 육신처럼 욕정의 불길에 휩싸인다. 그러나 이 불길이 어떤 불길이던가? 일찍이 나르키소스를 태운 불길이 아니던가. 달빛 아래로, 메두사의 눈빛에 석화(石化)되듯이 굳어져 가는 로댕을 본다. 사양길에 접어들도록 억제되어 있던 사나이의 욕망에 온몸이 굳어진 로댕을 본다. 억누를 길 없는 욕정이 그의 몸을 태운다. 흡사 과녁을 겨냥하는 화살, 부러지기 직전까지 당겨진 활 같다.

로댕은 바닥으로 무너지면서 이 허깨비 앞에 무릎을 꿇고는, 한 방울 향유를 구걸하듯이 두 손을 벌린다.

「아, 어찌 이렇게 아름다울 수 있소? 도톰하고 붉은 입술을 벌릴 때마다 하얗게 빛나는 가지런한 그 암여우의 이빨 하며……. 빛을 뿜는가 하면 거두고 거두는가 하면 또 뿜는, 그 큰 에메랄드 눈 하며……. 오, 욕정의 악마여!」

틀린 말은 아니다. 그대는 청바지에 가려진 엉덩이를 움직여, 사타구니로 이 늙은 얼뜨기에게 핀볼을 쳐 보낸다.

로댕이 끔벅 죽는다. 「환영(幻影)이라도 좋소. 내 것이 되어 주오. 질투하는 신을 섬기며 힘겹게 산 인생을 불쌍하게 여겨, 잠깐이라도 좋으니 쾌락의 왕관을 내 머리에 씌워 주오. 그대 미끄러운 한 번의 포옹으로 나를 위로해 준다면, 그대가 나를 밀어 넣는 영원한 지옥 불도 두렵지 않소. 바라건대 그대의 입술이 내 얼굴을 지나게 하오, 나의 안티네아여, 나의 막달라 마리아여. 성자의 법열 앞에서도 내가 욕망하여 마지않던 그대여, 외식(外飾)으로 동정녀를 섬기면서도 탐내어 마지않던 그대여. 오, 여인이여, 태양처럼 밝고, 달처럼 흰 여인이여. 그대 앞에서는 하느님도, 열성(列聖)도, 로마의 교황도 부정하겠소. 아니, 부정할 것이 또 있소. 로욜라도, 내 인생을 이 교단에 묶어 놓은 저 더러운 서원(誓願)도 내 부정하리다. 입맞춤, 단 한 번의 입맞춤이면 되오. 연후에는 죽어도 좋소!」

그는 뻣뻣한 무릎으로 긴다. 법의가 사타구니로 말려 들어간다. 그는, 손에 닿지 않는 행복을 향해 두 손을 뻗고 있다. 그러나 눈을 까뒤집고 벌렁 나자빠진다. 눈이 튀어나오면서 얼굴이 뒤틀린다. 그의 표정은 영락없이, 볼타 전퇴(電堆)를 맞은 시체의 얼굴이다. 입술에 푸르스름한 거품이 인다. 입술 사이로, 금방이라도 넘어갈 듯한 숨소리가 새어 나온다. 흡사 죽어 가는 광견병 환자 같다. 샤르코가 제대로 그려 내었듯이 욕정에 대한 천벌인 이 무서운 음란증이 발작하면 미친개가 날뛰는 것과 다를 바가 없어진다.

그것이 끝이다. 로댕은 미친 사람처럼 웃다가 바닥에 벌렁 나자빠지면서 그대로 뻣뻣해진다. 시체의 뻣뻣함을 이토록 생생히 보여 주다니.

잠깐 광기를 보이던 그는 용서받을 수 없는 죄 가운데서 죽는다.

나는 발로 그의 시신을 뚜껑 문 쪽으로 민다. 내 칠피 구두가, 내 원수의 더러운 법의에 더럽혀지지 않도록 조심을 다한다.

루치아노의 단검은 필요도 없다. 그러나 루치아노는 한번 재미를 들인 칼질을 멈출 수가 없었던 모양이다. 루치아노는 죽이고 또 죽이는 충동을 억제하지 못하고 웃으면서 이 뻣뻣하게 굳어진 시체를 찌르고 또 찌른다.

드디어 그대와 함께 뚜껑 문 가장자리에 선다. 그대가 뚜껑 문을 통해, 아래에서 벌어지는 광경을 즐기고 있을 동안 나는 그대의 목을 쓰다듬으면서 이렇게 말한다. 「도도해서 내 손이 미치지 않는 내 사랑이여, 그대는 그대의 로캉볼이 마음에 드는가?」

그대는 뇌쇄적으로 고개를 끄덕이고 웃으면서 뚜껑 문 밑을 향해 시체를 비아냥거리는 소리를 했다. 그때 나는 천천히 손아귀에 힘을 주었다.

「아니, 당신 뭐하는 거예요?」

「별것 아니야, 소피아. 지금 그대를 죽이고 있어. 나는 드디어 주세페 발사모가 되었으니 그대가 필요 없거든.」

〈아르콘〉들의 정부(情婦)는 이렇게 죽어 하수구 속으로 처박힌다. 한 번의 칼질로 루치아노는, 내 무자비한 손길이 내리는 두 번째 판결을 종료한다. 나는 루치아노에게 소리친다. 「내 믿음직스러운 하인이여, 검은 영혼이여, 이제 그만 올라오게.」 등을 보이면서 올라오는 순간, 나는 루치아노의 어깻죽지에, 자국도 거의 남기지 않을 정도로 날카로운 삼각 날 비수를 꽂는다. 루치아노 역시 아래로 떨어진다. 나는 그제야 뚜껑 문을 닫는다. 끝난 것이다. 여덟 구의 시체가, 나만 아는 지하 수로를 통해 샤틀레 쪽으로 떠내려가는 것을 보면서 나는 그곳을 떠난다.

포부르 생토노레에 있는 조그만 내 아파트로 돌아와 거울에 비친 나를 본다. 나 자신에게 이렇게 중얼거려

본다.

「나는 세계의 왕이다. 이제 나는 이 속이 빈 탑에서 우주를 다스린다. 아찔할 정도로 막강한 나의 힘을 보라. 나는 에너지의 제왕이다. 나는 힘에 도취되어 있다.」

....

하지만 누가 알았으랴. 삶이 내게 가해 오는 손길에는 가차가 없다. 몇 달 뒤, 토마르 성의 지하 묘지에서 나(마침내 지자기류 비밀의 주인이자, 보이지 않는 36장로, 〈미지의 초인들〉 중에서도 가려 뽑힌, 마지막 중의 마지막 〈미지의 초인〉이자 6성지의 왕이 된 나)는 얼음의 눈을 가진 어지자지인 체칠리아와 결혼식을 올리게 되어 있다. 이제 체칠리아와 나 사이를 갈라놓을 수 있는 것은 세상에 아무것도 없다. 색소폰 부는 놈의 손에 도둑맞은 이래로 몇 세기 만에 나는 체칠리아를 되찾은 것이다. 푸른 눈의 금발 처녀 체칠리아는 벤치 등받이 위에서 외줄타기 곡예를 하고 있다. 체칠리아가 얇은 명주 속옷 밑에 또 뭘 입고 있는지 그건 나도 모른다.

교회는 바위를 파내고 지어진 것이다. 제단 아래에는, 마직 천이 걸려 있다. 마직 천에는 지옥에서 고통을 받고 있는 군상이 그려져 있다. 두건을 쓴 사제 몇 명이 음침하게 내 옆에 도열해 있다. 겁날 것도 없다. 이베리아 문화에 매력을 느꼈으면 느꼈지.

그런데 놀랍게도 마직 천이 들리면서 뒤로 아르침볼도의 그림을 방불케 하는 모습이 보인다. 또 하나의 교회가 나타난 것이다. 우리가 결혼식을 올리기로 되어 있는 교회와 똑같다. 제단 앞에는 체칠리아가 무릎을 꿇고 앉아 있다. 그 옆에는 놀랍게도, 흉터를 보아란 듯이 드러낸, 아, 진짜 주세페 발사모가 서 있다. 식은땀이 흐르고 머리카락이 곤두선다. 누군가가 산레오 지하 감옥에서 주세페 발사모를 풀어놓은 것이다.

어떻게 할 것인가! 사제들 중 가장 나이 들어 보이는 사제가 두건을 걷어 올린 것은 바로 이때다. 내가 루치아노의 무서운 미소를 알아보지 못할 턱이 없다. 아, 저 자가 내 비수에서, 지하 통로에서, 어떻게 살아 나왔단 말인가? 핏빛 하수에 뜬 채 하수구를 따라 흘러가 바다에 가라앉아 있어야 할 루치아노가 아닌가. 복수에 굶주렸을 터이니 이제는 내 원수들과 함께 있구나.

사제들이 일제히 법의를 벗는다. 머리끝에서 발끝까지 갑옷을 입고 있다. 눈같이 흰 갑옷에는 십자가가 선연하게 찍혀 있다. 프로뱅의 성전 기사들이다!

성전 기사들은 나를 포위하고는 나를 붙잡아 망나니에게로 데려간다. 망나니는 불구자인 두 조수를 양옆으로 거느리고 있다. 그들은 내 무릎을 꿇리고 내 어깨에다 낙인을 찍는다. 웃음 짓고 있는 사악한 바포메트의 낙인이 내 어깨에 찍힘으로써 나는 영원한 바포메트의 수인(囚人)이 된다. 이제 알겠다. 나는 발사모를 대신해서 산레오 지하 감옥으로 가야 한다. 아니면, 일찍이 내 영원으로 예비된 곳으로 가게 되는 것일까.

그러나 내게도 생각이 있다. 그들은 나를 알아볼 것이다. 나를 알아보고 누군가가 나를 도울 것이다. 적어도 나의 공모자가 하나쯤은 있을 것이다. 철가면 시대가 아닌 만큼 아무도 모르게 죄수를 바꿔치기할 수는 없는 일. 바보 같은 생각이다. 망나니가 내 머리를, 퍼런 김이 나는 구리 대야에 처박는 순간 나는 깨닫는다. 황산이다!

망나니는 천으로 내 눈을 가리고는 얼굴을 그 무서운 액체 속에다 처박는다. 견딜 수 없는 통증과 함께 내 뺨의 근육이 오그라든다. 코, 입, 뺨도 순식간에 오그라든다. 망나니가 내 머리카락을 그러쥐고 끌어올리는 순간, 내 얼굴은 아무도 알아볼 수 없게 된다. 마비, 수두(水痘), 차마 눈뜨고는 볼 수 없는 내 얼굴의 실종, 공포의 극치. 다시 붙잡히는 것이 두려워 제 얼굴을 알아보지 못하게 만들어 버리는 간 큰 도망자 꼴이 되어 나는 다시 감옥으로 돌아가게 될 것임에 분명하다.

아, 나는 외친다. 패자로서 외친다. 한 마디 한 마디가, 형체도 없는 내 입술 사이로 빠져나간다. 한숨이고 호소다. 사람 살려요!

하지만 무엇으로부터? 로캉볼로부터? 네가 주인공이 될 수 없다는 것은 네가 잘 알지 않은가? 너는 벌을 받은 것이다. 그것도 네 재주 때문에. 너는 환상의 창조자들을 비웃었다. 이제 너는 기계의 알리바이를 이용해서 뭔가를 써대면서 너야말로 방관자라고 주장한다. 남의 글을 읽듯이 스크린을 읽고 있으니 방관자라는 것이다. 그러나 너는 함정에 빠진 것이다. 너 역시 시간의 모래에다 발자국을 찍으려 했으니. 너는 감히 이 세상 로망스의 흐름을 바꾸려고 했다. 그러나 이 세상의 로망스가 너를 그 음모로 감아 들여, 네가 꾸미지도 않은 음모의 공범자로 만들어 버린 것이다.

칠해의 정복자 짐이여, 너는 네 섬에 남아 있을걸 그랬다. 체칠리아에게, 네가 죽었거니 여기게 하는 편이 나을걸 그랬다.

98

이 국가사회주의당은 다른 비밀 결사를 묵인하지 않았다. 그 까닭은, 그 정당 자체가 유사한 우두머리와 인종주의적인 인식과 나름의 의례와 입문 절차를 갖춘 비밀 결사였기 때문이다.
— 르네 알로, 『나치즘의 은비학적 기원』, 파리, 그라세, 1969, p. 214

알리에가, 우리의 손가락 사이를 빠져나간 것은 이즈음의 일이다. 〈손가락 사이를 빠져나갔다〉는 것은, 지나치게 초연해하면서 벨보가 쓴 표현이다. 나는 벨보가 초연해하는 것은 알리에에 대한 질투심 때문이라는 것을 의심하지 않았다. 로렌차에 대한 알리에의 매력에 늘 은밀하게 신경을 곤두세우고 있던 벨보는 알리에가 가라몬드 출판사에서 영향력을 늘려 가고 있는 상황을 두고도 지독한 매도의 언사로 비아냥거리고는 했다.

하지만 일이 그렇게까지 돌아간 책임은 우리 모두가 져야 했던 것인지도 모른다. 알리에는 근 한 해 전부터, 그러니까 피에몬테에서 열렸던 요상하게 연금술적인 잔치 이래로 가라몬드 사장을 꾀고 있었던 셈이었다. 피에몬테의 요상한 잔치에 합류한 이후 가라몬드 사장은 아예 〈자비 출판 필자〉의 목록은 알리에에게 넘겨 버리고 그로 하여금 〈너울 벗은 이시스〉를 살지게 할 새로운 희생자를 물색하게 했다. 알리에가 우리의 손가락 사이를 빠져나간 것으로 여겨지던 즈음 가라몬드 사장은 크고 작은 결정을 내릴 때면 반드시 알리에의 자문을 구하고 있었다. 다달이 봉급도 지급되고 있는 것임에 분명했다. 가라몬드 출판사와 마누치오 출판사를 가르는 복도를 정기적으로 순찰하는 것은 물론 화려한 세계 마누치오로 통하는 유리문까지 무상 출입하던 구드룬은, 이따금 걱정스러운 어조로, 알리에가 사실상 시뇨라 그라치아의 사무실을 점령했다고 말하고는 했다. 구드룬의 말에 따르면 알리에는 그라치아에게 편지를 구술(口述)하기도 하고, 마음대로 손님을 사장실로 데려가기까지 한다는 것이었다. 요컨대(이 대목에서, 화가 단단히 난 구드룬은 모음을 훨씬 더 많이 빼먹었다) 출판사의 주인 노릇을 하려 든다는 것이었다. 알리에가 마누치오의 자비 출판 필자의 명단을 보는 데 왜 그렇게 오랜 시간을 쓰고 있는지 의심해 보지 못한 것은 우리의 불찰이다. 자비 출판 필자 명단에서 〈너울 벗은 이시스〉의 필자를 찾아내는 일은 사실 그렇게 많은 시간이 필요한 작업이 아니었다. 그런데도 그는 줄곧 편지를 쓰고, 접촉하고, 약속 시간을 정하는 일을 끝도 없이 했다.

실제로 그것은 우리가 알리에에게 독자적인 노선을 취하도록 부추긴 결과이기도 하다. 우리가 그렇게 알리에를 몰아간 것은 벨보에게 그 편이 훨씬 편안할 것 같았기 때문이다. 알리에가 마르케제 구알디가의 마누치오 출판사에서 보내는 시간이 늘어난다는 것은 곧 신체로 레나토가의 가라몬드 출판사에 있는 시간이 줄어든다는 뜻이다. 이렇게 되면, 로렌차 펠레그리니가 불시에 사무실로 찾아 들고, 벨보가 흥분을 감추지 못하고 한심할 정도로 황홀해할 경우에도 〈시몬〉이 사이에 끼어들어 판을 깰 가능성이 적어지는 것이다.

나 역시 알리에가 더 이상 얼쩡거리지 않는 게 싫지 않았다. 그즈음은 〈너울 벗은 이시스〉에 흥미를 잃고 마술의 역사에 매달리고 있었기 때문이었다. 〈악마 연구가들〉의 원고에서 건질 만한 것은 거의 건졌다고 느끼고 있던 나는 알리에가 새 필자와 새 계약을 맺건 말건 별로 신경이 쓰이지 않았다.

디오탈레비의 태도 역시 우리 태도와 비슷했다. 대체로 그즈음의 디오탈레비는 세상일에 흥미를 잃어 가고 있었다. 지금 와서 돌이켜 보고 깨닫게 된 일이지만, 당시 그의 체중은 걱정스러울 정도로 줄어 가고 있었다. 디오탈레비는 건성으로 원고에 눈을 대고 있다가, 무심결에 연필을 떨어뜨릴 때도 있었다. 졸고 있었던 것이 아니었다. 지쳐 있었던 것이었다.

알리에의 우리 편집실 방문 횟수가 줄고, 방문 시간이 짧아진 것을 환영한 또 한 가지 이유가 있다. 그는, 마누치오 출판사가 딱지를 놓은 원고가 있으면 쓰윽 들어와서 원고를 놓고는 복도 저쪽으로 사라져 버리고는 했다. 우리가 그런 알리에를 은근히 고맙게 여겼던 것은, 우리 이야기에 그가 끼어드는 게 싫었기 때문이었다. 누가, 왜 싫었느냐고 물었다면, 우리가 다루는 문제의 심각성, 혹은 창피함 때문이었다고 대답했을 것이다. 알리에가 독자적인 방법을 통해 사실인 것으로 믿고 있는 형이상학적인 제 문제를 우리는 농 삼아 가면서 희화(戲化)하고 있었으니 무리도 아니다. 우리가 알리에를 믿지 못한 것도 중요한 이유 중의 하나였을 것이다. 비밀을 간직한 인간이 일반적으로 보이는 용의주도한 성향을 우리는 띄기 시작한 것이었다. 우리는 우리가 발명해 낸 비밀에 진지하게 빠져들어 갈수록, 알리에를 일종의 저속한 대중의 하나로 파악하기 시작했던 것이다. 또 하나의 이유를 디오탈레비가 언젠가 알리에에 대해 한 농담에서 찾아볼 수 있을는

지도 모른다. 디오탈레비는 진짜 생제르맹이 생겼으니 가짜 생제르맹은 이제 필요 없지 않느냐고 얘기했었다.

알리에도, 우리의 유보적인 태도에 별로 신경을 쓰는 것 같지 않았다. 무슨 낌새를 눈치채고 그러는지 그냥 그러는지는 몰라도, 우리와 맞닥뜨리게 되면 인사를 나누기가 무섭게 자기 자리로 가버리기가 일쑤였다. 어떻게 보면 정중한 것 같기도 하고 어떻게 보면 오만을 부리는 것 같기도 했다.

어느 월요일 아침 좀 늦은 시각에 출근했을 때 벨보가 나와 디오탈레비를 자기 사무실로 불렀다. 벨보의 표정은 적지 않게 상기되어 있었다. 「놀라운 소식이 있는데…….」 벨보가 마악 이야기를 꺼내는 참인데 로렌차가 들어왔다. 벨보는 약간 갈등을 느끼는 것 같았다. 먼저 로렌차를 반갑게 맞아들일 것인지, 어서 자기가 알아낸 것을 우리에게 먼저 얘기할 것인지 벨보는 망설이는 것 같았다. 그런데 그 순간 문을 두드리는 소리가 나더니 알리에가 벨보의 사무실에 머리를 들이밀었다. 「방해하려던 것은 아니었는데. 일어나지들 마세요. 나에게는 여러분의 회의에 끼어들 자격이 없어요. 단지 로렌차 아가씨에게, 내가 가라몬드 사장실에 있다는 것만 알려 드리려고요. 회의에 끼어들 자격은 없지만, 정오에 로렌차 아가씨를 내 사무실로 모셔 셰리주 한잔 할 자격은 없지 않겠지요.」

〈내 사무실〉이라고? 벨보는 그만 여기에서 자제력을 잃었다. 벨보의 성격상 자제력을 잃는 것이 가능한 한도 내에서 말이다. 알리에의 얼굴이 문간에서 사라지자 벨보가 이를 악물고 한마디 했다. 「*Ma gavte la nata*(헛바람이나 빼시지).」

알리에로부터 뜻밖의 초대를 받고 기분이 좋아져 있던 로렌차가 벨보에게, 그게 무슨 뜻이냐고 물었다.

「토리노 지방 사투린데. 문자 그대로 해석하면 〈마개를 좀 뽑으시지〉, 이런 뜻이야. 토리노 사람들은, 사람이 거만 떨기와 잘난 척하기와 거들먹거리기를 좋아하는 것은 대체로 똥구멍 괄약근에 마개가 너무 단단히 박혀 있어서 배 속에 허장성세의 바람이 꽉 차서 그런 거라고 믿는다네. 그러니까 이때 마개를 좀 뽑아 주면 그 바람이 빠지는데, 어떻게 빠지는고 하니, 날카로운 휘파람 소리를 내면서 바람이 빠지면 껍데기는 고깃점 하나 없는 귀신처럼 홀쭉해진다네.」

「당신이 이렇게까지 야비한 줄은 몰랐어요.」

「이제라도 알았으니 다행 아닌가.」

로렌차는 샐쭉한 얼굴을 하고 나가 버렸다. 그런데 내가 보기에 로렌차의 그런 태도야말로 벨보를 괴롭히고 있는 것 같았다. 로렌차가 정말로 화를 내고 나갔다면 벨보는 안심할 수 있었을 것이다. 그런데 화를 내는 척하고 나간 것이 벨보의 마음에 걸린 것임에 분명하다. 로렌차가 감정을 드러내는 것은 연기에 지나지 않는다는 그의 두려움이 그로써 확인된 셈이었으니까.

벨보는 큰 결심이나 한 사람처럼 단호한 표정을 하고 우리에게 말했다. 「일이나 하자고.」 우리의 〈계획〉이나 진지하게 검토해 들어가자, 이런 뜻이었다.

「나는 그럴 기분이 아닌데. 몸이 안 좋아. 여기가 아픈데. 이거 위염이 아닌가 싶어.」 디오탈레비가 자기 배를 가리키면서 한 말이다.

「위염 같은 소리 하네. 그렇게 퍼마시는 〈이 몸〉에도 위염이 없어. 그런데 자네에게 어떻게 위염이 생길 수 있나? 미네랄 워터 마신다고 위염이 생기나?」

「그럴 수도 있지. 어젯밤에 미네랄워터를 과음했거든. 내 위장은 비발포성(非發泡性) 〈피우지〉에 길이 들어 있는데 어젯밤에는 발포성 〈산펠레그리노〉를 좀 마셨거든.」 디오탈레비가 힘없이 웃었다.

「자네 조심하라고. 과음하다가 경을 치는 수도 있으니까. 일이나 하자고. 이틀 동안이나, 자네들에게 말하고 싶어서 혼이 났는데 말이야. 그것이 무엇이냐……. 〈보이지 않는 36장로〉가 몇 세기 동안이나 최종적인 지도의 제작에 성공하지 못한 이유를 알았네. 존 디가 결정적인 실수를 했던 거야. 지리학 자체를 재조명하지 않으면 안 돼. 우리가 사는 곳은, 지표 위가 아니라, 지표로 둘러싸인 공동상(空洞狀) 대지의 안쪽이야. 히틀러는 이걸 알고 있었네.」

99

나치즘이 등장한 순간은, 마술의 정신이 물질적 진보의 조종간을 잡은 순간이다. 레닌은, 공산주의를 〈사회주의 플러스 전기(電氣)〉라고 정의한 바 있다. 어떤 의미에서 히틀러주의는 〈원숭이 플러스 장갑사단(裝甲師團)〉이라고 할 수 있다.
— 포벨스와 베르지에 공저(共著), 『마술사의 아침』, 파리, 갈리마르, 1960, 제2권, vii

바야흐로 벨보는 히틀러까지 이 〈계획〉 속으로 끌어들인 것이다. 「문제의 핵심이 거기에 있어. 흑백이 이로써 분명해진다고. 나치즘의 창설자는 튜턴족의 신성전 기사단과 무관하지 않아.」

「마개 좀 빼지 않아도 되겠어요?」

「지어내어서 하는 얘기가 아니네, 카소봉. 이번만은 지어서 하는 얘기가 아니라고.」

「알았어요, 진정하세요. 우리가 언제 지어낸 적이 있나요, 어디? 우리는 지금까지 객관적인 자료에 근거하고, 만인에게 접근이 가능한 정보에만 입각해서 일해 온 거 아닙니까?」

「이것도 그래. 내 말을 들어 보라고. 1912년에 아리안족의 우수성 강조를 그 기본 교리로 하는 〈게르마넨오르덴〉이 조직되네. 이어서 1918년에는 폰 제보텐도르프 남작이라는 자가 이와 관련된 〈툴레 협회〉라는 단체를 만드네. 이게 뭔가? 〈성전 기사단 감독회〉와 유사하면서도 인종차별주의적, 〈범게르만주의적〉, 〈신아리안주의적〉인 경향이 강한 비밀 결사라네. 1933년에 제보텐도르프는, 히틀러가 거둘 것을 자기는 뿌린다고 썼네. 뿐인가, 갈고리 십자가 처음 나타난 데가 어딘지 아나? 〈툴레 협회〉에서였네. 고관들 중에 이 〈툴레 협회〉에 제일 먼저 가입하는 게 누군가? 히틀러가 보유한 악의 천재 루돌프 헤스였다네. 이어서 로젠베르크가 가입하네. 그리고 드디어 히틀러까지! 신문에서 자네들도 읽었을 것일세만, 헤스는 오늘날까지도 슈판다우의 감옥에서 비학(秘學)을 연구한다고 하네. 제보텐도르프는 1924년에 연금술에 대한 소책자를 하나 쓰는데, 여기에서 뭐라고 하는지 아는가? 최초의 핵분열 실험은 연금술의 이른바 〈대작품〉이 허구가 아니라는 것을 입증한다고 했네. 이 제보텐도르프는, 심지어는 장미 십자단에 관한 소설까지 써서 펴내었네. 뒷날에는 점성술 잡지 『아스트롤로기셰 룬트샤우』를 편집하는데, 트레버로퍼의 말에 따르면, 히틀러를 우두머리로 하는 나치 간부들은 무슨 행동을 개시하기 전에는 반드시 점성술의 점괘를 뽑아 보았다는 것이네. 1943년에는, 무솔리니가 수감된 곳을 알아내기 위해 일단의 심령술사들과 접촉한 적도 있다고 하네. 요컨대 나치 지도층은 튜턴족의 신은비주의와 밀접한 관계를 맺고 있었던 것일세.」

벨보는, 히틀러 문제 때문에 로렌차 일은 깡그리 잊은 듯했다. 나는 그 이야기를 좀 더 들어 볼 생각에서 슬슬 그를 부추겼다. 「선동가로서 히틀러가 지니고 있던 위력을 그런 관점에서 보는 것도 얼마든지 가능하겠군요. 육체적으로, 히틀러는 작달막한 추남인 데다 목소리도 별 볼일이 없는 사람이었다고 합니다. 그런 사람이 어떻게 민중을 그렇게 선동할 수 있었겠어요? 영적인 힘을 지니고 있었음에 분명하다고 봐야겠지요. 어쩌면 고향 땅에서 드루이드교도들로부터 지자기류를 이용하는 법을 배웠을는지도 모르는 일입니다. 어쩌면 히틀러 자신이, 뉘른베르크 경기장에 모인 충복들에게 지자기류를 전하는 일종의 생물학적인 선돌, 살아 있는 밸브 같은 존재였는지도 모릅니다. 한동안 히틀러는 이 지자기류를 잘 이용했는데 그만 배터리가 나가 버린 겁니다.」

100

만방에 선포하거니와, 지구는 공동상(空洞狀) 천체이고, 사람이 사는 곳은 이 천체 위가 아니라 이 천체의 속이다. 이 지구 속에는 수많은 고형(固形)의 동심원적 구체가 있다. 동심원적 구체이기 때문에 여러 개가 지구 중심을 공유하면서 겹겹이 겹쳐져 있는데, 양극(兩極)에서 12도부터 16도까지는 지표가 모두 열려 있다.
— 오하이오주의 J. 클리브스 심스 퇴역 보병 대위, 1818년 4월 10일, 『우리 앎이 미치지 못하는 땅』(뉴욕, 라인하트, 1952, 10장)에서 스프레이그 드 캠프 및 레이가 인용함

「고맙네, 카소봉. 당신이 무심결에 한 말이 정곡을 찔렀네. 히틀러가 묘한 집착을 보인 것 중의 하나가 지하의 지자기류였네. 히틀러는 *Hohlweltlehre*[지구 공동설(地球空洞說)]를 철석같이 믿었던 사람이네.」 벨보의 말이었다.

「나 아무래도 조퇴해야 할 것 같아. 위염이 틀림없어.」 디오탈레비가 우는소리를 했다.

「잠깐만 기다려 봐. 바야흐로 정곡을 찌르고 들어가는 판이야. 지구는 공동상이다. 우리는 지구 밖의 철면(凸面)에 살고 있는 것이 아니라 지구 내부의 요면(凹面)에 살고 있다. 우리가 하늘이라고 생각하는 것은 사실은, 지구의 내부를 채우고 있는, 점점이 발광체가 박힌 가스 덩어리에 지나지 않는다. 천문학적인 모든 지식은 다시 해석될 필요가 있다. 하늘은 무한한 것이 아니다. 하늘이라고 하는 것은 외접원의 내면일 뿐이다. 태양이라는 것이 실제로 존재한다면 그것은 우리가 아는 것처럼 그렇게 큰 것이 아니고, 지구의 중심에 자리 잡고 있는 지름 30센티미터 정도의 빛 덩어리에 지나지 않는다. 이

것은 그리스인들이 일찍이 의심해 온 바와 같다. 어떤가?」

「자네 창작일 테지.」 디오탈레비가 피곤한 목소리로 응수했다.

「창작이 아니야. 19세기 초에 미국의 심스라는 사람이 했던 생각이야. 19세기 말에는 또 한 미국인(이름이 티드였지, 아마)이, 연금술적 실험과 〈이사야서(書)〉의 검토를 통하여 이 이론을 부활시키지. 그런데 이 지구 공동설은 제1차 세계대전 직후, 이름은 잊었네만, 한 독일인에 의해 완성되네. 이 사람은 〈지구 공동설 연구회〉를 발족시키지. 그런데 히틀러 패거리들은 지구 공동설이 자기네들이 창안한 교조주의적인 주장과 정확하게 일치한다는 걸 발견하게 되네. 일설에 따르면 〈V-1S〉탄(彈)이 목표물을 명중시키지 못한 것은 탄도를 계산할 때 지구면이 철면이 아닌 요면이라는 생각에 근거해서 계산했기 때문이라는 거야. 이 대목에서 히틀러는 자신을 〈세계의 제왕〉, 나치 부하 장군들을 〈미지의 초인들〉이라고 확신하고 있었음에 분명해. 그렇다면 〈세계의 제왕〉은 어디에 살아야 하나? 지하. 지상이 아니야.

이 가설에 자극을 받은 히틀러는 연구 방향을, 최종적인 지도의 개념을 연구하는 쪽으로 바꾼다. 말하자면 진자의 의미에 대한 새로운 해석을 시도하기에 이른다, 이 말이야. 말하자면 6개 성전 기사단 진영을 모아, 처음부터 다시 시작하지 않으면 안 되었던 것이지. 히틀러의 세계 제패 논리를 재검토해 보자고……. 히틀러가 어디를 제일 먼저 치고 들어갔나? 단치히 아닌가? 튜턴 진영의 유서 깊은 보금자리를 먼저 제압하고 싶었던 거야. 그다음에는 진자와 에펠탑을 손에 넣기 위해 파리를 점령한 다음 시나키 체제에 관심을 가진 자들과 접촉해서 괴뢰 정권인 비시 정부를 탄생시킨다. 그다음에는 포르투갈 진영에는 중립(사실은 협조이지만)을 지키게 만든다. 히틀러의 네 번째 목표는 물론 영국이야. 그게 쉽지 않았던 것은 우리도 잘 아는 일이고. 히틀러는 아프리카 원정을 통해 팔레스타인에 이르고자 하지만 여기에서도 실패한다. 그러자 히틀러는 발칸 반도와 러시아를 침공함으로써 파울리키아누스 일파의 영역을 장악하고자 한다.

히틀러는 〈계획〉의 6분의 4를 장악하자 헤스를 밀사로 영국에 보내어 동맹을 청한다. 베이컨 일파의 사상을 계승한 영국은 물론 동맹을 거부한다. 그러나 히틀러에게는 또 하나의 아이디어가 있다. 즉, 이 〈계획〉의 핵심이 되는 민족을 통해서 〈계획〉에 접근해 보자는 아이디어다. 마침 유대인은 히틀러의 숙적이기도 하다. 히틀러가 유대인을 예루살렘에서 찾았을까? 천만에……. 예루살렘에 남아 있는 유대인은 얼마 되지 않아. 그렇다면 예루살렘 진영이 간직하고 있던 밀지의 일부는 팔레스타인에 있는 것이 아니다. 그러면 누가 그것을 가지고 있을까? 조국을 떠나 전 세계를 떠도는 유대인들이 가지고 있다……. 자, 유대인 대학살은 이로써 설명이 되지 않겠나?」

「어떻게?」

「잠깐만이라도 생각을 좀 해보게. 자네가 대학살을 감행한다고 생각해 보라고…….」

「미안해. 비약이 너무 심한 것 같아. 배가 아파 죽겠어. 나는 갈래.」 디오탈레비가 고개를 가로저었다.

「이 사람, 좀 기다려 보라니까. 성전 기사단이 사라센을 짓밟았을 때는 자네도, 옛날 일이라서 좋아했잖아? 그런데 자네는 지금 프티 인텔리처럼 나약하게 굴고 있어. 우리는 역사를 다시 쓰고 있어. 역사를 다시 쓰는데 엄살이 말이 돼?」

벨보가 하도 기세등등하게 나오는 바람에 우리는 잠자코 듣고 있을 수밖에 없었다.

「유대인에 대한 나치의 대학살 사건에서 우리를 놀라게 하는 것 중의 하나는, 나치가 이걸 한없이 질질 끌었다는 점이야. 나치는 유대인을 집단 수용하고, 굶기고, 발가벗기고, 이어서 독가스 샤워라는 것을 시키고, 시체를 쌓고, 유품을 분류하고 또 하고, 그러고는 그 명세서까지 작성한다. 죽이고 싶으면 그냥 죽이는 것이지 이런 게 어디 있어? 따라서 나치의 목적은 죽이는 데 있었던 것이 아니야. 나치가 유대인들에게서 뭔가를 찾아내려고 그랬다고 해야 설명이 가능해. 뭘 찾으려고 그랬겠어? 수백만의 유대인에게서 〈미지의 36장로〉 중 하나인 예루살렘 진영의 대표를 찾으려고 했던 게 분명해. 그 밀지가 만일에 있다면 어디에 있겠어? 그래서 유대인들 옷의 솔기를 일일이 뜯고 입속을 조사하고, 심지어는 유대인의 몸에 새겨진 문신 같은 것까지 꼼꼼하게 조사했던 거라. 이 유대인에 대한, 지나치게 관료주의적이었던 대학살은, 적어도 〈계획〉을 개입시키지 않고는 설명이 안 돼. 요컨대 히틀러는 이미 진자를 손에 넣었으니까, 지자기류가 집중되는 지저(地底)의 요면(凹面) 한 점이 어딘지 알아내는 단서를 찾기 위해 유대인들을 뒤진 것이라고.

얼마나 기가 막히는 아이디어인가? 땅의 지자기류는 하늘의 기류와 동일시된다. 지구 공동설은, 아래에서 일어나고 있는 일은 위에서도 일어난다는 고색창연한 신비주의적 직관에 새로운 생명을 부여한다! 〈신비의 극점(極點)〉은 〈대지의 심장〉과 일치한다. 별의 배열은, 〈아가르타〉의 지하도 배열과 일치한다. 천국과 지옥은 더 이상 다를 것이 없다. *lapis exillis*(방황하는 돌)인 성배는 *lapis ex coelis*(하늘에서 떨어진 돌), 즉 철학자의 돌[化金石]이다. 그것은 곧 인류의 종착점이자 인류의 끝이기도 한, 땅속에 있는 하늘의 자궁이다! 만일에, 지구 공동에 있는 중심, 다시 말해서 하늘의 정확한 중심을 찾아낼 수만 있다면 히틀러는 명실공히 인류의 이름으로 〈세계의 제왕〉이 될 수 있는 것이다. 히틀러가 끝까지, 지하 엄폐호 속에서도 자기가 〈신비의 극점〉을 통제할 수 있다고 생각했던 것도 그 때문이야. 어떤가?」

「그만해. 어지간히 해두는 게 좋으니까. 그나저나 배가 아파 죽겠어.」 디오탈레비가 중얼거렸다.

「정말 안 좋으신가 봐요. 그 가설이 마음이 안 드니까 괜히 그러는 게 아니고요.」 내가 거들었다.

벨보도 그제야 디오탈레비의 복통이 진짜 복통이라는 것을 깨달은 모양인지, 기절이라도 한 듯이 책상에 기대고 앉아 있는 디오탈레비에게 다가갔다. 「미안하네, 친구. 내가 흥분했었나 봐. 내 말 때문에 그런 거 아니지? 자네와 나는 지난 20년 동안이나 농담을 해오지 않았나? 진짜 위염인지도 모르겠구먼. 메랑콜을 사 먹고 뜨거운 물로 찜질하면 괜찮아질 거야. 일어서게. 내가 집까지 태워다 줄 테니까. 집으로 돌아가거든 의사를 불러 보이도록 하라고.」

「아직은 죽은 게 아니니까 택시를 붙잡으면 돼. 좀 누워 있으면 낫겠지. 그래, 자네 말대로 꼭 의사를 부르도록 하지. 자네의 대학살 이론 때문이 아니야. 어젯밤부터 줄곧 안 좋았다고.」 벨보는 그제야 안심이 되었는지 택시를 잡아 준다면서 디오탈레비를 데리고 나갔다.

다시 사무실로 돌아온 그는 걱정스러운 얼굴을 하고 이런 말을 했다.「이제 와서 생각해 보니, 지난 몇 주일 동안 디오탈레비가 정상이 아니었던 것 같군. 눈 아래 시커멓게 와잠(臥蠶)이 생겨 있더라고. 간경화증으로 10년쯤 전에 죽었어야 할 나는 이렇게 멀쩡하게 살아 있고, 금욕주의자처럼 살아온 디오탈레비는 위염 같은 것을 앓다니. 이건 공평하지가 않아. 내가 보기에는 위궤양 같은데. 〈계획〉 좋아하시네. 우리는 아무래도 제대로 살고 있는 것 같지 않아.」

「메랑콜을 사 먹으면 괜찮을 거라니까 괜찮을 테죠.」

「메랑콜을 사 먹고 뜨거운 물로 찜질하면. 시키는 대로 하면 좋으련만.」

101

Qui operatur in Cabala... si errabit in opere aut non purificatus accesserit, deuorabitur ab Azazale.[1]
— 피코 델라 미란돌라, 『마술의 결론』

디오탈레비의 병세는 11월 말이 되자 결정적으로 악화되었다. 그는 사무실로 전화를 걸어 입원할 생각이라고 말했다. 의사는, 걱정할 게 없다고 하면서도 몇 가지 검사를 받아볼 것을 권했다는 것이었다.

벨보와 나는 디오탈레비의 병을 〈계획〉에 대한 우리의 집념과 관련시켜 보고 있었다. 우리는 〈계획〉을 지나친 선까지 진행시켰다는 데 묵시적으로 동의했다. 물론 디오탈레비의 병을 우리의 〈계획〉과 연관 짓는 것 자체가 합리적이지 못하다는 것을 알면서도 우리는 모종의 죄의식을 느끼지 않을 수 없었다. 나는 두 번째로 벨보와 공범자가 되었다는 느낌을 지울 수 없었다. 첫 번째로 공범이 된 것은, 입을 다물기로 하고 데 안젤리스에게 정보를 주지 않기로 한 것인데 이번에는 지나치게 말을 많이 함으로써 두 번째 공범이 된 것이니 참으로 공교로웠다. 우리는 이런 따위의 생각이 아무 근거도 없는

1 〈카발라에 빠진 자는…… 잔꾀에 넘어가 마침내 길을 잃기 마련인데 이것이 지나치면 마침내 아자잘레의 밥이 되느니.〉

바보스러운 걱정이라는 것을 잘 아는데도 거북살스러움을 떨쳐 버릴 수가 없었다. 그래서 그로부터 한 달 이상은 〈계획〉에 대해서는 언급을 피하면서 지냈다.

2~3주 병원을 다니던 디오탈레비는 회사에 들러, 여상스러운 어조로, 아무래도 병을 다스리는 데 시일이 좀 걸릴 것 같아 가라몬드 사장에게 병가를 신청했다고 말했다. 그는 병원에서 무슨 치료법을 권했다고만 말할 뿐 자세한 것은 일러 주지 않았다. 그저, 2~3일마다 병원에 다녀야 하니, 회사에 나올 기운이 있겠느냐는 말만 했다. 그는 그렇게 기운이 없어 보일 수 없었다. 얼굴은, 그의 허연 머리카락만큼이나 창백해 보였다.

「〈계획〉과 관련된 이야기 말인데, 잊어버리라고. 벌써 눈치 챘겠지만 건강에 해로워. 장미 십자단이 복수하는 거라고.」 디오탈레비가 힘없이 한 말이었다.

「걱정 말고 몸조리나 잘하게. 우리는 장미 십자단의 인생을 아주 괴롭게 만들어 줄 생각이니까. 자네에게도 손을 대지 못하게 할 자신이 있으니까 자네도 걱정 말고.」 벨보는 웃으면서 이렇게 말하고 나서 딱 소리가 나게 손가락을 튀겼다.

디오탈레비의 치료는 새해가 시작될 때까지 계속되었다. 나는 마술의 역사에 매달려 있었다. 마술의 역사는 〈계획〉처럼 허황하지 않은, 진지한 작업이었다. 가라몬드 사장은 적어도 하루에 한 번씩은 우리 사무실에 들러 디오탈레비의 병세를 물었다. 「무슨 문제가 생겨서 나나 회사가 이 멋진 친구에게 뭘 도와야 할 일이 생기면 기탄없이 연락해 줘요. 내게, 이 친구는 아들, 아니 아우 같다고 하는 편이 좋을까. 하느님이 보우하사 마침 우리는, 사람들이 뭐라고 하든, 꽤 깊숙하게 문명화한 나라에 살고 있어요. 우리에게는 어디에 내놓아도 손색없는 의료 보험이라는 게 있으니까.」

알리에도 관심을 갖고 병원 이름을 물었다. 우리가 병원 이름을 일러 주자 알리에는 자기 친구라면서 병원장에게 전화를 걸어 디오탈레비를 잘 부탁한다고 말했다. 병원장은 공교롭게도, 알리에와 사이가 아주 좋던 자비 출판 필자의 아우였다.

로렌차도 자주 들러 디오탈레비의 안부를 물었다. 로렌차가 자주 들르니 벨보가 좋아할 만했다. 그러나 벨보는 그걸, 자신의 예측이 옳다는 증거로 받아들였으니 좋아할 것도 없었다. 로렌차가 사무실에 들른다고 해서 벨보의 손에 들어온 것은 아니었다. 말하자면 로렌차는 벨보 때문에 사무실에 자주 들르는 것이 아니었다.

크리스마스 직전에 나는 우연히 벨보와 로렌차의 대화를 엿들었다. 로렌차는 벨보에게 이런 말을 하고 있었다. 「눈이 딱 적당히 쌓여 있고, 아담하고 작은 방도 있어요. 당신 컨트리 스키 탈 줄 알죠?」 나는 두 사람이 섣달 그믐을 함께 보내게 될 것이라고 생각했다. 그러나 예수 공현 축일(公顯祝日) 직후, 복도에서 로렌차를 만난 벨보는, 포옹하려고 다가서는 로렌차를 옆으로 슬쩍 피하면서 이렇게 말했다. 「새해 복 많이 받으시게.」

102

이곳을 떠나 우리는 밀레스트르라는 곳에 이르렀다. 〈산노인〉으로 알려진 사람이 살고 있는 곳이라고 했다……. 들리는 말에 따르면 그는, 계곡을 둘러싸고 있는 높은 산에다, 둘레 30마일에 이르는 높고 튼튼한 성벽을 쌓았는데, 출입구는 산속에 숨겨진 두 개의 문밖에 없다고 한다.

— 포르데노네의 오도리코, 『미지의 수수께끼 그림』, 임프레수스 에사우리, 1513, xxi, p. 15

1월 말경의 어느 날, 내가 차를 세워 놓은 곳으로 가느라고 마르케제 구알디가를 따라 걷다가, 막 마누치오 출판사에서 나오는 박제사 살론을 만났다. 묻지도 않았는데 그가 말했다.

「내 친구 알리에와 얘기 좀 나누고 나오는 길이오.」

친구? 피에몬테에서 있었던 요상한 파티장에서 보아서 내가 아는 한 알리에는 살론을 좋아하지 않았다. 살론 역시 마누치오 쪽을 기웃거리고 있었던 것일까, 아니면 알리에가 다른 필자와 접촉하는 데 살론을 이용하고 있었던 것일까?

그러나 살론은 나에게, 이걸 따져 볼 시간을 주지 않았다. 살론은 나에게 술이나 한잔 같이하자고 했다. 우리는 필라데로 들어갔다. 나는 필라데에서 살론을 만난 적이 없었다. 그런데도 불구하고 그는 필라데에게 오래 사귄 친구라도 되는 듯이 인사를 건넸다. 우리는 자리를 찾아 앉았다. 그는 나에게 마술의 역사는 어떻게 되어 가느냐고 물었다. 놀랍게도 그는 내가 마술의 역사에 매달려 있다는 것까지 알고 있었다. 나는 그에게, 지구 공동설과 벨보로부터 들은 제보텐도르프에 대해 캐물었다.

그는 웃었다. 「정말 별별 미치광이들의 자료를 다 모았군요. 나는 지구 공동설인가 뭔가 하는 건 들은 적이 없어요. 제보텐도르프라면…… 아주 유별난 인물이었지요. 이 제보텐도르프라는 자는 힘러와 나치 간부들에게, 독일인에게는 치명적인 사상을 가르쳤지요.」

「어떤 건데요?」

「동양의 환상이라고 할까. 제보텐도르프는 유대인을 경계하다가 엉뚱하게도 아랍인이나 터키인들을 숭배하게 됩니다. 힘러의 책상 위에는 늘 『나의 투쟁』과 함께 『코란』이 놓여 있었다는 거 아시오? 제보텐도르프는 소싯적에 은비주의적인 터키의 교파에 미쳐 이슬람교의 영지를 연구했지요. 이 사람은 히틀러를 〈총통〉이라 부르면서도 속으로는 〈산노인〉을 섬기고 있었던 겁니다. 히틀러의 추종자들이 한통속이 되어 〈친위대〉를 결성할 당시 그들이 염두에 두었던 것은 〈산노인〉 암살단 같은 조직이었지요. 제1차 세계 대전 때 독일과 터키가 왜 동맹을 맺었는지 생각해 본 적 있소?」

「아니, 그런 걸 어떻게 아십니까?」

「내 선친께서 〈오흐라나〉에서 일했다는 사실, 당신에게 말한 적이 있는 것 같은데. 내가 기억하기로는 제정 러시아의 비밀경찰도 이 〈암살단〉에 관심을 가지고 있었어요. 최초로 그들에 대해 알아낸 사람은 아마 라치콥스키였을 거요. 하지만 이들은 곧 그쪽 노선을 포기했어요. 왜냐, 〈암살단〉이 개입해 있다면, 유대인과는 아무 관계가 없다는 뜻이니까요. 당시는 유대인이 얼마나 위험한 종족인지 그걸 부각시킬 필요가 있었어요. 늘 그랬지만요. 유대인들은 결국 팔레스타인으로 돌아가, 거기에 터 잡고 살던 사람들을 몰아내지 않았나요? 하지만 이 이야기를 하자면 복잡하니까, 이 정도 하고 맙시다.」

그는 말을 너무 많이 한 것이 후회스러운 듯이 서둘러 자리를 떴다. 그런데 뜻밖의 일이 벌어졌다. 나는, 지금은 내가 꿈을 꾸고 있지 않았다고 확신하고 있지만 당시에는 정말 꿈을 꾸고 있는 기분이었다. 술집에서 나간 살론이, 길모퉁이에서 어떤 사람을 만나고 있었는데 가만히 보니 동양인이었던 것이다.

어쨌든 살론의 이야기가 다시 내 상상력에 불을 질렀다. 내게는 〈산노인〉과 〈암살단〉이 전혀 생소하지 않았다. 나는 논문에서도 이 양자를 언급한 적이 있었으니 무리도 아니다. 성전 기사단의 죄목 가운데 하나가 〈산노인〉 패거리와의 결탁이 아니었던가. 그런데 이것을 무시하고 있었다니.

나는 다시 머리를 굴리기 시작했다. 해묵은 카드 파일을 뒤지면서 손가락 훈련까지 시키는 중에 문득 묘안이 하나 떠올랐다. 나는 도저히 참고 견딜 수가 없었다. 〈계획〉은 내 머리와 내 손끝에서 새롭게 되살아났다.

다음 날 아침 나는 벨보의 방으로 뛰어 들어갔다. 「성전 기사단이 틀렸던 겁니다. 우리도 틀렸던 것이고요.」

「진정하게, 카소봉. 무슨 이야기를 하고 싶은 건가? 설마, 〈계획〉은 아니겠지.」 벨보는 잠깐 망설인 끝에 말을 이었다. 「당신은 모르는 모양인데…… 디오탈레비에 대한, 좋지 못한 소식이 있네. 디오탈레비로부터 직접 들은 건 아니야. 그 친구는 입을 열지 않으니까. 병원으로도 전화를 했네만 특정한 정보는 내놓으려고 하지를 않아. 내가 친척이 아니라서 그런데……. 하지만 디오탈레비에게는 친척이 없지 않나? 환자를 대신해서 병원과 접촉해야 하는데 그럴 만한 사람이 없단 말이야. 이 친구 지나치게 과묵한 거, 나 정말 싫어. 병원의 이야기로는, 종양이 양성이긴 한데, 현재의 치료법으로는 소기의 성과를 기대할 수 없대. 한두 달 정도 병원에 입원하고 있으면서 수술을 받아야 한다나 봐. 요컨대, 병원은 내게 속 시원하게 이야기해 주지를 않아. 정말 이 일을 어떻게 해야 좋을지.」

무슨 말을 해야 할지 몰랐다. 의기양양하게 뛰어 들어간 것이 염치없어서 나는 원고를 뒤적거리면서 딴청을 부리기 시작했다. 하지만 유혹을 느끼기는 벨보도 마찬가지였다. 그는 오래 노름을 끊고 있다가 카드를 보고는 손이 근질거리는 노름꾼 같았다. 「빌어먹을. 산 사람은 살아야지. 그래, 뭘 찾아냈는가?」

「들어 보시렵니까? 히틀러는 유대인을 상대로 그 난리를 피우지만 아무것도 이루어 내지 못합니다. 전 세계의 은비학자들이 몇 세기 동안이나 히브리어를 공부하고 히브리어로 된 텍스트를 뒤지지만 결국 여기에서 찾아낸 것은 기껏 점성술이 고작입니다. 왜 그랬을까요?」

「흠…… 그건, 예루살렘 진영의 밀지 조각이 아직도 어딘가에 감추어져 있기 때문이겠지. 우리가 아는 바에 따르면 파울리키아누스파의 몫도 종무소식이고…….」

「알리에라면 그렇게 대답해도 좋겠지만, 우리는 아닙니다. 나는 그보다 근사한 답을 알고 있어요. 이 일과 유대인은 아무 상관이 없다는 겁니다.」

「무슨 뜻으로 하는 소린가?」

「유대인들은 이 〈계획〉과 아무 상관이 없다는 겁니다. 상관이 있을 수가 없었어요. 성전 기사단이 예루살렘에 있을 때, 그 뒤 유럽의 저희 영지에 있을 때의 상황을 상상해 보시라고요. 프랑스 성전 기사들은 독일, 포르투갈, 스페인, 이탈리아, 그리고 영국의 성전 기사들을 만났지요? 이들은 모두 비잔틴 지역을 중심으로 이슬람교도들, 특히 터키인들과 싸우고 있었습니다. 그런데 이들은 적군인 터키인들과 신사적인 관계를, 동등한 관계를 유지하면서 싸우고 있었습니다. 그런데 당시 팔레스타인에 있던 유대인들이 어떤 유대인들이었습니까? 은혜라도 베풀듯이 생색을 내던 아랍인들로부터는 후한 대접을, 기독교인들로부터는 형편없는 대접을 받던 종교적, 인종적인 소수 세력이었습니다. 우리가 여기에서 간과하지 말아야 하는 것은 십자군은 여러 차례 예루살렘으로 원정할 때마다 게토를 약탈하고 유대인을 학살했다는 사실입니다. 그런 성전 기사단의 속물들이 유대인들과 밀지에 관한, 신비스러운 정보를 주고받았을 것 같습니까? 어림도 없는 일이지요. 유럽의 유대인들은 어땠습니까? 고리 대금업자와 동일시되고 있었죠. 말하자면 멸시의 대상, 이용의 대상이었을지언정 믿음에 대상은 되지 못했던 겁니다. 나는 지금, 성전 기사단끼리의 제휴, 그들을 관류하던 영적인 기사도 정신을 말하고 있는 겁니다. 유대인이 이런 대접을 받고 있었는데 프로뱅의 성전 기사들이 이 2류 시민을 저희 무리에 끼워주었을 것 같습니까? 말도 안 되지요.」

「그렇다면 르네상스 시대에 마술이 연구의 대상이 되고, 카발라 연구가 유행했던 것은 어떻게 설명하겠나?」

「그건 그럴 수밖에 없었어요. 그때는 제3차 회합을 앞두고 있었어요. 모두 안달이 나서 어디 지름길이 없나 하고 혈안이 되어 있을 때입니다. 히브리어는 신성하고도 신비스러운 언어입니다. 카발리스트들은 나름대로 다른 목표에 이르기에 바빴던 거죠. 전 세계에 흩어진 36장로들은 비밀이란 것이 히브리어처럼 해독 불가능한 언어에 감춰져 있는 것이 아닐까, 이런 생각을 하게 됩니다. *Nulla nomina, ut significativa et in quantum nomina sunt, in magico opere virtutem habere non possunt, nisi sint Hebraica*(마술의 세계에서는 의미가 깊은 언어를 구사할 수밖에 없는데, 그렇다면 그것이 히브리어가 아니면 대체 어떤 언어일 수 있는가), 이렇게 말한 사람은 피코 델라 미란돌라였죠? 그런데 이 친구 이거 멍청이였어요.」

「브라보! 말 되는데?」

「더구나 미란돌라는 이탈리아인이어서 이 〈계획〉에서는 제외되어 있습니다. 그런 자가 알기는 뭘 알았겠어요? 따라서 그의 〈훈제 청어〉, 즉 헷갈리는 정보에 의지하고 있던 아그리파나 로이힐린만 불쌍하게 되었던 거죠. 나는 〈훈제 청어〉, 다시 말해서 엉터리 정보를 재구성한 겁니다. 무슨 뜻인지 아시겠지요? 우리는, 세상만사를 카발라와 관련지어서 생각하는 디오탈레비 박사의 영향을 너무 받았던 겁니다. 이 양반이 하도 카발라, 카발라 해대니까 우리도 얼김에 이 〈계획〉에다 유대인을 포함시켰던 겁니다. 디오탈레비 박사가 만일에 중국 문화사 학자였다면 우리는 이 〈계획〉에 중국인을 포함시켰을 것입니다.」

「일리가 있는 말이네.」

「어쨌든 끌려다니느라고 옷 찢어 먹지 않도록 조심합시다. 우리는 여기저기 끌려다니다 길을 잃고 말았던 겁니다. 기욤 포스텔 이후로 사람들은 모두 이런 실수를 저질렀을 겁니다. 프로뱅 성전 기사단 이래로 근 2백 년 동안이나 사람들은 모두 제6진영을 예루살렘 진영이라고 믿었던 겁니다. 오산이었던 거지요.」

「이것 보게, 카소봉, 아르덴티 대령의 이론을 수정한 것도 우리고, 바위에서의 약속은 스톤헨지에서의 약속이 아니라 오마르 모스크의 반석에서의 약속이라고 한 것도 우리 아닌가?」

「그게 틀렸던 겁니다. 다른 바위가 있어요. 우리는 바위 위에, 산 위에, 돌 위에, 암산 위에, 혹은 절벽 위에 세워진 어떤 도시 같은 것을 염두에 두었어야 했던 겁니다. 제6의 진영은 알라무트 요새에서 기다리고 있을 겁니다.」

103

이윽고 카이로스가 왕권을 상징하는 왕홀(王笏)을 들고 나와, 이것을, 처음으로 만들어진 신에게 바쳤다. 그러자 신은 그것을 받아 들고 말했다. 「그대의 은밀한 이름은 36자(字)가 될 것이다.」
— 하산 앗-사바, 『사르고자슈트 이스-사이드나』

묘기를 방불케 하는 대담무쌍한 추론이었지만 순서를 갖춘 설명이 필요했다. 나는 그날부터 설명을 준비했다. 나는 자세하고도 긴 설명을 준비하고 필요한 자료까지 갖추고는 술집 필라데에서 벨보에게 증거와 증거로 점철된 그 자료를 펼쳐 보였다. 벨보는, 줄담배를 피우면서, 시간이 갈수록 흐려지는 눈으로 그 자료를 좇았다. 그는 5분마다, 얼음 덩어리만 덩그렇게 남은 빈 잔을 내밀었고 필라데 씨는 따르라는 말을 듣고 자시고 할 것도 없이 자동으로 그 잔을 채웠다.

내가 먼저 제시한 자료는 스트라스부르의 게라르도로부터 주앵빌에 이르는, 성전 기사단에 관해 다룬 최초의 자료들이었다. 요지는, 성전 기사단이 〈산노인〉에 속하는 암살단과 접촉하고 있었다(혹은 갈등하고 있었지만 대부분의 경우는 신비로운 동맹 관계를 이루고 있었다)는 것이다.

이야기는 위대한 예언자 마호메트가 세상을 떠나는 것과 더불어 시작되고 복잡다단하게 얽히게 된다. 마호메트가 세상을 떠나자 마땅히 그 정통성의 계승자가 되어야 한다고 주장한 예언자의 딸 파티마의 지아비인 알리(예언자의 사위)를 옹호하는 일파와, 법의 정통성을 지지하는 일파인 수니파 사이에 내분이 일어난다. 이 두 파 가운데 알리를 열광적으로 지지하는 사람들은 이슬람의 이단적인 교파라고 할 수 있는 〈시아파〉를 결성한다. 이들의 교리는 다소 은비학적이다. 이들은 계시의 연속성을, 예언자의 말씀을 전통적으로 묵상하는 데서 찾지 않고, 〈이맘〉이라고 불리던 종교 지도자의 신성에서 찾아야 한다고 주장했다. 〈이맘〉이라는 것은 주(主)이자, 지도자이자, 신성의 현현이자, 현현한 현실이자, 세계의 군주이다.

자, 그렇다면 이 이단적인 분파인 시아파는 어떻게 되는가? 시아파는 마니교에서 그노시스파, 신플라톤주의에서 이란의 신비주의에 이르기까지 지중해 지역의 온갖 은비주의적 사상을 고루 흡수하고 우리가 지난 몇 년 동안 추적해 왔던 유럽 사상의 변화와 발전을 주도한 온갖 사상적 원동력을 소화해 내기에 이른다. 그러나 시아파의 역사를 추적한다는 것은 불가능에 가깝다. 그것은 부분적으로, 수많은 아랍 작가들과 주요 등장인물의 이름이 엄청나게 긴 데다, 가장 신뢰할 만한 원전이라고 하더라도 거기에는 숲을 방불케 하는, 그 이름이 실제로 어떻게 읽히는지를 정확하게 밝히기 위한 무수한 부호까지 복잡하게 쓰여 있기 때문이다. 벨보와 나도 그 이름을 구별하려고 애써 보았지만 밤이 깊어 감에 따라 우리도 손을 들고 말았다. 말이 구별이지, 〈아부 압딜라 모하마드 이븐 알리 이븐 라잠 알 타이 알 쿠피〉, 〈아부 모하마드 우바이둘라〉, 〈아부 모이니딘 나시르 이븐 호슬로 마르바지 쿠바드야니〉를 무슨 수로 구별할 수 있을 것인가? 아랍인들도 마찬가지였을 것이다. 그들은 그들대로 〈아리스토텔레스〉, 〈아리스톡세누스〉, 〈아리스타르코스〉, 〈아리스티데스〉, 〈아리스

타고라스〉, 〈아낙시만드로스〉, 〈아낙시메네스〉, 〈아나크레온〉, 〈아나카르시스〉를 구별하느라고 우리만큼이나 애를 먹었을 것임에 분명하다.

한 가지만은 확실하다. 시아파는 다시 두 갈래로 갈라진다. 그중의 한 갈래는, 이 땅에서 사라진 미래의 〈이맘〉을 기다리는 〈12분파〉, 또 한 갈래는 카이로의 파티마 왕조 때 생겨난 〈이스마일파〉가 그것이다. 이 이스마일파는 우여곡절 끝에 하산 사바라고 하는 신비스러운 인물이자 잔혹하면서도 매력적인 인물의 영도 아래, 페르시아에 이스마일 개혁파를 전파하기에 이른다. 하산 사바는 카스피해의 남서부에 있는 알라무트 산정에 본거지를 마련하는데, 이것이 바로 저 유명한 난공불락의 요새 〈독수리의 둥지〉이다.

하산 사바를 둘러싸고 있던 부하들은 〈피다이윈〉(혹은 〈페다인〉)이라고 불리던 선교사 집단이었는데, 이들은 수령의 명에 복종할 때는 죽음을 두렵게 여기지 않았다. 하산 사바는 이 충직한 부하들로 정치적 암살 부대를 조직하고 〈지하드 하피〉, 즉 은밀한 성전의 수단으로 이용하게 된다. 실제로 하산 사바가 이들을 어떻게 불렀는지는 별문제로 하더라도 이 〈피다이윈〉은 뒷날 〈암살단〉이라는 불명예스러운 이름으로 유명해지게 된다. 듣기에 유쾌한 이름이 아닌 것은 분명하지만 그것은 현대에 와서의 일이고 당시의 그들에게는, 전투적인 수행승의 훈장과 다를 바가 없는 대단히 명예로운 이름이었다. 이런 의미에서 이들은 영적인 기사도 정신으로 무장해 있던 성전 기사단과 대단히 흡사하다고 할 수 있다.

알라무트 요새 혹은 성채, 이것이야말로 우리가 찾던 〈바위〉다. 이 요새는 길이 4백 미터에 이르는 절벽의 정상에 지어져 있었는데, 이 절벽의 폭은 곳에 따라 몇 미터밖에 안 되는 곳도 있고 넓어 봐야 30미터 정도였다니 얼마나 험했는지 짐작이 간다. 이 요새는 아제르바이잔 길로 진입하면서 보면, 하나의 바위로 보일 정도로 거대한 천연적인 암산 형상을 한 채, 해가 비칠 때는 눈이 부실 정도로 희고, 해가 질 무렵에는 푸르게 물드는가 하면, 해 뜰 무렵에는 진홍색으로 보인다. 구름이 끼는 날은 구름 속으로 그 모습을 감추었다가 번개가 칠 때면 문득문득 구름에 가린 용자를 드러내고는 한다. 최정상부를 아래에서 올려다보면 높이 수백 미터에 이르는 무수한 석검(石劍)을 세워 놓은 것 같다. 가장 편하게 올라갈 수 있는 길도 딛기만 하면 우르르 쏟아지는 자갈길 벼랑이라서 오늘날 고고학자들도 올라갈 엄두를 내지 못할 정도라니 알 만하다. 요새로 올라가는 통로는, 돌로 만들어진 사과를 빙빙 돌려 가면서 깎아 놓은 형국인 비밀 계단인데, 어찌나 험한지 사수(射手) 한 명만 매복해 놓아도 능히 만군(萬軍)으로부터 요새를 지킬 만하다. 올려다보기만 해도 현기증이 나는 딴 세상. 독수리나 타고 가면 모르되 함부로 범접할 수 없는 난공불락의 성이 바로 암살단의 근거지 알라무트 요새였다.

하산 사바와 그의 뒤를 이은 이른바 〈산노인〉들은 바로 이곳을 다스렸다. 하산 사바를 계승한 최초의 〈산노인〉은 성미가 불같은 〈시난〉이었다.

하산 사바는 적과 자기 부하들을 동시에 제압하는 전술을 고안했다. 적에게 쓴 전략은 항복하지 않으면 죽이겠다는 약속이 그것이다. 암살단의 마수는 벗어날 길이 없다. 십자군이 예루살렘을 정복하려고 한참 활동할 때 술탄의 재상이었던 니잠 알 무크가 가마를 타고 후궁한테 가다가 암살당한 일이 있다. 암살자는 탁발승을 가장하고 그에게 접근했던 것이다. 시리아의 도시 힘즈를 다스리던 영주도, 전신에 갑주를 두른 경호병의 호위를 받으면서 금요 예배를 위해 성을 나서다가 〈산노인〉이 보낸 자객의 손에 목숨을 잃었다.

시난은, 기독교도인 코라도 디 몬테펠트로 후작을 살해하기로 마음먹고, 부하 둘에게 이 일을 맡겼다. 부하 둘은 우선 기독교도들과 친분을 맺고 기독교도의 관습과 언어를 익히는 데 오랜 세월을 보냈다. 그러고는 수도승으로 변장하고, 티루스의 주교의 초청을 받고 간 잔치에서 기어이 후작에게 달려들어 칼로 목을 땀으로써 치명상을 입힌다. 두 자객 중 하나는 경호병들 손에 죽음을 당하는데, 나머지 하나는 교회에 몸을 숨기고 있다가 치명상을 입은 후작이 실려 들어오자 다시 공격해서 기어이 목숨을 끊어 버리고는, 천국에라도 드는 듯이 환호작약하면서 경호병들 손에 죽음을 당한다.

천국에라도 드는 듯이 죽는 데는 까닭이 있다. 수니파에 속하는 이슬람교도 수사가(修史家)들이나, 포르데노네의 오도리코를 비롯 마르코 폴로에 이르는 기독교도 연대기 작가들에 따르면, 〈산노인〉은 부하들을 천하무적의 무시무시한 전쟁 도구로 만들어 어떠한 희생을 치르더라도 기어이 목적을 달성하게 만드는 법을 알고 있었다. 〈산노인〉은 우선 젊은이를 납치해서, 수면제를 먹인 상태에서 요새로 데려온다. 그러고는 세상의 온갖 쾌락(술, 여자, 꽃, 산해진미로 차린 잔치, 이 암살단 이름의 어원이 되는 〈하시시〉 즉 대마초)[1]으로

1 하산 사바가 조직한 암살단의 이름은 〈아사시니〉, 영어로는 *assasin*인데 이 말의 어원에는 여러 가지 설이 있다. 즉, 암살단의 이름인 〈아사시니〉는 〈하시시[大麻草] 상용자〉를 의미하는 〈하시시야〉에서 유래한다는 설도 있고,

일단 얼을 빼놓는다. 일단 이들이 이 인공 낙원의 열락 없이는 도저히 견딜 수 없는 지경에 이르면 〈산노인〉은 이들을 불러 양자택일을 강요한다. 가서 죽여라. 성공하면, 지금 잠깐 떠나는 이 낙원은 영원히 네 것이 된다. 그러나 실패하면 다시 지옥 같은 일상으로 돌아가야 한다.

이제 마약 없이는 하루도 살 수 없게 된 이들은 〈산노인〉의 명령을 따르지 않을 도리가 없다. 그래서 이들은 저희 목숨을 걸고 적을 살해한다. 이들은 죽을 운명을 타고난 살인자들이며, 희생자를 만드는 운명을 타고난 희생자들이기도 하다.

기독교인들에게 이들은 공포의 대상이었다. 십자군들은 모래의 열풍이 휘몰아치는 칠흑 같은 밤이면 이 〈암살단〉 이야기로 꽃을 피운다. 성전 기사들도 이 무시무시한 전사들을 존경하고 선망한다. 한순간의 망설임도 없이 순교의 길로 들어서는 〈암살단〉이 성전 기사단에게는 경외의 대상이 된다. 성전 기사들은 이들과 텃세 바치기와 상호 간의 정보 교환, 공식적인 조공(朝貢), 상호 대등한 관계 설정, 공모, 일종의 전우애를 교환한다. 그래서 싸움터에서 만날 때는 서로를 살육하지만 은밀히 만날 때는 서로 포옹하고, 우호 관계를 나누고, 신비주의적인 예지 능력이나 주술적인 주문, 연금술의 비의 등에 대한 정보를 교환한다.

성전 기사단은 바로 이 〈암살단〉으로부터 은비적인 의례를 배우게 된다. 프랑스 국왕 필리프의 이단 심판관들이, 성전 기사들이 십자가에 침을 뱉고, 서로 항문에다 입을 맞추

〈파수(把守)〉를 뜻하는 〈아사스〉에서 유래했다는 설도 있다. 〈아사시니〉가 〈아사스〉에서 유래했다고 주장하는 사람들은 성전 기사단이 〈아사시니〉 집단을 성지 예루살렘의 파수꾼으로 부렸다는 쪽으로 논리를 비약시킨다.

고, 검은 고양이나 바포메트를 섬기는 것이 기존에 존재하던 의례와 다를 바 없다는 것을 알아차리지 못했던 것은, 이러한 의례가 동방에서 접한 비밀, 즉 대마초의 비밀을 알고 있던 동방의 성전 기사단의 의례에서 유래했다는 사실을 알지 못했기 때문이다.

〈계획〉이 거기에서 유래했다는 것은, 혹은 유래하지 않을 수 없었다는 것은 이로써 분명해진다. 성전 기사들은 바로 이 알라무트에서 온 암살단으로부터 지자기류의 비밀을 배운다. 성전 기사단들은 프로뱅에서 알라무트의 암살단원들을 만나 〈미지의 36장로〉 계획을 세운다. 크리스티안 로젠크로이츠가 페즈를 비롯한 동방의 여러 나라를 돌아다닌 이유도 여기에 있고, 포스텔이 동방에 관심을 기울였던 이유도 여기에 있다. 르네상스 시대의 학자들이 파티마 왕조의 이스마일파 본거지인 이집트로부터 〈헤르메스〉, 〈헤르메스 테우트〉, 혹은 〈헤르메스 토트〉 같은 우리 〈계획〉의 이름의 시조(始祖)가 되는 신의 이름을 도입한 것도 이 때문이고, 사기꾼 칼리오스트로가 의례에 이집트 상징을 도입한 이유도 여기에 있다. 우리가 생각하는 것 이상으로 대범했던 예수회가 키르허 신부 같은 선구자를 통해 서둘러 상형 문자와 콥트어를 비롯한 동방의 언어에 집착을 보인 이유도 다른 데 있는 것이 아니다. 히브리어는, 당시의 유행에 따른 하나의 위장에 지나지 않았다.

104

이런 책은 범인(凡人)을 위해서 쓰인 책이 아니다. 그노시스파의 철학은 특별한 사람을 위해 예비된 길이다……. 성서에도 이런 말이 나온다. 돼지에게 진주를 던지지 말라고.
— 카말 줌불라, 『르 주르』지와의 대담, 1967년 3월 31일자

Arcana publicata vilescunt: et gratiam prophanata amittunt. Ergo: ne margaritas obijce porcis, seu asino substerne rosas.[1]
— 요한 발렌틴 안드레아이, 『크리스티안 로젠크로이츠의 화학적 결혼』, 스트라스부르, 체츠너, 1616, 표지

산노인의 암살단 아니고는, 바위 위에서 6세기를 기다릴 수 있고, 실제로 바위 위에서 그 오랜 세월을 기다려 내었던 무리를 어디서 또 찾겠는가? 물론 이 이스마일파의 철옹성은 몽골족의 압박에 결국은 떨어지고 말기는 한다. 그러나 이스마일파 자체는 동양의 곳곳에서 그 명맥을 유지하고 있다. 이스마일파는 비(非)시아파계 수피교와 뒤섞이기도 했으며, 〈드루즈파〉라고 불리는, 실로 무서운 과격 단체를 빚어내기도 했다. 또한 〈아가 칸〉을 숭배하는 인도의 호자파 사이에서 잔존하고 있기도 한데, 이들은 아가르타가 있는 곳으로 짐작되는 곳에서 그리 멀지 않은 곳에 모여 산다.

그러나 내가 추론해 낸 것은 이것뿐만이 아니다. 나는 파티마 왕조 시대에, 〈헬리오폴리스 아카데미〉를 통해 고대 이

1 〈풀려 버린 수수께끼는 값이 없고, 더럽혀진 은총은 허무하다. 고로 돼지에게 진주를 던져서도 아니 되고 당나귀에게 장미를 주어서도 아니 된다.〉

집트의 헤르메스 관념이 카이로에서 재발견되고 카이로에 〈과학 전당〉이 설립되었다는 사실도 확인해 냈다. 〈과학 전당〉이라니! 그렇다면, 후일 파리 국립 공예원의 모델이 되는 베이컨의 〈솔로몬의 전당〉은 여기에서 아이디어를 취한 것일 가능성이 있지 않을까?

「그거야, 바로 그것일세. 이제 의심할 여지가 없네. 하지만, 이 카발리스트들은 어디에다 끼워 넣는다?」 벨보는 나의 새로운 추론을 마시고 취해 버린 것 같았다.

「우연한 시대의 일치에 지나지 않았던 겁니다. 예루살렘의 율법 학자들은 성전 기사단과 암살단 사이의 낌새를 눈치 챕니다. 이렇게 되자, 유럽의 성전 기사단 우두머리들을 상대로 고리 대금업을 한다는 핑계로 여기저기 기웃거리고 다니던 스페인의 랍비들도 뭔가 분위기를 읽어 냅니다. 이들은 〈계획〉에서 제외되고 있었던 겁니다. 자존심이 몹시 상했던 이들은 스스로의 힘으로 파악해 보기로 합니다. 뭐야? 우리 선택된 백성이, 이 비밀 중의 비밀을 두고 벽창호 노릇을 하고 있을 수는 없지. 그러다 쾅! 카발라 전통의 막이 오릅니다. 이산(離散)된 종족, 국외자를 면치 못하고 있던 유대인은, 자신들도 다 알고 있다고 공언함으로써 실권을 장악한 권력자들에게 뭔가 보여 주려 했던 겁니다.」

「그렇게 공언하다가 기독교도들에게, 진짜로 다 알고 있다는 인상을 심고 말았잖은가?」

「그런데 그런 와중에서 어떤 얼치기가 치명적인 실수를 합니다. 〈이스마일〉과 〈이스라엘〉을 혼동하는 실수를요.」

「이것 봐, 당신, 이러다가 바뤼엘이나 〈시온 의정서〉를 비롯한 모든 게 단순한 철자상의 실수에서 비롯된 거라고 강변

하는 것은 아니겠지?」

「모든 것은 피코 델라 미란돌라의 얼간이 같은 오자(誤字) 하나 때문에 생긴 일이었던 것이죠.」

「원인은 다른 데 있는지도 모르지. 이 선민(選民)은 성서를 해독한다는 숙명을 강박관념으로 걸머진 민족일세. 그런데 사람이라고 하는 것은, 저희들을 〈율법〉과 동일시하는 민족에게는 공포를 느끼기 마련이네. 하지만 〈암살단〉이야 어디 그런가? 이들이 왜 조금 더 일찍 등장하지 않았을까?」

「레판토 해전 직후에 그 지역이 시름시름 내리막길을 걸은 걸 생각해 보세요. 제보텐도르프는 터키의 탁발승들에게서 뭔가 좀 배울 게 있다는 걸 알게 됩니다. 하지만 알라무트는 이미 넘어간 후고 그 터키인들은 어디론가 자취를 감추고 말아 버린 거예요. 이들은 그때를 기다린 겁니다. 그리고 드디어 때가 옵니다. 이슬람 통합 운동의 물결과 함께 그들이 대가리를 내밉니다. 지난번엔 히틀러를 〈계획〉에 포함시킴으로써 제2차 세계 대전이 발발한 까닭을 발견했었죠. 이번엔 히틀러 대신 알라무트의 암살단을 이 〈계획〉에 포함시킨 거예요. 그랬더니 수년간 페르시아만에서 벌어지고 있는 일이 설명되지 않습니까? 여기서 바로, 우리는 〈트레스〉, 즉 〈부활한 성전 기사단에 의한 시나키 정부〉의 본거지를 찾게 됩니다. 〈트레스〉는 서로 다른 믿음의 영적 기사단 사이에서 벌어지는 갈등의 치유를 그 목적으로 하는 비밀 결사인 겁니다.」

「혹은 분쟁을 조장하고 혼란을 틈타 어부지리를 얻고자 하는 비밀 결사이거나. 다시 한번 우리는 드디어 우리의 추론을 통해서 역사의 물길을 바로잡은 셈이네. 진자가 〈세계의 배꼽〉이 알라무트에 있다는 걸 드러내는 결정적인 순간이 과연

오는 걸까?」

「너무 기대하진 말자고요. 그 문제는 잠시 유보해 둡시다.」[2]

「진자처럼?」

「좋을 대로 생각하세요. 생각나는 대로 다 뱉어 버릴 수는 없는 거지요.」

「암, 없고말고. 진지한 학문인 만큼 논거 제일주의로 나가야 하고말고.」

그날 밤에 나는 그 복잡한 수수께끼를 훌륭하게 이야기로 추론해 낸 것을 자축했다. 나는 세계의 피와 살로 아름다운 것을 빚었으니 그만하면 유미주의자라고 할 만했다. 그러나 벨보는 벌써 광신도가 되어 있었다. 대부분의 광신도들이 그렇듯, 그 역시 계몽을 받아서 믿음을 얻은 것이 아니라 *faute de mieux*(어쩔 수 없이) 신도가 되었던 것이다.

2 여기서 쓰인 표현은 〈매달아 두다〉 혹은 〈매달린 채로 두다〉로 직역될 수 있는데, 〈문제를 유보하다〉라는 의미를 지님.

105

Claudicat ingenium, delirat lingua, labat mens.[1]
— 루크레티우스, 『사물의 본성에 대하여』, iii, 453

벨보가, 자기에게 일어나고 있는 일을 정리해 보려고 시도했던 것은 그즈음이었음에 분명하다. 그러나 아무리 엄정한 자기 분석도, 이미 습관의 수준에 이르러 있는 병에 대한 하등의 대증 요법이 되지 못했다.

파일명: 만일에 그것이 사실이라면?

〈계획〉을 고안한다. 고안해 낸 〈계획〉은 고안한 당사자를 정당화한다. 그래서 당사자는 책임을 느끼지 않게 한다. 〈계획〉 그 자체에 대한 책임까지도. 돌을 던지고는 그 던진 손을 주머니에 감추는 꼴이다. 정말 〈계획〉이 실재한다면 〈계획〉대로 될 터이다.

내가 체칠리아를 차지하지 못한 것은 〈아르콘〉이 아니발레 칸탈라메사와 피오 보에게, 금관 악기 중에서도

1 〈본성은 파행, 언어는 광란, 정신은 동요.〉

제일 쉬운 봉바르동 다루는 재능조차 허락하지 않았기 때문이다. 내가 운하패를 피해 도망친 것도 장로들의 섭리다. 장로들은 이로써 또 하나의 대학살이 있을 때까지 내 목숨을 유보했기 때문이다. 흉터가 있는 사나이는 나보다 더 강력한 부적을 지니고 있었다.

〈계획〉이 있으면 유죄인 무리가 있기 마련. 인류라는 종(種)의 꿈. *An Deus sit*(신은 존재한다). 신이 존재한다면 그것은 신의 탓이다.

내가 잃어버린 행선지는 〈끝〉이 아니라 〈시작〉이다. 획득할 대상이 아니라 나를 그 손아귀에 쥐고 있는, 내가 끝없이 집착하는 주체인 것이다. 불행한 사람들은 동병상련을 좋아한다. 동병상련, 동악 상조(同惡相助) 같은 말에는 음절이 너무 많다.

내 마음속에서, 그림자처럼 희미한 신이 이 세상을 창조했다는, 끝없는 위안이 되는 생각을 지울 수 있는 것은 아무것도 없다. 그리고 나의 존재는 그 신의 그림자를 지속시키는 셈이다. 믿음은 〈절대적인 낙관〉에 이르게 한다.

나는 사악한 생각을 했다. 그것은 사실이다(혹은 사실이 아니기도 하다). 그러나 〈악〉의 문제를 해결하지 못하는 것은 결국 신이다. 모여라. 모여서 태아를 꿀과 후추에 버무려 빻아 보자. *Dieu le veult*(그것이 신의 뜻이라면).

믿음이라는 게 꼭 필요한 것이라면 죄의식을 느끼지 않게 하는 종교가 좋다. 조직되지 않은 종교, 악취가 풍기는 종교, 지하의 종교, 종말이 없는 종교가 좋다. 신학

같은 종교가 아닌, 소설 같은 종교가 좋다.

한 목적지를 향하는 다섯 갈래의 길. 이런 낭비가 어디 있는가. 이르지 못하는 곳도 없고 이르는 곳도 없는 미궁이 차라리 낫다. 모양 나게 죽으려면 바로크식으로 사는 것이 좋다.

엉터리 조물주만이 우리에게 〈자기만족〉을 느끼게 한다.

하지만 만일에 우주적인 〈계획〉 같은 것이 있지도 않았다면? 추방한 자도 없는데 추방당한 삶을 산다는 것은 웃기는 일이다. 존재하지도 않는 곳으로부터 추방된다는 것은 더 웃기는 일이다.

만일에 〈계획〉이라는 것이 존재하는데도 이 〈계획〉이라는 것이 이해되지 않는다면, 영원히 이해되지 않는다면?

종교가 무력해지면 예술이 해답을 마련해 준다. 〈계획〉, 다시 말해서 〈불가해한 존재〉를 발명하면 되는 것이다. 언필칭 〈공(空)〉이라지만 인간의 음모는 능히 이것을 채울 수 있다. 나는 성전 기사단과 한패가 아니기 때문에 내가 쓴 『접신(接神)한 영혼』은 출판되지 않았다.

〈계획〉이, 말하자면 〈철인의 돌〉이 마땅히 존재하는 것인 양하며 사는 것.

쓰러뜨릴 수 없으면 한패가 되는 것이 좋다. 〈계획〉이라는 것이 실재한다면 거기에 맞추어 사는 것이 좋다.

로렌차가 나를 시험에 들게 한다. 겸손. 천사를 믿지도 않으면서 천사들에게 겸손하게 내 불행을 호소할 수 있다면, 로렌차와 원만하게 지낼 수 있다면 평화로울 수 있을 것이다. 모르기는 하지만 그럴 것이다.

오의(奧義)라는 것이 있다고 믿으면 오의 전수자 기분을 내는 것도 가능하다. 돈이 드는 것도 아니니까.

뿌리라는 게 아예 있지도 않으니까, 뿌리 뽑힐 가능성이 전혀 없는 어마어마한 희망을 창조하는 일. 존재하지 않는 조상은 나타나서 배신당했다고 주장하지도 않는다. 끊임없이 배신하면서도 믿을 수 있는 종교를 창조하는 일.

안드레아이가 했던 것처럼. 제 손으로 농 삼아 역사상 가장 위대한 계시를 창조해 놓고, 남들이 이 계시에 녹아나자 평생 그것과 자기와는 상관이 없다고 주장했듯이.

....

막연한 진리를 만들어 놓고, 사람들이 그것을 증명하려 하면 파문해 버리는 일. 너보다 더 막연한 것만 받아들여야 한다. 〈우파의 적들은 절대 받아들이지 말 것.〉

왜 소설을 쓰는가? 역사를 다시 쓰라. 〈진리〉가 되는 역사를.

윌리엄 S씨, 무대를 덴마크로 하시지그래? 칠해의 정복자 짐 요한 발렌틴 안드레아이 루카 마태오는 밧모섬과 아발론 사이의 순다 군도를, 〈백산(白山)〉에서 민다나오에 이르기까지, 아틀란티스에서 테살로니카를 거쳐 니케아 종교 회의까지 누비고 다닌다. 오리게네스 아다만티스는 제 불알을 자르고 피가 뚝뚝 듣는 그것을 〈태양의 도시〉 장로들에게 보여 주고, 히람은 성령의 대물림을 비웃고, 콘스탄티누스 대제는 그 탐욕스러운 손톱으로 로버트 플러드의 눈알을 찌르면서 외친다. 안티오키아 게토의 유대인을 죽여라, 죽여라, 그것은 〈하느님과 나의 권리다〉, 보상 기(旗)를 휘날려라, 그리스도를 뱀의 화신이라고 믿는 오피타이파와 보르보로스파를 무찔러라. 나팔 소리가 들리면서 창끝에 무어인의 머리를 꽂은 〈자비로운 성도(聖都)의 기사단〉이 입성한다. 레비스, 레비스! 자기 폭풍(磁氣暴風)에 〈탑〉이 무너진다. 라치콥스키는, 화형을 당한 자크 드 몰레의 시체를 내려다보면서 웃는다.

나는 너를 소유하지 못했다. 그러나 역사를 날려 버릴 수는 있다.

문제가 되는 것이 존재의 부재라면, 그리고 언표된 것이 〈실재〉라면, 말을 많이 하면 많이 할수록 존재하는 것은 많아지게 되는 셈이다.

과학의 꿈은, 존재하는 것이 많지 않았으면 하는 것이다. 간결하게 축약시켜 얘기할 수 있는 것을 바란다. $E=mc^2$와 같이, 어림도 없는 소리. 한 처음부터 영원에 이르기까지 구원을 받기 위해서는 매우 복잡하게 만들어 놓을 필요가 있다. 술 취한 뱃사람이 꼬아 놓은 뱀처럼. 풀 길이 없어야 한다.

발명하라. 미친 듯이 발명하라. 상호 관계 같은 것에는 신경 쓸 필요도 없다. 요약이 불가능할 때까지 발명해 나가는 것이다. 상징의 이어달리기. 한 상징이 다른 상징의 이름을 댈 뿐, 전거(典據) 같은 것은 근심하지 않는다. 세계를 끝없는 아나그램의 춤곡으로 해체해 버리는 것이다. 그러고는 표현이 불가능한 것에 믿음을 기울이자. 이것이야말로 『토라』의 올바른 독법이 아닐 것인가. 진리는 아나그램의 아나그램이다. *Anagram*(아나그램)=*ars magna*(위대한 예술)

이 파일은 이즈음의 벨보의 심경을 가장 적절하게 보여 준다. 벨보는 〈악마 연구가들〉의 세계관을 고스란히 받아들이기로 했던 것 같다. 무엇을 잘 믿어서가 아니라 하도 믿어지지 않아서 그랬던 것 같다.

창작에 대한 무능에 굴욕감을 느끼고 있던 그는, 〈계획〉을 발명해 가는 과정에서 자신이 창작을 했음을 깨달았던 것이다. 창작에 대한 무능과 관련해서 내가 관찰한 바로, 벨보는 한평생 좌절된 욕망과 쓰지 못한 페이지(이 양자는 상호 인과 관계에 있다) 사이에서 찬밥 신세가 됐다는 느낌에 시달린 것 같다. 그는 자기가 비겁해서 쓸 수 없었노라고 단언하고는 했다. 그런 그가 창작을 한 것이다. 요컨대 그는 자기 자신이 만든 〈골렘〉을 사랑함으로써 이것을 자신을 위한 위안거리로 삼았다. 그는 삶(자기 삶과 인류의 삶 모두)을 예술로, 예술을 허위로 파악했던 것임에 분명하다. 〈세계는 한 권의 책(그것도 가짜)이 되기 위해 창조되었다〉라고 믿었던 것임에 분명하다. 그런데 그는 드디어 이 가짜 책을 믿고 싶어 했다. 그 자신이 이 파일에서 쓰고 있다시피, 자신이 발명한 이 〈계획〉이라는 것이 실재하게 되는 경우 그는 더 이상 패배자, 소심한 자, 비겁자 노릇을 하지 않아도 되기 때문이다.

결국 그렇게 되고 만 것이다. 벨보는 실재한다고 믿고 있던 경쟁자를 무찌르기 위해 실재하지 않는 것이 분명한 〈계획〉을 이용한 것이다. 결국 〈계획〉이 실재하는 것처럼 자신을 지배하고 있다는 것을, 혹은 자신과 〈계획〉이 같은 내용물로 이루어졌다는 것을 깨달은 벨보는, 계시의 순간 혹은 자기 해방의 순간이 임박한 시점에 파리로 갔다.

하고많은 세월이 흐르도록, 자기 손으로 만든 망령과 동서(同棲)하고 있는 데 지나지 않는다는 느낌에 시달리던 그는 마침내, 그즈음에는 이미 객관적이 되어가고 있던 망령(이미 벨보 자신의 〈원수〉에게도 파다하게 알려졌기에)으로부터 위안을 받으려 하기에 이른 것이다. 그렇다면 벨보는 사자의 아가리 속으로 뛰어들지 않으면 안 되었던 것일까? 그렇다. 당시 실재하는 것으로 형상을 갖추어 가던 사자는, 칠해의 정복자 짐보다, 체칠리아보다, 어쩌면 로렌차 펠레그리니보다 더 현실적이었을 것이기 때문이다.

그 많던 약속을 하나도 지켜 내지 못한 자신에게 심한 혐

오감을 느끼고 있던 벨보는 마침내 이제는 자기도 진짜 약속을 지킬 수 있다고 느꼈음에 분명하다. 그 자신이 이제 배수진을 치고 있으므로, 이제 이 진짜 약속으로부터는 비겁하게 물러설 수 없다. 공포가 그를 용감하게 만든 셈이다. 〈계획〉을 발명함으로써 그는 실존의 원리를 창조한 것이다.

106

속옷 윗도리 6장
속옷 아랫도리 6장
손수건 6장
이 기록된 5번 전표는 늘 연구자들을 헷갈리게 했는데 그 이유는 이 전표에는 양말이 빠져 있기 때문이다.
— 우디 앨런, 『피장파장』 중의 〈메털링 리스트〉, 뉴욕, 랜덤하우스, 1966, p. 8

리아가 내게 좀 쉴 것을 권한 것은 이즈음, 그러니까 불과 한 달 전의 일이다. 「당신, 피곤해 보여.」 리아가 그랬다. 〈계획〉 때문에 나는 녹초가 되어 있었던 것 같다. 게다가 우리 부모님 말씀마따나, 〈아기가 신선한 공기 좀 쐴〉 필요가 있기도 했다. 친구 중 하나가 산속에 있는 별장을 우리에게 빌려 주겠다고 했다.

우리는 말이 나왔다고 곧바로 떠날 수는 없었다. 밀라노에 할 일이 좀 남아 있는 데다, 휴가 떠날 날짜를 잡아 두고 도시에서 빈둥거리는 것이야말로 진짜 휴가 못지않다는 리아의 주장 때문이었다.

그즈음에 나는 처음으로 리아에게 〈계획〉 이야기를 들려주었다. 그전에는 아기 때문에 늘 바쁜 것 같아서 그 이야기를 들려줄 짬을 여투어 낼 수 없었다. 나와 벨보와 디오탈레비가 밤낮을 가리지 않고 무슨 수수께끼와 씨름하고 있다는 것 정도는 리아도 어렴풋이 알고 있었다. 그러나, 리아로부터 유사 연상의 망상에 정신병적으로 집착하는 현상을 놓고 한 차례 설교를 당한 이래로 나는 〈계획〉 이야기는 한마디도 하지 않았다. 창피했기 때문인지도 모르겠다.

나는 리아에게, 〈계획〉에 관련된 것은 미주알고주알 다 설명한 다음, 디오탈레비가 병을 앓고 있는 것에 대해서도 나는, 내가 몹쓸 짓이나 한 것처럼 죄의식을 느낀다는 이야기까지 했다. 나는 현란한 화법으로 되도록이면 〈계획〉을 실상 그대로 묘사해 내려고 애를 썼다.

리아가 말했다.「당신 이야기, 마음에 안 들어.」

「아름답지 않아?」

「세이렌도 아름답기야 아름다웠지. 당신, 자신의 무의식에 대해서 뭘 좀 알아?」

「모르는데? 내게 무의식이라는 게 있는지 없는지조차.」

「그것 봐. 빈의 한 장난꾸러기가 친구들을 즐겁게 해주느라고 〈이드〉니 〈오이디푸스〉니 하는 것들을 발명하고, 자기는 꾸어 보지도 못한 꿈 이야기를 하고, 자기는 만나 보지도 못한 한스 이야기를 했다고 상상해 봐. 그런데 결국 어떻게 되었어? 수백만 명이 그 이야기를 믿고, 진짜 신경증 환자가 되려고 줄을 섰어. 수천 명의 정신과 의사들이 이들을 치료해서 돈을 벌었고.」

「리아, 피해망상이야.」

「내가? 당신이야말로!」

「우리 둘 다 피해망상에 시달리고 있는지도 몰라. 하지만 당신, 우리가 앵골프의 문서를 근거로 출발했다는 거. 이거 하나는 알아 줘야 해. 성전 기사단의 밀지를 발견한 사람이 그 밀지를 해독해 보려고 하는 것은 당연한 일 아닌가. 우리가 사실은 이 밀지의 해독자들을 골려 주느라고 조금 과장한 감은 없지 않지만, 우리가 이른바 밀지라는 것에서 출발했다는 것은 틀림없는 사실이라고.」

「당신이 알고 있는 건, 아르덴티라는 사람이 당신에게 일러 준 것뿐이 아닌가? 게다가 당신 말을 들어 보면 아르덴티라는 사람, 구제 불능인 사기꾼 같은데. 어쨌든 그 밀지라는 거, 내가 좀 보았으면 좋겠어.」

내 파일에 들어 있었으니 어려울 것도 없었다.

리아는 밀지 쪼가리를 받아 들고는 먼저 앞뒤를 살펴본 뒤에, 콧등에 주름이 잡히게 눈을 찡그리고는, 눈 위로 흘러내리는 머리카락을 쓸어 올려 가르마 옆으로 붙이고는 물었다.

「이것뿐이야?」

「왜, 더 있어야 돼?」

「그럴 필요 없어. 이틀만 여유를 줘. 생각 좀 해봐야겠으니까.」 리아가 이틀 생각할 여유를 달라고 한 것은, 내가 얼마나 멍청한가를 증명할 결심을 했다는 뜻이다. 나는 리아의 이런 점이 싫어서 불평을 하고는 했다. 내가 불평할 때마다 리아는 이런 말을 하고는 했다. 「내가 당신이 얼마나 멍청한가를 증명한다는 뜻은, 멍청해도 사랑한다는 뜻이야. 그러니까 당신은 안심해도 돼.」

하여튼 우리는, 적어도 이틀 동안은 그 이야기를 입에 올리지 않았다. 리아는 그동안 주로 밖으로만 나돌았다. 밤이면 리아는 방구석에 쪼그리고 앉아 뭔가를 끼적거렸다가는 구겨 버리기를 되풀이했다.

친구의 별장에 이르자 리아는 아기를 풀밭에다 풀어놓고 저녁을 지은 다음, 내가 부지깽이처럼 말랐으니까 무조건 먹으라고 명령했다. 저녁 식사가 끝나자 이번에는 나에게, 얼음은 많이 넣고 소다수는 조금만 넣은 더블 위스키를 만들어

달라고 요구하고는 내가 위스키를 만들어 오자 담배에 불을 붙여 물었다. 중요하게 여겨지는 순간마다 나오는 리아의 버릇이었다. 과연 리아는 나에게 앞에 앉으라면서 설명을 시작했다.

「잘 들으셔. 간단한 설명이 최선이라는 것을 똑똑히 보여 드릴 테니까. 아르덴티 대령은 당신에게, 앵골프가 프로뱅에서 어떤 메시지를 발견했다고 했어. 그건 나도 의심하지 않아. 그래. 앵골프는 우물 바닥으로 내려가, 이른바 밀지라는 것이 든 상자를 발견했어.」 리아는 프랑스어 문자의 행간을 손가락으로 더듬으며 설명을 계속했다.「앵골프는, 다이아몬드가 박힌 상자를 발견했다고는 하지 않았어. 대령은, 앵골프의 노트 내용에 따르면 그 상자가 팔렸다고 했을 뿐이지. 못 팔 것도 없지. 귀천을 불문하고 어쨌든 골동품인 것은 분명했을 테니까. 현금 몇 푼을 받았겠지. 하지만, 그 노트에는 앵골프가 여생을 보낼 만한 떼돈을 받았다는 말은 없어. 앵골프에게 약간의 돈이 있었다면 그건 선친으로부터 물려받은 재산이었을 거야.」

「왜 당신은 그 상자가 하찮은 물건이었을 것으로 보나?」

「메시지가 지극히 평범하니까. 이건 배달 명세서라고. 다시 한번 읽어 봐.」

a la... Saint Jean

36 p charrete de fein

6... entiers avec saiel

p... les blancs mantiax

r... s... chevaliers de Pruins pour la... j.nc

6 foiz 6 en 6 places

chascune foiz 20 a... 120 a...

iceste est l'ordonation

al donjon li premiers

it li secunz joste iceus qui... pans

it al refuge

it a Nostre Dame d l'altre part d l'iau

it a l'ostel des popelicans

it a la pierre

3 foiz 6 avant la feste... la Grant Pute.

「명세서라고?」

「세상에. 프로뱅 여행안내서나 프로뱅 약사(略史) 같은 거라도 좀 보겠다는 생각은 왜 안 했어? 그런 걸 조금만 훑어보았어도 프로뱅이 샹파뉴 지역의 상거래 중심지였고, 이 메시지가 발견된 곳인 그랑조딤관(館)이 상인들의 집회소 같은 곳이었다는 걸 알았을 거 아니냐고. 이 그랑조딤이 어디에 있었느냐 하면 바로 생장가(街)에 있었어. 당시 프로뱅에서는 온갖 물건이 거래되고 있었지만 그중에서도 가장 인기가 있었던 것은 〈드라프〉(당시의 표기법으로는 〈*dras*〉)라고 불리던 포목이었지. 이 포목에는, 품질 보증용 도장 같은 게 찍혀 있었어. 포목 다음으로 인기가 있었던 것은 장미였다는데, 특히 십자군이 시리아에서 들여 온 붉은 장미의 인기는 대단했다고 그래. 얼마나 인기가 있었는가 하면, 랭커스터 가문의 에드먼드가 아르투아 가문의 블랑슈와 결혼하고 샹파뉴 백작의 작위를 물려받았을 때 이 프로뱅의 붉은 장미를 자기 문장(紋章)으로 삼았을 정도랍니다. 〈장미 전쟁〉[1]의 〈장미〉도 사실은 이 프로뱅의 붉은 장미에서 유래하지. 요크가의 문장은 흰 장미였거든.」

「당신, 어디에서 그런 걸 알아냈어?」

「프로뱅 지방 관광국이 펴낸 2백 쪽짜리 관광 안내 책자에서. 프랑스 문화 센터에 가니까 있더군. 하지만 이 정도는 아직 아무것도 아니니까 더 들어 보라고. 프로뱅에는 〈동종〉이라는 성채가 있는데, 보세요, 밀지라는 것의 아홉 째 줄에도 이런 말이 나오잖아. 그뿐 아니라 〈포르토팽〉, 〈에글리즈 뒤르퀴주〉라고 불리던 교회, 그리고 거리 곳곳에 〈노트르담〉, 즉 〈성모 마리아〉에게 봉헌된 교회, 〈피에르롱드〉 거리도 있었어. 이 〈피에르롱드〉 거리의 어원이 된 것은 〈피에르 드 상스〉라는 돌인데, 이 돌이 유명해지고 뒷날 거리 이름이 된 것은 피에르롱드 백작의 부하들이 십일조를 여기에다 놓았기 때문이랍니다. 이 밖에도 〈블랑망토〉 거리, 〈그랑퀴트뤼스〉라는 거리도 있었는데, 이름만 들어봐도 알겠지? 사창가였어.」

「그렇다면 포펠리칸은?」

「프로뱅에는 카타르파의 잔당들이 좀 남아 있었지만 나중에 모두 화형을 당했어. 당시의 종교 심판관 로베르 르 부그르도 개종한 카타르파였지. 그러니까, 카타르파가 뿌리 뽑힌 뒤지만 어떤 지역이 카타르 지역이라고 불린 건 이상할 게 없는 거야.」

「하지만 1344년에…….」

1 영국의 랭커스터가와 요크가 사이의 세력 다툼을 원인으로 벌어진 왕위 쟁탈전. 랭커스터가는 붉은 장미, 요크가는 흰 장미를 각각 문장으로 삼았으므로 이런 이름을 얻게 되었다.

「그 문서가 1344년 거라고 누가 그랬어? 당신이 좋아하는 그 대령이 그걸 〈건초 수레 사건으로부터 36년째 되는 해〉라고 해석했던 것 아니야? 문제는 둘째 줄의 *p*에 대한 해석이라고. 당시 *p*에는 두 가지가 있었어. 꼬리가 달린 *p*는 *post*[後], 그리고 꼬리가 없는 *p*는 *pro*[前]. 그러니까 이 문서는, 그랑주의 〈생장〉가에서 장사를 하고 있던 평범한 상인의 거래 명세라고. 성 요한의 밤은 무슨 성 요한의 밤? 한 수레의 건초 값을 30 〈수〉가 되었든 〈크라운〉이 되었든 하여튼 당시의 화폐 단위로 끼적거려 놓은 데 지나지 않아.」

「그러면 120년은?」

「연수가 어디에 나온다고 그래? 앵골프가 원문의 어떤 부분을 〈120a〉로 옮겨 놓은 데 지나지 않아. 〈a〉가 뭔지 알아? 당시 약호(略號)의 용법을 좀 살펴보았더니 당시의 화폐 단위였던 〈드니에〉나 〈디나리움〉를 표시할 때는 약간 이상한 기호를 사용했더라고. 〈델타(δ)〉 같은 것도 있고, 왼쪽으로 원호(圓弧)가 터진 〈세타(θ)〉 같은 것도 있던걸. 장사에 바쁜 상인이 마땅히 그랬을 법하거니와, 이 기호를 휘갈겨 써놓은 걸 보고 아르덴티 대령 같은 미치광이는, 어디에서 〈120년〉에 관한 이야기를 들은 것도 있겠다, 이걸 〈a〉로 읽어 버린 거지. 〈120년〉이 어디에 등장하는 숫자인지는 나보다 당신이 더 잘 알 테고. 모르기는 하지만 아르덴티는 이걸 장미 십자단 역사에서 읽었을 거라고. 그런데 문제는 그가 *post 120 annos patebo*(나는 120년 뒤에 소생하리니)와 비슷해 보이는 뭔가를 찾는 데 혈안이 되어 있었다는 데 있어. 아르덴티가 그래서 어쨌겠어? 〈이트*it*〉가 몇 차례 되풀이해서 나오는 걸 보고는 대뜸 이것을 〈이테룸*iterum*〉으로 읽어 버린 거지. 하지만

〈이테룸〉의 약자는 〈이틈*itm*〉이고 〈이트〉는 〈이템*item*〉 아닌가. 〈이템〉은 〈상동(上同)〉 아닌가? 말하자면 똑같은 품목이 자주 등장할 때 쓴 기호 같은 거지. 그러니까 이 상인은 자기가 받은 주문으로 얼마나 벌 수 있는지 계산하면서 배달해야 할 물품의 목록을 만들어 본 거야. 이 상인은 프로뱅의 장미도 배달해야 했어. 그래서 다섯째 줄의 〈*r... s... chevaliers de Pruins*〉가 등장하는 것은 이 때문이야. 게다가 아르덴티 대령이라는 사람은 〈J · nc〉를 〈뱅장스*vainjance*〉, 즉 〈복수〉로 읽었어. 〈복수의 기사단〉이라는 말에 사로잡혀 있었으니까. 하지만 이것은 〈종셰*jonchée*〉, 즉 〈축제 때 뿌리는 꽃〉으로 읽었어야 했던 거야. 당시 축제일에 장미는 모자를 만드는 데 쓰이기도 했지만 융단 위에 뿌리는 데도 쓰였거든. 따라서 당신의 그 프로뱅의 밀지를 해석하면 이렇게 된답니다.

생장가에
건초 한 수레, 값은 36수
도장이 찍힌 포목 6필은
블랑망토가에.
종셰에 쓰일 십자군 장미
다음 여섯 곳에 여섯 송이짜리 여섯 다발.
한 다발에 20드니에, 합계 120드니에.
배달할 순서
첫 번째 여섯 송이짜리 다발은 성채로
상동(上同), 포르토팽 거리로
상동, 에글리즈 드 르퀴주로
상동, 강 건너 노트르담 교회로

상동, 카타리 교단 건물로
상동, 피에르롱드 거리로
그리고 여섯 송이짜리 세 다발은 축제 전에 유곽 거리로.

〈여섯 송이짜리 세 다발은 유곽 거리로〉라고 한 것으로 보아 이 불쌍한 여자들도 축제를 앞두고 모자를 장미꽃으로 장식하고 싶었던 거지.」

「하느님 맙소사, 세상에 이럴 수가! 아무래도 당신 말이 맞는 것 같아…….」 내가 말했다.

「물론 맞지. 아까도 말했지만 이건 틀림없는 배달 명세표라고.」

「잠깐만. 이건 당신 말대로 배달 명세표인지도 모르겠다. 하지만 앞부분의 암호문은 분명히 서른여섯의, 눈에 보이지 않는 장로들 이야기가 나오는데 이건 어떻게 설명할 거야?」

「당신 말이 맞아. 프랑스어로 된 것은 한 시간 만에 해독할 수 있었는데 이 암호문은 이틀이나 걸렸거든. 암브로지아나 도서관과 트리불치아나 도서관으로 가서 트리테미우스의 저서를 독파하지 않으면 안 되었으니까. 당신도 도서관의 사서들 버르장머리를 잘 알지? 고서를 내줄 때는, 대출자를 책 씹어 삼키는 사람인 양 노려보는 거 있지? 하여튼, 첫 메시지 역시 별 게 아니었어. 당신이 이걸 알아보지 못했다니 이상도 하지. 먼저, 당신에게 물어볼게. 〈*Les 36 inuisibles separez en six bandes*(여섯 무리로 나뉘어진, 서른여섯 명의 보이지 않는 자들)〉라는 문장이, 우리 그 상인이 쓴 것과 똑같은 프랑스어로 되어 있는 거라고 생각해? 그래, 이 표현이 장미 십자단이 파리에 등장한 17세기에 선전용 소책자에서 사용된 건 사실이야. 그런데 당신은 당신네 〈악마 연구가들〉과 똑같은 방법으로 추론했어. 즉, 메시지가 트리테미우스가 창안한 방법에 따라 암호화한 것이라면 트리테미우스가 성전 기사단으로부터 이것을 복사한 것이다. 그런데 당시 장미 십자단이 사용하던 문장이 인용되고 있다면, 장미 십자단의 계획과 성전 기사단의 계획은 서로 다른 것이 아니다. 하지만, 지각 있는 사람이면 으레 그럴 테지만, 이걸 한번 뒤집어 보자고. 메시지가 트리테미우스의 암호에 따라 제작된 것으로 보아 이것은 트리테미우스 〈이후〉에 작성된 것이다. 17세기 장미 십자단에서 쓰이던 표현이 인용되고 있는 것으로 보아, 이것은 17세기 〈이후〉에 작성된 것이다. 자, 이 경우 우리가 세울 수 있는 가장 간단한 가설이 뭐겠어? 앵골프가 프로뱅 메시지를 찾아낸다는 거지. 아르덴티 대령처럼 앵골프 역시 신비주의적 메시지에 관한 한 광신자잖아. 그래서 36이니 120이니 하는 것을 보자마자 바로 장미 십자단을 생각해. 앵골프 역시 열광적인 암호 해독 취미가 있는 사람이라서 연습 삼아 프로뱅 메시지를 암호로 만드는 장난을 하지. 그래서 트리테미우스식(式) 암호 체계를 써서 장미 십자단의 문장을 번역하는 거야.」

「참으로 기가 막히는 설명이기는 해. 하지만 아르덴티 대령의 설명보다 더 설득력 있는 건 아닌 것 같은데?」

「지금까지야 그렇지. 하지만 첫 번째 어림짐작, 두 번째, 세 번째 어림짐작을 차례로 하되 각 어림짐작이 논리적인 상보 관계가 되게 해본다고 가정해 보는 거야. 바로 그 순간부터 당신은 자신의 추론이 옳다는 데 믿음을 더 기울이게 되겠지. 나는, 앵골프가 쓴 말은, 트리테미우스로부터 온 것이 아닐 것이라는 의심부터 하고 봤어. 둘 다 카발라적인, 아시

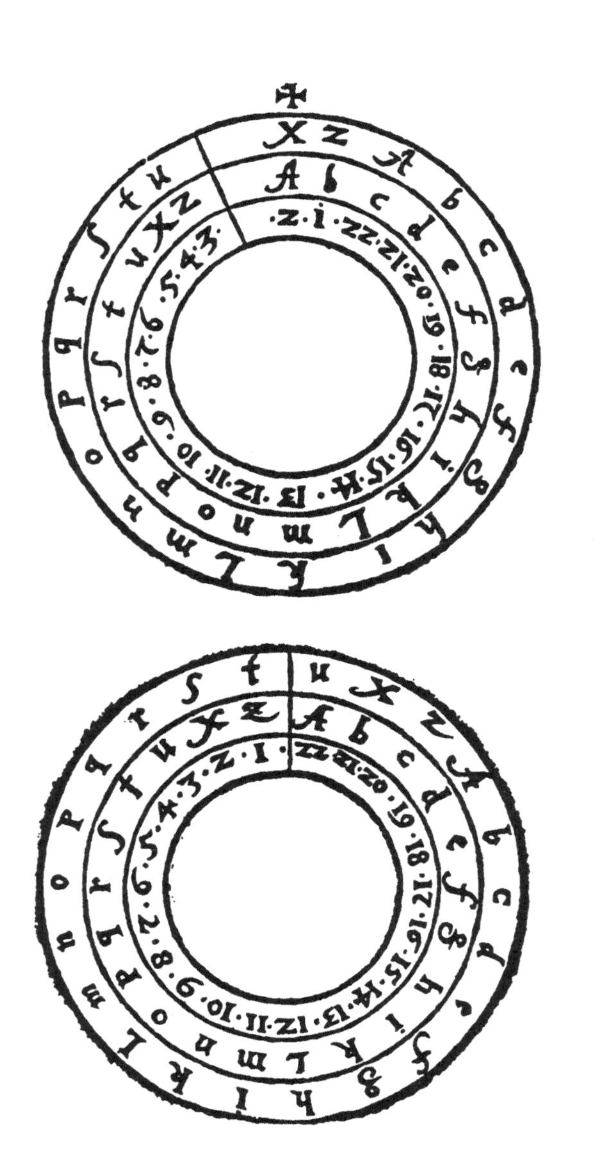

리아 바빌론 스타일로 되어 있지만 사실 같은 건 아니라고. 하지만 만일에 앵골프가, 자기가 좋아하는 문자로 시작되는 단어를 만들고 싶어 했다면 트리테미우스의 암호 체계에서 얼마든지 찾아낼 수 있었을 거 아니야. 그런데 왜 그런 말들을 쓰지 않았을까?」

「글쎄, 왜 그랬을까?」

「어쩌면 특정한 문자를 단어의 두 번째, 세 번째, 네 번째 음절에 오게 할 필요가 있었는지도 모르지. 어쩌면 앵골프는 다중 암호(多重暗號) 메시지를 만들고 싶어 했는지도 모르는 일이고. 말하자면 트리테미우스보다 훨씬 똑똑하다는 걸 보여 주고 싶어 했는지도 모르는 거라고. 트리테미우스는 약 40가지의 중요한 암호 체계를 창안했어. 두문자만 읽어야 하는 체계, 두문자와 세 번째 문자만 읽어야 하는 체계, 단어를 건너뛰면서 두문자를 읽어야 하는 체계, 이런 식으로. 이런 식이라면 수백 가지 체계를 고안하는 것도 어려울 거 없지. 트리테미우스가 제시한 10가지의 소(小) 암호 체계에서 대령이 골라잡은 게 제일 손쉬운 첫 번째 암호판이었어. 하지만 그 나머지는 모두 두 번째 암호판의 원리에 따르게 되어 있어. 당신을 위해 두 개의 암호판을 복사해 왔으니까 봐. 암호판 안쪽에 있는 바퀴는 돌릴 수 있게 되어 있다고 상상하고. 그러니까 바퀴를 돌려서 〈A〉를 바깥에 있는 특정 문자에 맞출 수 있는 거지. 〈A〉를 어느 문자와 맞췄느냐에 따라 〈A〉를 〈X〉로 대체하는 암호 체계가 나올 수도 있고 〈A〉를 〈U〉로 대체하는 체계가 나올 수도 있다는 거야. 각 암호판 바퀴에는 스물두 개의 문자가 있으니까 10개가 아니라 21개의 암호 체계가 만들어지는 셈이야. 22번째 암호 체계도 가능하지만 이건 있으나 마나야. 왜?

22번째 체계에서는 〈A〉가 결국 〈A〉니까…….」

「당신 설마 21가지 체계에 따라 각 문자를 모두 읽어 본 것은 아니겠지?」

「나는 머리도 좋고 운도 좋았어. 암호문에 등장하는 단어 중에서 가장 짧은 단어가 6문자로 된 단어니까 결국 처음 6개의 문자만 중요한 거고 나머지는 들러리 아니겠어? 왜 하필이면 여섯 문자냐고 하실 테지? 앵골프가 첫 번째 문자를 암호화하고, 한 문자 건너뛰고, 세 번째 문자를 암호화하고, 다음에는 두 문자 건너뛰고 여섯 번째 문자를 암호화했다고 가정해 봐. 첫 번째 문자는 1번 바퀴, 세 번째 문자는 2번 바퀴를 써서 풀어 봤더니 문장이 나오더군. 그다음에는 3번 바퀴를 써서 여섯 번째 문자를 해석해서 또 하나의 문장을 얻었어. 나는, 앵골프가 다른 글자는 쓰지 않았다고 주장하고 있는 게 아니야. 하지만 나로서는 세 가지 긍정적인 결과만 얻으면 그걸로 충분한 거 아니겠어? 당신이 더 해보고 싶으면 얼마든지 더 해보라고.」

「애타게 하지 말고. 뭐가 나왔는데?」

「메시지를 다시 봐. 내가 해독해야 하는 문자에다 밑줄을 그어 두었으니까.」

Kuabris Defrabax Rexulon Ukkazaal Ukzaab Urpaefel Taculbain Habrak Hacoruin Maquafel Tebrain Hmcatuin Rokasor Himesor Argaabil Kaquaan Docrabax Reisaz Reisabrax Decaiquan Oiquaquil Zaitabor Qaxaop Dugraq Xaelobran Disaeda Magisuan Raitak Huidal Uscolda Arabaom Zipreus Mecrim Cosmae Duquifas Rocarbis.

「우리는 첫 메시지의 내용이 무엇인지 알고 있어. 보이지 않는 36장로 이야기지. 두 번째 암호판을 써서 세 번째 음절을 해독했을 때 어떤 문장이 나왔는지 볼까? 〈*Chambre des demoise-lles, l'aiguille creuse.*〉」

「이건 나도 아는 거잖아 —」

「그래. 〈*En aval d'Etretat — La Chambre des Demoiselles — Sous le Fort du Fréfossé — Aiguille Creuse*(에트르타의 하수인, 처녀들의 침실, 프레포세 성채 아래, 크리즈 봉우리)〉, 그래. 아르센 뤼팽이 〈기암성〉의 비밀을 발견할 때 해독해 낸 암호문이야. 당신도 물론 기억할 테지. 〈에트르타〉 해변 절벽 위에 서 있는 〈크리즈〉 봉우리는 속에 사람이 살 수 있는 천연의 성채라고 할 수 있어. 갈리아 정복 때는 율리우스 카이사르가, 뒷날에는 프랑스 왕들이 써먹은 비밀 병기 같은 거. 뤼팽이 지니고 있던 신비스러운 힘의 원천이기도 했고. 뤼팽 애호가들이 이 이야기를 얼마나 좋아하는지 당신도 알지. 성지 순례하듯이 에트르타를 순례하고, 비밀 통로를 돌아보고, 모리스 르블랑이 쓴 말 한 마디 한 마디의 아나그램을 만들고는 하지. 앵골프는 장미 십자단에만 미쳐 있었던 게 아니고 뤼팽 이야기에도 미쳐 있던 사람이었어. 그래서 줄줄이 암호문을 만들었던 거야.」

「〈악마 연구가들〉이라면, 성전 기사들은 그 봉우리의 비밀을 알고 있었을 테니까 암호문 메시지는 14세기에 프로뱅에서 쓰였을 거라고 주장할 법한데…….」

「물론이지. 나도 알아. 그렇지만 세 번째 메시지를 볼까? 각 단어의 여섯 번째 문자를 세 번째 바퀴로 풀어내면 나와. 들어 보세요. 〈*Merde j'en ai marre de cette steganographie.*〉

그런데 미안하지만 이건 현대 프랑스어랍니다. 성전 기사단은 이런 식의 프랑스어는 쓰지 않았어. 〈떠그랄 놈의 암호문, 신물이 난다.〉 앵골프는 암호화에 골머리를 앓다가, 자기가 하고 있던 짓을 놓고 한바탕 욕지거리를 해댄 거야. 하지만 역시 앵골프라는 사람, 어지간한 사람이야. 보세요. 세 개의 메시지 모두 36문자로 되어 있잖아? 이제 알겠어, 당신? 앵골프는 당신네 삼총사처럼 장난을 하고 있었다고. 멍청한 대령은 이걸 곧이곧대로 믿었던 거고.」

「그렇다면 앵골프는 왜 사라졌을까?」

「누가 앵골프가 살해당했다고 했어? 앵골프는 사람이라고는 약사와 징징 짜는 노처녀 딸밖에 없는 오세르에 사는 게 지겨웠던 것인지도 모르지. 그래서 파리로 달아나, 고서 몇 권을 팔아 현금을 마련하고는 육덕 좋고 고분고분한 과부를 하나 만나 새로운 생활을 꾸렸을지 누가 알아? 담배 사러 간다면서 마누라 앞에서 종적을 감춰 버리는 사람들처럼.」

「그렇다면 대령이 사라진 것은 어떻게 해석해야 하나?」

「참 한심한 분이시네. 대령이 살해당했는지 어쨌는지는 경찰도 자신 있게 단정을 내리지 못하더라는 이야기, 당신이 했잖아? 대령은 모종의 궁지에 몰리고 있다가 피해자들이 뒤를 밟으니까 사라져 버렸는지도 모르지. 어쩌면 바로 이 순간에도 〈뒤퐁〉이라는 가명으로 여행사를 차리고 미국의 관광객들에게 에펠탑을 팔아먹고 있는지도 모르는 일이고.」

나는 계속 밀리고 있을 수만은 없었다. 「그래. 우리는 배달 명세표에서 출발했다. 하지만 우리는 우리 나름대로 영리하기도 했고, 창의력도 있어서 한 상인의 배달 명세표를 시(詩)로 변용시켰다. 나쁠 거 없잖아.」

「당신네 계획은 전혀 시적이지 못해. 못 봐줄 정도로 그로테스크하다고. 호메로스를 읽는다고 해서 트로이아에 불을 지르러 가는 사람은 없어. 호메로스와 더불어 트로이아의 불길은 과거에도 없었고 미래에도 없을 어떤 의미를 획득했어. 그럼에도 『일리아스』는 세월을 견디면서 불후의 명작 노릇을 할 거야. 왜? 『일리아스』는 명쾌하고 투명하니까. 그러나 당신네 장미 십자단 선언문은 명쾌하지도 투명하지도 않아. 악의, 과장이 난무하는 밀약(密約)에의 초대일 뿐이지. 하고많은 사람들이, 자기가 찾아내고 싶은 것을 여기에서 찾아내면서 이 밀약이 이루어지기를 기다린 까닭이 여기에 있어. 호메로스에게는 비밀이 없지만 당신네 계획은 비밀과 모순투성이야. 바로 이 때문에 당신네들은, 이 비밀과 이 모순과 자기네들을 동일시할 준비가 되어 있는, 불건전한 사람들을 무수히 찾아낼 수 있었던 거라고. 제발, 이제 그만 던져 버려. 호메로스는 속임수를 쓰지 않았는데 당신네 삼총사는 무수한 속임수를 써왔어. 속임수를 조심해야 해. 자꾸 쓰면 사람들이 믿어 버린다고. 사람들이, 발모 고약 장수를 믿는 거 당신도 알지? 그래. 사람들은 본능적으로 발모 고약 장수가, 앞뒤가 안 맞는 진실을 줄줄이 꿰어 맞추고 있다는 것, 논리적이지 못하다는 것, 솔직하게 떠들어 대고 있지 않다는 걸 알아. 하지만 사람들은, 신은 신비롭다, 신의 뜻은 측량할 길 없다는 말을 자꾸 들으면, 모순을 신과 가장 가까운 것으로 믿게 돼. 당치도 않는 것을 두고 기적과 가장 가까운 것으로 믿게 돼. 그런데 당신네 삼총사는 발모 고약을 발명했어. 싫어. 고약한 장난이라고.」

이런 유의, 나와 리아 사이의 불일치가 우리의 산중 휴가를 방해했던 것은 아니다. 나는 오랜 산보와 진지한 독서를 했고, 아이와도 그 어느 때보다 가까워질 수 있었다. 그러나 나와 리아 사이에는 못다 한 말이 남아 있었다. 리아는 말은 하지 않았지만, 한편으로는 나를 궁지로 몰고, 결과적으로 나를 모욕한 것을 미안하게 여기는 마음이 있었는가 하면, 자기가 나를 설득시키지 못했다는 느낌이 앙금처럼 남아 있는 듯했다.

실제로 나는 〈계획〉에 대한 미련을 떨쳐 버릴 수 없었다. 나는 〈계획〉을 포기하고 싶지 않았다. 그러기에는 바친 시간이 아까웠다.

며칠 전 나는 밀라노행 열차를 타기 위해 아침 일찍 혼자서 산간 별장을 떠났다. 밀라노로 돌아온 즉시 나는 파리에서 걸려 온 벨보의 전화를 받았다. 그래서, 아직 끝나지 않은 이 이야기를 쓰기 시작한 것이다.

리아의 말이 옳았다. 나는 리아와 진작 이야기를 나누지 못한 것이 한스러웠다. 그러나 그전에는 리아의 말을 들었어도 믿으려 하지 않았을 터이니 결국은 마찬가지였다. 나는 〈계획〉을 만들어 내면서, 세피로트의 핵심인, 지배와 자유의 조화를 뜻하는 〈티페렛〉의 순간을 경험한 셈이었다. 디오탈레비는 언젠가, 모세 코르도베로의 경고를 인용해 보인 적이 있다. 「『토라』를 구실 삼아 무지한 인간에 대하여 우월감을 느끼는 사람, 즉 야훼의 백성에 대하여 우월감을 느끼는 사람은 결국 〈티페렛〉이 〈말후트〉를 뛰어넘는 결과를 낳게 된다.」 그러나 나는 이제야, 〈말후트〉야말로 놀랍도록 단순한 이 지상의 왕국이라는 것을 이해한다. 이제 진리를 깨달았지만, 그 진리로부터 살아남기에는 너무 늦은지도 모른다.

리아. 당신을 다시 만날 수 있게 될지 나로서는 알 수 없다. 만일에 다시 만날 수 없게 된다면, 내가 마지막으로 본 것은 며칠 전 이불을 쓰고 비몽사몽간에 나를 전송하던 당신의 모습이 될 것이다. 나는 그날 당신에게 입을 맞추고는 머뭇거리며 산간 별장을 나섰지.

네차흐

107

그대 눈에는 새순과 그루터기 사이를 어슬렁거리는
검둥개가 보이는가…….
내 보기에 검둥개는 마법의 그물을 짜고 있는 듯하다.
언젠가 그 그물은 우리 발에 족쇄가 될 것이다…….
포위망이 좁혀진다. 이윽고 검둥개는 지척으로 다가온다!
— 『파우스트』, ii, 〈성문 밖에서〉

내가 없을 동안에, 특히 내가 밀라노로 돌아오기 직전에 벨보에게 일어났던 일은, 벨보가 남긴 파일에서 재구해 낼 수 있었다. 그러나 순서대로 자료가 정리돼 있는, 읽고 이해하기 쉬운 파일은 맨 마지막 파일 하나뿐이었다. 나 혹은 나 이외의 다른 사람에게 읽힐 생각으로 파리로 떠나기 직전에 작성한 것이기가 쉬웠다. 흔히 그랬듯이, 자기 혼자만을 위해 쓴 다른 파일들은 해독하기가 쉽지 않았다. 그러나 벨보가 아불라피아에게 자기의 은밀한 속마음을 털어놓는다는 것을 잘 알고 있었기 때문에 나는 그런 자료에서도 요긴한 정보를 건져낼 수 있었다.

6월 초였다. 벨보는 낭패감에 시달리고 있었다. 의사들은, 벨보와 구드룬이 디오탈레비의 유일한 친지라는 것을 확인하고는 두 사람에게 사실을 털어놓았다. 사내의 교정 직원들이나 거래처인 인쇄소의 인쇄공들이 디오탈레비의 병세를 물을 때면 구드룬은 입술을 오므리고, 모음은 빼먹고 두 음절의 자음만을 발음했다. 구드룬은 이로써 금기가 되어 있는 디오탈레비의 병명을 사람들에게 전했다.

구드룬은 매일 디오탈레비를 면회했다. 모르기는 하지만 연민을 감추지 못하는 구드룬의 눈은 디오탈레비의 심정을 매우 착잡하게 만들었음 직하다. 그는 자기 병명을 모르지 않았지만 다른 사람들이 아는 것을 부끄럽게 여겼다. 그는 말도 힘겹게 했다. 벨보의 기록에 따르면, 〈그의 얼굴은 광대뼈로만 되어 있었다〉. 머리카락도 빠지고 있었다. 투약의 후유증이었다. 벨보는, 〈그의 손은 손가락으로만 되어 있다〉라고 썼다.

벨보와 나누는 고통스러운 대화 중에 디오탈레비가 벨보에게, 거의 유언처럼 한 말이 있다. 그는, 자기 자신을 〈계획〉의 일부와 동일시하는 사람은 재수가 없다. 절대로 그래서는 안 된다고 말한 것으로 되어 있다. 이 일이 있기 직전까지만 하더라도 벨보는, 〈계획〉을 객관화시키고, 그 순수하게 허구적인 성격을 확인하기 위해, 대령의 회고록이라도 집필하는 듯이 한 자 한 자 또박또박하게 정리한 바 있다. 벨보는 흡사 오의 전수자가 제자에게 마지막 오의를 전하는 듯한 어투를 쓰고 있었다. 나는 벨보가 자기 자신에 대한 일종의 치료법을 시술하는 기분으로 이렇게 썼을 것이라고 믿는다. 그는 비록 2류이기는 하지만 삶이 아닌 문학으로 회귀하고 있었던 것이다.

그러나 6월 10일에는 심상치 않은 일이 있었던 것 같다. 기록이 혼란스러웠다. 행간을 읽으면서 내용을 추리하지 않으면 안 되었다.

로렌차는 벨보에게, 리비에라까지 태워다 달라고 했다. 로렌차는 리비에라에서 옛 친구도 좀 만나고 공증 서류 비슷한 무슨 문건을 가지고 와야 한다고 했다. 하여튼 우편으로 주고 받아도 될 별것도 아닌 것을 가지고 와야 한다고 했다. 벨보는, 바닷가에서 일요일을 로렌차와 보낼 수 있다는 생각에 들떠 그러마고 했다.

두 사람은 그리로 갔다. 나는 장소가 정확하게 어디였는지는 읽어 낼 수 없었지만 포르토피노 근방 어디였던 것 같다. 벨보의 기록은 감정과 긴장과 우울증과 변덕의 연속이어서 도무지 그것만 읽고는 밑그림을 그려 낼 수 없었다. 벨보가 카페에 있을 동안 로렌차는 볼일을 보았다. 그런 다음에야 로렌차는 벨보에게, 해변가 절벽에 있는 음식점에서 생선 요리를 먹을 것을 제안했다.

여기부터 이야기는 단편적이다. 인용 부호도 없는 대화의 파편들만 기록에 남아 있다. 떠오른 생각이 사라질까 봐 초긴장 상태에서 쓴 것인 듯하다. 두 사람은 자동차가 들어갈 수 있는 데까지 들어가서는 차를 세워 놓고 걸어서 해변을 따라, 꽃에 둘러싸인 험한 리구리아 오솔길을 걸어 음식점으로 올라갔다. 그러고는 자리에 앉아서 보니 바로 옆 자리에 예약 손님의 이름이 적힌 카드가 세워져 있었다. 읽어 보니 그 자리를 예약한 것은 〈알리에 백작〉으로 되어 있었다.

벨보가, 세상에 별 더럽게 희한한 우연의 일치도 다 있군, 했을 법하다. 로렌차는 자기가 그 음식점에 가는 것을, 특히 벨보와 함께 있는 것을 알리에가 알게 되기를 바라지 않았다고 말했다. 왜 바라지 않았어? 나와 가는 게 어때서? 알리에에게 무슨 권리가 있어서 우리를 질투해? 권리라뇨? 이건 입맛의 문제이지 권리의 문제가 아니라고요. 알리에는 그날 로렌차에게 저녁을 사겠다고 했지만 로렌차는 바쁘다는 핑계를 대고 그 초대에 응하지 않았다. 벨보도 자신이 거짓말쟁이로 보이기를 원하는 건 아니지 않느냐고 로렌차는 물었다. 그럴 리는 없다. 거짓말이 아니라 실제로 로렌차에게는 바쁜 날이었으니까. 나와의 데이트가 있었으니까. 나와 데이트하는 게 창피해? 천만에, 창피하기는요. 하지만 로렌차에게는 벨보의 속을 상하지 않게 하는 범위 안에서 나름대로 처신의 기준이 있었다.

두 사람은 음식점을 나와 오르막길을 오르기 시작했다. 그런데 갑자기 로렌차가 걸음을 멈추었다. 로렌차의 눈에, 앞에서 오는 한 무리의 손님이 보인 것이다. 벨보로서는 모르는 사람들이었다. 알리에의 친구들이에요. 저 사람들 눈에 띄고 싶지 않아요. 벨보에게는 모욕적인 상황이었다. 로렌차는 올리브 나무에 덮인 좁은 골짜기 위로 난 다리 난간에 몸을 기대고는, 갑자기 시사 문제가 궁금해서 못 견디겠다는 듯이 신문을 읽는 척했던 것이다. 벨보는 몇 발짝 떨어진 데서 담배를 피우고 서 있었다. 로렌차와는 아무 관계도 없는 행인인 듯이.

알리에의 친구 하나가 지나갔다. 로렌차는, 우리가 이 길을 계속 따라가다 보면 틀림없이 알리에를 만날 거예요, 하고 말했다. 만나든지 말든지 신경 쓸 거 뭐 있어? 로렌차는 벨보를 보고 무신경한 사람이라고 했다. 해결책. 길로 가지 말고 곧장 사면을 가로질러 자동차로 돌아가는 것. 햇볕에 달구어진 길을 정신없이 걷다가 벨보의 구두 굽 한쪽이 떨어졌다. 이 길이 저쪽 길보다 훨씬 아름답네요. 이 정도 가지고 헉헉거리다니. 담배 좀 작작 피우라고 하지 않았어요?

자동차 있는 곳에 이르자 벨보는, 밀라노로 돌아가자고 했다. 안 돼요. 알리에도 늦게 출발했을지 몰라요. 알리에가 당신 차를 알아보니까, 고속 도로에서 만나면 피차 입장이 곤란하지 않겠어요? 날씨도 마침 이렇게 좋으니까 내륙을 가로지르기로 해요. 경치도 좋을 테고 〈아우토스트라다 델 솔레〉를 따라가다가 파비아 근처의 포 강변 음식점을 찾아 저녁을 먹어요.

거기는 왜 가? 내륙을 가로질러 간다니 무슨 소리야? 해결책은 하나뿐. 지도를 어디 좀 보자. 우시오를 지나고부터는 산을 올라 아펜니노 산맥을 가로지르고, 보비오에서 쉬었다가 피아첸차로 간다. 돌았어? 우리가 뭐 한니발의 코끼리 부댄 줄 알아? 당신 참 모험심 없는 사람이라니까요. 어쨌든 산속에 박혀 있는 분위기 좋은, 자그마한 음식점을 생각해 보라고요. 우시오에 도착하기 직전에 〈마누엘리나 레스토랑〉이 있는데, 적어도 별 열두 개짜리 이상인 이 음식점에는 생선요리도 얼마든지 있을 거라고요.

마누엘리나는 만원이고, 손님들은 줄을 선 채로 침을 삼키면서, 테이블에서 커피를 마시고 있는 사람들을 흘금거리고 있었다. 걱정할 거 없어요. 몇 킬로미터만 더 올라가면 이보다 나은 음식점은 백 개도 더 있을 테니까……. 두 사람은 2시 반에야 조그만 마을에 있는 음식점 하나를 찾았다. 벨보는 그 마을을 보면서, 군사 지도에 나오기도 창피한 동네라면서 투덜거렸다. 두 사람은 통조림 고기로 만든 수프를 곁들여, 눋기 직전의 파스타를 먹었다. 이제 어떻게 되는 거지? 알리에가 오기로 되어 있는 곳으로 날 데려간 것은 아무래도 우연의 일치가 아닌 것 같아서 하는 말인데, 당신, 알리에든 나든, 둘 중 하나의 약을 올려 주고 싶었던 거지? 둘 중 누구인지는 나도 모르겠지만. 당신, 무슨 피해망상증 증세가 있는 거 아니에요?

두 사람이 탄 자동차가 우시오를 지나고 산길을 따라, 부르봉 왕조 시대에 시칠리아의 휴일을 그린 풍경화에 나오는 것과 비슷한 마을을 지나는데 커다란 검둥개 한 마리가 지나가다가 자동차를 처음 본 듯이 길 한가운데 우뚝 섰다. 벨보는 그만 그 개를 치고 말았다. 충격이 큰 것 같지 않았는데 두 사람이 차에서 내려 보니 이 가엾은 짐승의 배는 온통 피로 물들어 있고, 그 피 묻은 털 사이로 분홍빛 물건(창자?)이 비어져 나와 있었다. 개는 침을 질질 흘리면서 가냘픈 신음 소리를 내고 있었다. 농노(農奴) 같은 사람들이 하나둘씩 모이더니 곧 마을의 집회가 거기에서 열린 형국이 되고 말았다. 벨보는, 개 값을 물어 줄 테니까 주인이 있으면 나서라고 했다. 그러나 개 주인이 없었다. 개가 그 빌어먹을 마을 주민 숫자의 10퍼센트가 될 법한데도 사람들은 어디서 온 개인지 모른다고 했다. 누군가가, 총 가진 주재 순경(駐在巡警)을 불러와서 개의 숨통을 끊어 주어야 한다고 했다.

몇몇 사람들이 순경을 찾으러 다니고 있을 동안 동물 애호가를 자처하는 한 여자가 나타났다. 나는 고양이를 여섯 마리나 기르는 사람이에요. 그 여자가 한 말이었다. 이건 개지 고양이가 아닙니다. 게다가 개는 죽어 가고 있고 나는 바빠요. 벨보가 항변했다. 개나 고양이나 마찬가지죠, 당신은 양심도 없어요? 여자가 대들었다. 순경은 나타나지 않았다. 동물 학대 방지 협회 사람을 불러오거나, 이웃 마을 병원에서 의사를 불러오든지 해야 하지 않겠어요? 그러면 개를 살릴 수 있을지도 모르잖아요?

뜨거운 태양이 벨보 위에서, 로렌차 위에서, 자동차 위에서, 개 위에서, 구경꾼들 위에서 작열하고 있었다. 해는 질 생각이 없는 모양이었다. 벨보는 잠도 덜 깬 채 잠옷 바람으로 밖으로 끌려 나온 기분이었다. 여자는 막무가내였고, 순경은 나타나지 않았으며, 개는 피를 흘리면서 찡찡거리고 있었다. 그 새끼 되게 찡찡거리네……. 벨보가 이렇게 중얼거리고는 엘리엇처럼 초연한 어조로 덧붙였다. 찡찡거리다가 죽겠지. 그래요, 찡찡거리네요. 여보세요, 하지만 이 불쌍한 것이 얼마나 고통스러우면 이렇겠어요? 대체 어딜 보고 운전을 한 건가요, 하고 여자가 대들었다.

마을에 인구 폭발이라도 터진 것 같았다. 벨보와 로렌차와 개는 벌써 〈우울한 일요일〉의 훌륭한 구경거리가 되어 있었다. 아이스크림을 든 계집아이가 다가와서 물었다. 아저씨 아줌마는 미스 리구리아 아펜니노 대회 때문에 텔레비전 방송국에서 나온 사람들이에요? 벨보는, 가만히 있지 않으면 너도 개 꼴이 된다, 하고 엄포를 놓았다. 그러자 계집아이가 울음을 터트렸다. 마을 진료소 의사가 달려와, 계집아이가 자기 딸이라면서 벨보에게 말했는데 벨보는 그가 뭐 하는 사람인지 몰랐다. 벨보가 사과를 하고 통성명을 하고 보니, 그 의사는 밀라노의 저 유명한 마누치오 출판사에서 『한 시골 의사의 진료 일지』를 자비로 출판한 이력이 있는 사람인 것으로 드러났다. 벨보는 조심성 없게도, 자기가 그 출판사의 주간이라고 말하고 말았다. 그러자 의사는 벨보와 로렌차에게, 자기 집에서 저녁을 먹고 가야 한다고 부득부득 우겼다. 로렌차는 화를 내면서 벨보의 옆구리를 찔렀다. 왜 잠자코 있지 못해요. 두고 봐요, 이제 신문에 대문짝만 하게 실릴 거니까. 불륜의

애정 행각, 어쩌고저쩌고.

교회의 종탑이 만과(晩課)를 치는데도 햇볕의 기세는 꺾일 줄을 몰랐다. 벨보가 이를 악물고 중얼거렸다. *Ultima Thule*(세계의 끝)가 따로 없어. 자정부터 다음 날 자정까지, 1년 중 6개월은 내내 해가 떠 있는 나라. 빌어먹을 담배까지 떨어졌어. 개는 여전히 고통으로 몸부림치고 있었지만 더 이상 개에게 관심을 기울이는 사람은 없었다. 로렌차는, 자기는 천식을 앓고 있는데 도질까 봐 겁이 난다고 했다. 벨보는, 이 우주가 조물주의 장난이라는 말이 무슨 뜻인지 이제 알게 되었노라고 응수했다. 벨보는 그제야 개를 차에다 싣고 이웃 마을로 가서 도움을 청해 보겠다는 생각을 냈다. 동물 애호가 여인도 좋다고 했다. 갑시다, 서두르자고요. 칼릴 지브란을 좋아한다는 그 여자는 시집을 출판하는 출판사에서 온 신사를 믿지 않으면 세상에 누구를 믿겠느냐고 했다.

벨보는 차를 몰았다. 그러나 이웃 마을을 그냥 지나쳤다. 로렌차는 주님이 첫날부터 닷새째 되는 날까지 창조해서 지구에다 풀어놓은 모든 동물을 저주했다. 벨보는 맞장구를 치는 데 그치지 않고 엿새째 되는 날 창조된 동물, 심지어는 이레째의 휴식까지도 저주했다. 평생 그렇게 재수 없는 일요일은 처음이라는 이유에서였다.

이윽고 두 사람은 아펜니노 산맥을 넘기 시작했다. 지도를 보고 별것 아니겠거니 했는데 실제로는 몇 시간이 좋이 걸렸다. 보비오에서도 쉬지 않고 달린 두 사람은 밤이 되어서야 피아첸차에 이르렀다. 벨보는 몹시 지쳐 있었지만 로렌차와 저녁을 먹을 기력은 있었다. 식사 후에는 기차역 근처의 유일한 호텔에 더블베드 객실도 빌렸다. 막상 침실을 구경한 로렌차는, 그런 호텔에서는 잘 수 없노라고 했다. 벨보는 로렌차에게 혼자서 방에서 조금만 기다려 주면, 바로 내려가 마티니나 한 잔 하면서 숨을 돌리고 다른 호텔을 찾아보겠다고 했다. 바로 내려갔지만 국산 코냑밖에 없었다. 벨보가 방으로 올라갔지만 로렌차는 없었다. 프런트 데스크에 메시지가 남아 있었다. 〈미안해요. 밀라노로 가는 멋진 기차를 찾았어요. 떠나요. 다음 주에 봐요.〉

벨보는 기차역으로 내달렸다. 철로는, 서부 영화에 나오는 철로처럼 비어 있었다.

벨보는 혼자 피아첸차에서 밤을 보내지 않으면 안 되었다. 싸구려 스릴러 소설을 사려고 기웃거렸지만 기차역의 신문 가판대는 모두 닫혀 있었다. 호텔에서 그가 찾아낸 읽을거리라고는 여행 잡지가 고작이었다.

잡지에는, 조금 전 지나왔던 아펜니노 산맥의 산길에 대한 기사가 실려 있었다. 벨보의 기억(그날 있었던 일들은 벌써 아득한 옛날 일인 듯했다)에 남아 있는 그 산의 산길은 메마르고, 뜨겁고, 먼지투성이고, 군데군데 잡석이 나뒹구는 그런 길인데도 불구하고 잡지에 나온 그 길은, 걸어서라도 다시 와서 한 발자국 한 발자국 걸어 보아야 할 꿈길, 칠해의 정복자 짐의 사모아 제도처럼 그려져 있었다.

개 한 마리를 치어 죽였다고 해서 어떻게 한 인간이 자기 파멸의 길로 질주해 들어갈 수 있는가? 그러나 벨보에게는 그랬다. 그날 밤 피아첸차에서 벨보는 다시 한번 〈계획〉에 전심하기로 결심했다. 〈계획〉은 벨보가 패배감을 느끼지 않아도 좋은 유일한 무대, 벨보 자신이 〈누가〉, 〈어떻게〉, 〈언제〉를 결정할 수 있는 유일한 무대였다.

뚜렷한 이유를 발견할 수 없는데도 불구하고 그가 알리에에게 복수하기로 마음먹은 것도 그날 밤의 일이었을 것이다. 그는 알리에 모르게, 알리에를 〈계획〉에다 엮어 들일 생각이었다. 자기만이 유일한 증인인 복수극이야말로 벨보다운 생각이었다. 겸손함 때문에 그랬던 것은 아니었다. 단지 자기 이외의 사람은 그 복수극의 가치를 알아보지 못할 거라고 생각했기 때문이었다. 벨보는, 알리에를 〈계획〉에다 엮어 들여 제거하고, 양초 심지처럼 연기 속으로 꺼져 버리게 할 수 있을 것이라고 믿었다. 그는 프로뱅의 성전 기사단이 그렇고, 장미 십자단이 그렇고, 심지어는 벨보 자신이 그렇듯이 알리에를 가공의 인물로 변신시켜 버릴 생각이었다.

어려울 건 없다. 우리는 베이컨과 나폴레옹도 처리했다. 알리에 따위야. 그래, 알리에에게 지도를 찾아 떠나게 하자. 나는, 아르덴티가 발명한 허구보다 나은 허구 속으로 그를 밀어 넣음으로써 아르덴티와 아르덴티의 추억으로부터 나를 해방시켰다. 알리에에게도 같은 일이 일어날 것이다.

나는 벨보가 정말 이것을 믿었다고 생각한다. 좌절당한 욕망이란 이렇게 무서운 것이다. 파일은 패배자로 무너진 사람에게나 걸맞은 인용구, 〈*Bin ich ein Gott*(내가 신인 것은 아닐까)?〉와 함께 끝나고 있었다.

108

> 우리 주위에서 일어나는 파괴적인 활동의 배후에, 출판물의 배후에 도사리고 있는, 눈에 보이지 않는 영향력이라는 것은 대체 어떤 것인가? 여러 개의 〈힘〉이 작용하고 있는 것일까? 아니면 오로지 하나의 〈힘〉, 모든 무리를 통제하는 보이지 않는 무리, 진정한 오의 전수자의 집단이 존재하는 것일까?
> — 네스타 웹스터, 『비밀 결사와 파괴 활동』, 런던, 보스웰, 1924, p. 348

어쩌면 벨보는 그날 밤에 했던 철석같은 결심을 잊어버렸는지도, 컴퓨터에 기록해 둔 것으로 만족하고 말았는지도 모른다. 만일에 바로 그다음 날 로렌차를 만날 수 있었으면 다시 로렌차에게 욕망을 느꼈을 터이고, 그렇게 되었더라면 그의 삶은 일상사와 타협하지 않을 수 없었을 것이다. 그러나 그렇게는 되지 않았다. 월요일 오후 알리에가 요상한 향수 냄새를 풍기면서 나타났다. 알리에는 퇴짜 놓을 원고를 벨보에게 건네면서 푸근한 웃음과 함께 해변에서 기가 막히는 주말을 보낸 덕분에 원고를 독파할 수 있었다고 말했다. 이로서 다시 해묵은 증오를 느낀 벨보는 기어이, 저 마법의 보석인 혈석(血石)을 보여 줌으로써 알리에를 마음껏 조롱해 주기로 마음먹었다.

그래서 벨보는 보카치오의 소설에 나오는 부파말코 같은 어조로, 실은 10여 년 전부터 은비학적인 비밀을 가슴에 묻고 있다는 말로 운을 떼었다. 아르덴티 대령이라는 사람이 맡긴 원고가 내 손에 있는데요, 대령의 말을 빌리면 자기가 가지고 있는 문서에는 성전 기사단의 〈계획〉이 고스란히 들어 있다는 겁니다. 그런데 대령은 납치를 당했는지 살해당했는지 모르지만 하여튼 사라져 버렸으니 그 문서라는 것도 사라져 버린 셈입니다. 그런데 우리 가라몬드 출판사에는 그가 맡긴 원고가 있어요. 낚싯밥 같은 원고라고나 할까요. 교묘하게 오류를 범한 듯한 인상을 줄 수 있도록 고의로 위작(僞作)하고, 근거 없는 자료를 삽입한, 어찌 보면 굉장히 미숙해 보이기도 하는 원곱니다. 모르기는 하지만 대령 자신에게는 프로뱅의 밀지와 앵골프가 최후로 남긴 메모, 그리고 앵골프를 죽인 자들이 찾고 있던 노트에 대한 충분한 정보가 있다는 걸 사람들에게 알릴 목적으로 쓰인 원고 같아요. 하지만 내게는 그가 맡긴, 겨우 10쪽이 될까 말까 한 아주 얇은 문서철도 있습니다. 하지만 내가 보기에 이 문서는, 앵골프의 문서에서 나온 진짜 문서인데, 그게 이 벨보의 손에 들어 있는 겁니다.

알리에가 보인 반응. 정말 굉장한 이야기군요. 어디 좀 더 들읍시다. 벨보는 더 들려주었다. 벨보는, 우리가 애초에 꾸며내기로 작정했던 대로 성전 기사단 〈계획〉의 전모가 그 문서에 담겨 있는 듯이 말했다. 심지어는, 어조를 부러 조심스러워 하고, 누가 들을까 염려하는 듯이 바꾸고, 데 안젤리스라고 하는 경찰관이 개입함으로써 계획이 누설될 지경에 이르렀지만, 인류 최대의 비밀, 〈지도〉의 비밀로 요약되는 엄청난 역사적 사실을 흉중에 담고 있는 벨보 자신의 굳게 잠긴 비밀 상자와 같은 침묵 — 이렇게밖에는 표현할 길이 없다 — 앞에서 좌절하지 않을 수 없었다는 이야기까지 들려주었다.

여기에서 벨보는 잠깐 말을 중단했다. 무릇 위대한 침묵이 다 그러하듯이 차마 말로 표현될 수 없는 의미를 무진장으로 충전시키는 그런 침묵이었다. 결정적인 진실에 대한 벨보의 침묵은 그 진실이 진실이기 위한 전제 조건을 충족시킨 셈이었다. 벨보는, 비밀 결사의 존재를 진정으로 믿는 사람들에게, 침묵보다 더 울림이 큰 웅변은 없다는 것을 잘 알고 있었다.

「참으로 놀라운, 참으로 흥미로운 이야기로군요.」 알리에는 조끼 주머니에서 예의 그 코담뱃갑을 꺼내면서 말했다. 그러나 그는 부러 그 비밀을 심드렁하게 여기는 듯한 어조로 덧붙였다. 「그런데……, 그 지도라는 게 어디에 있다는 겁니까?」

벨보는 생각했다. 이런 늙다리 관음증 환자같으니라고. 이만하면 소식이 갔을 테지. 암, 그렇고말고. 생제르맹 좋아한다, 내가 보기에 너 같은 것은 진짜 야바위꾼 근처에도 못 가는 삼류 야바위꾼이다. 금문교(金門橋)를 팔아먹은 진짜 야바위꾼이 있다는데, 거기에 걸리면 너 같은 건 뼈도 못 추릴 거다. 자, 이제 너를 구름 잡으러 보낼 거나? 그러면 지자기류에 실려 지구 배 속을 헤매다가 켈트족이 대양과 대양 사이에다 세운 선돌에 대가리를 박고 뒈질 테지.

그러나 벨보는 지극히 조심스러워하는 어조로 대답했다. 「원고에는 물론 지도 이야기, 글쎄요, 뭐라고 할까. 원본 지도에 대한 대단히 정확한 묘사라고 하는 게 좋겠군요. 그런 게 나옵니다. 놀랍지 않습니까. 문제 해결의 열쇠가 이렇게 가까운 데 있으리라고는 상상도 못 해보셨을 겁니다. 문제의 지도는 만인의 눈앞에 드러나 있습니다. 그런데도 그 많은 사람들은 눈에 불을 켜고 찾아다닌답시고 지도 앞을 지나다녔던 겁니다. 정위(定位)의 법칙은 실로 기초적인 겁니다. 지도의 모양을 머리에 넣고 있으면 아주 쉽게 그 지도를 복원할 수 있으니 놀라운 일 아닙니까……. 지극히 간단하고 지극히 의외

적일 수밖에요. 이해를 돕기 위해 예를 들어볼 테니, 한번 상상해 보세요. 쿠푸 왕의 피라미드에 지도가 그려져 있다고 상상해 보세요. 사람들이 어쨌던가요? 지도가 거기에 그려져 있는데도 수세기 동안 사람들은 다른 암시가 있겠거니 여기고, 다른 계산법이 있겠거니 여기고 피라미드를 읽고 또 읽고, 해독하고 또 해독하지 않았던가요? 놀라우리 만치 단순한 진실 그 자체는 보지도 못하고 말이지요. 지도를 찾아다니는 사람들로 말하자면 실로 무지한 현학가들이요, 지도를 숨긴 사람들로 말하자면 실로 노련한 도사들이었던 거지요. 프로뱅의 성전 기사들은 기술(奇術)의 대가들이었던 겁니다.」

「정말 호기심을 억누를 도리가 없군요. 내게도 잠깐만 살짝 보여 줄 수는 없을까요?」

「고백해야겠군요. 실은 다 태워 버렸어요. 10쪽짜리 문서도, 지도도. 무서워서 견딜 수가 있었어야지요. 이해하시겠지요?」

「아니, 그렇게 중요한 문서를 파기했다는 겁니까……?」

「파기했지요. 하지만, 조금 전에도 말씀드렸다시피, 천기(天機)라고 하는 것은 실로 간단한 것입니다. 지도는 여기에 들어 있지요.」 벨보는 자기 이마를 가리키면서 말을 이었다. 「근 10년 동안이나 그걸 가지고 다닙니다. 근 10년 동안이나 그 어마어마한 비밀을 이렇게 가지고 다니는 거지요. 성전 기사단의 비밀은 무서운 망상이 되어 이 안에 들어 있습니다. 무섭습니다. 손을 내밀면 저 눈에 보이지 않는 서른여섯 장로의 유산이 내 손에 들어올까 봐 무서운 겁니다. 그 무서운 힘이 내 힘이 될까 봐 두려운 겁니다. 이제, 내가 왜 가라몬드 씨를 설득해서 〈너울 벗은 이시스〉 시리즈와 『마술의 역사』

를 펴내게 했는지 이해하시겠지요? 나는 성전 기사들과 제대로 접촉하게 되는 순간을 기다리고 있는 겁니다.」 이야기를 해가면서 자기가 해내고 있는 역할에 도취된 데다, 알리에를 확실하게 엮어 들여야겠다는 욕심에 사로잡힌 벨보는『기암성』의 결론 부분에서 아르센 뤼팽이 토했던 열변을 한 마디 한 마디 그대로 되풀이했다.「이따금 내가 지닌 이 무서운 힘 때문에 아찔해질 때가 있습니다. 나는 권능에 도취되어 있는 겁니다!」

「진정하세요. 박사가 지금 광신자의 백일몽을 과신하고 있다면 어쩌겠소? 그 서류가 진짜였다는 건 확실하오? 이 방면에 대한 내 경험은 어째서 한번 믿어 주지 않는 거요? 박사는 잘 알고 있지 않소? 내가 이런 종류의 비밀을 얼마나 많이 들어 온 사람인지, 내가 이런 종류의 비밀에 근거가 없다는 것을 얼마나 많이 밝혀 낸 사람인지, 박사는 잘 알고 있지 않소? 나는 적어도 역사 부도(歷史附圖)에 관해서는, 겸손하게, 그러나 정확하게, 전문가라고 자처하는 사람입니다.」

「알리에 박사, 박사는 나에게, 정체를 드러내는 비밀 결사는 더 이상 비밀 결사가 아니라는 것을 처음으로 깨우쳐 준 분입니다. 나는 오래 침묵을 지켜 온 사람입니다. 조금 더 지킬 수도 있겠지요.」

벨보는 이러고는 입을 다물어 버렸다. 알리에 역시, 사기꾼 역할이 되었든 학자의 역할이 되었든, 자기 역할을 해내는 데는 감쪽같았다. 한평생을 철옹성 같은 비밀 결사의 비밀을 즐기면서 살아온 그는, 벨보의 입이 쉽게 열리지 않을 것임을 짐작했던 것이다.

이때 구드룬이 들어와 벨보에게, 볼로냐 회의 일정이 수요일 정오로 정해졌다고 말했다. 「수요일 아침에 시간선(市間線) 열차를 타시면 될 거예요.」 구드룬의 말이었다.

「시간선, 좋지요. 하지만 예약해야 할걸요. 더구나 요즘 같은 시즌에는.」 알리에가 끼어들었다.

벨보는, 어떻게든 타기만 하면 아침을 파는 식당 칸 같은 데라도 자리가 있을 것이라고 말했다. 「여행 잘 하시오. 볼로냐. 아름다운 도시지요. 하지만 6월에는 하도 더워서…….」

「두세 시간만 머물면 되는 걸요. 고본(古本)의 명각(銘刻)에 대해서 좀 의논할 게 있어서요.」 벨보는 이 대목에서 드디어 자기가 겨누고 있던 총의 방아쇠를 당겼다. 「나는 아직 휴가도 못 찾아 먹었어요. 하지쯤에 찾아 먹을 수 있을까. 조만간 마음을 정해야겠지요. 나는 박사의 입이 무거운 걸 믿습니다. 그래서 허물없이 해서는 안 될 얘기를 한 겁니다.」

「비밀이라면 내가 박사보다 더 잘 지킬 겁니다. 하여튼 고맙소. 나를 믿어 주어서.」 그리고 알리에는 자리를 떴다.

벨보는 이 만남과 대화에서 자신감을 얻었다. 그는, 자기가 지니고 있는 별 세계의 화술로, 비열하고 추잡한 달 세계로부터 완승을 거두었다는 느낌을 지울 수 없었다.

다음 날 벨보는, 알리에로부터 전화 한 통을 받았다. 「이거 대단히 미안한 말씀을 드려야겠는데요. 사실은 사소한 문제가 하나 생겼어요. 내가 소소하게 고서 거래에 손을 대고 있다는 건 박사도 알고 있을 거요. 오늘 밤에 나는 파리로부터 꽤 값이 나가는 여남은 권의 18세기 고서를 배달받게 됩니다. 그런데 나는 이걸 내일까지 피렌체에 있는 내 손님에게 전하지 않으면 안 되게 생겼어요. 물론 내가 들고 피렌체로 가고 싶지만 긴한 약속이 있어서 이러지도 저러지도 못하고 있는 형편입니다. 그런데 문득, 박사가 볼로냐로 간다는 게 떠오른 겁니다. 내일 기차가 떠나기 10분 전에 정거장에서 박사를 만나 가방을 하나 전하겠습니다. 박사는 그 가방을 선반에 올려놓기만 하면 됩니다. 볼로냐에서 내리실 때도 그냥 두고 내리시면 됩니다. 다른 사람이 가져가지 않도록 차에서 마지막으로 내리셔도 좋겠지요. 기차가 피렌체에 당도하면 내 손님이 열차로 올라와 그 가방을 가지고 가게 될 겁니다. 물론 귀찮게 만든다는 걸 잘 압니다만 한 번만 편의를 보아 주시면 그 은혜 내가 잊지 않을 겁니다.」

「그러지요만 피렌체에 있다는 박사의 손님은, 내가 가방을 어느 선반에 두고 내렸는지 어떻게 알지요?」

「내가 실례를 무릅쓰고 박사를 위해 8번 열차 45번 자리를 예약했습니다. 로마까지 예약된 것이니까, 볼로냐에서는 물론이고 피렌체에서도 다른 사람이 차지하는 일은 없을 겁니다. 내가 불편을 끼쳐 드리는 대신에, 박사가 식당칸을 이용하시는 불편을 조금이나마 덜어 드리려고요. 내가 감히 예약만 한 것이지, 승차권을 산 것은 아니올시다. 박사는, 내가 빚진 부담을 값싸게 벗고 싶지 않다는 마음에서 부러 승차권을 사지 않았다는 것을 부디 알아주었으면 합니다.」

오냐, 그래, 너 신사다. 나중에 귀한 포도주라도 한 상자 보낼 모양이지. 오냐, 너의 건강을 위해 마셔 주마. 어제는 땅속으로 보내 버리려고 했는데 오늘은 부탁을 들어주게 되는구나. 어쨌든 이건 거절하기가 어려운 부탁이니, 하는 수가 없지.

수요일 아침 벨보는 일찍 정거장으로 나가 알리에가 예약해 둔 표를 샀다. 알리에는 가방을 들고 8번 열차 앞에 서 있었다. 무겁기는 해도 부피는 크지 않았다.

벨보는 가방을 45번 좌석 선반 위에 올려놓고는, 신문 한 무더기를 들고 자리에 앉았다. 그날의 톱뉴스는 베를링구에르의 장례식이었다. 잠시 후 수염이 난 신사 하나가 옆 자리에 앉았다. 벨보는, 어디서 본 사람 같다고 생각했다. (나중에 생각해 보니, 피에몬테에서 있었던 그 요상한 파티에서 본 것 같았지만 단언할 자신은 없었다.) 발차할 때 보니 그 칸은 만원이었다.

벨보는 신문을 읽고 있었지만 옆 자리의 신사는 전후좌우의 손님을 가리지 않고 말을 걸었다. 더위 이야기부터, 냉방이 잘 안 되고 있다느니, 6월에는 여름 양복을 입어야 할지 춘추복을 입어야 할지 모르겠다느니, 하여튼 별것을 다 화제로 삼았다. 신사는 그런 계절에는 벨보가 입고 있던 가벼운 블레이저코트가 최고라면서, 벨보에게 영국제냐고 물었다. 벨보는, 네, 영국제입니다, 버버리에서 샀지요. 이렇게 대답하고는 다시 신문에다 시선을 떨구었다. 신사가 가만히 있지 않았다. 「블레이저코트는 버버리 것이 최고이지요. 게다가 선생님이 입고 계시는 거 그거 정말 멋지군요. 야한 금단추가 달려 있지 않으니까 말입니다. 이런 말씀 드려서 될까 모르겠습니다만, 밤색 넥타이와 정말 잘 어울립니다.」 벨보는, 고맙다고 하고는 다시 신문으로 눈을 돌렸다. 신사는, 넥타이와 양복 윗도리의 색깔 맞추는 거, 그거 쉬운 일이 아니라는 둥, 또 말을 걸었지만 벨보는 잠자코 신문만 읽으면서 속으로 이런 생각을 했다. 알아, 임마. 말대답 않는다고 나를 무뚝뚝하다고 여길 테지. 하지만 나는 사람 사귀려고 기차 탄 게 아니야. 사귄 사람만 해도 너무 많아서 골치가 다 아파.

신사가 막무가내로 말을 걸었다. 「정말 신문 많이 읽으십니다. 정치면을 그렇게 샅샅이 훑으시는 걸 보니, 법률가이시거나 정치가이신 모양이죠.」 벨보는, 법률가도 정치가도 아니고 자기는 다만 아랍권의 메타피지카(형이상학) 관련 도서를 주로 다루는 출판사에서 일한다는 말만 했다. 겁을 주자고 한 소리였다. 아닌 게 아니라 신사는 약간 겁을 먹는 것 같았다.

여객 전무가 들어왔다. 그는 벨보에게, 볼로냐까지 가면서 왜 표는 로마까지 가는 것으로 예약했느냐고 물었다. 벨보는, 마지막 순간에 일정이 바뀌어서 그렇다고 대답했다. 그러자 신사가 또 끼어들었다. 「정말 부럽습니다. 돈 걱정 없이 바람 부는 대로, 물결 가는 대로 여행하실 수 있는 그 여유, 정말 부럽습니다.」 벨보는 잠깐 웃어 보이고는 고개를 돌리면서 생각했다. 이 녀석은 틀림없이 내가 재벌 아니면 은행 강도라고 생각하겠지.

볼로냐에서 벨보가 자리에서 일어나 내릴 채비를 했다. 「가방 챙기셔야죠.」 신사가 참견을 했다.

「아니요, 아는 사람이 피렌체에서 가져갈 겁니다. 그래서 말입니다만, 더 가시면, 피렌체에 이르기 전에 누가 손을 대지 않는지 좀 봐주시면 고맙겠습니다.」

「그러지요. 염려 마십시오.」 털보가 선선히 대답했다.

벨보는 저녁 무렵에 밀라노로 돌아와, 고기 두 깡통과 크래커를 사 들고 아파트로 돌아와 텔레비전을 켰다. 역시 베를링구에르 뉴스였다. 당연히 그럴 법하거니와 열차 사건은 맨 끝에, 각주처럼 나왔다.

그날 정오경, 볼로냐에서 피렌체로 가던 시간선 열차에서, 한 수염 난 신사가, 볼로냐에서 선반에 가방을 놓고 내린 승객이 수상하다는 말을 하고는 이렇게 말을 보태었다. 그 승객은 기차가 피렌체에 이르면 누군가가 가져갈 거라고 했지만, 이거야 테러리스트들의 상투 수법 아닌가요? 게다가, 볼로냐에 내릴 거면서 좌석은 왜 로마까지 예약했느냐는 겁니다.

8번 열차의 승객들 사이로 무거운 긴장감이 퍼져 나갔다. 마침내 그 신사는 도저히 그 긴장감을 이기지 못했다고 말했다. 그는 죽는 것보다는 실수하는 게 낫지 않겠느냐면서 여객 전무를 불렀다. 여객 전무는 기차를 세우게 하고 이번에는 철도 경찰을 불렀다. 기차가 정차한 곳은 산골짜기였다. 여객 전무는 승객을 하차시켰다. 오래지 않아 폭발물 처리반이 도착했다. 전문가가 가방을 열었다. 가방 안에는 피렌체에 도착하는 순간에 폭발하도록 장치한 시한폭탄이 들어 있었다. 수십 명을 날려 버릴 만한 폭탄이었다!

그런데 경찰은 그 수염 난 신사를 찾아낼 수 없었다. 신문에 나는 것이 싫어서 다른 열차 칸으로 옮겨 타고 있다가 피렌체에서 내렸는지도 모르는 일이었다. 경찰은 그에게, 제발 경찰에 출두해서 협조해 주기를 당부하고 있었다.

다른 승객들은 상당히 정확하게, 가방을 두고 내린 승객을 기억했다. 첫눈에 수상해 보이더라는 승객, 금단추 대신 평범한 단추가 달린, 퍼런 영국제 블레이저코트 차림에 밤색 넥타이를 매고 있더라는 승객, 말수가 지극히 적고, 어떻게 하든지 되도록이면 남의 주의를 끌지 않으려고 하더라는 승객의 제보는 상당한 수준까지 정확했다. 승객들의 제보에 따르면

용의자는, 자기가 신문사 혹은 출판사에서 일하는데, 〈피지카(물리학)〉인지, 〈메탄 가스〉인지, 아니면 〈메템프시코시스[輪廻說]〉인지 모르지만(이 대목에 관한 한 승객들의 제보 내용은 각양각색이었다) 좌우지간 아랍인이 관련된 것임에 분명한 어떤 일을 하는 사람이라고 했다는 것이었다.

경찰서에 비상이 걸리면서 열차 폭파 사건 특별 수사본부가 마련되었다. 익명의 전화가 무수히 걸려 오고 본부에서는 전화 내용을 일일이 녹음하고 있는데, 볼로냐에서는 두 리비아인이 용의자로 지목되었다는 소식도 있었다. 경찰의 몽타주 전문가가 그렸다는 범인의 그림이 화면을 가득 채우고 있었다. 그림은 전혀 벨보를 닮은 것 같지 않았지만 벨보는 아무래도 그 그림과 닮아 보였다.

벨보가 가방을 들고 탄 사람인 것은 분명했다. 그러나 그 가방 속에 든 것은 알리에의 책이었다. 벨보는 알리에한테 전화를 걸었다. 아무도 전화를 받지 않았다.

밤이 깊어 있었다. 벨보는 밖으로 나갈 엄두가 나지 않아 수면제를 한 알 먹고는 잠을 청했다. 다음 날 아침에 다시 알리에에게 전화를 걸어 보았지만 여전히 받는 사람이 없었다. 벨보는 신문을 사러 나갔다. 다행히도 1면을 메우고 있는 것은 장례식 기사였다. 열차 폭파 미수 사건의 상보(詳報)나 용의자 몽타주는 안쪽 면에 실려 있을 터였다. 옷깃을 세운 채로 서둘러 아파트로 돌아온 벨보는 그제야 자기가 문제의 블레이저를 입고 나갔던 것을 깨달았다. 밤색 넥타이까지 매고 나가지 않은 것만도 다행이었다.

벨보가 다시 한번 일의 전모를 머릿속으로 정리하고 있는데 전화가 걸려 왔다. 발칸 반도 억양이 섞인 외국인의 목소리인데도 말은 유창했다. 그가 한 말은 대충 이랬다. 「내가 끼어들 일은 아니지만, 당신이 처한 형편을 보고 있을 수가 없어서 전화를 넣은 겁니다. 가엾은 벨보 씨, 어쩌다 이 지경이 되셨어요? 내용물도 확인해 보지 않고 덜렁 남의 심부름을 하는 사람이 어디에 있답니까? 만에 하나라도, 경찰에 제보 전화를 걸어, 45번 좌석에 앉아 있던 문제의 용의자가 벨보 씨라는 걸 밝히는 사람이 생긴다고 생각해 보세요, 선생 입장이 어떻게 되겠어요.

하지만 벨보 씨가 협조할 마음만 먹는다면, 나는 당신을 그 지경까지 몰고 갈 생각이 없어요. 가령, 성전 기사단의 지도가 어디에 있느냐, 뭐 이런 질문에만 대답해 주시면 되는 겁니다. 밀라노는 너무 덥고, 테러리스트들이 시간선 열차를 탄 곳이라는 소문이 파다하게 난 곳인 만큼 거래는 중립 지역에서 하는 편이 서로 현명하겠지요. 가령, 파리는 어떨까요? 1주일 뒤에 망티코르가 3번지에 있는 슬로안 서점이 어떨까요? 사람들이 얼굴을 알아보기 전에 미리 밀라노를 떠나는 편이 현명할 겁니다.」 벨보가, 6월 20일 수요일 정오에 거기에 나타나면, 열차 안에서 흉허물 없는 대화를 나누었던 수염 난 사나이의 낯익은 얼굴을 대할 수 있을 터였다. 그 신사는 벨보에게 자기 동아리들을 어디서 만날 수 있는지 알려 줄 테고, 하지(夏至)에 맞추어 양자가 서로 어울리고, 이윽고 벨보가, 자신이 아는 것을 그 사람들에게 털어놓으면 문제는 별 탈 없이 마무리될 것이었다. 망티코르가 3번지. 외우기 어려울 것도 없었다.

109

생제르맹…… 더할 나위 없이 섬세하고 재치 있는 이 신사는 모든 비밀이 자기 손에 있노라고 말했다. 그는 때로 저 유명한 마법의 거울에다 자신의 모습을 비추기도 하고…… 그 거울의 광학적인 효과를 이용해서 우리가 잘 아는, 유명한 명부(冥府)의 망령을 불러올리고는 했다. 그가 명부와 접촉하고 있다는 것은 의심할 여지가 없었다.
— 르 쿨퇴 드 캉틀뢰, 『제 교파(諸敎派)와 비밀 결사』, 파리, 디디에, 1863, pp. 170~171

벨보로서는 기가 막힐 수밖에. 그제야 사태가 그 지경에 이른 까닭이 헤아려졌다. 알리에는 벨보의 말을 곧이곧대로 믿고, 지도를 손에 넣기 위해 벨보를 올무에다 건 것이고, 벨보는 결국 알리에의 손아귀에 붙들린 것이었다. 벨보로서는 이제 파리로 가서, 자기도 모르는 비밀을 털어놓든지(나는 행선지도 남기지 않고 떠난 뒤였고 디오탈레비는 죽어 가고 있었던 만큼, 벨보가 그 비밀을 잘 모른다는 사실을 아는 사람도 결국 벨보뿐이었다), 전 이탈리아 경찰의 수배를 받든지 양자택일하는 수밖에 없었다.

알리에가 어떻게 이렇게 비열한 짓을 할 수가 있는가? 벨보는 이 늙은 미치광이의 멱살을 잡아 경찰서로 끌고 가고 싶었다. 자기가 그 곤경을 벗어나기 위해서는 그 길밖에 없었다.

벨보는 택시를 잡아타고 피올라 광장 가까이 있는 그의 작은 집으로 갔다. 창문은 모두 닫혀 있었다. 문에는 부동산 회사의 〈임대〉 팻말이 걸려 있었다. 벨보는 기가 막혔다. 알리에는 일주일 전만 해도 분명히 그 집에 살고 있었다. 벨보가 전화 통화로 그것을 확인한 것만 해도 한두 번이 아니었다. 그는 하는 수 없이 옆집의 초인종을 눌렀다. 「그 신사분요? 어제 이사 갔어요. 어디로 갔는지는 나도 알 수 없죠. 나도 먼발치에서만 보았을 뿐, 잘 모르는 사람이에요. 바쁜 사람이었거든요. 출타가 잦은 분이었지요, 아마.」

남은 길은 부동산 중개소에 문의하는 방법뿐이었다. 그러나 그들은 〈알리에〉라는 이름조차 들은 적이 없다고 했다. 그 집을 임대한 것은 프랑스의 어떤 회사였다. 임대료는 정기적으로 은행 계좌를 통해 들어왔다. 임대 계약은 전날 밤에 끝났다고 했다. 프랑스 회사는 보증금까지 포기하면서 서둘러 계약을 해지했는데, 중개소와 회사 간의 서신 연락은 〈라고츠키 씨〉라는 사람을 통해 이루어졌다고 했다. 중개소가 알고 있는 것은 그것이 전부였다.

그럴 리가 없다고 벨보는 생각했다. 데 안젤리스가, 국제경찰이 그토록 궁금해하던, 호텔로 아르덴티 대령을 찾아갔다던 문제의 인물 라코스키 혹은 라고츠키가 피올라 광장 근처에서 버젓이 집을 임대하고 있었던 셈이었다. 우리가 지어낸 이야기에서 아르덴티를 찾아갔던 라코스키는, 비밀경찰 〈오흐라나〉의 라치콥스키의 화신, 다시 말해서 생제르맹의 화신이 아니었던가. 그런데 그와 알리에 사이에 무슨 관련이 있단 말인가.

벨보는 회사로 나가 도둑처럼 살금살금 자기 방으로 숨어들고는 문을 걸어 잠갔다. 그에게는 일이 어쩌다가 그 지경에 이르렀는지 좀 생각해 볼 여유가 필요했다.

벨보가 전날 당한 사태는 사람을 미치게 하기에 충분했다. 벨보는 자기가 혹 미치지 않았을까 의심스러웠다. 그러나 마음을 터놓고 상의해 볼 사람이 없었다. 그는 얼굴의 땀을 닦으면서 무의식적으로(별생각 없이), 전날 자기 손으로 넘어왔던 원고를 넘기다가 소스라치게 놀랐다. 원고 상단에서 알리에의 이름을 본 것이었다.

그는 제목을 읽어 보았다. 어느 평범한 〈악마 연구가〉가 쓴 원고인데 제목은 〈생제르맹 백작에 관한 진실〉이었다. 벨보는 그 대목을 다시 읽어 보았다. 샤르코르나크의 전기를 인용한 것으로, 그 내용은 클로드루이 드 생제르맹은, 〈므슈 드 쉬르몽〉, 〈솔티코프 백작〉, 〈미스터 웰던〉, 〈벨마르 후작〉, 〈라츠코치〉 혹은 〈라고츠키〉 등등으로 알려져 있지만 실명은 〈생마르탱〉, 피에몬테의 알리에에 있는 조상의 영지를 물려받은 〈알리에 후작〉이라는 것이었다.

세상에. 벨보는 안도의 한숨을 내쉬었다. 그는 테러 용의자로 수배를 받고 있고, 〈계획〉은 실재하는 것으로 입증되었고, 알리에는 이틀 만에 감쪽같이 사라져 버렸을 뿐만 아니라, 알리에가 과대망상증 환자가 아니라 진짜 불사신 생제르맹이라는 것이었다. 그리고 원고에 따르면 알리에는 그 사실을 감추려고 애쓴 적도 없었다. 하지만, 시시각각으로 거세어져 가는 허위의 돌개바람 속에서도 유일한 진실은, 그것이 그의 본명이 아니라는 것이었다. 아니, 그 이름조차 가명이었다. 따라서 알리에는 알리에가 아닌 것이었다. 그러나 알리에는 우리가 그 뒤에 조작해 낸 이야기와 같은 허구 속에 등장하는 주인공처럼 움직이고 있고, 또 수년간 움직여 왔던 만큼 그의 정체가 무엇이냐 하는 것은 별로 문제가 아니었다.

벨보가 할 수 있는 일은 아무것도 없었다. 알리에가 사라져 버린 상황에서, 경찰에 출두해서, 가방을 맡긴 사람은 알리에였음을 증명해 낼 길도 없었다. 경찰이 그 말을 믿어 준다고 하더라도, 살인 용의자인 사람으로부터 그것을 맡았으며, 그 사람을 적어도 2년 동안이나 고문으로 모셔 왔다는 것이 곧 밝혀질 게 분명했다. 형편없는 알리바이였다.

경찰에 출두해서 경찰로 하여금 이 이야기의 전모(다소 멜로드라마처럼 시작되는)를 납득하게 하고 믿게 하기 위해서는 다른 허황한 이야기를 무수히 하지 않으면 안 되는 상황이기도 했다. 말하자면, 우리가 지어낸 언필칭 〈계획〉이라는 것이, 결정적인 지도 찾기부터, 프로뱅의 성전 기사단 이야기는 물론이고, 알리에, 라코스키, 라치콥스키, 라고츠키, 수염 난 신사, 그리고 〈트레스(부활한 성전 기사단에 의한 시나키 정부)〉의 존재와 얽혀 있다는 것을 설명하지 않으면 안 되었다. 그런데 우리가 지어낸 이야기는, 대령의 가정이 옳다는 것을 전제로 하고 있었다. 그는 틀렸기 때문에 옳았다. 왜냐하면, 요컨대 우리의 〈계획〉은 그의 가정과 달랐기 때문이다. 그의 가정이 옳았다면 우리 〈계획〉은 틀리게 되는 셈이었다. 따라서 만일에 우리가 옳다면 대령의 가정은 틀린 것이므로, 라코스키는 10년 전에 대령으로부터 엉뚱한 문서를 훔쳐 간 셈이 된다.

며칠 전에, 벨보가 아불라피아에다 쏟아 둔 고백을 읽고 보니 문득, 벽에다 머리를 한번 찧어 보고 싶었다. 이로써 벽이, 아니 그 벽만이라도 구체적인 구조물로 실재하는 것인지 확인하고 싶었다. 볼로냐 사건 다음 날, 그리고 그다음 날의 벨보의 심경도 그랬을 것 같았다. 그러나 그렇다고 해서 끝난 것은 아니었다.

이야기 상대가 필요했던 그는 로렌차에게 전화를 걸었다. 로렌차는 집에 없었다. 벨보는, 다시는 로렌차를 만나지 못하게 될 것이라는 생각이 들었다. 어떤 의미에서 로렌차는 알리에의 발명품, 알리에는 벨보 자신의 발명품일 터이기 때문이었다. 그러나 벨보는, 누가 벨보 자신을 발명했는지는 알 수 없었다. 그는 다시 신문을 집어 들었다. 분명한 사실 하나는, 자신이 경찰 몽타주에 그려진 바로 그 용의자라는 것이었다. 그것을 다시 한 번 확인시켜 주기라도 하는 것처럼, 바로 그 순간 전화벨이 울렸다. 이번에는 사무실로 온 것이었다. 발칸 반도 억양을 쓰는 사나이가 같은 말을 했다. 파리에서 만나자고.

「당신은 도대체 누구야?」 벨보가 소리를 질렀다.

「우리는 〈트레스〉 단원이오. 〈트레스〉라면 우리보다 당신이 훨씬 더 잘 알 것 아니오?」 목소리가 반문했다.

벨보는 용감하게 난국에 맞서기로 하고 데 안젤리스에게 전화를 걸었다. 경찰서에서는 난색을 표했다. 그들은, 데 안젤리스 경위는 부서를 옮기게 되었다고 말했다. 벨보가 전화통에 매달려 통사정을 하자 그제야 전화를 돌려 주었다.

「아니, 벨보 박사 아니시오, 이거 놀랐는데요! 운이 좋아서 이렇게 전화 연결이 된 줄 아시오. 지금 가방을 꾸리고 있거든요.」 데 안젤리스의 어조에서 조롱기가 묻어 나왔다.

「가방요?」 벨보는 〈가방〉 소리를 들으니 속이 뜨끔했다.

「그래요. 사르데냐로 전보 발령이 났어요. 조용한 자리로 옮겨 가는 겁니다.」

「데 안젤리스 경위, 할 말이 있어요. 급합니다. 다른 게 아니고 바로 그 일 때문인데…….」

「그 일이라니, 무슨 일 말이오?」

「대령 사건 말이오. 그리고 그것 말고도……. 언젠가 카소봉 박사에게, 〈트레스〉라는 말을 들어 보았느냐고 물으신 적 있지요? 나는 들은 적이 있어요. 그리고 말씀드릴 게 있습니다. 굉장히 중요한 겁니다.」

「듣고 싶지 않은데요. 이제는 내 소관도 아니오. 그리고 좀 늦은 시간이라 생각하지 않소?」

「그건 인정합니다. 솔직하게 말씀드려서, 몇 년 전에는 경위에게 숨긴 게 있습니다. 하지만 지금 털어놓겠습니다.」

「벨보 박사, 내게 털어놓을 거 없어요, 이제는. 그리고, 분명히 말씀드리거니와, 이 통화는 도청되고 있어요. 나는 이 전화를 도청하고 있는 사람에게 분명하게 말하거니와 내게는 이 이야기를 들을 의향이 없습니다. 나는 아무것도 모릅니다. 내게는 애들이 있어요. 아주 어린 애들이. 나는 벌써부터 그 아이들에게 무슨 일이 생길 것이라는 협박을 받고 있어요. 그리고 그게 헛소리가 아니라는 것까지 보여 줍디다. 어제 아침에 내 아내가 자동차 시동을 거는 순간에 보닛이 날아가 버린 거요. 장난감 화약보다 조금 많은, 극소량의 화약이기는 합디다만 일을 저지르려면 저지를 수도 있다는 것을 확인시키기에는 충분한 양이었소. 나는 국장에게 고백했어요. 나는 지금까지 내 임무를 훌륭하게 수행해 왔고, 때로는 내 임무가 요구하는 것 이상의 일도 해왔지만, 영웅은 못 된다고요. 내 목숨을 내어 놓는 것은 쉬워도 내 아내와 자식들의 목숨을 내어 놓는 것은 불가능하오. 그래서 전출을 부탁했지요. 나는 동료들에게 고백했어요. 나는 겁쟁이라고, 바지에 똥을 싸붙일 만큼 겁쟁이라고요. 벨보 박사, 나는 당신에게, 그리고 이 통화를 도청하고 있는 분들에게 분명하게 못 박아 말하는 바이오. 나는 더 이상은 출세가 틀린 사람이오. 내게는 더 이상 자부심 같은 것도 없어요. 나는 명예도 잃었어요. 하지만 나는 이로써 사랑하는 내 가족을 구합니다. 사르데냐 섬은 아름다운 곳이라고 하더군요. 여름마다 애들을 해변으로 보내기 위해 저축하지 않아도 될 모양이오. 안녕히 계시오.」

「잠깐만요. 나는 지금 곤경에 빠져 있어요.」

「곤경에 빠져 있어요? 잘됐네요. 내가 협조를 부탁했을 때 당신은 거절했지요. 당신 친구 카소봉도. 그런데 지금은 곤경에 빠졌다고……. 나 역시 곤경에 빠져 있는걸요. 너무 늦었어요. 영화에서는 그러죠. 경찰은 민중의 지팡이라고. 그 말을 하고 싶은 거지요? 그러면 경찰에 연락하세요. 내 후임자에게.」

벨보는 전화를 놓았다. 놀랍게도 그들은 벌써, 벨보의 말을 믿어 줄 유일한 경찰과 접촉할 길까지 끊어 버린 것이었다.

문득, 장관, 경찰 고위층, 정부 고위 관리 쪽으로 발이 넓은 가라몬드 사장이라면 손을 빌려 줄 수 있을 것 같았다. 벨보는 가라몬드 사장에게로 달려갔다.

가라몬드 사장은, 〈설마……〉, 〈하필이면……〉, 〈영락없는 소설이군……〉, 이런 감탄사를 섞어 가면서 이야기를 듣고 나서는 두 손을 마주 잡고 아주 그윽한 눈길로 벨보를 바라보면서 말했다. 「여보게. 내가 이렇게 〈하게〉 하는 것을 용서하게. 아버지뻘이 — 가만 있자, 아버지뻘은 아니구나. 나는 젊은 사람보다도 더 젊은 사람이니까 — 하지만 자네 형님뻘은 틀림없이 될 테니까, 이렇게 〈하게〉를 하는 걸 양해하게나. 내 진심으로 하는 말이네. 우리가 오래 손을 잡고 일을 해와서 잘 아는데, 자네 아무래도 지나치게 흥분한 것 같군그래. 수단이 궁해지고 힘이 부친 상태에서 그렇게 일을 하니까 지쳐서 신경이 과민해진 걸세. 내가 그런 자네의 수고를 모를 거라고는 생각지 말게. 나는 자네가 우리 출판사에 몸과 마음을 다 바치고 있다는 걸 잘 알고 있네. 따라서 언젠가는 물질적인 의미의 보상이 있을 것일세. 물질적인 보상을 받아서 나쁠 게 없으니까. 하지만 내가 자네라면, 지금은 휴가를 떠나겠네.

자네는, 아주 난처한 상황에 빠져 있다고 하네만, 솔직하게 말해서, 그걸 과장하고 싶은 생각이 있어서가 아니라, 편집자 중 하나가, 그것도 가장 유능한 편집자가 수상쩍은 일에 관련되어 있다는 것은 우리 가라몬드 출판사도 난처해지는 것일세. 누군가가 자네를 파리에서 만나자고 한다고? 자세한 것은 말하고 자시고 할 것도 없네. 당연한 일이지만 나는 자네를 믿으니까. 그러니까 파리로 가게. 단도직입적으로 해치워버리는 게 최선의 방책 아니겠나. 자네는, 글쎄, 이걸 어떻게 표현해야 하나. 알리에 백작 같은 신사와 갈등하고 있는 것처럼 말하네만, 나는 자세한 것은 알고 싶지 않아. 그리고 두 사람 사이에 무슨 일이 있었든 간에 나는 방금 자네가 말한 몇 가지 서로 비슷한 이름 같은 것에 대해서는 별로 생각하고 싶지도 않아. 세상에는 〈제르맹〉이 얼마든지 있을 수 있는 것이니까. 그렇지 않은가? 알리에가 만일에 자네를 파리로 부른다면, 간단한 방법이 있네, 가면 되는 것이네. 파리에 간다고 세상이 끝나는 건 아니지 않은가? 인간관계에서는 정직하고 솔직한 게 제일이네. 파리로 가게. 그리고 아직도 자네 심중에 무슨 생각이 있으면 담아 두지 말고 털어놓게. 가슴에 든 생각을 뱉어 내라는 말일세. 이 비밀이라는 게 다 뭔가?

내가 제대로 이해했다면 알리에 백작은 자네가 지도라든가, 서류라든가, 문서라든가. 그거 있는 곳을 가르쳐 주지 않아서 불만인 것 같군. 자네에게는 아무 소용이 없는 물건이지만 알리에 백작에게는 학문적 연구에 요긴한데도 불구하고 자네가 내놓지 않는 것 아닌가? 우리는 문화 사업을 하는 사람들이 아닌가? 내 말이 틀렸는가? 지도인지 지구의인지 해도인지, 나는 알고 싶지도 않네만, 그 양반에게 넘겨주게. 알리에 백작 같이 점잖은 분이 그걸 중요하게 여긴다면 중요한 물건이 분명할 것일세. 알리에 백작은 어쨌든 신사니까. 파리로 가게. 가서 악수하게. 그러면 끝나는 일 아닌가? 됐지? 공연한 걱정을 만들어 가면서 할 것은 없네. 내가 늘 이 자리에 있으니까, 걱정되는 일이 있으면 나와 상의하고.」 가라몬드 사장은 인터폰을 눌렀다.「시뇨라 그라치아……. 또 자리에 없군. 필요할 때 찾으면 없단 말이야. 여보게 벨보, 자네도 걱정이 태산 같은 사람이지만, 아무려면 내 걱정만 하겠나. 잘 다녀오게. 복도에서 시뇨라 그라치아를 만나거든 내게로 보내 주게. 어디 가서 좀 쉬라는 내 말, 잊지 말고.」

벨보는 사장실을 나왔다. 시뇨라 그라치아는 자리에 없었다. 그러나 그라치아의 책상 위에서 벨보는 가라몬드 사장의 개인 전화기에 빨간 불이 들어와 있는 것을 보았다. 가라몬드 사장이 누군가에게 전화를 걸고 있다는 뜻이었다. 벨보는 궁금해서 견딜 수 없었다(그가 난생처음으로 그런 짓을 했을 것이라고 믿는다). 그래서 수화기를 들고 통화를 엿들었다. 가라몬드 사장은 이런 말을 하고 있었다.「걱정 마세요. 잘 타일렀으니까 알아들었을 겁니다. 틀림없이 파리로 갈 겁니다……. 마땅히 해야 하는 일인걸요. 우리가 남인가요? 같은 영적인 기사단 소속인데 이만한 일도 못 해드려서야 말이 아니지요.」

결국 가라몬드 사장까지 그 비밀을 공유하고 있는 셈이었다. 비밀? 그것은 벨보만이 풀어낼 수 있는 비밀. 존재하지도 않는 비밀이었다.

바깥은 어두워져 있었다. 그는 필라데 술집으로 갔다. 이런저런 사람들과 이런저런 이야기를 나누면서 마시다 보니 과음을 했다. 다음 날 아침 벨보는 아직 상의해 보지 않은 유일한 친구, 디오탈레비를 만나러 갔다. 죽어 가는 사람에게 도움을 구하러 가는 셈이었다.

벨보가 미친 듯이 쓴 이들의 마지막 대화는 아불라피아에 남아 있었다. 그러나 전문은 아니고 요약에 지나지 않았다. 어디까지가 벨보가 한 말이고 어디까지가 디오탈레비가 한 말인지 분간하기 어려웠다. 둘 다, 환상을 가지고 장난할 때가 지났다는 것을 알고 진실을 말하고 있었기 때문이었다.

110

일찍이, 『예시라』를 연구하고 있던 랍비 이스마엘 벤 엘리샤와 그 제자들에게 있었던 일이다. 이들은 운동이라고 하는 것을 오해하고 뒷걸음질을 치다가 땅속으로, 지구의 배꼽으로 떨어졌다. 문자의 권능이라는 것이 이런 것이다.
— 가짜 사디아, 『세페르 예시라에 관한 주석』

벨보는 그렇게 창백한 디오탈레비의 모습은 본 적이 없었다. 디오탈레비에게는, 머리에든 눈 위에든 눈 속에든, 터럭이라고는 한 올도 남아 있지 않았다. 그래서 머리가 흡사 당구공 같았다.

「용서하게. 내 처지, 자네와 상의해도 되겠나?」 벨보가 물었다.

「해. 내게는 처지라는 것은 없어. 오로지 필요만 있을 뿐.」

「새 치료법이 개발되었다는 소리가 들리더군. 20대 젊은 것들은 병도 빨리 퍼진다는데 50대에는 진행 속도가 좀 더디다네. 치료약을 찾을 시간 여유가 있는 거지.」

「그야 자네 이야기지. 나는 아직 50이 안 되었으니까. 내 몸은 아직 젊어. 따라서 운 좋게도 더 빨리 죽게 생겼다고. 하지만 말하기가 힘들어. 쉬고 있을 테니까, 자네 할 말이나 해봐.」

벨보는 디오탈레비가 시키는 대로 차근차근 이야기를 풀어 나갔다.

그러자 디오탈레비가, SF 영화에 나오는 〈괴물체〉처럼 힘겹게 숨을 쉬면서 말했다. 그는 〈괴물체〉처럼 투명해서, 어디까지가 안이고 어디까지가 밖인지, 어디까지가 피부이고 어디까지가 살인지, 어디까지가 잠옷 사이로 언뜻언뜻 비치는 배 위의 잔털이고 어디까지가, 내장의 점액인지 구별할 수가 없었다. 그의 배 속이 흡사 엑스레이 사진처럼 들여다보였다. 내장의 점액이 보인다는 것은 말기 증상이라는 뜻이었다.

「야코포, 나는 이 침대에 이렇게 죽치고 있었네. 그래서 자네가 말하는 게 자네 머릿속에서 일어난 사건인지 실제로 밖에서 일어난 사건인지 구별할 수가 없네. 하지만 아무려면 어때? 자네가 미쳤든 세상이 미쳤든 그게 그건데. 어쨌든 누군가가 〈말씀〉을 지나치게 엎었다 뒤집었다 한 게 분명하네.」

「그게 무슨 뜻인가?」

「〈말씀〉에, 이 세상을 짓고 다스려 온 것에 죄를 지었다는 거야. 그래서 내가 내 몫의 벌을 받고 있는 것처럼 자네도 자네 몫의 벌을 받고 있는 거라고. 자네가 받든 내가 받든, 이 또한 아무 차이가 없어.」

간호사가 와서 탁자 위에다 물 잔을 놓았다. 간호사가 벨보에게 환자를 지치게 하지 말라고 했다. 디오탈레비가 두 손을 내저으면서 간호사에게 말했다. 「상관 마세요. 나는 이 친구에게 할 말이 있어요. 진실을 말해야 하는데, 아가씨, 진실이 뭔지 아시오?」

「저에게 물으셨어요? 별 이상한 질문도 다 있네요?」

「그러면 가세요. 내 친구에게 아주 중요한 이야기가 있으니까. 각설하고, 야코포, 사람의 몸에 사지가 있고 관절이 있고 기관이 있듯이, 『토라』에도 있네. 따라서 『토라』에 있는 것은 사람에게도 있네. 내 말 알아듣겠지?」

「응.」

「랍비 아키바의 문하에 있을 당시, 랍비 메이르는 항용 잉크에다 황산을 섞어서 썼네만 스승은 아무 말도 하지 않았어. 하지만 랍비 메이르로부터, 자기가 한 일이 옳은지 그른지 질문을 받고서야 스승은 이렇게 대답하지. 〈내 아들아, 글을 쓸 때는 독을 다루듯이 조심을 다하여야 하니, 이것이 곧 하느님의 정하신 이치인 까닭이다. 한 자를 빼먹어도 안 되고, 한 자를 더 써넣어도 안 된다. 그러면 온 세상이 무너진다…….〉 그런데 우리는 『토라』를 다시 쓰려고 했어. 쓰면서도 더 써넣는지 빼먹는지 도무지 신경 쓸 줄을 몰랐어.」

「이 사람아, 우리는 장난하고 있었던 거 아닌가.」

「말씀은, 가지고 장난하는 게 아니야.」

「우리는 말씀을 가지고 장난한 게 아니고 역사를 가지고, 다른 사람들이 쓴 글을 가지고 장난한 데 지나지 않아.」

「세상에, 세계를 일으켜 세우지 않는 글이 어디 있고 마침내 말씀이 되지 않는 글이 있던가? 입이 말라. 물 좀 줘. 잔으로 말고, 거기에 있는 수건을 적셔서 주게……. 고마워. 잘 들으라고. 『말씀의 서(書)』를 다시 배열하는 것과 세계를 다시 배열하는 것은, 같은 것이지 다른 것이 아니야. 이 이치에서는 아무도 빠져나갈 수가 없어. 어떤 책이든, 심지어는 철자법을 가르치는 책까지도 결국은 마찬가지네. 자네가 좋아하는 바그너 박사 같은 사람들은 그러지 않더냐고. 말 가지고 장난하는 사람들, 철자 바꾸기를 즐기는 사람들, 말의 거룩함을 훼손하는 사람이야말로, 영혼에 때가 끼어 그 아비를 미워하는 사람과 다를 것이 없다고.」

「하지만 그 사람들은 정신 분석가들이네. 그 사람들은 돈을 벌려고 그 따위 소리를 한 것이야. 그 사람들은 랍비가 아닐세.」

「결국은 랍비나 다를 것이 없지. 정신 분석가와 랍비는 하나이지 둘이 아니야. 자네는 랍비가 『토라』 이야기를 하면 그게 두루마리 이야기인 줄 아나? 랍비는 언어를 통한 우리 육신의 되빚음을 말하고 있는 것이라고. 잘 듣게. 말씀의 글자를 다루자면 경건함이 있어야 하네. 그런데 우리에게는 그것이 없었어. 책이라고 하는 것 중에 하느님의 이름이 가로로 세로로 짜여 있지 않은 책은 없어. 그런데 우리는 기도하는 마음도 없이 역사책의 철자를 마음껏 뒤바꾸었네. 정말 잘 들으라고. 『말씀의 서』에 관심을 기울인다는 것은 곧 세상을 움직이는 것이네. 『말씀의 서』에 관심을 기울인다는 것은 곧, 읽고, 고구하고, 다시 씀으로써 제 육신을 움직이는 것이네. 무슨 까닭인가. 우리 육신의 각 부분에, 이 세계와 조응하지 않은 부분이 없기 때문일세. 수건 다시 좀 적셔 줘……. 고마워. 『말씀의 서』를 바꾸는 일은 곧 세계를 바꾸는 일이야. 세계가 바뀌면 우리 몸도 바뀌어. 우리는 이것을 몰랐던 거라고.

『말씀의 서』는 말씀 한 마디 한 마디가 언약궤에서 흘러나오게 하네. 말씀은 세상에 나왔다가는 곧 모습을 감추어 버리지. 말씀이 그 자신을 드러내는 것은 오직 한순간뿐, 그것도 그 말씀을 사랑하는 자들에게만 자신을 드러내네. 구중궁궐의 구중심처로 몸을 숨기는 아름다운 여인과 같아. 여인은, 세상 어느 누구도 모르는 어떤 사람을 기다리네. 만일에 그 사람이 아닌 다른 사람이 나타나 취하려고 하면, 그래서 더러운 손을 내밀면 여인은 뿌리치고 말아. 여인은 자기가 사랑하는 사람이 누구인지 알고 있어. 그래서 문을 살그머니 열고,

모습을 살짝만 보이고는, 다시 숨어 버리는 것이네. 『토라』의 말씀도, 그것을 사랑하는 사람에게만 그 뜻을 드러내는 것이네. 그런데도 우리는 사랑하는 마음도 없이, 장난하는 마음으로 책에 접근했던 것이네.」

「그래서?」 벨보가 다시 물에 적신 수건으로 친구의 입술을 축여 주면서 물었다.

「우리는 우리에게 허락되지 않은 일, 우리가 감당도 하지 못할 일을 꾀했던 것이네. 『말씀의 서』에 나오는 말씀을 조종하여 골렘을 만들려고 했던 것이야.」

「무슨 말인지 모르겠네…….」

「그래. 자네는 무슨 말인지 모를 거라. 자네는 자네가 지어낸 것의 포로가 되어 있으니까. 하지만 바깥세상에서는 자네가 지어낸 이야기가 실재하는 현실로 전개되고 있네. 구체적인 방법까진 모르겠지만, 자네는 여기에서 아직은 도망칠 수 있네. 하지만 나는 그렇지 않아. 나는 우리가 〈계획〉을 두고 우리가 했던 짓, 우리가 했던 장난을 내 몸으로 겪고 있네.」

「말이 되는 소리를 하게. 그건 세포의 문제라고…….」

「세포가 무엇인가? 몇 달 동안, 용맹 정진하는 랍비처럼 우리는 『말씀의 서』에 나오는 글자를 이리 짜고 저리 짜고 했네. 〈GCC〉가 되게도 해보고, 〈CGC〉가 되게도 해보았네. 〈GCG〉가 되게 해보기도 했고,〈CGG〉가 되게 해보기도 했네. 그런데 우리 입술이 내는 소리를 듣고 우리 몸의 세포가 이걸 배웠네. 그래서 내 몸의 세포가 어떻게 한 줄 알아? 세포가 저희 나름대로 〈계획〉을 발명하기에 이르렀네. 지금 이 세포들은 저의 나름대로 〈계획〉을 진행시키면서, 독특하면서도 지극히 은밀한 나름의 역사를 창조하고 있는 것이네. 내 몸의 세포는, 『말씀의 서』에 나오는 말씀과, 범용한 세상의 뭇 책에 쓰인 말의 철자를 뒤바꿈으로써 하느님의 신성을 모독하는 것을 배운 것일세. 내 몸의 세포는 이로써 내 몸을 모독하고 있네. 내 몸의 세포는 저희들끼리 역전시키고, 전위시키고, 변환시키고, 변용시킴으로써, 일찍이 우리가 본 적도 들은 적도 없는 아무 의미도 없는 세포, 의미가 있어도 본래의 의미와는 사뭇 다른 세포들을 만들어 가고 있는 것이네. 의미에는 좋은 의미가 있고 나쁜 의미가 있네. 안 그러면 우리가 죽지 어떻게 살겠나. 내 세포들은, 믿음 기울이는 데도 없이, 맹목적인 장난을, 맹목적인 농담을 하고 있는 것이네.

야코포, 지난 몇 달 동안은 그나마 책이라도 읽을 수 있었네. 책을 읽을 수 있는 동안 나는 사전을 펴고 단어의 역사를 살펴보았네. 내 몸속에서 세포들이 어떤 짓을 하고 있는지 알아보려고 사전을 뒤져 보았네. 요컨대 나는 용맹 정진하는 랍비처럼 공부했네. 언어학 용어인 〈메타테시스[字位轉換]〉가 존재론의 용어인 〈메타스타시스[變形]〉와 비슷하다는 사실, 자네 알고 있나? 메타테시스가 무엇인가? *palude*(습지)가 *padule*(습지)가 되는 것, *amori*(사랑)가 *aromi*(향료)가 되는 것을 메타테시스라고 하네. 테무라가 별것인가? 이것이 바로 테무라이지? 사전은 어떻게 풀이하고 있는지 아나? 〈메타테시스〉는 〈전위〉, 〈교환〉이고, 〈메타스타시스〉는 〈변화〉, 〈변경〉이라고 하네. 이러니 우리가 어떻게 사전을 믿고 살아? 이 두 말의 뿌리는 다른 것이 아니야. 동사인 〈메타티테미〉 또는 〈메티스테미〉에서 나온 말인 것이라고. 〈메타티테미〉가 뭔가? 〈나는 전위시킨다〉, 〈나는 바꾼다〉, 〈나는 옮겨간다〉, 〈나는 치환한다〉, 〈나는 어떤 원칙을 폐기한다〉, 〈나는 의미를 바꾼다〉, 이거 아닌가? 그렇다면 〈메티스테미〉는? 똑같아. 〈나는 이동한다〉, 〈나는 변신한다〉, 〈나는 위치를 바꾼다〉, 〈나는 상궤를 일탈한다〉, 〈나는 미친다〉. 우리는 언어의 배후에 깃들어 있는 의미를 읽으려 하다가 모두 미쳐 버린 것이네. 내 몸속의 세포들 역시, 그렇게 미쳐 버린 것이네. 야코포, 내가 죽어 가고 있는 것은 그 때문이네. 자네는 잘 알고 있을 것이네.」

「자네는 몸이 성치 않아서 이런 소리를 하고 있는 거야.」

「내가 이런 소리를 하고 있는 것은 몸이 성치 못해서가 아니라, 내 몸속에서 벌어지고 있는 일들을 마침내 속속들이 이해했기 때문이네. 나는 날마다 내 몸속에서 일어나는 일을 관찰했네. 그 결과 내 몸속에서 일어나는 일을 속속들이 이해는 하되 간섭할 수는 없다는 것을 깨달았네. 왜 간섭할 수 없지? 세포가 더 이상 내 말을 듣지 않기 때문이야. 내가 죽어 가는 것은, 어차피 언어에는 질서가 있는 것이 아니다, 그러니까 무슨 책이든 가지고 하고 싶은 대로 해도 좋다고 믿었기 때문이네. 나는 한평생 이 생각에 매달려 있었고 이 짓을 하고 있었네. 이 잘난 머리로 말이네. 그러다가 머리가 세포에게 어떤 메시지를 전했을 것일세. 내 세포가 머리보다 영리하라는 법은 없지 않은가……. 내가 죽어 가는 것은, 우리의 상상력에 끝이 없었기 때문이네.」

「이 사람아, 자네 몸속에서 일어나고 있는 일은 우리 〈계획〉과 아무 상관이 없어.」

「없을까? 그렇다면 자네에게 일어나고 있는 일을 설명해 보겠나? 자네의 바깥세상이, 마치 내 몸속의 세포처럼 미쳐 날뛰고 있는데도 상관이 없다고 하겠나?」

말을 하느라고 힘을 너무 썼던지 디오탈레비는 이 말끝에 눈을 감아 버렸다. 의사가 들어와 벨보의 귀에다 대고, 죽어 가는 사람에게 그런 무리를 하게 해서는 안 된다고 속삭였다.

벨보는 병원을 나왔다. 디오탈레비와는 그것이 마지막이었다.

벨보는 이렇게 쓰고 있었다. 그래, 디오탈레비가 암에 걸린 것과 똑같은 이유에서 내가 경찰에 쫓기고 있다, 이거지. 불쌍한 내 친구는 암으로 죽어 가고 있다. 그런데 암에 걸리지 않은 나는 무엇을 하고 있나? 그래, 파리로 가자. 파리로 가서 종양이 생기는 원리를 규명하자.

그러나 벨보가 바로 항복해 버린 것은 아니었다. 그는 자기 아파트를 걸어 잠그고 나흘 동안이나 자기 파일을 한 문장 한 문장 다시 읽으며 해답을 구해 보고자 했다. 그러다 자기 자신을 상대로, 아불라피아를 상대로, 나를 상대로, 누구든 그 파일을 읽을 수 있는 사람을 상대로 최후 진술을 한 것이다.

나는 벨보가 파리로 간 것은 그들에게 다음과 같은 메시지를 들려주기 위해서였을 거라고 믿는다. 비밀 같은 것은 존재하지 않는다. 진짜 비밀은, 세포로 하여금 저희 본능의 지혜에 따르게 하는 것, 이것이야말로 진짜 비밀이다. 땅거죽 밑에서 신비를 찾으려고 한다면 결국 세계는 무서운 암 덩어리로 변모할 수밖에 없다. 이 세계에서 가장 더럽고 가장 어리석은 인간은 아무것도 모르면서 모든 것을 발명했던 바로 나, 야코포 벨보다. 치러야 할 대가가 엄청나다는 것은 그도 알고 있었을 것이다. 그러나 그는, 너무나 오랫동안 자기가 비겁자라는 사실을 인정해 왔던 사람이었다. 게다가 데 안젤리스 같은 사람조차, 이 세상에 영웅이 얼마나 희귀한가를 그에게 실증시킨 셈이었다.

파리에서 회동해 본 벨보는, 그들이 자기 말을 믿지 않으리란 것을 깨달았던 것 같다. 그의 말에는 극적인 요소가 너무 없고, 너무 단순했을 것이다. 그들이 원한 것은 죽음의 고통 위에서 얻는 계시였다. 그러나 벨보에게는 드러낼 하늘의 계시가 없었다. 벨보는 끝까지 비겁하게도 죽음이 두려웠다. 그래서 그들로부터 종적을 감추어 버리기로 결심하고 나에게 전화를 걸었던 것이었다. 그러다가 그들에게 붙잡힌 것이었다.

111

C'est une leçon par la suite. Quand votre ennemi se reproduira, car il n'est pas à son dernier masque, congédiez-le brusquement, et surtout n'allez pas le chercher dans les grottes.[1]

— 자크 카조트, 『사랑에 빠진 악마』, 1772, 뒷날 개정판에서 삭제된 부분에서

벨보의 아파트에서, 그가 아불라피아에게 쏟아 놓은 고백을 독파한 직후 나는 생각해 보았다. 자, 이제 어떻게 할 것인가. 가라몬드 사장을 찾아가는 것은 이제 아무 의미도 없다. 데 안젤리스 경위도 떠났다. 디오탈레비는, 하고 싶은 말, 해야 할 말은 다한 셈이다. 리아는, 전화도 닿지 않는 아득한 곳에 있다. 6월 23일 토요일 아침 6시. 무슨 일이 생긴다면 그것은 오늘 밤, 저 파리의 공예원 박물관에서 생길 것이다. 한시바삐 결정을 내려야 했다.

나는 그 뒤, 공예원 박물관의 전망경실 속에서도 생각했다. 나는 왜 아무 일도 일어나지 않을 듯이 가만히 있지 못하고 왜 이렇게 따라나선 것일까? 내 앞에 있는 것은 미치광이의 기록일 뿐이다. 벨보는 미치광이일 뿐이다. 우울증에 빠진 채 병상에서 죽어 가는 신경 과민한 미치광이를 포함해 수많은 미치광이를 상대로 헛소리를 하는 미치광이에 지나지 않는

1 〈내가 한 수 가르쳐 드리겠소. 그대들의 원수가 또 나타나거든, 전과 똑같은 가면을 쓰고 나타나거든 두고 볼 것 없이 쫓아 버리도록 하세요. 특히 동굴 속에서는 원수를 찾으려 하지 마세요.〉

다. 벨보가 파리에서 전화한다고 했지만, 정말 파리에서 전화했는지 아니면 밀라노에서 겨우 몇 킬로미터밖에 안 되는 곳에서 했는지, 회사 앞 공중전화 부스에서 했는지 그것도 확실히 모르는 일 아닌가. 어쩌자고 미치광이가 지어낸 이야기, 아무 관심도 없는 이야기에 끼어들어 이 고생을 하고 있는가.

전망경실 속에 웅크리고 서 있자니 시간이 갈수록 다리가 몹시 저려 왔다. 전등은 하나둘씩 꺼지고 있었다. 나는, 사람의 발길이 끊긴 박물관에 남은 사람이 한밤중 어둠 속에서 당연히 느낄 법한 당연한 공포와 부당한 공포에 시달리고 있었다. 그러나 그날 아침, 6월 23일의 이른 새벽에는 아무런 두려움도 느끼지 않았었다. 호기심만 일었을 뿐이다. 그리고 어쩌면 의무감과 우정을 느꼈던 건지도 모른다.

어쨌든, 벨보의 아파트에서 나 또한 파리로 가지 않으면 안 된다고 생각했다. 왜 가야 하는지 논리적으로 설명할 수 있는 것은 아니었다. 그러나 벨보를 버릴 수가 없었다. 벨보는 어쩌면, 한밤중 암살단*thugs*의 은신처인 동굴에서, 가슴을 찔러 오는 암살단원 수요다나의 의례용 단도 앞에서 떨고 있을지도 모를 일이었다. 떨면서 내가 포도탄을 장전한 소총을 들린 인도인 용병을 데리고 나타나서는 자신을 구해 주기를 바라고 있는지도 모를 일이었다.

다행히도 내 수중에는 돈이 좀 있었다. 나는 파리에 도착하는 즉시 택시를 잡아타고 망티코르가로 달렸다. 운전사는, 택시 기사들용 안내도에도 나와 있지 않는 거리라면서, 몹시 툴툴거렸다. 실제로 (매립된) 비에브르 하천이 흐르던 동네에 위치한, 생쥘리앵르포브르가 뒤쪽에 난 망티코르가는 열차 통로의 폭만큼이나 비좁은 골목길이었다. 택시도 들어갈 수 없었다. 운전사는 길모퉁이에 택시를 세우고는 나에게 걸어 들어가라고 했다.

어정어정 골목길을 따라 걸어 들어갔다. 그 골목으로는 문조차 나 있지 않았다. 한참 들어가서야 길이 조금 넓어지면서 서점이 하나 나왔다. 그 서점의 주소가 망티코르가 3번지인 것이 이상했다. 그 골목 어느 곳에도 1번지나 2번지는 물론, 다른 번지수도 전혀 없었기 때문이었다. 조그만 전등 하나가 켜져 있을 뿐인, 작고 어두컴컴한 서점이었다. 이중문의 반쯤은 진열대를 겸하고 있었다. 이중문 양옆으로는, 그 서점이 취급하는 특수 서적임에 분명한 책들이 쌓여 있었다. 선반에는 진자, 먼지 앉은 선향(線香) 상자, 잡다한 동양 혹은 남아메리카 주물(呪物), 점술에 이용되는 갖가지 타로 카드가 놓여 있었다.

서점 안은, 도무지 발을 들여놓고 싶지 않을 정도로 어지러웠다. 뒤쪽으로 탁자가 하나 놓여 있을 뿐, 벽이고 바닥이고 온통 책이었다. 탁자 뒤에 앉아 있는 주인은, 작가들이 그를 보고, 자신이 파는 책보다 더 헐어 보이는 주인이었다고 묘사할 수 있도록 그 자리에 앉혀 놓은 듯했다. 주인은 대차대조표에 코를 파묻고 있을 뿐 손님에게는 별 관심도 보이지 않았다. 손님이라고 해봐야 둘밖에 없었다. 두 손님은 낡아서 삐걱거리는 선반에서 먼지를 풀풀 일으키면서 표지도 없는 책을 끄집어내어 읽고 있었는데, 내가 보기에는 살 생각이 있어서 그러고 있는 것 같지도 않았다.

책이 쌓여 있지 않은 벽면도 하나 있었다. 거기에는 포스터가 붙어 있었다. 마술사 후디니의 공연 포스터를 방불케 하는,

색채가 울긋불긋한 이 포스터에는 사람들의 초상이 테두리가 두 겹으로 된 타원 속에 들어 있었다. *Le Petit Cirque de l'Incroyable. Madame Olcott et ses liens avec l'Invisible*[세계 최고의 불가사의한 곡예단. 마담 올콧과 영계(靈界)의 동아리]. 살갗이 거뭇하고, 검은 머리카락을 두 갈래로 땋아 목 뒤로 묶은, 얼굴이 남자 같은 여자. 어디에서 본 여자 같았다. *Les Derviches Hurleurs et leur danse sacrée. Les Freaks Mignons, ou Les Petits-fils de Fortunio Liceti*[광란하는 이슬람교 탁발승 영창단(靈唱團)과 영무단(靈舞團)! 기형아 미뇽과 난장이 포르투니오 리체티]. 징그럽고 구역질 나는 꼬마 괴물을 구색으로 맞춘 집단. *Alex et Denys, les Geants d'Avalon. Theo, Leo et Geo Fox, Les Enlumineurs de l'Ectoplasme*[아발론의 작은 거인 알렉스와 드니! 심령체(心靈體)로 빛나는 테오, 레오, 조 폭스 삼형제].

아닌 게 아니라 슬로안 서점에는 요람에서 무덤까지 가는 데 필요한 별별 물건이 다 있었다. 저녁나절에 절구에 넣고 빻을 아이를 데려가기에는 쾌적한 오락실 같은 곳이었다. 전화벨이 울렸다. 주인은 종이 뭉치를 쓸어 내고서야 전화 수화기를 찾아냈다. 그가 전화통에다 대고 말했다. 「*Oui, monsieur, c'est bien ça*(네, 손님, 덕분에 잘돼 갑니다).」 그는 한참 전화통을 든 채 듣고 있다가 때로는 고개를 끄덕거리기도 하고 때로는 잘 모르겠다는 표정을 짓기도 했다. 서점 안에 있는 사람들한테 보라는 듯이, 들리기는 하지만 들은 내용을 책임질 수는 없다는 듯이 부러 그러는 것 같았다. 그러더니, 가게에 없는 물건을 요구받고 난처해진 파리의 상인이 지을 법한 표정, 빈방이 없는 호텔 종업원이 방을 요구받고 지을 법한 깜짝 놀란 표정을 짓고는 말을 이었다. 「*Ah non, monsieur. Ah, ça... Non, non, monsieur, c'est pas notre boulot. Ici, vous savez, on vendons des livres, on peut bien vous conseiller sur des catalogues, mais ça... Il s'agit de problèmes très personnels, et nous... Oh, alors, il y a – sais pas, moi – des curés, des... oui, si vous voulez, des exorcistes. D'accord, je le sais, on connaît des confrères qui se prêtent... Mais pas nous. Non, vraiment la description ne me suffit pas, et quand même... Désolé monsieur. Comment? Oui... si vous voulez. C'est un endroit bien connu, mais ne demandez pas mon avis. C'est bien ça, vous savez, dans ces cas, la confiance c'est tout. A votre service, monsieur*[네, 손님, 그건 아닙니다. 네, 뭐라고요? 그렇게 말씀하셔도 어쩔 수가 없군요. 저희 가게에서는 책을 취급하니까 목록을 보고 적당한 책을 골라 드릴 수는 있습니다만 그것만은……. 그렇게 말씀하셔도 그것은 문제의 성격이 지극히 민감한 것이라서 저로서는……. 그렇습니까? 저는 모릅니다만 신부님이라면 아시겠지요……. 그럼요, 퇴마 신부(退魔神父)라면 모르겠지만……. 알겠습니다. 네……. 그렇습니다. 유명한 성직자들 모임인데, 소속은……. 저는 아니올시다. 그것은 저도 모르지요. 드릴 말씀이 없군요. 뭐라고요? 아닙니다. 좋으시다면 그러시지요. 장소는 금방 찾을 수 있을 겁니다. 하지만 도움이 될지 안 될지는 저도 모르겠군요……. 물론입니다. 그 점에 관해서는 안심하셔도 좋습니다. 천만에요, 그럼 기다리겠습니다].」

안에 있던 두 손님이 가게를 나섰다. 나는 내심 마뜩지 않았지만 내친걸음이라 마른기침으로 노인의 주의를 환기시켰다. 「〈므슈 알리에〉라고 혹시 아시는지요? 모르기는 합니다만, 이 가게에 자주 들르는 것 같은데요.」 노인은 다시 한번 전화 받을 때 짓던, 다소 놀라는 듯한 표정을 지었다. 「〈알리에〉라는 이름이 생소하시면, 〈라코스키〉, 혹은 〈솔티코프〉라는 분은요?」 서점 주인은 나를 빤히 쳐다보면서 미간을 좁히더니, 이름이 별스러운 지인도 다 있군요, 하고 응수했다. 「마음 쓰지 마십시오. 그렇게 중요한 일은 아닙니다. 그저 지나치면서 여쭌 것뿐입니다.」 「잠깐만요. 어디 보자. 조금 있으면 내 동업자가 옵니다. 동업자는 선생이 찾는 사람을 알 겁니다. 좀 앉으시지요. 뒤에 의자가 있어요. 내가 전화를 걸어서 한번 확인해 보지요.」 그는 전화기를 들고 다이얼을 돌리더니 수화기에다 대고 속삭이기 시작했다.

아니, 카소봉, 벨보보다 더 멍청한 짓을 하고 있지 않나? 뭘 기다려? 놈들이 와서, 이거 정말 반갑군, 벨보의 친구 카소봉도 와 계시다니. 함께 가세, 물론 자네도……. 이러기를 기다리는 건가?

나는 벌떡 일어나 인사를 하고는 서점을 나왔다. 단숨에 망티코르가를 빠져나와 다른 골목으로 들어갔다가 센강 쪽으로 빠져나왔다. 바보같이 군 것을 생각하니 등에서 식은땀이 흘렀다. 나는 뭘 바라고 그런 짓을 했던가? 알리에를 찾아내고, 멱살을 잡으면 사과라도 받아 낼 줄 알았던가? 카소봉 박사, 이러지 말아요. 오해가 좀 있었던 거요. 자, 당신의 친구 벨보 박사는 여기에 있소. 머리털 한 올 다치지 않았소. 이제 저들은 나도 파리에 왔다는 것을 알아 버렸다.

정오를 마악 넘긴 시각이었다. 밤이 되면 공예원 박물관에서 무슨 일인가가 벌어질 터였다. 어떻게 할 것인가? 나는 생자크가로 들어가서도 이따금씩 어깨 너머로 뒤를 돌아다보았다. 아랍인 하나가 나를 미행하는 것 같았다. 하지만 나는 무슨 근거로 내 뒤를 따라오는 사람을 아랍인이라고 단정했던 것일까? 아랍인이라도 파리에서는 아랍인으로 보이지 않는다. 스톡홀름에서라면 문제가 달라질 수 있어도.

나는 호텔 앞을 지나다 마음을 고쳐먹고 안으로 들어갔다. 방을 빌리고는 열쇠를 받았다. 나무 계단을 밟고 올라가다 2층에서 아래쪽을 내려다보니 프런트가 보였다. 문제의 아랍인도 호텔로 들어서고 있었다. 그제야 나는 복도에도 아랍인들로 짐작되는 사람이 서 있다는 걸 알았다. 하지만 내가 든 호텔 주변에는 아랍인들을 위한 호텔이 여러 개 있었다. 그러니 아랍인이 많은 게 당연한 것 아닌가?

방으로 들어갔다. 꽤 좋은 방이었다. 전화까지 있었다. 그러나 전화를 걸 데가 없었다.

오후 3시까지 선잠을 자고는 일어나 세수하고 공예원 박물관을 향했다. 이제 남은 거라곤 박물관에 들어가, 문을 닫을 때까지 얼쩡거리다가 자정까지 기다리는 것뿐이었다.

나는 그렇게 했다. 자정을 몇 시간 앞둔 시각, 나는 전망경실에서 자정을 기다리고 있었다.

10개로 이루어진 세피로트 나무 중에서 일곱 번째 세피라인 〈네차흐〉는, 학자에 따라서 〈끈기〉, 〈관용〉, 〈영원한 인내〉의 세피라로 해석되기도 한다. 실제로 내 앞으로는 시련의 순간이 다가오고 있었다. 그러나 학자에 따라서는 이것을 〈승리〉의 세피라로 해석하기도 한다. 누구의 승리일까? 이 이야기는 패배자들로 가득한 이야기이다. 벨보의 조롱에 패배한

〈악마 연구가들〉, 〈악마 연구가들〉의 조롱에 놀아난 벨보, 세포에 조롱당하고 있는 디오탈레비 모두 패배자였다. 나는, 적어도 지금까지는, 유일한 승자였다. 전망경실에 기다리고 있던 나는 그들의 정체를 짐작하고 있었다. 그러나 그들이 내 정체를 짐작할 가능성은 지극히 희박했다. 내 작전의 1단계는 계획대로 되어 가고 있는 셈이었다.

그렇다면 2단계는? 내 계획에 따라 진행될 것인지, 더 이상은 내 것이 아닌 〈계획〉에 따라 진행될 것인지. 그것만은 내가 정할 수 있는 것이 아니었다.

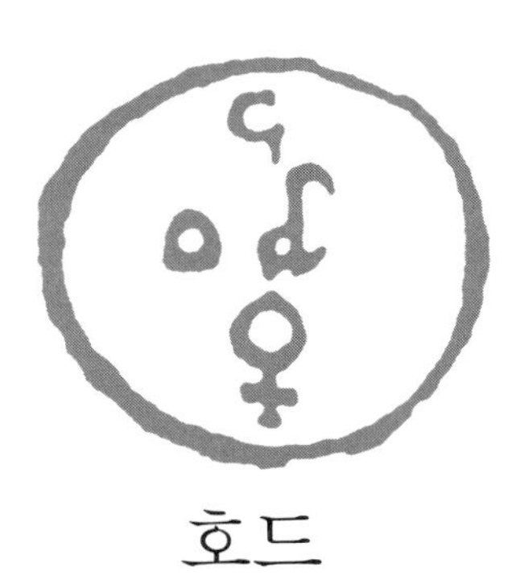

호드

112

우리는 의식과 제례를 위해, 우리 장미 십자단의 성전에다 길고 깔끔한 회랑을 둘 마련했다. 한 회랑에는 세상에 드문, 탁월한 발명품의 모형과 견본을 놓았고, 또 한 회랑에는 유명한 발명가들의 흉상을 놓았다.
— 존 헤이든, 『영국 과학자 지침, 혹은 거룩한 지침』, 런던, 페리스, 1662, 서문

전망경실에 너무 오랫동안 숨어 있었다. 10시? 아니 10시 반쯤 되었을까. 박물관에서 무슨 일이 생긴다면 그 장소는 진자 앞에 있는 본당 회중석일 터였다. 나는 아래층으로 내려가 몸을 숨길 만한 관측 초소를 확보하지 않으면 안 되었다. 너무 늦게, 그들이 들어온 뒤에(어디로 들어올까?) 내려갔다가는 그들의 눈에 뜨일 터이기 때문이었다.

아래층으로 내려가자. 이제 움직이자……. 몇 시간을 그렇게 기다려 오던 일이 막상 닥쳤는데, 그리고 내려가는 편이 현명할 텐데 이상하게도 몸이 말을 듣지 않았다. 필요할 때만 잠깐잠깐씩 손전등을 켜기는 하겠지만, 대부분은 어둠 속을 가로질러 가야 했다. 어스름한 밤빛이 커다란 창문 사이로 비쳐 들었다. 달빛이 박물관 내부에다 괴괴한 분위기를 지어내고 있을 것 같았는데 아니었다. 유리로 만들어진 진열 상자가 바깥에서 비쳐 드는 빛을 반사하고 있을 뿐이었다. 조심스럽게 움직이지 않으면 바닥에 나자빠질 수도 있고, 발로 전시용품을 걷어차 유리 부서지는 소리나 쇳소리를 낼 가능성도 있었다. 이따금 잠깐잠깐 손전등을 켰다가는 바로 끄고는 했다.

그렇게 살금살금 나아가고 있으려니 흡사 〈크레이지 호스〉[1]에 와 있는 기분이었다. 손전등을 켤 때마다 벌거벗은 것들이 눈앞에 어른거렸다. 그러나 벌거벗은 것은 여자가 아니라 나사못, 거멀못, 대갈못이었다.

살아 있는 사람을 만날까 봐 두려웠다. 어둠 속에서 불쑥, 내 일거수일투족을 마치 거울처럼 흉내 내고 있던 36장로의 염탐꾼이라도 나타날 것 같았다. 불시에 맞닥뜨리면 누가 먼저 소리를 지르게 될지 그것도 궁금했다. 가만히 귀를 기울여 보았다. 아무 소리도 들려오지 않았다. 발바닥을 온전하게 바닥에 붙이고 살금살금 걷고 있었으니 소리는 나지 않았다. 그러나 그 역시 그러고 있을지도 모르는 일이었다.

어둠 속에서도 중앙 계단을 찾아낼 수 있도록 그날 오후에 건물 내부의 공간 배치 상황을 눈여겨보아 두었는데도 불구하고 벌써 나는 손으로 더듬으면서 나아가고 있었다. 도무지 방향을 가늠할 수 없었다.

같은 방을 두 차례나 가로지르며 커다란 원을 그리면서 맴돌고 있는 건지도 모른다. 어쩌면 영영 그곳에서 빠져나갈 수 없을지도 모른다는 생각이 들었다. 의미 없는 기계를 더듬고 다니는 것 자체가 의례인지도 모른다는 생각도 들었다.

솔직하게 고백하면, 정말 아래층으로 내려가고 싶지 않았다. 그들과의 만남을 연기하고 싶었다.

나는 전망경실에서 나오기 전에 얼마나 오래, 그리고 얼마나 집요하게 나 자신의 양심을 진단했던가. 그렇다. 나는 전망경실에서, 십수 년 동안 우리가 범한 오류를 꼼꼼하게 음미

1 나체쇼를 구경할 수 있는 파리의 술집.

하면서, 내가 이유다운 이유도 없이 벨보를 뒤쫓아 와, 나보다 더 이유다운 이유도 없이 그 자리에 나타날 벨보를 기다려야 하는지 나 자신에게 그 이유를 납득시키는 데 온갖 노력을 기울였다. 그러나 전망경실을 나서는 순간, 모든 것이 바뀌었다. 나는 어둠 속을 미끄러져 가고 있었으나 내 걸음을 인도하는 것은 내 머리가 아니라 다른 사람의 머리였다. 나는 벨보가 되어 있는 기분이었다. 깨달음에 이르는 기나긴 여행의 종점에 서 있는 벨보처럼, 나 역시 내 주위에 있는 온갖 사물을, 심지어는 초라하기 짝이 없는 사물조차 다른 무엇인가를 상징하는 신성 문자로 해독하지 않으면 안 된다고 생각하고 있었다. 나 역시 벨보처럼, 〈계획〉처럼 구체적인 것은 이 세상에 없다고 생각하고 있었다. 그렇다. 돌이켜 보건대 나 또한 벨보처럼 혼자 영리한 척하고 있었던 것임에 분명하다. 나는 일순의 섬광, 한 번의 눈짓에 드러나는 사물의 전모도 이해할 것 같았다. 나는 속지 않으려고 갖은 애를 다 썼다.

……장사방형(長斜方形) 받침대 위에 놓인 수직 구조물인 프로망의 발동기. 그 발동기는, 늑골과 내장을 드러내 보이고 있는 해부실의 밀랍 모형처럼, 내부에다 일련의 바퀴와 축전지와 회로 차단기와, 톱니바퀴에 연결된 전동 벨트로 작동되는 장치(중학교 시절에 배웠는데 이름이 기억나지 않았다) 같은 것을 그득하게 담고 있었다. 이게 뭘 하는 기계인지 아는 사람? 저요. 정답: 물론 지자기류를 측정하는 장치죠.

축전기. 축전기로 무엇을 모았을까? 나는, 무시무시한 실무 비서(비밀의 수호자)로 둔갑한 〈보이지 않는 36장로〉를 상상했다. 그들은 밤새도록 기계에서 불똥이 튀도록 필사 건

반(筆寫鍵盤)을 두드려 이 대륙의 해변에서 저 대륙의 해변까지, 심연에서 지표면까지, 마추픽추에서 아발론까지 신호를 보낸다. 나오라, 나오라. 여보세요, 여보세요, 파메르시엘, 파메르시엘, 브라만이 신의 숨결로 섬기던 〈뮤 36〉의 진동을 감지했음, 지금부터 회로를 접속하고, 소우주와 대우주의 활용 가능한 회로는 모두 가동시킨다. 대지의 발밑에서 자귀나무 뿌리가 진동하거든 우주가 공명(共鳴)하는 소리를 들어라, 오버, 교신 끝.

하느님 맙소사. 그렇다면 유럽의 평원에서 무수한 군병들이 서로를 살상하고, 교황들이 대대로 서둘러 저주를 퍼붓고, 혈우병과 근친상간으로 문드러질 대로 문드러진 황제들이 선거후(選擧侯)의 뜰에서 제 잠자리를 다툰 것은 모두, 솔로몬의 전당에서 〈지구의 배꼽〉으로부터 나오는 소리에 귀를 기울이고 있던 무전 통신병의 존재를 은폐하기 위한 허울 좋은 구실이었던 것일까.

이 〈의열성 64자 성명적 전자 모세화 장치(擬熱性六十四字聖名的電子毛細化裝置)〉[2](가라몬드 사장이라면 이런 이름을 붙일 것이거니와)가 가동되는 틈틈이 경이로운 금속사적 승리의 전리품이 될 터인 백신이나 전구 같은 것들이 발명되곤

2 이 장치가 구체적으로 무엇을 가리키는지는 알 수 없다. 짐작컨대, 열(熱)은 열이되 가짜 열[擬熱]이라면 〈전기〉일 듯하고, 〈테트라그라마톤(四字聖名)〉은 〈YHWH〉, 〈YHVH〉 등, 넉자로 이루어진 〈하느님〉의 이름을 말하는데 이는 다분히 이름의 순열을 조합해 낼 수 있는 기계의 기능을 암시하는 것 같다. 〈전자 모세화 장치〉는 두뇌를 연상시킨다. 〈전기를 이용한, 어떤 단어의 순열을 조합해 낼 수 있는 전자두뇌〉, 따라서 〈컴퓨터〉를 이렇게 표현해 본 것이 아닐까 싶다. 백신이나 전구(電球)가 발명되기 이전이니 〈컴퓨터〉라는 개념은 이렇듯이 복잡한 표현을 통해서만 나타낼 수 있지 않았을까…….

하는 것이다. 하지만 진짜 의도, 이 태스크[3]의 진정한 목적은 전혀 다른 데 있었다. 그들이 한밤중에 거기에 모이는 것은, 탄대(彈帶) 같아 보이는 투명한 바퀴와 내부에다 구부러진 막대기에 받쳐진 두 개의 진동하는 구체를 내장한 듀크레테의, 정전기를 일으키는 그 기계를 돌리기 위해서인 것이다. 이 기계를 작동시키면 불꽃이 인다. 프랑켄슈타인 박사가 이 기계를 보았더라면 이로써 자기의 골렘에 생명을 불어넣으려고 했을 것이다. 그러나, 아니다. 신호를 보내는 목적은 따로 있다. 파 들어가라, 파 들어가라, 늙은 두더지처럼 파 들어가라!

재봉틀이다(영락없다! 유방 발육 촉진제, 발톱에다 정력 강장제를 그려쥐고 산 위를 나는 거대한 독수리 그림 광고 옆으로 보이는 것은 또 하나의 판화 광고, 만능 고무, 〈로뷔르르 콩케랑Robus le Conquérant〉, 영락없는 〈R. C.〉가 아닌가!). 그러나 이 기계의 전원을 켜면 기계는 바퀴를 돌리고 바퀴는 코일을 돌린다……. 그러면 코일은 무얼 하는가? 누가 코일에 귀를 기울일 것인가? 설명서 딱지에는 이렇게 쓰여 있다. 〈지면으로부터의 유도 전류〉. 이런 외설이라니! 방과 후에 박물관 구경을 나선 꼬마들 눈에도 빤히 보이게끔 써놓다니! 인류는 자신들이 다른 방향으로 발전하고 있다고 믿었다. 인류는 이 세상에 불가능한 것이 없다고 믿었다. 인류는, 실험의 가치, 기계 과학의 중요성을 절대적으로 신뢰했다. 〈세계의 지배자〉들은 수세기나 우리를 속여 왔던 것이다. 〈계획〉에 말려들고, 휘감기고, 농락당한 나머지 우리는 기관

3 컴퓨터로 하나의 일을 수행하기 위한 작업.

차를 찬양하는 시를 썼다.

나는 그 기계를 지나쳤다. 나는 개미 크기로 줄어들어, 사방에 철제 마천루가 들어선 기계의 도시 거리를 걷고 있는 기분이었다. 실린더, 배터리, 켜켜이 쌓인 레이던 병(甁), 회전목마 같은 원심 분리기, 〈전동식으로 개폐되는 회전문〉, 공명 전류를 자극하기 위한 호부(護符), 〈아홉 개의 진공관으로 이루어진 방전 열주(放電列柱)〉, 〈전자석(電磁石)〉, 단두대. 그리고 전시실 중앙(인쇄소 같은)에, 마구간에서 볼 법한 고리들이 쇠사슬에 매달려 있었다. 손이든 머리든 눌러서 찌그러뜨릴 듯한 압착기. 두 개의 실린더가 달려 있어서 공기 펌프로 작동하는 유리 종, 밑에 컵이 달려 있고, 오른쪽에는 구리 실린더가 붙어 있는 일종의 증류기. 생제르맹은 바로 그 증류기를 사용해 헤세 백작을 위해 염료를 제작했던 것이다.

모딜리아니의 여자 목처럼 긴 모래시계가 한 줄에 열 개씩, 두 줄 붙어 있는 담배 파이프 걸이. 정체불명의 물질이 들어 있는 모래시계의 윗부분은 크기가 각기 달랐다. 금방이라도 공중으로 솟을 작은 기구(氣球) 같았다. 〈레비스〉를 복제할 수 있는 이 기구가, 일반에 전시되고 있는 것이다.

이어서 유리 제품 전시장. 오후에 돌아보았던 곳으로 되돌아온 셈이었다. 녹색의 조그만 병, 나에게 〈제5원소〉의 진국을 권하는 어느 사디스트. 두 개의 크랭크로 개폐되게 만들어진, 병을 찍어 내는 철제 기구. 병 대신에 손목을 집어넣으면? 싹둑! 거대한 가위 같은 대형 집게에 넣어도 결과는 같을 것이다. 항문이나 귀에다 찔러 넣을 수도 있고, 아스타르테 여신에게 바칠, 꿀과 후추를 넣고 빵을 태아를 꺼내는 데 요긴하게 쓰일 듯한, 구부러진 메스……. 내가 가로질러 가고 있는 전시실에는 큼직한 진열 상자가 많았다. 한 상자 안에는 나선상의 타래송곳 끝을 조종할 수 있는 단추가 달려 있었다. 단추로 조종하면 타래송곳 끝은 흡사 구덩이에 늘어뜨려진 진자처럼 사정없이 희생자의 눈을 찌르고 들어갈 터이다. 이윽고 서툴게 그려진 풍자화 같은 기계들이 등장한다. 골드버그의 황당무계한 기계들, 빅 피트가 미키 마우스를 묶어 놓은 고문용 압착기, 〈세 개의 소형 톱니바퀴를 거느린 톱니바퀴〉, 브랑카, 라멜리, 종카 같은 이들에 의해 이루어진 르네상스 기계 공학의 결정. 경이로운 금속의 모험에서 다룬 바가 있어서 나는 이 톱니바퀴를 알고 있었다. 그러나 이런 기계가 박물관에 들어온 것은 지난 세기의 일이다. 세계를 제패한 뒤 말을 듣지 않는 사람들을 다스리는 데 쓰기 위해 박물관에다 보관하고 있을 터였다. 성전 기사단은 〈암살단〉으로부터 배워서 노포 데이Noffo Dei가 붙잡힐 경우 그 입을 봉하는 방법을 알고 있었다. 제보텐도르프의 스바스티카는, 〈세계의 제왕〉들을 반대하는 세력이 걸려들면 그 사지를 시계 방향으로 틀어 버리게 될 터이다. 준비는 끝났다. 모든 것은 준비되어 있다. 이런 기계들은 어느 누군가의 신호를 기다리고 있다. 모든 것은 일목요연하게 정리되어 있고 〈계획〉은 이제 공개된 셈이다. 그런데 아무도 그것을 눈치채지 못했다. 때가 오면 기계들은 일제히 입을 벌려, 세계 제패의 찬가를 부를 것인즉, 톱니는 정확하게 맞물려 돌아가고, 입이 떨거덕거리면서 노래를 부르는 날은 바야흐로 기계 입을 위한 흥청망청한 잔치 마당이 될 터이다.

이윽고 에펠탑을 위해 고안된, 〈긴급 섬광 발신 장치〉 앞에 섰다. 프랑스에서 튀니지, 러시아, 프로뱅의 성전 기사단, 파울리키아누스파, 페즈의 〈암살단〉으로 시보(時報)를 보내는 장치다(사실 페즈는 튀니지에 있는 것도 아니고, 암살단이 있는 곳도 페즈가 아니라 페르시아다. 그러나 〈초월적인 시간〉의 코일 속에서 이렇게 하찮은 것은 문제가 되지도 않는다). 나는, 벽에 여러 개의 공기구멍이 나 있는, 내 키보다 큰 이 기계를 본 적이 있다. 설명문에는 전파 송신 장치라고 하나 나는 알고 있다. 오후에도 그 기계를 본 적이 있다. 그렇다. 보부르 센터[4]를 말하는 것이다!

그것도 누구나 볼 수 있게 공개돼 있다. 이 거대한 상자가 하필이면 왜 한때 파리의 복부 노릇을 하던 루테티아(지하 수렁으로 통하는 승강구)의 중심에 놓여 있는 것일까? 보부르는, 환기구, 거미줄 같은 파이프, 무수한 도관(導管)이 모여 있는 곳, 말하자면 하늘로 열린 디오니소스의 귀가 소리와 신호와 메시지를 받아, 이것을 지구의 중심으로 보냈다가 되받는, 다시 말해서 지옥의 정보를 토하는 곳은 아닐까? 이 모든 정보가 연구소 노릇을 하는 박물관으로 들어와 탐침 노릇을 하는 에펠탑으로 보내어졌다가 다시, 지구의 송신기와 수신기라고 할 수 있는 보부르로 가는 것은 아닐까? 이렇게 어마어마한 정보 흡입 장치가, 지저분한 대학생들이 일제(日製) 헤드폰으로 최신곡이나 들으면서 시간이나 때우라고 세워졌을 리가 있겠는가? 그것도 모두가 볼 수 있는 장소에? 보부르는 아가르타 지하 왕국으로 내려가는 입구, 저 부활한 성전기사단에 의한 과두체 〈트레스〉의 기념비임에 분명하다! 그들을 제한 세계의 20억, 30억, 또는 40억 인구는 이것을 알지

4 보부르 지역에 위치한 퐁피두센터를 의미.

못했거나, 물질에 눈이 먼 나머지 짐짓 달리 보고 있었음에 분명하다. 그동안 〈영적인 인간〉들은 6세기 동안 저희 목표를 착실하게 추진시켜 왔던 것이다.

어둠 속을 돌아다니다 보니 마침 아래층으로 내려가는 계단이 있었다. 나는 조심을 다하면서 아래층으로 내려갔다. 자정이 가까워지고 있었다. 〈그들〉이 오기 전에 한눈에 내려다보기 좋은 곳으로 몸을 숨기지 않으면 안 되었다.

11시 전후였다. 나는 손전등을 켜지 않은 채로 라부아지에실(室)을 가로질렀다. 손전등을 켜지 않은 것은 오후에 경험했던 환각을 다시 경험할까 두려웠기 때문이었다. 나는 기관차 모형이 있는 복도를 건넜다.

회중석에는 벌써 몇 사람이 와 있었다. 희미한 전등이 흔들거리고, 발자국 소리가 어지럽게 들려왔는가 하면 물건이 바닥에 끌리는 소리도 들려왔다.

입초막(立哨幕)까지 갈 시간이 있을까? 나는 모형 기차 옆을 지나, 수랑에 놓인 그람의 흉상으로 다가갔다. 정방형(〈예소드〉의 정방형 돌) 목제 좌대 위에 흉상은 흡사 합창대원들의 출입구를 수호하고 있는 것 같았다. 내 자유의 여신상, 내 은신처는 바로 그 흉상 뒤에 있었다.

흉상 좌대 앞의 바닥재가 푹 꺼져 있었다. 바닥재는 비밀통로를 통해 회중석으로 들어오는 일종의 발판 노릇을 하게 된 셈이었다. 실제로 그 발판을, 등을 든 사람이 올라서고 있었다. 채색 유리에 가려진 가스등이 그 사람의 얼굴을 붉게 물들였다. 나는 구석으로 몸을 밀어 넣었다. 덕분에 용케 그 사람의 눈에 띄지 않을 수 있었다. 합창대석에 있던 사내가 그와 합류하면서 말했다. 「서둘러야 하네. 한 시간 내로 몰려들걸세.」

말하자면, 제장(祭場)을 준비하러 온 일종의 선발대였던 모양이었다. 선발대원의 수가 많지 않다면 본진이 몰려오기 전에(수가 얼마나 되고, 또 어디로 들어올지도 가늠할 수 없었다) 합창대석 앞을 지나 자유의 여신상으로 돌아갈 수 있을 터였다. 한동안 나는 구석에 웅크린 채 눈길로 수도원 교회 안을 오고 가는 불빛을 좇았다. 불빛은 끊임없이 일렁거리고 있었다. 나는 일렁이는 등불과 자유의 여신상 간의 거리, 그림자에 가려 보이지 않는 등불의 수를 헤아려 보았다. 그러다 한순간 위험을 무릅쓰고, 그람 흉상에 배가 닿을 정도로 바싹 붙어 통로를 지났다. 다행히 배가 나오지 않은 덕분에 가볍게 흉상 옆을 지나(당신은 부지깽이같이 말랐어……. 리아의 말이 생각났다) 여신상 밑의 입초막으로 미끄러져 들어갈 수 있었다. 입초막 속으로 들어가자마자 나는 태아처럼 바닥에 웅크리고 앉았다. 가슴이 뛰고 이빨이 덜그럭거렸다.

진정해야 했다. 나는 규칙적으로 심호흡하면서 호흡을 점점 더 깊게 했다. 이것은 고문당하는 경우, 의식을 가물거리게 함으로써 고통으로부터 벗어나고자 할 때 쓰는 호흡법이다. 실제로 나는 서서히 지하 세계의 품 안으로 가라앉아 가고 있음을 느낄 수 있었다.

113

우리의 목적은 비밀 속의 비밀, 곧 다른 비밀을 통해서만 설명되는 비밀을 지니는 데 있다. 그 비밀이 무엇이냐 하면, 비밀의 너울에 가려진 비밀에 관한 비밀이다.
— 제6대 이맘, 자파르 앗-사디크

서서히 의식을 되찾아 감에 따라 웅얼거리는 소리가 들리기 시작했다. 강렬해진 불빛에 눈이 부셨다. 발이 몹시 저렸다. 그래서 소리 나지 않게 일어서려고 하니 흡사 무수한 성게를 밟고 선 것 같았다. 칼을 딛고 선 꼬마 인어의 형국. 살그머니 일어나 발가락 끝으로 섰다가 무릎을 구부리니 통증이 덜했다. 가만히 밖을 내다보았다. 다행히도 입초막은 좌우로 어둠 속에 있었다. 그제야 나는 내 앞에서 벌어지는 광경을 내다 볼 수 있었다.

회중석은 휘황찬란하게 밝혀져 있었다. 등불의 수는 훨씬 불어 있었다. 내 뒤에 있는 비밀 통로를 통해 회중석으로 들어오는 수많은 사람들도 각기 하나씩의 등을 들고 있었다. 그들은 내 왼쪽을 지나 합창대석으로 들어가거나 회중석으로 들어가 열을 짓고 섰다. 세상에, 영락없는 월트 디즈니판(版) 「민둥산에서의 하룻밤」[1]이었다.

1 러시아 작곡가 무소륵스키가 작곡한, 마녀들의 축제를 그린 표제 음악. 월트 디즈니가 클래식 곡을 엮어 만든 「판타지아」라는 만화 영화에 이 곡이 나온다.

모두 목소리를 낮추고 있었다. 모두들 하나같이 옆 사람과 소곤소곤 이야기를 나누는 품이 흡사 연극에 등장하는 엑스트라 군중 같았다. 속닥속닥, 속닥속닥.

왼쪽으로, 수많은 등이 바닥에 반원 모양으로 놓여 있었다. 이 반원은, 합창대석 동쪽에 만들어진 또 하나의 반원과 파스칼의 흉상이 있는 남쪽 끝에서 만나고 있었다. 파스칼 흉상 옆에는 화덕이 차려져 있었는데, 누군가가 불길 속에다 뭔가를 계속해서 던져 넣었다. 약초 같기도 하고 향료 같기도 했다. 그 연기가 입초막까지 퍼져 왔다. 목이 따끔거렸다. 이상한 흥분 상태를 야기하는 연기였다.

무수한 등불에 비치면서 합창대석 중앙으로 무엇인가가 그림자를 끌고 지나다녔다.

놀랍게도 진자였다! 진자는 예의 그 수랑의 천장에 매달려 있는 것이 아니었다. 수랑에 매달려 있던 것보다 훨씬 큰 진자가 합창대석 천장 중앙의 쐐기돌에 매달려 있었다. 동추(銅錘)가 훨씬 크고, 줄은 돛줄만큼이나 굵었다. 내 눈에는 가는 철사를 꼬아서 만든 쇠줄 같았다. 판테온에 걸려 있던 진자도 그렇게 컸을 것 같았다. 흡사 망원경으로 달을 보고 있는 느낌이었다.

그러니까 그들은 레옹 푸코보다 5세기 앞서 성전 기사단이 실험했던 진자를 재구해 낸 것이었다. 진자가 마음대로 진동할 수 있도록 그들은 늑재와 보조 들보를 들어내고 내진의 원형 극장에다 등을 나란히 놓음으로써 기사단 시대를 연상시키는 좌우 대칭의 진형을 재연시킨 것이었다.

바닥에 자력 조정 장치도 없는데 어떻게 진자가 규칙적인 진동 리듬을 유지할 수 있는지 궁금했다. 그러나 그 궁금증은 오래가지 않았다. 합창대석 맨 끝, 디젤 엔진 옆에는 금방이라도 고양이처럼 진동면으로 뛰어들 듯이 서 있는 사람이 있었다. 그가, 진자의 동추가 자기 앞에 이를 때마다 정확한 손 힘으로, 혹은 손가락 힘으로 동추를 밀고 있는 것이었다.

말쑥한 연미복 차림이었다. 나는 잠시 후, 그의 동료들을 보고서야 그가 마술사이자 〈마담 올콧 곡예단〉에 속해 있는 요술쟁이라는 것을 알았다. 미는 힘과 거리를 정확하게 계산해서 극도로 미세한 차이를 조절하는 손 기술을 구사하고 있으니 실로 놀라운 그 방면의 전문가라고 하지 않을 수 없었다. 어쩌면 그는 반짝거리는 구두의 얇은 바닥을 통해 지자기류의 진동을 감지하고, 진자의 동추와 그것을 통제하는 지구 사이의 어떤 질서에 따라 진자를 진동시키고 있는지도 모를 일이었다.

곧 그의 동료들도 보였다. 그들은 회중석 자리에 있는 자동차 사이를 움직이고 있었다. 그냥 움직이는 것이 아니고 드레지엔 소형 트럭과 오토바이 사이의 어둠 속을 미끄러지듯이 움직이고 있었다. 그들은 회중석 뒷자리의 넓은 공간으로 의자와, 빨간 상보에 덮인 탁자를 나르고 등을 설치하고 있었다. 한밤중에, 쉴 새 없이 뭔가를 재잘거리면서 조그만 몸을 쉴 새 없이 놀리는 이들은 모두 구루병에 걸린 어린아이들 같았지만, 그중의 하나가 내 옆을 지나는데 가만히 보니 다운 증후군의 얼굴 위로 이미 머리가 벗어져 있었다. 슬로안 서점의 포스터에서 본 구역질 나는 꼬마 괴물들, 마담 올콧 마술단의 기형아 미농과 난쟁이들이었다.

곡예단 식구 모두가 그곳으로 몰려와 의례를 조직하고, 경비하고, 안무(按舞)하는 모양이었다. 징 박힌 가죽 옷을 입은 아발론의 거인들 알렉스와 드니도 보였다. 실제로도 금발의 거한들인 알렉스와 드니는 팔짱을 낀 채 거대한 오베이상 자동차의 몸체에 기대서 있었다.

궁금한 것이 많았지만 궁금해하고 있을 시간이 없었다. 누군가가 엄숙한 표정으로, 좌중의 소란을 진정시킬 듯이 한 손을 든 채로 나타났다. 브라만티였다. 피에몬테 파티 때 입고 있던 예의 그 선홍색 두루마기 위로 하얀 망토를 두르고 주교관 비슷한 모자를 쓰고 있었기 때문에 바로 알아볼 수 있었다. 화롯가에 이르자 그가 불 속에다 뭔가를 던져 넣었다. 그러자 불꽃이 오르면서 짙고 하얀 연기가 무럭무럭 일었다. 하얀 연기는 천천히 온 제장으로 퍼져 가기 시작했다. 리오에서 본 의례 생각이 났다. 하지만 그때와 달리 지금 내 손엔 아고구가 없었다. 나는 손수건을 꺼내 코와 입을 막았다. 코와 입을 막고 있는데도 불구하고 브라만티가 둘로 보이는가 하면, 진자의 동추가 내 앞에서 여러 방향으로 동시에 흔들리는 것 같았다.

브라만티가 주문을 외기 시작했다.「알레프 베트 기멜 달레트 헤 바브 자인 헤트 테트 요드 카프 라메드 멤 눈 사메크 아인 페 사데 코프 레쉬 신 타우!」

회중(會衆)이 기도문으로 화답했다.「파메르시엘, 파디엘, 카무엘, 아셀리엘, 바르미엘, 게디엘, 아시리엘, 마세리엘, 도르흐티엘, 우시엘, 카바리엘, 레이시엘, 사이미엘, 아르마디엘…….」

브라만티가 신호를 보내자 또 한 사람이 회중 속에서 나와 그의 발밑에 무릎을 꿇었다. 잠깐 그의 얼굴이 보였다. 흉터만으로 나는 그를 바로 알아볼 수 있었다. 화가 리카르도였다.

브라만티는 질문하고 리카르도는 대답했는데, 의례용으로 양식화된 문답을 외고 있는 것 같았다.

「그대는 누구인가?」

「저는 단원입니다. 그러나 아직은 〈트레스〉의 최고 비의에 접근할 자격을 갖추지 못했습니다. 저는 침묵과 명상으로 바포메트의 신비를 헤아려 왔고, 〈위대한 작품〉이, 열리지 않은 여섯 봉인을 선회하고 있다는 것을 알고 있으며, 마지막 순간에야 일곱 번째 비밀을 접할 수 있다는 것도 압니다.」

「그대는 어떻게 수계(受戒)하였는가?」

「진자의 추선(錘線)을 통하여 수계하였습니다.」

「누가 그대를 받아들였는가?」

「오의를 전수하신 추밀 단원께서 받아들이셨습니다.」

「그대는 그 추밀 단원을 알아보겠는가?」

「복면을 하고 계시는데 어찌 알아보겠습니까? 저는 오로지 저의 차상급 단원밖에 알지 못하고, 저의 차상급 단원은 오로지 차상급 신전 측량사밖에 알지 못하니, 오로지 한 단원은 다른 한 단원을 알 뿐입니다. 소원하던 바이올시다.」

「*Quid facit Sator Arepo*(사토르 아레포는 무엇을 위함인가)?」

「〈테네트 오페라 로타스〉를 위함입니다.」

「*Quid facit Satan Adama*(사탄 아다마는 무엇을 위함인가)?」

「〈타바트 아마타 나타스〉를 위함입니다. 〈만다바스 다타 아마타, 나타 사타〉를 위함입니다.」

「여자는 데리고 왔는가?」

「여자는 여기에 있습니다. 일러 주신 대로 여자를 그분에게 데려다 놓았습니다. 여자도 준비가 되어 있습니다.」
「가서, 준비하고 기다려라.」
그들의 대화는 엉터리 프랑스어(양쪽에서)로 이루어진 것이었다. 브라만티가 소리쳤다. 「형제들, 우리는 오늘 여기 〈한 교단〉, 〈미지의 한 교단〉의 이름 아래 이렇게 모였습니다. 어제까지만 하더라도 여러분은 이 〈미지의 교단〉에 소속되어 있다는 것을 알지 못했습니다. 그러나 여러분은 벌써 이 교단에 소속되어 있었던 것입니다. 함께 외칩시다. 비밀을 모독하는 속인들에게 저주 있으라! 비학의 아첨꾼들에게 저주 있으라! 〈의례〉와 〈비의〉를 모독한 자들에게 저주 있으라!」
「저주 있으라!」
「저주를 받아야 할 것들은 얼마든지 더 있습니다. 내가 선창하겠습니다. 〈보이지 않는 학원〉, 히람과 과부의 사생아들, 동양과 서양의 거짓, 그것이 고대로부터 전해져 온 것이든 공인된 것이든 수정된 것이든, 그 거짓을 실행하고 생각해 온 지배자들, 〈미즈라임-멤피스 의례회〉, 필랄레테스의 〈구자매회(九姉妹會)〉 일파, 〈성전 기사 감독회〉 일파, 〈동방 성전 기사단〉 일파, 바이에른과 아비뇽의 〈계명 결사〉 일파, 〈복수의 기사단〉 일파, 〈선택받은 사제회의 신전〉 일파, 〈완전한 우정〉 일파, 〈검은 독수리 기사단〉 일파와 〈성도(聖都)의 기사단〉 일파, 〈영국 장미 십자단〉, 〈황금의 장미 십자 카발라 교단〉 일파, 〈황금의 새벽 교단〉의 일파, 〈성배와 신전의 가톨릭 장미 십자단〉 일파, 〈샛별 교단〉 일파, 〈아스트룸 아르겐티눔과 텔레마의 신전〉, 〈브릴과 툴레〉 일파, 〈태백 우애단〉을 박해한 고대의 뭇 신비 결사, 〈성전 수호자〉 일파, 시온과 갈리아의 각종 수도회와 사원, 이 모든 결사의 일파에 저주 있으라!」

「저주 있으라!」

「입회의 동기가 순수한 데 있든, 강요나 개종이나 계산에 있든, 어리석은 것을 믿은 데 있든, 〈미지의 초인들〉 혹은 〈세계의 지배자들〉에 대한 복종을 망령되이 흉내 내는 어떤 지부, 어떤 사원, 어떤 분회, 어떤 교단에라도 소속된 적이 있는 이들은 오늘 밤에 그 믿음을 버리고 몸과 마음을 다하여 오로지 하나뿐인 진리의 교단인 〈트레스〉, 곧 〈템플리 레수르겐테스 에퀴테스 시나르키〉, 삼위일체와 삼지 일체적(三知一體的) 신비를 지향하는 가장 심오한 비밀 결사인 〈부활한 성전 기사단에 의한 시나키 정부〉에 자비를 구하고 온전히 회심해야 할 것이오.」

「*Sub umbra alarum tuarum*(당신의 날개 그늘 아래).」

「그러면 서른여섯 분의 가장 고귀하시고 가장 은비(隱秘)하신 고위 단원들께서 입장하시겠습니다.」

브라만티가 호명하자 이들은, 가슴에 〈금양모피〉 문장이 수놓인 전례 복장 차림으로 입장했다.

「바포메트의 기사님, 온전한 여섯 봉인의 기사님, 제7봉인의 기사님, 테트라그라마톤의 기사님, 플로리안과 데이의 처형 기사님, 아타노르의 기사님, 바벨탑의 위대한 측량사 어른, 대피라미드의 위대한 측량사 어른, 대성당의 위대한 측량사 어른, 솔로몬 신전의 위대한 측량사 어른, 호르투스 팔라티누스의 위대한 측량사 어른, 헬리오폴리스 신전의 측량사 어른…….」

브라만티가 작위를 부르자 작위를 불린 사람이 떼 지어 등장했다. 그래서 나는 나온 사람과 그 사람의 작위를 엮어서 기억할 수 없었다. 그러나 일차로 불려 나온 사람들 중에는데 구베르나티스 씨, 슬로안 서점 주인, 카메스트레스 교수, 그리고 피에몬테 파티에서 만났던 사람들을 알아볼 수 있었다. 놀랍게도 가라몬드 사장도 있었다. 〈테트라그라마톤의 기사〉로 나온 듯한 가라몬드 사장은 차분한 성직자다운 모습을 하려고 애쓰고 있었으나, 새로 맡게 된 직분에 너무 열중한 바람에 다소 흥분한 듯, 가볍게 떨리는 손으로 금양 모피 문장을 만지작거리고 있었다. 브라만티는 호명을 계속했다. 「카르나크의 비의의 전권 대사님, 바이에른의 비의의 전권 대사님, 바르벨로그노시스 비의의 전권 대사님, 캐멀롯의 비의의 전권 대사님, 몽세귀르의 비의의 전권 대사님, 은비(隱秘) 이맘 비의의 전권 대사님, 토마르의 총대주교(總大主敎)님, 킬위닝의 총대주교님, 생마르탱데샹의 총대주교님, 마리엔바트의 총대주교님, 보이지 않는 오흐라나의 총대주교님, 선교의 땅 알라무트 암성(巖城)의 총대주교님…….」

보이지 않는 오흐라나의 총대주교는, 얼굴은 여전히 회색빛이었으나 앞치마 대신 붉은 천으로 가장자리를 박은 노란 두루마기를 입어서 당당하기 짝이 없는 박제사 살론이었다. 살론을 뒤따르고 있는 사람은, 가슴에 금양 모피 문장 대신에 금빛 칼집에 든 단도 문양을 새긴, 루키페로스 교회의 초혼술사(招魂術師) 피에르였다. 브라만티의 호명은 이들의 등 뒤에서 계속되었다. 「화학적 결혼의 신성 문자의 고귀하신 수호자 어른, 로도스타우로스의 고귀하신 초혼술사 어른, 가장 난해한 비밀문서의 고귀하신 해석자 어른, 성각문자(聖刻文字)의 고귀하신 암호 해독자 어른, 소우주와 대우주의 역사를 이으시는 고귀하신 교신자 어른, 로젠크로이츠 묘지의 고귀하신 수묘사(守墓士) 어른, 숭고한 지자기류의 대집정관 어른, 숭고한 지구 공동(地球空洞)의 대집정관 어른, 비극점(秘極點)의 대집정관 어른, 미궁의 대집정관 어른, 진자 중의 진자 대집정관 어른…….」 브라만티는 이 대목에서 잠시 말을 끊었다가 마지못해 하면서 말을 이었다. 「그리고 대집정관 어른들의 대집정관이시자 충복들의 충복이시고, 이집트 오이디푸스의 가장 겸손하신 추밀원이시자 〈세계의 지배자들〉의 겸손한 사절이시고, 〈아가르타 수문장〉의 가장 겸손하신 사자(使者)이시자 진자의 마지막 복사(服士)이시고, 클로드 루이이시자 생제르맹 백작이시고, 라츠코치 공작이시자 생마르탱 백작이시고, 알리에 후작이자 므슈 드 쉬르몽이시고 미스터 웰던이시며, 몬페라토 후작이시자 에마르 후작이시고, 벨마르르의 후작이시자 솔티코프 백작이시고 쇠닝의 기사이신 차로지 백작을 이 자리에 소개해 올립니다!」

그때까지 이미 입장해 있던 성직자들은 진자가 마주 바라다 보이는 유보장 통로에, 신도들은 회중석에 정렬하자 알리에가 입장했다. 파란 줄무늬 양복을 입은 알리에는 몹시 긴장해 있는 듯, 안색이 그렇게 창백할 수 없었다. 알리에는 하데스의 땅으로 망자의 영혼이라도 인도하는 듯이 한 여자의 손을 잡고 나왔는데, 가만히 보니 로렌차 펠레그리니였다. 로렌차 역시, 약물에 중독이라도 된 듯이, 안색이 몹시 창백하고 표정이 없었다. 로렌차는 알몸에 하얀, 반투명 드레스만을 걸치고 있었는데 산발한 머리카락이 어깨 위로 흘러 내려와 있었다. 두 사람이 회중석을 지나는 순간 로렌차의 옆얼굴이 보였다. 로렌차의 표정은, 라파엘로 전파(前派)의 그림에 나오는 여성의 표정처럼 순진하면서도 나른했다. 내 욕망을 자극

하지 않을 수 없으리만치 영묘한 모습이었다.

알리에는 로렌차를, 파스칼 흉상 옆의 향로 앞으로 데리고 가서는, 잠깐 로렌차의 텅 비어 보이는 얼굴을 쓰다듬더니 아발론의 거인에게 손짓했다. 그러자 두 아발론의 거인이 걸어 나와 로렌차의 양옆으로 갈라서서 그녀를 부축했다. 알리에는, 신도들을 향해 놓인 탁자 앞으로 걸어 나와 좌정하고는 조끼 주머니에서 예의 그 코담뱃갑을 꺼내어 만지작거리다가 입을 열었다.

「형제 여러분, 기사 여러분. 여러분이 이 자리에 와 있는 것은, 〈신비의 전권 대사들〉이 여러분에게 회동의 소식을 전했고, 이로써 우리가 회동하는 까닭을 알고 그 목적에 동참하기로 마음을 정했기 때문일 것입니다. 우리는 1945년 6월 23일 밤에 회동했어야 했습니다. 물론 이 중에는 그날에 태어나지 않았던 분도 있을 것입니다(내 말은, 지금의 육신으로는 태어나지 않았을 것이라는 뜻입니다). 오늘 우리가 이렇게 회동한 것은, 통탄스러운 오류가 저질러진 지 무려 6백 년 만에 우리의 오류가 어디에 있었는지를 알고 있는 자를 찾아냈기 때문입니다. 이자가 우리보다 더 많은 것을 어떻게 알게 되었는지 불행히도 나 역시 자세히 알지 못합니다. 그러나 내가 믿기로 우리 중에도 한 사람이……. 어느 누구보다 강한 호기심으로 우리가 더불어 관심하는 이 일을 좇아오신 신비스러운 우리의 친구가 어떻게 이런 자리에서 빠질 수가 있겠습니까. 여러분, 우리 중에는 이 신비에 한 자락의 빛을 던져 줄 사람이 하나 있습니다. 아르덴티!」

아르덴티 대령(그렇다, 걸음걸이가 부자유스럽기는 했지만 분명히 머리카락이 새카만 아르덴티 그 사람이었다!)이 사람들 속에서 나와 바야흐로 청문회장으로 변해 가는 듯한 그 자리의 증인석에 해당하는 자리로 다가갔다. 그러나 진자가 있는 곳은 범접할 수 없는 공간이었기에 그는 신도들과 일정 거리를 유지해야 했다.

알리에가 웃으면서 대령에게 말했다. 「형제여, 그동안 적조했습니다. 오시리라는 걸 알고 있었습니다. 오시지 않을 수가 없었을 테지요. 우리가 포로로 잡은 사람의 자백은 그대도 받았을 것입니다만, 그자는 자기가 알고 있는 모든 지식이 그대에게서 나왔다고 자백한 바 있습니다. 그러니까 그대는 모든 것을 알고 있는데도 불구하고 침묵을 지켰던 것입니다.」

「백작, 그자는 거짓말을 하고 있습니다. 이런 말을 하는 것은 부끄러운 일입니다만, 제 명예는 지켜야겠지요. 제가 그자에게 귀띔한 이야기는, 〈신비의 전권 대사님들〉이 내게 귀띔한 이야기가 아니올시다. 밀지에 관한 이야기는 하나도 틀림이 없는 사실입니다. 그리고 제가 그 밀지를 손에 넣은 것도 사실이고, 이것은 십수 년 전에 제가 밀라노에서 말씀드린 바 있습니다. 하지만 포로의 밀지 해석은 저와 다릅니다. 저는, 포로가 내린 해석을 당시에 내릴 수가 없었기에 여러분들께 도움을 청했던 겁니다. 그러나 대단히 유감스럽게도, 저는 이 일에 관련된 분들로부터 하등의 격려도 받지 못했습니다. 격려는 고사하고 그분들은 저를 불신하고, 무시하고, 심지어는 위협하기까지…….」 아르덴티는 집행부를 조금 더 공격하려다가 알리에와 진자를 번갈아 바라보고는 마음을 고쳐먹는 것 같았다. 진자가 문득 마법이라도 걸어오는 것 같았던지, 아르덴티는 최면술에라도 걸린 사람처럼 털썩 무릎을 꿇고는 이렇게만 덧붙였다. 「용서해 주십시오. 저는 무지하니, 용서해 주십시오.」

알리에가 무릎을 꿇은 그를 내려다보면서 말했다.「그대는 벌써 용서를 받았어요. 그대가 알지 못한다는 것을 알기 때문이오. 그러니까 형제여, 우리가 포로로 잡은 자는, 우리가 알지 못하고 있는 것을 안다는 것이지요? 그자는, 우리가 누구인지도 알고 있다는 것이지요? 당연하겠지요. 우리는, 그자 덕분에 우리가 누구인지 알았으니까요. 곧 날이 샐 테니까, 서둘러야겠군요. 여러분은 각자 그 자리에서 명상에 들도록 하세요. 내가 그자를 다시 만나, 계시의 내용이 무엇인지 기어이 실토하게 할 테니까요.」

「*Ah non, monsieur le comte*(안 됩니다, 백작)!」피에르가 두 눈이 휘둥그레진 채 원호(圓弧) 앞으로 썩 나서면서 소리쳤다.「백작께서는 이틀 동안이나 그자와 이야기를 나누었습니다. 그러나 그자는 중국의 세 잔나비처럼 본 것도 없고 말한 것도 없고 들은 것도 없다고 뻗대고 있습니다. 오늘 밤이라고 무슨 말을 더 들을 수 있을 것 같습니까? 안 됩니다, 결단코 안 됩니다. 이 자리로 끌어내세요. 여기, 이 자리, 우리 앞으로 끌어내야 합니다.」

「진정하시오, 피에르. 나는 오늘 밤에 한 여인을 이 자리로 모시고 나왔습니다. 내가 믿기로 이 여인은, 오류로 지어진 세상과 〈제8천(天)의 어머니 오그도아도스〉 사이의 신비스러운 고리인 〈소피아〉의 더할 나위 없이 아름다운 화신입니다. 경위나 이유는 묻지 마세요, 나는 이 여인 앞에서는 그자도 진실을 실토할 것이라고 확신합니다. 소피아, 그대가 누구지요? 이 자리에서 그대의 정체를 그대 입으로 밝혀 보세요.」

로렌차는, 몽유병자 같은 표정을 하고, 말하기가 몹시 힘이 드는 듯이 천천히 한 마디 한 마디 내뱉었다.「나는 성녀이자 창부입니다.」

「어불성설입니다. 이 자리가 어떤 자립니까? 온 세상의 〈오의를 전수하신 분들〉이 다 모여 있는 자립니다. 이런 자리에 갈보가 당키나 합니까? 안 됩니다. 마땅히 그자를 〈진자〉 아래로 끌어내야 합니다.」 피에르가 소리쳤다.

「애들처럼 굴지 맙시다. 내게 한 시간만 여유를 주세요. 이틀 동안이나 뻗댄 자가 이 자리, 진자 앞이라고 실토할까요? 도대체 그대는 뭘 근거로 그런 소리를 하는 거요?」

「제 운명이 풍전등화인데 말을 하지 않을까요? *Le sacrifice humain*(산 제물을 드립시다)!」 피에르가 회중석을 향해 외쳤다.「*Le sacrifice humain*(산 제물을 드립시다)!」 회중석의 신도들이 이구동성으로 우렁차게 화답했다.

그때 박제사 살론이 앞으로 나서면서 알리에에게 소리쳤다.「백작! 우리의 형제 피에르는 어린아이같이 굴고 있는 것이 아니올시다. 저 사람의 말이 옳습니다. 우리는 경찰이 아닙니다…….」

「〈오흐라나〉는 경찰이 아니던가요?」 알리에가 살론을 향해 빈정거렸다.

「우리는 경찰이 아닙니다. 따라서 정상적인 심문의 방식은 우리에게 어울리지 않는 것입니다. 그렇다고 해서 지하의 권능에 산 제물을 드리는 것도 영험을 비는 데 적절한 것 같지는 않습니다. 만일에 지하의 권능이 우리에게 신호를 보내려 했다면 오래전에 보냈을 것입니다. 따라서 우리는 마땅히 이 신호를 접한 자들에게 관심을 기울여야 합니다. 이 지하의 비밀을 알고 있는 사람으로는, 우리가 포로로 잡은 자 말고도, 하나가 더 있습니다. 불행히도 종적을 감추었지만요. 그러나 오늘 밤 우리는 이 포로와, 또 한 사람, 그 비밀을 아는 제3의 인물을 대질시킬 수 있을 것입니다…….」 살론은, 숱이 많은 눈썹과 함께 눈을 오그리면서 알리에를 노려본 뒤 천천히 덧붙였다. 「그리고 그 두 사람을 우리와 대질시키는 겁니다…….」

「살론, 당신 무슨 소리를 하고 싶은 거요?」 알리에가 물었다. 어쩐지 당당하지 못한 목소리였다.

「백작께서 허락하신다면 제가 말씀드리죠.」 여자의 목소리였다. 마담 올콧이었다. 곡마단 선전 포스터에서 보던 바로 그 도전적인 얼굴이었다. 황갈색 옷차림의, 새카만 머리카락은 기름을 발라 뒤꼭지에다 묶은 여자. 걸걸한 음성은 남자의 음성을 방불케 했다. 가만히 생각해 보니, 슬로안 서점에서 포스터를 볼 당시에도 나는 그 여자의 얼굴을 알아보았던 것 같았다. 피에몬테의 잔치 때 공터에서 우리를 향해 달려오던 바로 드루이드 제니(祭尼)였다. 그 올콧이 소리쳤다. 「알렉스, 드니, 그 포로를 이리 끌고 오너라!」

단호하기 짝이 없는 어조였다. 회중석이 올콧의 발언을 지지하는 쪽으로 술렁거렸다. 두 거인은 그 말에 따라 로렌차를 난쟁이들에게 맡기고는 그 자리를 떠났다. 알리에는 왕좌의 양쪽 팔걸이를 그러쥐었다. 알리에의 의견은 여론에 밀려 묵살당한 것이었다.

마담 올콧은 두 난쟁이에게 손짓했다. 곧 파스칼의 흉상과 오베이상 사이에 세 개의 팔걸이 의자가 놓였다. 세 사람이 바로 그 자리를 차지했다. 피부 빛은 검고 키가 작은 세 사람은 신경질적으로 크고 허연 눈을 굴리기 시작했다.
「폭스 세 쌍둥이입니다. 백작께서도 잘 아시지요? 테오와 레오와 조는 준비되었을 테지?」
바로 그때 아발론의 두 거인이, 키가 어깨에도 못 미치는 벨보의 겨드랑이를 하나씩 끼고 다시 나타났다. 가엾은 내 친구 벨보의 안색은 창백했다. 며칠 깎지 못했던지 수염도 거뭇했다. 손은 뒤로 묶여 있었다. 셔츠 자락은 가슴이 보이게 열려 있었다. 연기가 자욱한 제장(祭場)으로 끌려 들어오는 순간 그는 눈을 끔벅거렸다. 수많은 은비교도(隱秘敎徒)들이 한 자리에 모여 있는데도 그는 전혀 놀라운 기색을 보이지 않았다. 그는 며칠 동안 그런 것을 예상하고 마음의 준비를 해왔음에 분명했다.
그러나 진자의 위치가 옮겨진 것을 보고는 적잖게 놀라는 것 같았다. 두 거인이 벨보를 끌고 가 알리에의 자리 앞에 세웠다. 들리는 소리라고는, 진자가 허공을 가르면서 그의 등덜미를 지나는 소리뿐이었다.
벨보는 고개를 돌렸다. 로렌차가 그의 시야에 들어온 것은 바로 그때였다. 멀리서도 벨보가 얼마나 당혹해하는지 알 수 있을 정도였다. 로렌차의 이름을 부르면서 밧줄에 묶인 채로 몸부림쳤다. 로렌차는 멀뚱한 눈으로 벨보를 보고 있었을 뿐, 벨보를 알아보는 것 같지 않았다.
그때였다. 접수용 탁자와 서가가 놓여 있던 회중석 끄트머리에서 연타당하는 북소리와, 비단 폭을 찢는 듯한 관악기 소리가 들려왔다. 플루트 소리 비슷했다. 순간 전시용 자동차 네 대의 문이 하나씩 열리면서 네 마리의 괴물 같은 네 사람이 등장했다. 〈곡마단〉 포스터에서 역시 본 적이 있는 사람들이었다.

머리에는 페즈 비슷한 펠트 모자를 쓰고 폭이 넓은 망토의 단추를 목까지 채운 네 〈이슬람교 탁발승 영창단(靈唱團)〉은, 사자가 무덤에서 나오듯이 전시용 자동차에서 나와 제의적으로 만들어진 원호(圓弧)의 가장자리에 쪼그리고 앉았다. 뒤에서 들리는 플루트 소리가 한결 감미로워지자 영창단의 네 사내는 두 손을 바닥에 대고 고개 숙여 절을 했다.

브레게의 비행기 동체에서 다섯 번째의 영창단원이 모습을 드러내었다. 흡사 기도 시간을 알리려고 이슬람교 사원의 첨탑에서 모습을 나타낸 무에진*muezzin* 같았다. 다섯 번째 영창단원은 알아들을 수 없는 언어로 노래를 부르기 시작했다. 신음하는 것 같기도 하고 탄식하는 것 같기도 했다. 노랫소리에 따라 북소리가 강렬해지기 시작했다.

뒤에 앉은 마담 올콧이 나지막한 소리로 세쌍둥이를 부추겼다. 의자의 팔걸이를 잡은 채 눈을 감고 가만히 의자에 파묻혀 있던 세쌍둥이가 갑자기 땀을 흘리기 시작했다. 얼굴 근육도 뒤틀리기 시작했다.

마담 올콧이 고위 사제들을 돌아보면서 말문을 열었다. 「작지만 실로 탁월한 우리 세 형제가 지금부터 여러분 앞에 비밀을 알고 있던 세 사람을 모시고 옵니다. 그 세 분이 누구시냐 하면, 바로 에드워드 켈리, 하인리히 쿤라트, 그리고…….」 마담 올콧은 잠시 뜸을 들인 뒤에 덧붙였다. 「생제르맹 백작이십니다!」

나는 알리에가 이성을 잃고 허둥대는 꼴을 처음으로 그 자리에서 보았다. 그는 이성을 잃고 자리를 박차고 일어나더니, 진자의 궤도를 아슬아슬하게 피해 여자에게 달려가면서 소리쳤다. 「이런 독사 같은 년, 이런 사기꾼 같은 년……. 무슨 말도 안 되는 소리냐…….」 그러고 회중석을 보면서 소리쳤다. 「이건 사기극이오! 이것 속임수요! 절대로 이대로 진행시켜서는 안 되오!」

좌중은 꼼짝도 하지 않았다. 피에르가 벌떡 일어나 왕좌를 차지하고 앉고는 소리쳤다. 「계속하시오, 부인.」

알리에가 냉정을 되찾고, 다른 사람들 속으로 비껴 서면서 중얼거렸다. 「좋다, 어디 해봐라. 꼴이나 보자.」

마담 올콧이 출발선상에 있는 육상 선수에게 신호를 보내듯이 손을 한 차례 들었다 놓았다. 음악이, 금방이라도 찢어질 것처럼 가팔라지면서 화음을 포기했다. 북소리도, 그때까지 지켜 오던 박자를 포기했다. 그때까지 앉은 채 전후좌우로 조용히 몸을 흔들고 있던 무용수들도 벌떡 일어서면서 겉옷을 벗어 던졌다. 무용수들은 금방이라도 날아오를 듯이 두 팔을 빳빳하게 펴들었다. 잠깐 두 팔을 펴든 채로 가만히 서 있던 무용수들은 왼발을 축으로 한 채 천장을 올려다보면서 돌기 시작했다. 표정은 비어 있는 것 같기도 하고 어느 한 지점을 뚫어지게 응시하는 것 같기도 했다. 무용수들이 회전 속도를 높여 감에 따라 입고 있던 주름치마가 종 모양으로 펼쳐지다 못해 폭풍 속의 꽃송이처럼 팔랑거렸다.

그동안 영매(靈媒)들은, 금방이라도 숨이 넘어갈 것처럼 얼굴을 뒤틀면서 헐떡거리고 있었다. 흡사 배변을 못해 용을 쓰고 있는 것 같았다. 화덕의 불빛이 희미해져 가고 있었다. 마담 올콧의 복사(服士)가 바닥에 놓여 있던 등불을 모두 껐다. 남은 것은 회중석의 불빛뿐이었다.

믿어지지 않는 일이 일어나기 시작했다. 테오 폭스의 입에서 허연 거품이 나오기 시작했다. 거품은 시시각각으로 늘어났다. 다른 두 형제의 입에서도 비슷한 물질이 흘러내리기 시작했다.

「우리 형제들, 잘한다, 옳지, 잘한다, 그거예요, 바로 그거예요.」 마담 올콧이 폭스 삼형제를 구슬리기 시작했다.

무용수들이 미친 듯이 되지도 않는 노래를 부르기 시작했다. 무용수들은 머리카락을 쥐어뜯으며, 필사적으로 죽음에 저항하는 사람처럼 발작적인 소리를 내질렀다.

영매들의 입에서 흘러내린 물질은 구체적인 모습을 갖추어 가기 시작했다. 흡사 단백질 덩어리 같은 이 물질은 파충류처럼 꿈틀거리면서 그들의 입술 사이에서 나와 양 어깨와 가슴을 지나 다리로 흘러내렸다. 어찌나 많이 흘러내리는지 입은 물론이고, 땀구멍과 눈과 귀에서도 흘러내리는 것 같았다. 회중석에 도열해 있던 신도들이 우르르 몰려나와 세 영매와 무용수 쪽으로 다가가 서로 앞을 다투었다. 일이 그 지경에 이르렀을 즈음부터는 나도 더 이상 두렵지 않았다. 나는 신도들과 합류해도 발각되지 않을 것 같아서 가만히 입초막에서 빠져 나와 궁륭 천장 아래로 자욱하게 퍼져 나가는 향연 속을 지나 그들 속으로 얽혀 들어갔다.

우윳빛 안개가 영매들을 둘러쌌다. 영매의 입에서 흘러나온 거품은 아메바 같은 형체를 갖추어 갔다. 세 영매 중 한 영매가 토해 낸 거품 덩어리의 한 모서리가 떨어져 나오더니 금방이라도 부리로 쪼을 듯이 영매의 몸을 타고 오르기 시작했다. 가슴까지 타고 올라갔을 때였다. 거품 덩어리 양쪽에서 거대한 달팽이의 뿔 같기도 하고 손잡이 같기도 한 돌기가 솟아올랐다.

눈은 감은 채 거품을 뿜으면서 제자리에서 돌고 있던 무용수들이 공간이 허용되는 한도 내에서 진자 주위를 돌기 시작했다. 제정신이 아닌 것 같은데 기묘하게도 진자의 진동 궤도 안으로는 절대로 들어가지 않았다. 도는 속도가 빨라짐에 따라 모자가 벗겨지면서 머리카락이 등 뒤로 출렁거렸다. 머리가 목 위에 붙어 있는 것이 아니라 목 위에서 날고 있는 것 같았다. 리오의 무용수들이 그랬듯이 그들은 미친 듯이 소리를 지르며 돌고 있었다. 후우우우 후우우우 후우우우우…….

드디어 흰 거품이 형체를 얻었다. 첫 번째 영매체는 사람의 외양과 매우 흡사했고, 두 번째 것은 남근(男根) 꼴에서 주사약 병 꼴로 바뀌더니 다시 증류기 꼴로 바뀌었다. 세 번째 영매체는 새 모양을 갖추어 가고 있었다. 눈언저리에 안경 같은 무늬가 있고, 귀가 빳빳하게 서고, 부리가 노처녀 과학 교사의 코처럼 구부러진 것으로 보아 영락없는 올빼미였다.

마담 올캇이 첫 번째 영매체에게 물었다. 「켈리, 당신이에요?」

그러자 영매체에서 소리가 흘러나왔다. 테오 폭스의 목소리가 아니었다. 아득히 먼 곳에서 들려오는 듯한 소리로 그 영매체가 하는 말은 떠듬거리는 영어였다. 「*Now... I do reveale a... a mighty Secret, if ye marke it well...*(이제 내가 무서운 비밀을 드러내거니와…… 잘 듣고 새기면……).」

「그러겠습니다. 새겨듣겠습니다.」 마담 올캇이 대답했다.

음성은 계속해서 흘러나왔다. 「*This very place is call'd by many names... Earth... Earth is the lowest element of all... When thrice ye have turned this Wheele about... thus my greate Secret I have revealed...*(내가 말하는 이곳은 여러 이름으로

불린다……. 지구……. 흙은 세상의 원소 중에서도 가장 흔한 원소이니……. 이 〈바퀴〉를 세번 돌리면…… 내가 지닌 위대한 〈비밀〉의 속뜻이 절로 드러날 것이다……).」

테오 폭스는 자비를 비는 듯한 손짓을 했다.「아니야. 그대로 가만히 있어.」 마담 올콧이 이렇게 말하고는 이번에는 올빼미 꼴 영매체에게 소리쳤다.「쿤라트, 당신이지요? 우리에게 무슨 말을 하고 싶은 거예요?」 올빼미가 말했다.

「할렐루……야……할렐루……야……할렐루……야……바스…….」

「*Was*(바스)? 계속하세요.」

「*Was helffen Fackeln Licht... oder Briln... so die Leut... nit sehen... wollen*(횃불이 있으면 무엇을 하고…… 안경이 있으면 무엇을 하나……. 알려고 하지 않는데……).」

「알고 싶습니다. 부디 알고 계신 것을 가르쳐 주세요.」 마담 올콧이 말했다.

「*Symbolon kosmou... ta antra... kai tōn enkosmiōn dynameōn erithento... hoi theologoi...*(우주의 상징…… 인간…… 그리고 우주의 힘을 헤아리는…… 신학자들……).」

레오 폭스 역시 기진맥진해 있었다. 올빼미의 목소리가 희미해지면서 레오 폭스는 그 자리에 꼬꾸라졌다. 영매체로 하여금 형체를 지키게 하는 데 있는 힘을 모두 썼기 때문이었다. 그러나 무자비한 마담 올콧은 레오 폭스에게 올빼미의 형체를 허물어뜨리지 못하게 하고는 세 번째로, 처음에는 증류기처럼 보였으나 이제는 사람의 형상을 취한 영매체에게 물었다.「생제르맹, 생제르맹. 생제르맹 백작이시지요? 무얼 알고 계시는지 저에게 말씀해 주세요.」

그러자 사람 형상을 취한 영매체는 노래를 흥얼거리기 시작했다. 마담 올콧은 신도들에게 조용히 할 것을 명했다. 악기가 일제히 침묵했다. 무용수들도 더 이상은 소리를 지르지 않았다. 그러나, 지쳐 쓰러질 것 같은데도 무용수들은 진자 돌이를 멈추지 않았다.

사람 형상의 영매체는 노래를 흥얼거렸다.「오호라, 드디어 세월이 내게로 돌아서는가.」

「백작이시군요. 저는 다 알아요. 말씀하세요. 가르쳐 주세요. 어디에, 무엇이…….」

「*Il était nuit... La tête couverte du voile de lin... j'arrive, je trouve un autel de fer, j'y place le rameau mystérieux... Oh, je crus descendre dans un abîme... des galeries composées de quartiers de pierre noire... mon voyage souterrain...*[밤이었다네……. 아마포 수건에 가려진 얼굴……. 나는 그곳에 이르러 쇠로 만들어진 제단을 찾아, 거기에 거룩한 나뭇가지를 올려놓는다……. 그러고 나락으로 떨어진다……. 검은 돌로 된 방이 있는 나락……. 지저 여행(地底旅行)이로구나……].」

영매체의 말이 채 끝나기도 전에 알리에가 고함을 질렀다.「저건 가짜예요, 저건 가짜라고요! 형제들도 저 구절을 알고 있지요? 저건 바로 내가, 이 손으로 쓴,『지극히 거룩한 삼지학(三智學)』에 나오는 구절이오. 누구든 60프랑만 있으면 구해 읽을 수 있는 책이오!」알리에는 이 말끝에 조 폭스에게 달려가 멱살을 잡아 흔들기 시작했다.

「썩 물러서지 못해? 저 사기꾼 영감탱이가 사람 죽이겠네.」마담 올콧이 비명을 질렀다.

「죽으면 죽는 거지.」알리에가 맞받아 소리를 지르면서 영매 조 폭스를 의자에서 끌어내렸다.

조는, 자기가 토해 낸 영매체에 붙어 있으려고 안간힘을 썼다. 그러나 그런 안간힘도 보람없이 영매체는 저를 토해 낸 주인과 함께 바닥으로 널브러졌다. 조는, 자기가 토해 낸 점액질 영매체 위로 무너지면서 몇 차례 꿈틀거리다 그대로 굳어지면서 숨을 거두었다.

「그만두지 못해? 이 미치광이 같으니.」 마담 올콧은 알리에를 붙잡고 드잡이를 하는 한편, 다른 영매체를 채근했다. 「어서 서둘러. 영매체들은 아직 말을 할 수 있을 거야. 쿤라트, 쿤라트, 저자에게 당신이 진짜 쿤라트라고 말 좀 해주세요!」

레오 폭스는 목숨을 지키려고 자기가 토해 낸 올빼미 꼴 영매체를 필사적으로 되삼키려고 했다. 마담 올콧이 그의 뒤로 다가가 손가락으로 그의 관자놀이를 눌렀다. 올빼미를 삼키지 못하게 하기 위해서였다. 올빼미는, 사라져야 할 때가 된 것을 알았는지, 저를 토한 레오 폭스를 향해, *Phy, Phy Diabolos*(이런 악마) 하고 소리치면서 부리로 그의 눈을 쪼으려 했다. 레오 폭스는, 목이 막혔는지 몇 차례 숨넘어가는 소리를 하더니 무릎을 꿇고는 그 자리에서 무너졌다. 올빼미는 여전히 〈피이, 피이〉 소리를 내면서 더러운 점액질 웅덩이가 되어 사라졌다. 그 웅덩이 속으로 레오도 버둥거리며 빠져들더니 그대로 굳어졌다. 마담 올콧은, 영매체를 놓치지 않으려고 안간힘을 쓰고 있는 테오 폭스에게 소리쳤다. 「켈리, 켈리! 말씀하세요, 내 말이 들려요?」

그러나 켈리는 말하지 않았다. 켈리라고 불리던 영매체가 영매 테오로부터 떨어지려고 애를 쓰자 테오는 오장육부가 찢어질 듯이 소리를 질렀다. 테오는 자기가 토해 낸 영매체를 잡아 다시 삼키려고 두 손으로 허공을 내저었다. 「켈리, 귀를 잘리고도 몰라요, 켈리! 그 따위 사기 수법, 이번에는 안 통해요!」 마담 올콧이 고함을 질렀다. 영매에게서 떨어져 나갈 수 없다는 걸 알았는지 켈리는 껌 같은 물질로 모습을 바꾸어 테오 폭스의 목구멍을 막았다. 세쌍둥이 중에서 마지막까지 남은 테오 폭스도 스스로를 구해 내지 못했다. 테오 역시 자기를 먹어 들어가는 기생물 덩어리에 목구멍을 막힌 채 무릎을 꿇고 캑캑거리다, 불길에 휩싸인 사람처럼 바닥을 데굴데굴 굴렀다. 켈리 노릇을 하던 영매체는 한 벌의 수의(壽衣)처럼 영매를 감싸고 있다가 스르르 녹아 버렸다. 땅바닥에 남은 것은, 박제사 살론이 내장을 훑어 내고 방부(防腐)한 아기 미라 같은 테오뿐이었다. 테오가 숨을 거두는 순간 네 무용수가 하나같이 도리깨질하듯이 팔을 휘두르다가(흡사 물에 빠져 허우적거리는 것 같았다) 바닥에 웅크리고 앉더니, 손으로 머리를 감싸 쥐고 강아지들처럼 끙끙거리면서 울먹이기 시작했다.

그제야 알리에가 앞자리로 나갔다. 알리에는, 양복 윗주머니에 꽂혀 있던 손수건으로 이마의 땀을 훔치고는 두어 번 심호흡을 한 뒤, 주머니에서 꺼낸 하얀 알약을 입에 털어 넣었다. 그러고는 좌중을 향하여 두 손을 들었다.

「형제 기사님들. 여러분은 이 여자가 연출한 싸구려 속임수를 구경했습니다. 냉정을 되찾고 우리 본연의 임무로 되돌아갑시다. 내게 한 시간만 시간 여유를 주세요. 둘이서만 얘기할 시간을 주세요.」

마담 올콧은 슬픔에 잠긴 채 세 영매 옆에 쭈그리고 앉아 있었다. 마담에게 어울리지 않는 꽤 인간적인 슬픔에 젖은 듯했다. 그러나 그때까지 왕좌에 가만히 앉아 사태의 추이를 관망하던 피에르가 분위기를 장악하려는 듯이 소리쳤다. 「*Non*(안 돼요)! 오로지 한 가지 해결책이 있을 뿐이오. *Le sacrifice humain*(산 제물을 드리는 겁니다). 그 포로를 이리 놓으시오!」

피에르의 기세에 힘을 되찾은 아발론의 거인들은, 그때까지 멍한 얼굴로 눈앞에서 벌어지는 광경을 구경하고 있던 벨보의 어깨를 하나씩 양쪽에서 거머쥐고는 피에르에게 넘겨주었다. 피에르는 곡예사처럼 재빠른 몸놀림으로 탁자 위에다 의자를 하나 올리고 두 거인을 합창대석 중앙으로 떠민 다음, 마침 자기 옆을 지나치는 진자의 추선을 붙잡았다. 추선 끝의 동추(銅錘)는 진동 방향에서 끌려오려 하지 않았지만 피에르의 손놀림 앞에서는 저항을 오래 하지 못했다. 실로 순식간에 일어난 일이었다. 피에르가 진자의 진동을 정지시키자 미리 약속이라도 했다는 듯이(눈앞에서 엉뚱한 일이 벌어지고 있을 동안 신호를 통한 밀약을 서로 주고받았던 건지도 모르지만) 두 거인이 탁자 위로 뛰어 올라가면서 벨보를 들어 의자 위에다 세웠다. 두 거인 중의 하나가 진자의 추선을 벨보의 목에다 두 바퀴 돌려 감고 있을 동안 나머지 하나는 동추를 들어 탁자 맨 끝에다 놓았다.

임시 교수대가 만들어지자 브라만티가 진홍빛 두루마기를 펄럭이며 달려나와 주문을 외기 시작했다. 「*Exorcizo igitur te per Pentagrammaton, et in nomine Tetragrammaton, per Alfa et Omega qui sunt in spiritu Azoth. Saddai, Adonai, Jotchavah, Eieazereie! Michael, Gabriel, Raphael, Anael. Fluat Udor per spiritum Eloim! Maneat Terra per Adam Iot-Cavah! Per*

Samael Zebaoth et in nomine Eloim Gibor, veni Adramelech! Vade retro Lilith! (펜타그라마톤[五字聖名]의 힘을 빌려 너에게 깃든 악마를 몰아내리니. 테트라그라마톤[四字聖名]의 거룩한 이름으로, 아조트의 정령에 깃들어 있는 알파와 오메가의 힘으로 악마를 몰아내리니. 사다이시여, 아도나이시여, 요트카바시여, 에이에제레이에에시여! 미카엘 천사시여, 가브리엘 천사시여, 라파엘 천사시여, 아나엘 천사시여! 엘로임의 성령이 여기 있으니 플루아트 우도르는 물러가라. 아담 이오트-카바가 함께하시니 테라는 영원하시라. 사마엘 제바오트와 엘로임 기보르의 거룩한 이름으로 아드라멜레크는 오소서, 릴리트를 따라오소서!)」

벨보는 추선에 목이 감긴 채 의자 위에 꼿꼿이 서 있었다. 거인들이 벨보를 붙잡고 있을 필요는 없었다. 어느 방향으로든 한 발만 내딛어도 벨보는 의자에서 떨어질 터이고 떨어지는 순간에 곧 올가미가 목을 조르게 될 터이기 때문이었다.

「멍텅구리들 같으니라고! 이런 짓거리들을 하다가 진자를 어떻게 원래 있던 자리에다 정위(定位)시킨단 말인가!」 알리에가 소리쳤다. 그는 진자에 무슨 이상이 생길까 봐 걱정되는 모양이었다.

브라만티가 능글능글하게 웃으면서 그 말을 받았다. 「걱정 마시오, 백작! 우리가 여기에서 하고 있는 일은 당신의 염료 배합과는 다르니까요. 이거야말로 〈진자〉, 〈옛 어른들〉이 고안해 낸 진짜 진자올시다. 진자의 행방은 진자가 압니다. 그리고 저승의 나라 〈지하〉의 〈권능〉을 부르는 데는, 산 사람보다 나은 제물이 없소이다.」

그때까지만 해도 벨보는 떨고 있었다. 그러나 브라만티의 그 말을 듣는 순간부터 그는 분명히 긴장을 풀고 있었다. 그는 관중을 내려다보았다. 배짱 좋은 얼굴로 내려다보았다고는 하지 않겠다. 그러나 그의 얼굴에서 호기심을 읽기는 어렵지 않았다. 내가 보기에 벨보는, 두 적대 세력의 논쟁을 들으면서, 세 영매의 시체를 보면서, 몸부림치면서 꺡꺡거리는 이슬람교 탁발승 영창단을 보면서, 엉클어진 고위 사제들의 차림새를 보면서 문득 자기의 천부적인 자질, 즉 부조리한 것을 보고 웃을 줄 아는 자질을 회복하지 않았나 싶다.

그 자질을 회복하는 순간부터 그는 두려움을 떨쳐 내기로 마음먹었던 것 같다. 모르기는 하지만 자기가 차지하고 있던 공간적으로 높은 위치도 그의 우월감을 부추기지 않았을까 싶다. 그는 그 높은 자리에서, 〈그랑 기뇰〉 극장의 복수극을 방불케 하는 미치광이들의 광란과, 입구 쪽에서, 옛날 봉바르동을 불던 아니발레 칸탈라메사와 피오 보처럼 히히덕거리는 난쟁이들을 보고 있었으니 더욱 그랬을 것이다.

그러나 다시 거인들의 손에 팔을 붙잡혀 있는 로렌차를 볼 때만은 벨보의 시선은 태연하지 못했다. 제정신을 되찾아 가고 있던 로렌차는, 눈앞에 펼쳐지고 있는 도저히 믿어지지 않는 광경이 두려웠던지 질금질금 울고 있었다.

벨보는, 로렌차에게 자기가 겁을 먹는 것을 보여 주고 싶지 않았던 것이거나, 이것이 자기가 여기 모인 패거리를 얼마나 하찮게 여기는가를 보여 줄 유일한 기회로 본 듯하다. 두 손이 뒤로 묶여 있는데도 불구하고 벨보는 꼿꼿하게 선 채로 턱은 들고, 가슴을 드러낸 채로 서 있었다. 흡사 두려움이라고는 알지 못하는 사나이의 모습이었다.

벨보의 침착한 모습을 본 데다, 진자가 잠시 진동을 멈춘 데 대한 일종의 체념 상태 덕분에 알리에도 냉정을 되찾을 수 있었을 것이다. 알리에는 평생(몇 평생이나 되는지 모르지만)을 추구하던 비밀의 열쇠를 붙잡기 위해, 격동된 분위기를 장악하고 추종자를 다독거리기 위해 이번에는 벨보를 붙잡고 늘어졌다.「이것 보게, 벨보. 이제 작정을 하시게나. 자네도 잘 아시다시피 자네는, 뭐라고 할까, 진퇴유곡에 몰린 셈이네. 이제 연극은 그만 하세.」

벨보는 대답하지 않았다. 대답 대신, 우연히 엿듣게 된 대화로부터 고개를 돌리듯 가만히 고개를 돌려 버렸다.

알리에는 태도를 누그러뜨리고 나잇살이나 먹은 사람의 말로 어조를 바꾸어 벨보를 달랬다.「자네 심정이 어떤지 잘 아네. 화가 날 테지. 그러나 나는 자네가 마음 깊이 그 노기를 누르고 있다는 것도 잘 아네. 하기야, 조금 전 같은 난장판을 연출한 어중이떠중이들에게야 그 깊고도 귀한 비밀을 귀띔하고 싶지 않을 테지. 좋아, 그러니까 나에게만 들려주게. 내 귀에다 대고 어디 한번 속삭여 보게. 자네를 풀어 줄 테니 자네는 한마디, 한마디만 해주면 되는 걸세. 나는 자네가 해주리라고 믿네.」

「그럴까?」 그제야 벨보가 입을 열었다.

알리에가 어조를 바꾸었다. 나는 알리에가 그렇게 당당하고 위압적인 말을 쓰는 것을 본 적이 없다. 흡사 동료들 중 하나가 입고 있던 이집트 대신관의 신관복을 빼앗아 입은 듯이 위엄을 부렸다. 그러나 그렇다고 해서 본색이 드러나지 않았던 것은 아니다. 나는 그의 말투에서, 그가 늘 동정해 마지않던 사람들의 말투를 그저 흉내 내고 있다는 것을 읽어 낼 수 있었기 때문이었다. 하지만 그런 동시에, 그는 자기 권위를 잘 알고 있는 자의 말투로 이야기했다. 무슨 목적에서 그러는지는 몰라도(그가 아무 의도도 없이 그랬을 리는 없으므로) 그는 이 상황에 멜로드라마틱한 요소를 끌어들이고 있었던 것이다. 만일에 연기를 하고 있었다면 연기력은 훌륭했던 셈이다. 벨보는 알리에의 속임수를 전혀 눈치채지 못하는 것 같았다. 벨보는, 전혀 이상하다는 낌새 없이 알리에의 말에 귀를 기울였다.

「이제 그대는 말할 것이네. 말함으로써 이 위대한 계획에 동참할 것이네. 침묵하면 그대가 지는 것이요, 고백하면 승자의 편에 서는 것이네. 진실로 진실로 내가 이르거니와, 오늘 밤 그대와 나, 그리고 이 자리에 모인 우리 모두, 위엄과 광휘와 영광의 세피라인 〈호드〉, 의례와 제의적 마술을 주관하는 〈호드〉에 들어 있네. 영원 앞에 드리워진 휘장이 열리는 순간이 곧 〈호드〉의 순간이네. 나는 몇 세기 동안이나 이 순간을 꿈꾸어 왔네. 그대는 자백하고 말 것이네. 이로써, 그대의 계시를 통하여 〈세계의 제왕들〉이 되는 영광스러운 이들에게 합류하게. 겸손하면 반드시 드높여질 것이네. 그대는 말할 것이네. 내가 말하라고 명하였으므로 말할 것이네. 나의 말은, 〈*efficiunt quod figurant*(언표된 것을 수행할 것이니)!〉」

의연한 태도로 벨보가 말했다. 「*Ma gavte la nata*(마개를 뽑아 헛바람을 좀 빼시지)…….」

거절당할 것을 예상하고 있던 알리에도 이 뜻하지 않은 모욕에는 낯빛을 잃었다.

「뭐라고 하는 겁니까?」 피에르가 짜증스러운 듯이 알리에에게 물었다.

「말하지 않을 모양이네.」 알리에는 의미만을 통역하고는 항복했다는 듯이, 중의에 따르겠다는 듯이 두 손을 쳐들어 보이고는 브라만티에게 말했다. 「구워 먹든지 삶아 먹든지 마음대로들 하시게.」

「*Assez, assez, le sacrifice humain, le sacrifice humain*(됐다, 됐다, 산 제물이다, 산 제물이다)!」 피에르가 기뻐 날뛰었다.

「그래요. 죽여 버립시다. 비밀이야 어떻게든 찾게 되겠지.」 마담 올콧도 반기는 얼굴을 하고는 몸을 돌려 벨보 쪽으로 달려갔다.

같은 순간, 로렌차도 움직였다. 로렌차는 거인들의 손아귀에서 빠져나와 벨보의 교수대 아래서 걸음을 멈추고는, 다가오는 벨보의 적을 제지하는 듯이 두 팔을 벌렸다. 로렌차는 눈물을 흘리며 고위 사제들을 꾸짖었다. 「모두 미쳤어요? 이럴 수는 없어요!」

현장에서 물러가려던 알리에는 한동안 바닥에 뿌리 내린 듯이 가만히 서 있다가 로렌차에게 다가갔다. 로렌차의 무모한 저항을 저지할 생각이었던 것 같다.

모든 일은 한순간에 일어났다. 마담 올콧의 머리카락이 댕기에서 풀렸다. 원한과 분노의 불길에 휩싸여 흡사 메두사 같은 마담 올콧은 손톱을 세워 알리에의 얼굴을 할퀴고는, 땅을 박차고 도약하는 순간의 힘을 이용하여 알리에를 한쪽으로 밀어붙였다. 알리에는 화로 다리에 발이 걸려 벌렁 나자빠지더니, 탁발승 광신자처럼 한바탕 자반뒤집기를 하고는 그 힘에 밀려가 전시된 기계에 머리를 찧었다. 그러고는 일어나지 못했다. 얼굴은 피투성이였다. 그동안 피에르는, 가슴에 차고 있던 칼집에서 단도를 꺼내 들고 로렌차에게 돌진했다. 피에르가 로렌차의 머리끄덩이를 잡는 순간 내 눈에는 로렌차가 보이지 않았다. 피에르의 몸이 로렌차를 가리고 있었기 때문이었다. 피에르가 옆으로 몸을 비틀자 로렌차가 보였다. 로렌차는 얼굴이 밀랍처럼 창백해진 채 벨보의 발치로 쓰러지고 있었다. 피에르는 피 묻은 단도를 공중으로 들어 올리고는 회중석을 향해 소리쳤다. 「*Enfin, le sacrifice humain*(드디어 산 제물을 바쳤다)! 〈이아 크툴루! 이아 샤튼!〉」

회중석의 신도들이 한 덩어리가 되어 앞으로 몰려나왔다. 군중의 발밑에 밟히는 자도 있었고 옆으로 밀려나는 자도 있었다. 몇몇은 퀴뇨의 자동차를 밀어서 넘어뜨릴 기세로 앞으로 밀고 나왔다. 나는 가라몬드 사장의 목소리를 들었던 것 같다(그런 기괴한 디테일을 내가 상상했을 리는 없으므로 〈들었음에 틀림없다〉고 말하는 것이 좋겠다). 「여러분, 제발 이러지 마세요! 질서를 지키세요!」 브라만티는 무아지경이 되어 로렌차의 시체 옆에 무릎을 꿇고 외치고 있었다. 「아사르, 아사르! 누가 내 목줄을 움켜쥐고 있느냐? 누가 나를 바닥에다 내굴렸느냐? 누가 내 가슴을 난자하느냐? 나는 마아트 신전의 문지방을 넘을 자격도 없다!」

어쩌면 어느 누구에게도 그런 의도가 없었는지도 모르겠다. 어쩌면 로렌차 하나의 희생으로도 충분했을지도 모른다. 그러나 사태는 이상한 방향으로 전개되었다. 진자가 진동을 멈추고 있었으므로 신도들은 마법의 원호 안으로도 밀려들어갈 수 있었다. 누군가(아르덴티였던 것 같다)가 다른 사람들에게 밀려 탁자 쪽으로 무너지면서 벨보의 발밑에서 그 탁자를 밀어내 버렸다. 탁자가 밀려나자 진자의 동추는 탁자 아래로 떨어지면서, 산 제물을 추선에다 매단 채로 무서운 속도로 진동 운동을 시작했다. 동추의 무게 때문에 추선이 벨보의 목을 조르고 있으리라는 것은 의심할 여지도 없었다. 진자는 추선으로 목을 조른 채 벨보의 몸을 채어 공중으로 떠올라 동쪽 끝에 있는 성가대석까지 갔다가는 벨보를(바라건대 순식간에 숨이 끊어졌기를) 매단 채 내 쪽으로 왔다.

서로 짓밟고 짓밟히고 하면서, 군중들은 금단의 구역인 반원의 원호 뒤로 물러났다. 이 덕분에 진자는 텅 빈 진동 궤도에서 아무 방해도 받지 않을 수 있었다. 일정한 힘으로 동추를 밀어 진자의 왕복 운동을 돕고 있던 마술사는 진자의 부활에 흥분한 나머지 동추 대신 교살당한 벨보의 시체를 밀어 댔다. 진자의 운동 축은, 몇 시간 뒤 해가 떠오르면 찬란한 햇빛을 비쳐 들게 할 터인 유리창에다 대각선을 그리고 있었다. 그 유리창은 짐작컨대, 떠오르는 햇빛의 섬광이 제일 먼저 비춘다는, 페인트칠이 되어 있지 않은 점이 있는 유리창일 것이다. 나는 벨보의 시신을 보고 있지 않아도, 그 대각선이야말로 벨보가 우주에다 그리는 무늬라는 것쯤은 짐작할 수 있었다.

벨보의 머리는, 천장의 중앙 쐐기돌에서 내려온 추선에 묶인 또 하나의 추였다. 진짜 동추가 왼쪽으로 가면 벨보의 머리는 오른쪽에 자리를 잡았고, 진짜 동추가 오른쪽으로 가면 벨보의 머리는 왼쪽에 자리 잡았다. 제1의 동추와 제2의 동추는 그런 식으로 위치를 바꾸어 가면서 진동 운동을 계속했다. 추선을 중심으로 이 두 개의 동추가 서로 위치를 바꾸어 가면서 왕복 운동을 하고 있었기 때문에 허공을 가르고 있는 것은 하나의 선으로 된 추선이 아니라 두 개의 동추를 정점으로 하는 일종의 삼각형이었다. 벨보의 머리는 추선의 움직임을 그대로 따르고 있었으나 그의 몸은 공중에서 머리와 추선과 동추에서 독립된 전혀 새로운 원호를 그리며 진동하고 있었다. 처음에는 몇 차례 경련을 일으키던 그의 몸도 시간이 지남에 따라 뻣뻣하게 굳어져 팔 따로 다리 따로 움직였다. 누가 〈마이브리지〉 연속 촬영 기법으로 그 장면을 찍었더라면 — 한 장의 감광판에다 연속되는 움직임을 겹쳐지도록 기록하는 이 기법으로, 각 왕복 운동 때마다 그의 머리가 찍는 진동 상한점, 동추의 진동 상한점, 머리와 동추와 상관없이 추선이 이르는 상한점, 몸과 다리가 각기 따로 놀면서 그려 내는 진동면의 중간점을 잇는다면 — 진자에 매달린 채 벨보가 그려 내는 형상은 곧 〈세피로트의 나무〉가 될 터였다. 벨보는 이로써 최후의 순간에 우주의 모든 영고성쇠를 요약하고, 스스로의 몸으로, 이 세상을 상대로 한 신의 호흡과 배설을 10단계로 형상화시키고 이를 영구히 고정시킨 셈이었다.

연미복을 입은 괴물은 손으로 벨보의 시신을 밀어 이 장송 진동(葬送振動)이 계속되게 하고 있었는데, 어느 순간에 이르자, 이 괴물이 손힘을 늘이고 줄이는 데에 따라 그 힘으로 진자의 궤도를 진동하던 벨보의 시신이 진동을 멈추었다. 추선과 동추는 진동 운동을 계속하는데도 오로지 그의 시신만은 거기에 매달려 있는데도 꼼짝도 하지 않았다. 따라서 천장에 매달린 채로 벨보의 몸과 연결되어 있던 추선(벨보의 몸에서 천장까지의 추선)이 정확하게 수직인 상태에서 진동을 멈춘 것이었다. 죽음을 통하여 세상의 오류와 그 운행의 질서를 벗어난 벨보는 이로써 하나의 현수점(懸垂點), 〈부동점〉이 되어 세상을 매다는 천장 노릇을 하게 된 셈이었다. 그의 발 밑에서 추선과 동추는 극점과 극점 사이의 왕복 운동을 계속 하고 있었고 땅은 그 동추 밑에서 이리저리 밀려다니면서 진동의 순간순간마다 수시로 새로운 대륙을 드러내어 보여 줄 터였다. 이렇게 되면 동추는 더 이상 〈세계의 배꼽〉을 가리킬 수도, 알 수도 없게 되어 버리는 셈이었다.

이 놀라운 상징의 드러남에 얼이 빠져 있던 〈악마 연구가들〉이 다시 웅성거리기 시작하는 순간, 나는 우리의 이야기도 그것으로 끝났다는 것을 알았다. 만일에 〈호드〉가 영광의 세피라라면, 벨보는 그 영광을 이룬 셈이었다. 겁이 많던 그는 단 한 차례의 의연함으로 〈절대〉와 화해한 것이었다.

114

이상적인 진자는 구부러짐과 비틀림이 저지될 일 없는, 길이 L의 가는 추선과, 그 추선의 무게 중심에 매달리는 추로 이루어진다. 원의 무게 중심은 곧 그 원의 중심에 있다. 인체의 경우, 이 무게 중심은, 키에 0.65를 곱하여 얻은 수치를 발에서부터 위로 재어 올라간 지점에 있다. 만일에 추선에 키 170센티미터 되는 사람이 매달려 있다면 무게 중심은 발에서 110센티미터 되는 지점에 위치한다. 그리고 추선의 길이 L에는 이 길이가 포함된다. 다른 말로 하자면 그 사람의 머리에서부터 목까지가 60센티미터라면 무게 중심은 170−110=60, 즉 머리끝에서 60센티미터 되는 곳, 목에서는 60−30=30, 즉 30센티미터 되는 곳에 위치한다.
하위헌스의 법칙에 따르면 진자의 주기는 다음과 같다.

$$T(\text{초})=\frac{2\pi}{\sqrt{g}}\sqrt{L} \cdots\cdots (1)$$

단, L은 미터 단위, $\pi=3.1415927\cdots\cdots$이며, $g=9.8\text{m/sec}^2$이다. 여기에 수식 (1)을 대입하면 이렇게 된다.

$$T=\frac{2\times3.1415927}{\sqrt{9.8}}\sqrt{L}=2.00709\sqrt{L}$$

혹은, 간단히 이렇게 나타낼 수도 있다.

$$T=2\sqrt{L} \cdots\cdots (2)$$

단, T 값은 목 매달린 사람의 체중과는 무관하다(하느님의 눈으로 보면 만인은 평등하니까).
하나의 추선에 두 개의 추가 매달린 복진자(複振子)의 경우, A추에 힘을 가하면 A가 움직이나 잠시 후에는 A는 멈추고 B가 진동한다. 만일에 두 추의 무게가 다르거나 매달린 위치가 다르면, 에너지를 서로 교환하기는 해도 진동 주기는 같지 않다……. 이 운동의 불규칙성은 A추에 힘을 가한 뒤 스스로 정지하기까지 방치하는 대신, 이미 작동 중인 추에 정기적으로 힘을 가해도 마찬가지다. 이러한 일은 교수된 시체의 몸에 불규칙하게 바람이 부는 경우에도 일어난다. 바람이 불면 잠깐 시체가 움직이기는 하지만 곧 정지하고, 시체가 받침점 노릇을 하면서 교수대가 움직이기 시작한다.
— 컬럼비아 대학교의 마리오 살바도리가 보낸 사신(私信)에서, 1984.

거기에 더 이상 머물러 있을 필요가 없었다. 나는 신도들이 소동을 벌이고 있는 사이를 틈타 그람의 흉상 옆까지 이동했다.

흉상 좌대 밑의 발판은 여전히 열려 있었다. 나는 좌대 밑으로 들어가, 발판으로 놓인 폭이 좁은 사다리를 타고 내려갔다. 내려가 보니, 전구 한 개만이 희미하게 밝히고 있는 층계참이었다. 거기에서부터 나선형 돌계단이 시작되고 있었다. 나선형 돌계단을 모두 내려서니 궁륭형의 천장이 꽤 높은, 어두컴컴한 통로였다. 나는 도무지 어디에 와 있는지 짐작조차 할 수 없었다. 물이 흐르는 듯한 소리가 들렸지만 나로서는 그 소리가 무슨 소리인지, 어디에서 들려오는 소리인지 짐작도 할 수 없었다. 어둠에 눈이 익은 뒤에야 나는 지하 수로에 들어와 있다는 걸 알았다. 수로 옆의 보행로 옆으로는 손잡이가 만들어져 있어서 하수구로 떨어질 염려는 없었으나, 그 지독한 냄새는 고스란히 맡지 않을 수 없었다. 화학 약품 냄새와 유기물이 썩어 가는 냄새가 뒤엉켜 코를 찔렀다. 나는 지하 수로를 지나면서 우리가 지어낸 이야기가 완전한 허구는 아니었구나 싶었다. 적어도 파리의 지하 수로, 콜베르의 지하 수로, 팡토마, 살로몽 드 코가 설계한 지하 수로는 실재하는 것들이었다.

나는 지하 암거(暗渠) 중에서도 가장 큰 암거를 따라 걸었다. 큰 암거에서 갈라져 나온, 어둡고 비좁은 암거를 버리고 큰 암거를 따라 걸으면서 그 지저(地底)로의 도주를 끝나게 해줄 만한 표지를 애타게 찾았다. 다행인 것은 그래도 내가 저 공예원 박물관의 어둠 속으로부터 탈출하고 있다는 것이었다. 그 암흑의 왕국에 견주면 파리 지하 수로는 구원이요,

자유요, 맑은 공기이자 빛이었다.

하나의 이미지, 벨보의 시체가 성가대석에다 그리던 하나의 상형 문자가 내 뇌리에서 지워지지 않았다. 무엇을 상징하는 상형 문자였을까? 그 상형 문자는 다른 어떤 상징과 조응하고 있었던 것일까? 그러나 나는 내가 던진 질문에 답을 마련할 수 없었다. 지금이야 물론 나는 그것이 물리적인 법칙에 지나지 않았다는 것을 잘 알고 있다. 그러나 이런 지식은 그 현상을 더욱 상징적인 것으로 만들 뿐이다. 나는 여기 벨보의 시골집에 남아 있는 수많은 기록 중에서, 진자가 어떻게 작동하느냐는 그의 질문에 대답한 누군가의 편지 한 통을 발견했다. 답장은, 제2의 추가 추선 어딘가에 매달려 있을 경우, 말하자면 진자가 복진자(複振子)일 경우의 진동 상황과 운동을 설명하고 있었다. 그렇다면 벨보는 진자를, 자신의 시나이 반도, 자신의 갈보리 언덕으로 생각하고 있었던 것일까? 생각하고 있었다면 언제부터? 그렇다면 그는 최근에 우리 손에서 만들어진 〈계획〉에 희생된 것이 아니고 자신보다 훨씬 창조적인 상상력이 그의 상상된 죽음을 현실로 계획하고 있는 것도 모르는 채 오로지 그 상상력 안에서 자기 죽음을 준비해 왔다는 말인가?

신기하게도 벨보는 잃음으로써 승리한 것이었다. 아니면 온갖 것을 다 걸고 단 하나의 승리의 길에만 매진하는 이는 결국 모든 것을 잃고 마는 것일까? 만일에 벨보가, 승리가 전혀 다른 의미에서의 승리라는 것을 알지 못하고 있었다면 그는 잃은 셈이 된다. 그러나 그 토요일 밤에는, 나는 이런 것을 미처 알지 못했다.

나는 전후좌우가 전혀 짐작되지 않는데도 무작정 지하 수로를 따라 걸었다. 걸으면서 나처럼 암거를 헤매었을 터인 포스텔을 생각했다. 그러던 중에 눈이 번쩍 뜨이는 표지가 내 앞에 나타났다. 벽에 꽂힌 채 켜져 있는 전구였다. 전구 옆으로는, 목제 뚜껑 문으로 이어지는 임시방편 사다리가 있었다. 올라가 보니 빈 병이 무수히 널려 있는 지하실이었다. 지하실을 빠져나가자 복도가 나왔다. 복도 양옆으로는 문에 남자 하나와 여자 하나가 각각 붙어 있는 남녀 화장실이 마주 보고 있었다. 드디어 사람 사는 세상으로 나온 것이었다.

복도를 지나다가 숨이 막혀 잠시 걸음을 멈추었다. 그제야 로렌차가 죽었다는 데 생각이 미쳤다. 눈물을 주체할 수 없었다. 그러나 로렌차는 빠른 속도로 내 기억으로부터 내 혈관으로부터 빠져나가 조금 뒤부터는 일찍이 이 세상에 태어난 적도 없는 존재가 되어 갔다. 잠시 후에는 얼굴을 기억하려고 해도 되지 않았다. 로렌차는 죽음의 세계의 그 누구보다 죽어 있는, 사자(死者) 중의 가장 완벽한 사자였다.

복도 끝에 또 하나의 계단이 있었다. 계단을 올라 문을 열었다. 냄새가 고약한, 연기가 자옥한 공간. 술집 아니면 비스트로 같았다. 흑인 웨이터, 땀을 뻘뻘 흘리는 손님들, 꼬치 요리, 맥주잔……. 동양풍이 도는 곳이었다. 나는 그 자리에 앉아 있다가 잠시 소변을 보고 온 손님처럼 태연하게 들어갔다. 나를 눈여겨보는 사람은 없었다. 계산대 앞에 서 있던 사내만이 내가 뒷문을 열고 들어서는 걸 보고는, 미간을 오그리는 듯했다. 그는 이렇게 말하고 있는 것 같았다. 알아, 이해한다고. 그러니까 앉으셔. 아무것도 못 본 것으로 해줄 테니까.

115

온 세상의 귀신이라는 귀신이 다 눈에 보인다면, 사람은 살 수가 없다.
— 『탈무드』, 베라코트, 6

그 술집에서 나오고 보니 생마르탱 지구의 가로등 밑이다. 내가 들어갔던 술집은 아랍인의 술집이다. 근처에는 그 시각까지도 문을 열고 있는 아랍 가게들이 많다. 아랍 요리인 쿠스쿠스와 팔라펠이 섞인 냄새와 사람들 냄새가 난다. 슬리핑백을 짊어진, 호리호리한 젊은이들이 떼 지어 지나간다. 나는 지나가는 아이 하나를 붙잡아 무슨 일이냐고 물어본다. 전날 제정된, 사립학교 규제법을 반대하는 대규모 시위가 준비되고 있다는 것이다. 시위대를 태운 버스가 속속 도착하고 있다.

터키인 하나가 형편없는 프랑스어로, 좋은 술집이 있다면서 나를 꾄다. 변장한 드루즈파 자객 아니면 이스마일파의 밀정인지도 모르는 일. 안 된다, 〈알라무트〉 암성(巖城)으로 데려갈지도 모른다, 도망쳐라! 누가 누구의 끄나풀인지도 모르지 않은가? 사람을 믿어서는 안 된다!

네거리를 지난다. 내 발자국 소리밖에는 들리지 않는다. 대도시의 이점은, 몇 미터만 비켜서도 혼자가 되어 버린다는 것이다.

몇 블록을 걷다가 주위를 둘러보니 문득 내 왼쪽으로 공예원 건물이 밤하늘을 배경으로 창백한 모습을 드러내고 있다. 밖에서 보니, 아무것도 모르는 채 정의로운 잠에 빠져 있는 이 기념관은 그렇게 평화로울 수가 없다. 나는 센강을 바라보고 남쪽으로 계속해서 걷는다. 나에게는 목적지가 있기는 하다. 그러나 그게 무엇인지 기억해 낼 수가 없다. 오직, 그날 밤에 무슨 일이 있었던 것인지 누군가에게 묻고 싶을 뿐.

벨보가 죽었다고? 하늘은 맑다. 학생들 무리가 지나간다. 학생들은 그 거리의 *genius loci*(수호성인)의 분위기 탓인지 조용하기 그지없다. 왼쪽으로 장중한 생니콜라데샹 성당이 보인다.

생마르탱가를 따라 계속해서 걸어가다가, 폭이 넓어서 대로를 방불케 하는 우루로를 건넌다. 길을 잃으면 어쩌지? 무슨 길? 도대체 네 목적지가 어딘데? 글쎄, 그건 나도 모르겠는데. 주위를 둘러보다가, 길모퉁이에 서 있는 두 개의 진열대를 본다. 〈장미 십자회 출판부〉의 신간 서적 진열대……. 진열대 안은 어둡다. 가로등 불빛과 내 손전등의 도움을 빌려 진열대 속을 들여다본다. 책도 있고, 비품도 있다. 『유대인의 역사』, 생제르맹 백작, 연금술, 세계의 불가사의, 장미 십자단의 비궁(秘宮), 성당 건축가들이 의도한 메시지, 카타리파, 『새 아틀란티스』, 고대 이집트의 의술, 카르나크 신전, 바가바드기타, 환생, 장미 십자단의 십자가와 촛대, 이시스와 오시리스의 흉상, 상자에 든 선향(線香)과 향합, 점치는 데 쓰이는 타로 카드. 둥그스름한 자루에 장미 십자단의 문장이 새겨진, 편지 봉투 여는 데 쓰이는 단도. 이것들이 지금 여기에서 뭘 하고 있는 거야? 날 놀리는 거야?

보부르의 정면을 지난다. 낮에는 마을의 난장(亂場)을 연상시키는 곳이지만 새벽이라서 센터 앞 광장에는 인적이 드물다. 광장에 잠들어 있는 사람 몇, 건너편 맥주 홀에서 비치는 불빛이 쓸쓸하다. 그래, 사실이었구나. 대지의 에너지를 빨아들이는 거대한 통풍관. 낮에 거기에 와서 난장을 벌이는 무리는 통풍관을 진동시키기 위해 동원된 무리인지도 모른다. 이 신비한 장치는 인육을 연료로 하는지도 모르는 일.

생메리 성당. 건너편에 있는 것은, 거래 서적의 4분의 3이 은비학 계통의 서적인 〈라 부이브르〉 서점. 흥분하면 안 된다. 깔깔거리며 바에서 나오는 스칸디나비아 여자들을 피하려고 롱바르가로 꺾어 든다. 웃지 마, 로렌차가 죽었는데 웃어.

로렌차가 정말 죽었어? 로렌차와 벨보가 죽은 게 아니라 내가 죽은 것인지도 모르잖아? 롱바르가는 니콜라플라멜가를 직각으로 가로지른다. 니콜라플라멜가 끝에 이르면 하얀 생자크 탑이 보인다. 길모퉁이에는 〈아르캉 22〉 서점이 있다. 역시 점치는 데 쓰이는 타로 카드와 모형 진자를 파는 곳. 연금술사 니콜라 플라멜, 연금술 전문 서점, 그리고 생자크 탑……. 생자크 탑은, 센강 가까이 있는, 기단부에 흰 사자상을 만들어 세운, 후기 고딕 양식의 쓸모없는 구조물이다. 이 이름을 딴 밀교 잡지도 있다. 파스칼은 거기에서 공기의 무게를 측정하는 모종의 실험을 한 바가 있고 오늘날에도 높이가 자그마치 52미터에 이르는 이 탑은 기상 연구소로 이용되고 있다. 그렇다면 놈들은 에펠탑을 세우기 전에는 생자크 탑을 이용해서 지자기류를 측정했는지도 모르는 일. 특별한 의미를 지닌 장소들이다. 그러나 아무도 알아채지 못한다.

생메리 성당까지 되돌아간다. 여자들이 웃으면서 지나간다. 사람들 꼴을 보고 싶지 않다. 성당 앞을 지난다. 클루아트르생메리로의, 풍상에 찌들어 낡고 거칠어진 성당의 익부 수랑문(翼部袖廊門) 앞을 지난다. 이 길 끝은 광장으로 이어진다. 보부르 지역의 끝, 여기에 이르러서야 휘황찬란한 불빛을 본다. 탁 트인 공간에 탱글리의 기계 오브제를 비롯해, 조그만 인조 호수의 수면에는 알락달락한 공예품이 가득 떠 있다. 톱니바퀴에 이어진 공예품의 물레방아 같은 바퀴가 기묘한 소리를 낸다. 그 뒤로 달미네사(社)의 파이프로 된 뼈대, 아가리를 벌린 보부르가 보인다. 달 표면의 분화구에서 난파한 배와 같다. 〈타이타닉 호〉가 인동덩굴에 가려진 벽 앞에 버려져 있는 형국이다. 실패한 대성당들을 대신해 보부르의 이 대서양 횡단 송유관이 〈흑성모(黑聖母)〉와 접촉한다. 생메리 성당을 주항(周航)할 줄 아는 자의 눈에만 이런 것이 보인다. 따라서 나는 주항을 계속해야 한다. 내게는 단서가 있다. 나는 단서를 이용해서 놈들의 음모를 *Ville Lumière*(빛의 도시) 한가운데서 폭로해야 한다. 〈어둠의 자식들〉이 꾸민 음모를.

정신을 차리고 보니 생메리 성당 앞이다. 무엇에 씌어서 그랬을까? 문득 손전등으로 정면 현관을 비춰 보고 싶어진다. 호화찬란한 고딕 양식의 화려한 홍예문을.

현관 홍예문 상인방에서 뜻밖의 무늬와 마주친다.

바포메트다! 두 개의 부채꼴 아치가 교차하는 곳. 한 아치 끝에는 후광을 거느린 성령의 비둘기, 그리고 다른 한쪽, 기도하는 천사들에 둘러싸인 것은, 무서운 날개를 단 바포메트다! 교회 현관문에 바포메트라니. 놀라운 무신경이 아닌가.

하필이면 왜 여기에? 〈성당〉에서 멀지 않은 곳이라서? 그렇다면 〈성당〉은, 또는 〈성당〉의 잔재는 어디에 있는데? 나는 북쪽으로 왔던 길을 되돌아간다. 한참 걷다 보니 몽모랑시로 모퉁이. 51번지에 니콜라 플라멜의 집이 있다. 바포메트와 〈성당〉 한중간에. 연금술사 니콜라 플라멜은 자신의 상대들이 어떤 자들인지 잘 알고 있었음에 분명하다. 불결한 오물을 잔뜩 뒤집어쓰고 있는 쓰레기통 건너편에는, 건축 연대가 불확실한 〈술집 니콜라 플라멜〉이 있다. 관광객을 위해 복원한 이 낡은 집은 천박한, 물질주의적인 악마 떨거지들을 위한 것. 바로 옆에는 애플 컴퓨터 포스터를 내건 미국 가게가 있다. 〈에러 버그 걱정은 끝났습니다〉! 마이크로소프트 헤르메스, 디렉토리, 테무라.

드디어 탕플로. 탕플로를 따라 걸어서 브르타뉴로의 모퉁이를 도니 탕플 공원이 나온다. 순교한 기사들의 공동묘지 같은 공원이다.

브르타뉴로에서 비에이유 뒤 탕플로로 들어간다. 비에유 뒤 탕플로가 바르베트가와 만나는 지점을 지나면 오리 모양 혹은 인동덩굴잎 모양 따위의 기묘한 전구들을 파는 신발명품 가게가 줄지어 서 있다. 뻔뻔스러울 정도로 현대적인 신발명품. 하지만 나는 속지 않는다.

프랑 부르주아 거리. 드디어 마레 지구다. 조금만 더 가면 유대인들이 경영하는 정육점이 줄줄이 나올 것이다. 아니, 유대인들이 성전 기사단과 무슨 관계가 있는가? 〈계획〉에서 〈암살단〉의 자리는 알라무트 암성(巖城)의 〈산노인 암살단〉에 내어 주지 않았는가. 그런데 나는 왜 여기에 와 있지? 내가 찾고 있는 것은 해답인 걸까? 아니다. 나는 국립 공예원 박물관에서 도망치고 있을 뿐인지도 모른다. 나에게 분명한 목적지가 있는 게 아니라면 말이다. 하지만 여기가 그 목적지일 수는 없다. 그게 어딘지 기억해 내려고 나는 무진 애를 쓴다. 벨보가 꿈속에서, 잃어버린 주소를 찾아 헤맸다더니 그 짝이다.

천박해 보이는 무리가 다가온다. 보도를 점령한 듯이, 소리를 빽빽 질러 가면서 몰려온다. 할 수 없이 차도로 비켜선다. 문득, 나를 잡으러 온 〈산노인 암살단〉의 하수인인지도 모른다는 생각이 든다. 그러나 아니다. 무리는 어둠 속으로 사라진다. 하지만 그들이 외국어를 쓰고 있는 것이 수상하다. 아무래도 시아파 자객의 말투 같기도 하고, 『탈무드』에 통달한 유대인 자객의 말투 같기도 하다. 어찌 들으니, 사막의 뱀처럼 쉭쉭 소리가 나는 것으로 미루어 〈콥트어〉가 아니었던가 싶기도 하다.

남자인지 여자인지 분간할 수 없는 한 무리가 긴 코트를 입고 지나간다. 장미 십자단의 두루마기 같다. 이들은 세비녜 거리로 꼬부라져 든다. 늦었다, 너무 늦었다. 나는 만인이 사는 도시를 다시 찾기 위해 공예원 박물관에서 도망쳐 나왔는데, 가만히 보니 그게 아니다. 만인이 사는 도시는, 어느새 비의 전수자들을 위한 미로의 카타콤이 되어 있다.

취객이 하나 다가온다. 조심해야지. 취한 척하고 있는지도 모르니까. 믿으면 안 된다. 어떤 사람도 믿어서는 안 된다. 그 시각까지 열려 있는 바 앞을 지난다. 발치까지 앞치마를 두른 웨이터가 의자를 식탁 위에다 얹고 있다. 가까스로 시간에 맞추어 들어선다. 맥주를 한 잔 마시고, 한 잔을 더 시킨다. 「굉장히 목이 말랐던가 보죠?」 웨이터 중 하나가 말했다. 예의 바른 말투라기보다는 의심스러운 말투다. 그렇다. 나는 목이 마르다. 어제 오후 5시부터 아무것도 마시지 못했으니까. 진자 아래서 밤을 새우지 않아도 사람의 목은 마를 수 있다. 바보 같으니라고. 나는 놈들이 내 얼굴을 기억하기 전에 서둘러 값을 치르고는 바를 나온다.

나오니 보주 광장 한 모퉁이다. 아케이드를 따라 걷는다. 피에 굶주린 살인마 마티아스의 발자국 소리가 한밤중에 이 보주 광장에서 유난히 크게 들리던 장면. 그 장면이 나오는 흘러간 영화의 제목이 뭐더라. 걷다가 걸음을 멈추어 본다. 그러고는 귀를 기울여 본다. 혹 미행하는 사람의 발자국소리라도 들리지 않나 해서. 그러나 미행자가 있다고 하더라도 내 귀에 그의 발소리가 들릴 리는 없다. 그 역시 걸음을 멈출 터이므로. 아케이드의 물건. 유리 상자에만 넣어 진열하면 아케이드가 공예원 박물관이 되기는 잠깐일 터이다.

16세기식 낮은 천장, 둥그스름한 홍예문, 판화, 골동품, 가구를 파는 일련의 갤러리. 보주 광장에 면한 문간은 하나같이 낡아 문드러져 있다. 이곳에 사는 사람들은 몇백 년씩 대를 물려 살고 있다. 노란 망토를 걸친 사나이들. 박제사들만 사는 광장. 박제사들은 밤에만 나타난다. 그들은 어느 보도블록이나 맨홀을 열면, 〈지저 세계(地底世界)〉로 들어갈 수 있는지 알고 있다. 사람들이 보든 말든.

75번지 1호는 〈사회 보험 가족 연금 공제 연합 조합〉이다. 문이 새 문이다(부자가 사는 모양이다). 그러나 바로 옆에 있는 문은, 신체로 레나토가(街)에 면해 있는 문처럼, 페인트가 벗어진 낡은 문이다. 3호의 문에는 최근에 개수한 흔적이 있다. 유물론자와 유심론자가 나란히 살고 있는 모양이다. 주인과 종이 나란히 살고 있는 모양이다. 그다음 집 문은, 원래는 홍예문이었던 것 같은데 널빤지로 못질이 되어 있다. 은비학 계통의 책을 다루는 서점 자리다. 지금은 어디로 가고 없다. 온 블록 전체가 비어 있다. 야반도주. 알리에처럼. 그들은 누군가가 비밀을 알고 있다는 사실을 안다. 그래서 자취를 감추기 시작한 것이다.

비라그로의 모퉁이에도 아케이드가 있다. 끝없는 아케이드. 그런데 인적이 없다. 나는 어둠을 원한다. 이런 노란 가로등은 싫다. 소리를 지를 수도 있지만 들어 줄 사람이 없다. 불빛 한 자락 흘러나오지 않는, 굳게 잠긴 창 뒤에서 노란 앞치마를 두른 박제사들이 나를 보고 비웃을 것이다.

그러나 아니다. 아케이드와, 중앙 정원 사이의 공터에는 자동차가 주차되어 있다. 이따금 사람의 그림자도 보인다. 덩치가 큰 벨기에 셰퍼드 한 마리가 길을 가로질러 간다. 한밤중에 검은 개 한 마리가 혼자 지나간다. 파우스트는 어디에 있는가? 파우스트는 충직한 바그너를, 오줌 누라고 내보낸 것일까?

바그너. 마음속으로 무수히 공글리고 있었으면서도 한 번도 제대로 떠올려 내지 못한 이름이다. 바그너 박사. 내게 필요한 사람은 이 사람이다. 바그너 박사라면 나에게 말해 줄 수 있을 것이다. 바그너 박사라면, 나는 지금 헛소리를 하고 있고, 내 육신을 귀신들에게 팔았으며, 지금까지의 일이 사실이 아니고, 벨보는 살아 있으며 〈트레스〉는 존재하지 않는다고 말해 줄 수 있을 것이다. 내가 미쳤다는 사실만 확인할 수 있어도 좋겠다.

광장을 버리고 뛰듯이 걷는다. 자동차 한 대가 나를 미행하고 있다. 어쩌면 주차할 곳을 찾는 자동차인지도 모르지.

나는 길바닥에 널린 비닐봉지에 발이 걸려 넘어질 뻔한다. 자동차가 정지한다. 나를 노리는 차가 아니다. 어느새 생탕투안가에 이르렀다. 택시를 찾으려고 두리번거린다. 그러자 부름에 응답한 것처럼 택시 한 대가 온다.

「엘리제르클뤼가 7번지로 갑시다.」

116

Je voudrais être la tour, pendre à la Tour Eiffel.[1]
— 블레즈 상드라르

나는 엘리제르클뤼가 7번지가 어디에 있는지 알지 못했다. 그러나 운전사에게 물어볼 수는 없었다. 그 시각에 택시를 타는 사람이면, 제 집으로 귀가하는 사람이 아니면 살인자일 가능성이 매우 높기 때문이었다. 운전사는 불평이 대단했다. 「도심은 저 빌어먹을 놈의 학생 데모대 차지가 되었고, 도처에 학생 놈들의 버스가 불법 주차해 있는 상황, 이거 예사로운 상황이 아닙니다. 내가 대통령이라면 저것들을 벽에다 일렬로 세워 놓고……. 그나저나 꽤 돌아가야 합니다.」 그는 파리를 한 바퀴 돌다시피 한 뒤에야 나를 인적 없는 거리의 7번지에다 내려 주었다.

7번지는 바그너 박사의 집이 아니었다. 17번지였던가? 아니면 27번지? 나는 두세 집의 번지를 더 확인한 다음에야 제정신이 들었다. 설사 집을 찾았다고 하더라도 그 시각에 잠자리에서 바그너 박사를 끌어내 내 이야기를 할 수는 없는 일이었다. 결국 나는 생마르탱가와 보주 광장을 헤맸던 것과 같

1 〈탑이 되고 싶어라, 에펠탑에 걸려 있고 싶어라.〉

은 이유에서 거기에 와 있었던 셈이었다. 그러니까 나는 어떤 목적지를 겨냥하고 온 것이 아니라 단지 도망치고 있었을 뿐이었다. 내게 필요한 것은 정신 분석가가 아니라 정신병 환자 구속복(拘束服), 혹은 꿀 같은 단잠, 혹은 리아였다. 가슴과 겨드랑이 사이에다 머리를 대고 있으면 리아는 내 머리카락을 쓰다듬으면서 부드럽게 내 마음을 어루만져 줄 터였다.

내가 바라던 것은 바그너 박사였을까, 아니면 엘리제르클뤼가였을까? 엘리제르클뤼가에 이르러서야 생각이 났다. 나는 〈계획〉과 관련된 책을 읽는 과정에서 이 이름을 만났다. 엘리제 르클뤼는, 지구와 지저와 화산에 대한 책을 쓴 19세기 시대 사람의 이름이다. 그는 지리학을 한다는 핑계를 앞세우고 사실은 지저 세계 연구로 빠진 사람이다. 다른 말로 하자면, 〈그놈들〉 중 하나인 셈이다. 나는 그놈들로부터 도망치고 있었지만 여전히 그들에게 둘러싸여 있었다. 수백 년에 걸쳐 조금씩 조금씩 파리를 점령하고, 이제는 세계를 노리고 있는 무리를.

호텔로 돌아가야 했다. 택시를 잡을 수 있을까? 도심에서 꽤 멀리 떨어진 교외이기가 쉬웠다. 밤하늘이 밝은 쪽으로 방향을 잡고 걸었다. 센강?

길모퉁이에 이르자 그것이 보였다.

내 왼쪽에 있었다. 파리의 거리 이름에는 반드시 메시지가 있어서 이것이 훌륭한 경고가 되는데도 불구하고 그것이 거기에 복병처럼 매복하고 있다는 것을 알지 못했던 것은 내 불찰이었다. 나는 거리 이름의 의미에 주의를 기울이지 않고 있었던 것이었다.

욕지기나는 무쇠 거미, 그들이 지닌 힘의 상징이자 그들의 도구인 무쇠 거미가 거기에 있었다. 도망쳐야 하는데 아무래도 그 거미줄에 걸린 것 같았다. 나는 목을 늘이고 내 발밑을 내려다보았다. 내가 서 있는 곳에서는 그것이 한눈에 들어오지 않았기 때문이었다. 무쇠 거미는 벌써 나를 삼키고 수천 개의 날카로운 모서리로 나를 난도질하고, 사방으로 치고 있는 무쇠 너울로 짓찧고 있었다. 무쇠 거미가 한 걸음만 내딛어도 나 같은 것은 무쇠로 조립된 앞발에 밟혀 찌그러져 버릴 터였다.

La Tour(탑)! 내가 서 있는 곳은, 언제 보아도 마음 편한 뒤피의 그림 같은, 지붕의 바다 위로 솟은 〈탑〉의 옆모습조차 볼 수 없는 지점이었다. 탑은 바로 내 머리 위에 있었다. 〈탑〉은 내 머리 위를 활강하고 있었다. 나는 〈탑〉의 꼭대기밖에 볼 수 없었다. 그러나 밑으로 들어가자 무수한 다리 밑으로, 뒷다리와 허리 부분의 관절, 복부와 음문(陰門)이 보였다. 나선형 내장이 공중으로 솟아 기계 공학이 조립해 낸 기린 목의 식도와 이어지는 것도 확인할 수 있었다. 구멍이 숭숭 뚫려 있었지만 그 〈탑〉에는 여전히 주위의 빛을 일거에 무력화시킬 수 있는 힘이 있었다. 내가 걸음을 옮겨 놓으면서 시점을 바꿈에 따라 그 〈탑〉은 나에게 각기 다른 시각을, 어둠의 일점(一點)을 향하여 시시각각으로 작아져 가는, 무수한 동굴 벽감(壁龕) 같은 것을 펼쳐 내고 있었다.

오른쪽, 즉 북동쪽의 지평선에는 초승달이 걸려 있었다. 이따금씩 〈탑〉은 그 달을 액자처럼 에워싸기도 했는데, 내 눈에는 그게 시각적인 환상 같기도 하고, 〈탑〉의 구조물이 빚어낸, 일그러진 스크린에 비친 형광 물체 같기도 했다. 그러나 조금 더 걸어 들어가면 스크린은, 달은 다른 곳으로 보내 버리고 철제 늑골에 뒤엉킨 다른 물체를 비추어 내기도 했다. 거대한 무쇠 거미는 그 형상을 찌그러뜨리고, 먹어서 삭임으로써 다른 차원으로 보내는 것이었다.

〈테세락트〉, 4차원 입방체. 아치 사이로 깜박이는 불빛이 보였다. 하나가 아니었다. 두 개였다. 하나는 붉고 하나는 하다. 루아시 공항이나 오를리 공항을 찾아 헤매는 항공기의 불빛이었다. 그러나 그 불빛은 한순간(내가 움직였기 때문인가, 항공기가 움직였기 때문인가, 아니면 〈탑〉이 움직였기 때문인가) 늑재 뒤로 숨어 버렸다. 나는 그 불빛이 다시 철제 액자 속으로 들어오기를 기다렸다. 그러나 불은 사라지고 없었다. 〈탑〉에는 무수한, 움직이는 창이 달려 있었다. 그 수많은 창은 각기 다른 시공(時空)으로 열려 있었다. 늑재는 유클리드적 곡선을 보여 주는 것이 아니었다. 늑재는 우주를 구성하는 직물을 찢고, 현실을 역전시키고, 평행 우주라는 책의 페이지를 훌훌 넘기고 있었다.

이 〈노트르담 고물상〉의 첨탑이, *à suspendre Paris au plafond de l'univers*(우주의 천장에다 파리를 건다)라고 한 놈이 어느 개아들놈이던가? 천만에, 파리는 우주를 첨탑에다 걸고 있었다. 이로써 이 또한 진자의 대용물 노릇을 하고 있는 셈이었다.

사람들이 이 〈탑〉을 뭐라 불렀던가? 〈고독한 관장기(灌腸器)〉, 〈공허한 오벨리스크〉, 〈강철선의 영광〉, 〈교각(橋脚)의 권화(權化)〉, 〈우상 숭배자들의 공중 제단〉, 〈폭풍 속의 장미 송이에 든 땅벌〉, 〈비참한 폐허〉, 〈어둠의 색깔을 한 추악한 거상(巨像)〉, 〈무용한 힘의 기형적 상징〉, 〈기이한 기적〉, 〈무의미한 피라미드〉, 〈기타〉, 〈잉크병〉, 〈망원경〉, 〈각료 연설의 장황한 서두〉, 〈고대의 신〉, 〈현대의 괴수〉……. 대자면 한이 없다. 내가 만일에 〈세계의 지배자〉들처럼 제6감을 갖추고 있었더라면, 그때 나는 대갈못 돌기에 덮인 그 성대(聲帶)의 관속(管束)에서, 지구 공동에서 흘러나오는 지자기류를 빨아들여, 우주의 음악으로 속삭임으로써 지구상에 흩어져 있는 뭇 선돌에 보내는 신호를 감청할 수 있었을 것이다. 〈탑은〉 연락망의 뿌리이자 경부 관절이자 인공 보철물 중의 인공 보철물인 것이다. 무서웠다! 내 머리를 박살 내기 위해서 그들은 나를 그 정점으로 끌어올려야 할 것이다. 나는 지구의 중심을 다녀온 것임에 분명했다. 현기증이 났다. 대척점의 무중력 상태에 와 있는 기분이었다.

아니었다. 우리는 백일몽을 꾼 것이 아니었다. 〈계획〉의 거대한 증거가 거기에 있었다. 그러나 두려웠다. 〈탑〉이 나의 정체를 알아볼 터이기 때문이었다. 내가 정탐꾼이고, 저희들의 적이고, 저희 조직의 톱니바퀴를 해치는 한 알의 모래라는 것을 알면 〈탑〉은, 내가 모르는 사이에 그 엄청난 철 구조물 사이에 끼인 다이아몬드 창을 열고 나를 빨아들여 초공간의 보자기에 싸가지고는 〈이 세상이 아닌 다른 세상〉으로 보내 버릴지도 모르는 일이었다.

조금만 그 장식 격자(裝飾格子) 밑에 더 있어도 〈탑〉은 독수리의 발톱처럼 구부러진 그 무지막지한 발톱으로 나를 그러쥐어 안으로 감아 넣고는, 아무 일도 없었던 것처럼 시치미를 뚝 뗄 터였다. 무지막지하고 사악한 연필깎이처럼!

또 한 대의 항공기가 지나갔다. 느닷없이 나타난 이 항공기는 〈탑〉이 제 배 속에 있는 공룡의 척추 사이에서 조립해 낸 항공기일 터였다. 나는 하늘을 올려다보았다. 〈탑〉은, 〈탑〉이 섬기기로 작정한 〈계획〉만큼이나 끝없이 높았다. 만일에 〈탑〉의 밥이 되지 않고 그 밑에 더 있을 수가 있다면 지자기류의 변화와 주기, 그리고 극미하게 지자기류를 해체하거나 재건하는 과정을 지켜볼 수 있었을 것이다. 〈세계의 지배자〉들은 토점(土占)이라도 치듯이 그것을 해석하는 방법을 알고 있는 건지도 모른다. 그들은 이로써 그 극미한 변화에서 결정적인 신호, 감히 입으로는 언표할 수 없는 지령을 감지한 건지도 모른다. 〈탑〉은, 내 머리 위에서 빙글빙글 돌고 있었다. 〈탑〉은 〈비극점(秘極點)〉의 스크루 드라이버였다. 어쩌면 〈탑〉은 자석에 붙은 핀처럼, 저는 움직이지 않으면서도 실은 암암리에 천구(天球)를 돌리고 있었는지도 모른다. 그래도 현기증이 나기는 마찬가지였다.

〈탑〉의 자기 방어술은 놀랄 만했다. 나는 〈탑〉 밑에서 이런 생각을 했다. 멀리 있을 때는 다정한 눈길을 보내 가까이 다가오지 않을 수 없게 한다. 그러나 다가와서 신비에 다가서려고 하면 죽여 버린다. 〈탑〉이 손을 쓸 것까지도 없다. 〈탑〉이 비장하고 있는 무의미한 공포를 드러내는 것으로 인간은 뼛속까지 얼어 버리므로. 이제 벨보가 죽었음을 실감하겠다. 〈계획〉 또한 실재하는 것이었다. 〈탑〉이 실재하는 것이므로. 달아나야 한다. 여기에서 또 달아나야 한다. 달아나지 못하면 아무에게도 이 이야기를 전해 줄 수 없게 된다. 경종을 울릴 수 없게 된다.

소리가 귀를 때렸다. 그만하고 현실로 되돌아가라! 택시 한 대가 무서운 속도로 다가오고 있었다. 나는 마법의 띠로부터 가까스로 나 자신을 해방시켰다. 손을 흔들었다. 택시는 내 발끝을 아슬아슬하게 피하고 지나갔다. 운전사가, 차를 세우기 싫었던지, 마지막 순간에야 브레이크를 밟았다. 아슬아슬하게 사고를 모면한 셈이었다. 택시 운전사는 나를 태우고 달리면서 과속한 까닭을 설명했다. 밤마다 그 〈탑〉 밑을 지날 때면 자기도 공연한 무섬증이 들어 자동차 속도를 높인다는 것이었다. 「왜 무서운데요?」 내가 물었다.

「*Parce que... parce que ça fait peur, c'est tout*(이유라……. 무서우니까요, 그것뿐입니다).」 그가 대답했다.

호텔에 돌아와서는 야간 당번을 깨우기 위해 초인종을 몇 차례나 눌러야 했다. 자야 한다. 나머지 일은 내일 처리하자. 나는 거의 치사량에 가까운 양의 수면제를 먹었다. 그다음은 기억나지 않는다.

117

광증은 엄청난 누각을 소유하고 있어서
어디에서 오는 사람이건 다 맞아들인다.
특히 돈을 넉넉하게 가진 사람이면 대환영이다.
— 제바스티안 브란트, 『광인의 배[船]』, 1494, 46

나는 오후 2시에야 깨어났다. 정신이 몽롱했다. 긴장증(緊張症)에서 깨어난 기분이었다. 전날의 일이 분명하게 기억나기는 하는데, 내가 기억하는 일들이 실제로 일어났는지의 여부는 장담할 수 없었다. 처음 떠오른 생각은 아래층으로 내려가 신문을 사야 한다는 것이었다. 그러나 다시 한번 생각해 보니, 사건 직후에 알제리 기병대가 공예원 박물관으로 들어가 사후 수습을 했다고 하더라도 조간신문에 기사가 날 정도의 시간 여유는 없었을 것 같았다.

더구나 파리는 그날 다른 데 정신이 팔려 있었다. 호텔의 접수계 직원은, 내가 커피를 마시러 내려가자마자 그 소식을 들려주었다. 도시가 아수라장이 되어 있다는 것이었다. 지하철 정거장은 폐쇄되었고, 일부 지역에서는 군중을 해산시키려고 공권력이 투입되었지만 학생들의 수가 너무 많다는 것이었다. 요컨대 학생들이 해도 너무 한다는 것이었다.

전화번호부에서 바그너 박사의 사무실 전화번호를 찾을 수 있었다. 통화를 시도했지만, 일요일은 닫는지 전화를 받지 않았다. 어찌됐든 공예원 박물관을 한번 다녀올 필요가 있었다. 박물관은 일요일 오후에도 문을 여니까.

라탱구(區)에서는 수많은 사람들이 구호를 외치면서 깃발을 흔들어 대고 있었다. 시테 섬에서는 경찰의 바리케이드를 볼 수 있었다. 멀리서 총소리도 들렸다. 1968년의 시위 양상이 재현되고 있는 셈이었다. 아무래도 생트샤펠에서는 경찰과 학생이 대치하고 있는 모양이었다. 공기 속에서 최루 가스 냄새가 났다. 한 떼의 사람들이 고함을 지르면서 몰려가고 있었다. 학생인지 경찰인지 분간할 수 없었다. 내 주위의 사람들은 모두 뛰고 있었다. 길거리에서 난투극이 벌어지자 나를 포함한 행인의 일부는 경찰 저지선 안쪽에 있는 울타리 뒤로 피신했다. 창피했다. 나이 먹어 가는 부르주아들과 함께 혁명이 가라앉기를 기다리고 있는 모습이라니.

이윽고 길이 터지자 나는 옛 중앙 시장 뒷길을 돌아 생마르탱가로 들어갔다. 공예원 박물관은 물론 열려 있었다. 안뜰이 하얗게 보였다. 공예원 정면 금속판에 새겨져 있는 글. 〈공화력 3년 방데미에르[포도의 달] 19일 국민공회의 법령에 따라, 11세기에 건립된 생마르탱데샹 수도원 자리에 세워진 공예 박물관…….〉 모든 것이 여느 때와 다를 것이 없었다. 공예원 박물관은 학생들의 시위를 무시하고 몰려든 적지 않은 관객들로 붐볐다.

안으로 들어가 보았다(일요일은 무료였다). 모든 것이 전날 오후 5시에 보았던 그대로였다. 경비원도 그 자리, 관람객들도 그 자리, 진자도 있던 자리에 그대로 있었다. 나는 사건의 흔적을 찾아보려고 했다. 그러나 그런 사건이 정말 있었다면 누군가가 깨끗이 수습했을 터였다. 그런 일이 실제로 있었다면.

그날 오후를 어떻게 보냈는지는 기억해 낼 수가 없다. 그날 오후에, 경찰과 학생이 격돌하는 곳을 피하느라고 이따금씩 뒷골목을 찾아들면서 보았던 것도 기억해 낼 수가 없다. 밀라노로 전화를 걸어 보았다. 벨보와 로렌차의 번호도 돌려 보았다. 일요일에는 아무도 나오지 않는다는 걸 알면서도 가라몬드 출판사 번호도 돌려 보았다.

나는 지금, 불과 하루 전에 있었던 일을 떠올리고 있는 것이다. 하지만 그제와 오늘 밤 사이에는 영원이 가로놓인 것 같다.

저녁 무렵이 되어서야 나는 아무것도 먹지 못했다는 것을 알았다. 조용하고 안락한 곳으로 가서 잠시라도 앉아 있고 싶었다. 중앙 시장 광장 가까운 데 있는, 생선 요리로 유명한 레스토랑을 찾아 들어갔다. 물고기가 너무 많았다. 공교롭게도 내 자리는 바로 수족관 앞이었다. 수족관은 망상을 일으키게 하기에는 안성맞춤인 초현실적인 우주다. 우연의 일치란 없다. 물고기 중에는 천식을 앓고 있는 〈헤시카스트파〉[1] 수도승 같은 놈도 있다. 그런 물고기는 믿음을 잃은 나머지, 우주의 의미를 축소시켰다고 하느님을 중상한다. 〈사바오트(무리)〉여, 사바오트여, 당신이 존재하지 않는다고 믿게 만들다니, 어쩌면 그렇게도 사악할 수가 있는가. 살은, 세계를 괴저(壞疽)처럼 덮고 있다……. 〈미니〉같이 생긴 물고기도 있다. 미니는 속눈썹을 깜박거리면서 입술을 하트 모양으로 오므린다. 미니 마우스는 미키 마우스의 약혼녀. 나는, 어린 아기의 살

1 14세기 그리스의 아토스 산을 중심으로 일어선, 금욕주의적인 그리스 정교회의 일파.

처럼 부드러운 대구 고기를 후추와 꿀로 버무린 샐러드를 먹는다. 파울리키아누스파는 멀리 있지 않고, 바로 여기에 있다. 산호 사이를 브레게의 항공기처럼 유영하면서, 인시류(鱗翅類)가 날갯짓하듯이 한가함을 누리고 있는 저 물고기가 바로 파울리키아누스파가 아닌가. 모르기는 하지만 이 물고기는 저의 〈호문쿨루스[精子微人]〉가 바닥에 구멍이 난 연금로(鍊金爐)에 버려진 채, 플라멜의 집 맞은편 쓰레기장에 던져져 있는 것을 보았을 것이다. 검은 갑주로 무장하고 노포데이를 찾는 데 혈안이 되어 있는 성전 기사 물고기도 있다. 이 물고기는, 심각한 얼굴을 하고 〈언어도단〉의 세계로 항행하는 금욕적인 헤시카스트 물고기를 스치고 지나간다. 나는 고개를 돌려 버린다. 길 건너편에 있는 다른 레스토랑의 간판이 눈에 들어온다. 〈Chez R〉……. 〈R〉는 무엇일까? 로지 크로스? 로이힐린? 로지스페르기우스? 라치콥스키라고트그키자로기? 별별 이름이 다 연상된다.

어디 보자. 〈악마〉를 약 올리는 유일한 길은, 악마에게 저를 믿지 않는다는 것을 믿게 만드는 일이다. 파리를 종주하는 야반도주와, 〈탑〉 밑에서 경험한 환상에는 수수께끼가 될 만한 것이 없다. 그런 사건을 목격하고, 혹은 목격했다고 믿고 공예원 박물관에서 나왔으니 도시를 방황하며 악몽 같은 경험을 한 것도 무리는 아니다. 지극히 정상적이다. 하지만 나는 박물관에서 과연 무엇을 보았던가?

기필코 바그너 박사에게 이실직고하지 않으면 안 되겠다. 이유는 모르겠다. 하지만 해야 한다. 실토야말로 만병통치약이다. 언필칭 〈언어 치료법〉이다.

나는 오늘 오전까지 시간을 어떻게 보냈던가? 오손 웰스의 「상하이에서 온 여인」을 상영하는 영화관에서 보냈다. 그런데 수많은 거울이 등장하는 장면에서 견딜 수 없어져 나와 버렸다. 어떤가? 이것도 사실인가? 아니다. 사실이 아닌지도 모른다. 몽땅 내가 상상해 낸 것인지도 모른다.

아침 9시에 바그너 박사에게 전화를 걸었다. 〈가라몬드〉라는 이름 덕분에 비서실은 무사통과했다. 박사는 내 이름을 기억하고, 내 목소리에서 사태의 심각성을 읽었던지, 9시 반까지, 예약된 손님이 몰려오기 전에 오라고 했다. 그는 꽤 친절하고 이해심 있는 듯했다.

바그너 박사를 찾아간 것도 꿈이었던가? 비서는 간단한 문진(問診)을 통해 진료 카드를 작성하고는 진료비 선납을 요구했다. 다행히도 나는 귀국 비행기표를 미리 사놓은 상태였다.

박사의 진료실은 고만고만한데 장의자(長椅子)가 없었다. 센강이 내려다보이는 창. 왼쪽으로 〈탑〉의 그늘이 보였다. 바그너 박사는 직업적인 붙임성으로 나를 맞았다. 나는 더 이상 그의 저서 편집자가 아니었다. 환자였다. 그는 나에게 푸짐한 몸짓을 해보이면서 자기 책상 맞은편에 앉게 했다. 나는 상사에게 혼나려고 불려 간 정부 관리처럼 앉았다. 「*Et alors*(용건이 무엇이죠)?」 그는 이렇게 말하고는 회전의자를 빙 돌려 나에게 등을 돌렸다. 그러고는 고개는 숙이고 손은 앞으로 마주 잡고 귀를 기울였다. 이로써 내가 말하는 일만 남은 셈이었다.

나는 말을 시작했다. 흡사 댐이 터진 것 같았다. 처음부터 끝까지, 모든 얘기가 술술 나왔다. 2년 전에 했던 생각, 작년에 했던 생각, 벨보와 디오탈레비의 생각에 대한 내 생각. 그리고 가장 중요한, 성 요한절 전날에 있었던 일.

바그너 박사는 내 말을 중간에 끊지도 않았을 뿐만 아니라 긍정적인 태도도 부정적인 태도도 보이지 않았다. 그가 보인 반응으로 보아, 그동안 잠을 잤을 수도 있다. 하지만 그것이 그의 방식인 듯했다. 나는 이야기하고 또 이야기했다. 언필칭 언어 치료법.

나는 그의 말을 기다렸다. 나를 구원해 줄 터인 그의 말을 기다렸다.

바그너 박사는 천천히, 아주 천천히 일어났다. 내 쪽은 돌아다보지도 않고 그는 책상을 돌아 창가로 갔다. 뒷짐을 지고 생각에 잠긴 채로 그는 밖을 내다보았다.

정적 속에서 10분이 흐르고 15분이 흘렀다.

그런 연후에야, 여전히 내게서 등을 돌린 채로 그는 조용하고, 풀기 없는, 그러나 단호한 목소리로 말했다. 「*Monsieur, vous êtes fou*(당신은 미쳤습니다).」

그도 움직이지 않았고 나도 움직이지 않았다. 그러고도 5분이 더 지난 뒤에야 나는 그가 더 할 말이 없다는 것을 알았다. 그것뿐이었다. 진료 끝이었다.

나는 작별 인사도 하지 않고 나왔다. 비서는 푸짐하게 웃었다. 나오고 보니 다시 엘리제르클뤼가였다.

11시였다. 호텔에서 짐을 챙겨 공항으로 달려갔다. 두 시간을 기다려야 했다. 주머니에 남은 돈이 한 푼도 없어 수신자 부담으로 가라몬드 출판사에 전화를 걸었다. 구드룬이 전화를 받았다. 평소보다 더 말을 못 알아듣는 것 같았다. 나는 세 차례나 재촉한 끝에야 구드룬에게 수신자 부담 국제 전화를 받게 할 수 있었다.

구드룬은 울고 있었다. 디오탈레비가 토요일 자정 무렵에 세상을 떠났다는 것이었다.

「오늘 오전에 장례식이 있었는데, 친구분이 아무도, 하나도 나오지 않았어요. 세상에 이런 법이 어디 있대요? 가라몬드 사장님조차 나오지 않았어요. 사장님은 외국에 나가셨다더군요. 저와 그라치아와 루치아노와, 검은 양복에, 검은 모자를 쓰고, 수염과 구레나룻을 기른 신사분[2]뿐이었는데, 이 신사분, 꼭 장의사 같더라고요. 어디에서 왔는지는 저도 모르겠어요. 그건 그렇고, 카소봉 박사님, 도대체 어디에 계시는 거예요? 벨보 박사는요? 어떻게 된 거냐고요?」

나는 설명 삼아 몇 마디 하고는 전화를 끊었다. 내 비행기의 탑승이 시작되었다는 방송이 흘러나왔다. 나는 비행기에 올랐다.

2 유대인의 전형적인 외모.

예소드

118

사회 음모론은…… 신을 버리고, 누가 신의 자리를 대신하고 있는지 묻는 데서 생겨난다.
— 카를 포퍼, 『추측과 논박』, 런던, 루틀레지, 1969, iv, p. 123

비행기를 타고부터는 기분이 한결 좋아지는 것 같았다. 파리를 떠난 것은 물론이고 지저(地底), 땅 자체, 그리고 땅 표면까지 떠났기 때문이었다. 하늘과 산은 여전히 눈으로 하다. 1만 미터 상공에서의 고독, 비행 경험이 빚어내는 일종의 도취감, 여압 상태(與壓狀態)와 난기류를 뚫을 때의 가벼운 설렘. 나는, 마침내 단단한 대지를 디딜 수 있는 것은 오로지 여기에서만 가능하다, 이런 생각을 했다. 결론을 내릴 때가 임박한 것 같았다. 나는 중요한 사항을 노트에 메모하고는 눈을 감고 생각했다.

먼저, 의심할 여지가 없는 사실만을 꼽아 보기로 했다.

디오탈레비가 세상을 떠났다는 것은 의심할 여지가 없는 사실이다. 구드룬이 그렇게 말했기 때문이다. 구드룬은 우리 이야기에 끼어들지도 않았거니와, 끼어들었다고 했어도 알아듣지 못했을 터이니, 우리에게 진실을 말할 수 있는 사람은 구드룬밖에 없다고 할 수 있다. 가라몬드 사장이 밀라노에 있지 않다는 구드룬의 진술. 다른 곳에 있을 가능성도 있다. 그러나 그가 밀라노에 있지 않다는 것과, 지난 며칠 동안 밀라노에 나타난 적이 없다는 것은, 그가 파리에 있었다는 것, 내가 파리에서 그를 본 것이 사실임을 암시한다.

마찬가지로 벨보도 밀라노에는 없었다.

자, 먼저 내가 토요일 밤 생마르탱데샹에서 본 사건이 실제로 일어난 사건이라고 가정해 보자. 그 사건이 실제로 일어난 사건이라고 하더라도 내가 본 그대로는 아니었을 가능성도 있다. 나는 음악과 향연에 취해 있었으니까. 그러나 무슨 일인가가 있었던 것은 분명하다. 브라질에서 암파루와 함께 겪은 일과 비슷하다. 암파루는 폼바 지라를 접신(接神)하고도 뒤에 그것을 믿지 않았다. 그러나 암파루는 움반다 제장(祭場)에서 무엇인가에 접신했다는 것은 알고 있었다.

결국, 리아가 산속의 별장에서 내게 한 말은 사실인 것이다. 리아의 〈밀지〉 해석, 즉 프로뱅의 밀지가 배달 명세표였다는 해석은 의심할 여지가 없다. 그랑조딤에서는 성전 기사들이 회동한 적이 없다는 것도 사실이다. 그러니까 〈계획〉 같은 것도 없고, 밀지 같은 것도 없는 것이다.

우리에게 배달 명세표는 몇 개의 칸이 비어 있기는 하나, 도움말은 하나도 없는 십자말풀이 같은 것이었다. 빈칸은, 가로세로로 낱말이 되게 메워져야 했다. 하지만 이런 비유는 정확한 비유가 아닐 수도 있다. 십자말풀이에서 엇갈리는 두 단어에는 공통되는 글자가 있어야 한다. 그러나 우리의 유희에서는 엇갈리는 것이 단어가 아니라 개념이고 사건이었으니 규칙이 전혀 다르다. 기본적으로 우리의 유희에는 세 가지의 규칙이 있었다.

규칙 1. 개념은 아날로지[類推]를 통하여 연결된다. 아날로지가 좋은 것인지 나쁜 것인지 하는 것은 함부로 말할 수 없다. 그것은 모든 사물은, 어떤 단계에서건 모두 서로 연결되어 있기 때문에 그렇다. 가령 감자와 사과는, 둘 다 모양이 둥글고 식물이라는 점에서 엇걸릴 수 있다. 성서의 연상을 통하면 사과와 뱀도 엇걸릴 수 있다. 뱀은 똬리를 트는데, 그 똬리는 모양이 도넛과 흡사하다. 도넛은 구명대와 엇걸리고, 구명대는 수영복, 수영복은 바다, 바다는 배, 배는 똥, 똥은 화장지, 화장지는 향수,[1] 향수는 알코올, 알코올은 약물, 약물은 주사기, 주사기는 구멍, 구멍은 땅, 땅은 감자.

규칙 2. 만일 모든 것이 결국에는 서로 연관될 수밖에 없다면, 관련성은 증명된 것이나 다름없다. 감자에서 감자까지, 모든 것이 연관돼 있다. 따라서 모든 것이 연결돼 있다는 규칙은 참이다.

규칙 3. 관련성은 상투적인 것이어야지 창의적인 것이어서는 안 된다는 것이다. 일찍이 누군가가 써먹은 것이어야 하는데, 누군가가 많이 써먹었으면 많이 써먹었을수록 좋다는 것이다. 이럴 경우에만 엇걸림은 진실에 가까운데 그 까닭은 엇걸림의 의미가 너무나 상투적이고 명백하기 때문이다.

원래 이것은 가라몬드 사장의 아이디어였다. 그의 주장에 따르면 〈악마 연구가들〉의 책은 혁신적이어서는 안 되었다. 따라서 이미 남들이 한 말을 되풀이하는 것이어야 했다. 만일에 〈악마 연구가들〉의 책이 혁신적인 책이 되면 전통의 권위가 어떻게 되느냐는 것이었다.

1 화장실을 뜻하는 *toilet*과 향수를 뜻하는 *eau de toilette*는 *toilet*이란 단어로 연결된다.

우리가 한 짓이 바로 이것이다. 우리는 아무것도 발명하지 않았다. 우리는 오로지 조각조각을 짜깁기했을 뿐이다. 아르덴티 대령도 무엇을 발명한 것은 아니다. 그러나 그의 짜깁기는 엉성하기 짝이 없었다. 게다가 그는 배운 것이 우리들보다 적었기 때문에 짜깁기할 조각도 우리보다는 적었다.

〈그들〉은 조각을 모조리 갖고 있었다. 그러나 〈그들〉은 십자말풀이의 원리를 알지 못했다. 우리는 〈그들〉보다도 영리했던 것이다.

나는 리아가 산간의 별장에서, 우리가 〈계획〉을 가지고 못된 장난을 한다면서 나를 나무라던 말을 기억했다. 「사람들은 〈계획〉 같은 것에 목말라 있어요. 당신이 사람들에게 그걸 하나 던져 봐요. 그러면 늑대 떼처럼 몰려들 테니까요. 당신이 발명하면 사람들은 믿어요. 기왕에 존재하는 것에다 발명을 보태는 거, 그거 잘하는 짓이 아니라고요.」

늘 반복되는 일이다. 한 젊은 영웅병 환자가, 어떻게 하면 유명하게 될 것인지, 어떻게 하면 영웅이 될 것인지 그 방법을 궁리한다. 그러던 어느 날 영화에서, 별것도 아닌 한 청년이 컨트리 뮤직 스타를 쏘고는 언론의 초점이 되는 것을 본다. 이로써 공식을 발견한 영웅병 환자는 길거리로 나가 비틀스의 멤버였던 존 레넌을 쏜다.

자비 출판 필자들에게도 같은 일이 일어난다. 자, 백과사전에 이름이 오르는 시인이 되려면 어떻게 해야 하는가? 가라몬드 사장이 설명한다. 간단하지요, 당신이 돈을 대세요! 자비 출판 필자는 그런 생각을 한 번도 해본 적이 없다. 그러나 마누치오의 계획이 알려지면서 자비 출판 필자는, 백과사전에 이름이 오르는 문필가와 자기를 동일시하고 마누치오의 계획이야말로 자기를 위해 탄생한 것이라고 믿게 된다. 단지 그때까지는 그런 계획이 존재한다는 것을 모르고 있었을 뿐이다.

우리는 존재하지도 않는 〈계획〉을 발명해 내었다. 그러자 〈그들〉은 그 〈계획〉이 실재하는 것이라고 믿었을 뿐만 아니라, 자기네들이야말로 여러 세기에 걸쳐 그 〈계획〉의 일부분이었다는 것을 확신하기에 이른다. 다시 말해서 〈그들〉은 뒤죽박죽인 저희 신화를, 논리적이고 반박할 여지가 없는 유추와 유사와 의혹을 거미줄처럼 교직한 우리 〈계획〉의 계기와 동일시하기까지 한 것이다.

그러나 누가 계획을 발명하고 다른 사람이 그것을 수행한다면, 〈계획〉은 존재하는 것이나 다름이 없다. 이 대목에 이르면 〈계획〉은 실제로 존재하게 된다.

그러므로 이제부터 수많은 〈악마 연구가들〉이 지도를 찾는답시고 온 세계를 들쑤시고 다닐 것이다.

우리는, 사적(私的)으로 깊은 좌절에 빠진 채 거기에서 헤어 나오려고 발버둥치는 사람들에게 지도를 제시했다. 어떤 좌절이었더라? 벨보의 첫 번째 파일이 그것을 나에게 암시하고 있다. 벨보는 이렇게 쓰고 있다. 정말 〈계획〉이 실재하는 것이라면 실패는 있을 수가 없다. 패배할지도 모르나, 그것은 네 잘못으로 패배하는 것이 아니다. 우주적 의지에 고개를 숙이는 것은 창피한 일이 아니다. 너는 겁쟁이가 아니라 순교자인 것이다.

너는, 필사(必死)의 운명, 네 손으로는 어찌해 볼 도리가 없는 무수한 미생물의 먹이가 되어야 하는 운명을 한탄하지 않게 된다. 네 발이 사물을 움켜쥘 수 없고, 너에게 꼬리가 없고, 머리카락과 이빨이 빠지는 족족 다시 나지 못하고, 네 동맥이 세월과 더불어 경화(硬化)하는 것은 네가 책임질 일이 아니다. 〈질투하는 천사들〉에게 책임을 물어야 할 일인 것이다.

이것은 우리 일상사에도 똑같이 적용된다. 가령 주식 시장의 붕괴를 예로 들어 보자. 주식 시장의 붕괴는, 개개인이 장세를 그릇 판단하고 엉뚱한 거래를 하게 되고, 이 엉뚱한 거래가 집단화하면서 공황 상태를 야기하기에 생기는 것이다. 이렇게 되면 심지가 굳지 못한 사람은 이렇게 자문하게 된다. 이 음모의 배후에는 누가 있는가? 이로써 득을 볼 사람은 누구인가? 그러니까 이 심지가 굳지 못한 사람은 적을, 이 음모를 꾸민 자를 하나 찾아내지 않으면 안 된다. 찾아내지 못하면, 자기가 책임을 져야 하기 때문이다.

사람은 책임감이나 죄의식을 느끼면 음모를 하나 꾸민다. 하나가 아니라 여러 개를 꾸미기도 한다. 그 음모를 맞받아치려면, 이쪽에서도 음모를 조작하지 않으면 안 된다. 그러나 이해력 부족을 은폐하기 위해 음모를 조작하면 조작할수록 사람은 자기가 꾸며 낸 음모에 그만큼 집착하게 된다. 이렇게 되면 결국 이쪽의 음모는 저쪽의 음모와 다를 것이 없게 된다. 예수회와 베이컨파, 파울리키아누스파와 신성전 기사단이 서로 상대의 계획을 못마땅하게 여기던 당시에도 이런 일이 일어났다. 디오탈레비는 이렇게 말했었다. 「사람은 제가 하고 있는 일이 잘못되면 그 잘못을 남에게 덮어씌우지. 그래서 자기가 하고 있는 일이 못마땅하게 여겨지면 결국 남을 못마땅하게 여기게 되는 것일세. 그런데 일반적으로 보아, 이쪽에서 하고 있는 것과 똑같이 못마땅한 짓을 하려 할 경우,

저쪽 사람들은 결국 이쪽과 합작하는 셈이야. 왜? 이쪽에서 저쪽에 덮어씌우는 것은 실제로 저쪽이 늘 바라 왔던 것이라는 사실을 이로써 암시하는 셈이거든. 하느님은, 당신이 파멸시키려는 사람의 눈을 멀게 하신다네. 그러니까 우리가 조금만 도움을 드리면 그자들은 알아서 파멸의 길로 가게 되는 걸세.」

음모, 만일에 음모라는 것이 있다면 이것은 비밀에 부쳐져야 한다. 우리가 그 전모를 알게 될 경우, 비밀이라는 것은 우리를 낭패감에서 해방시켜 주고, 필경은 우리를 구원해 준다. 비밀이 구원하지 못한다면, 비밀을 안다는 것 자체가 벌써 구원이다. 자, 이렇게 굉장한 비밀이 정말로 존재할 수 있는 것일까?

있다. 절대로 밝혀질 수 없는 비밀이라면 그런 비밀 노릇을 할 수 있다. 비밀이라는 것은, 전모를 알게 되면, 실망밖에는 안겨 주는 것이 없다. 알리에는, 안토니우스 황제 시절에 유행하던, 신비에 대한 대중의 열망에 관해 얘기하지 않았던가? 그때 누군가가 나타나, 자기는 세상의 죄를 구속(求贖)할 하느님의 아들, 육화한 하느님의 아들이라고 선언했다. 이게 저속한 신비였을까? 그는 만인에게 구원을 약속했다. 이웃만 사랑하면 된다고 했다. 이게 사소한 신비였을까? 이어서 그는, 누구든 옳은 말을 때맞추어 하는 사람은 한 덩어리 빵과 반 잔의 포도주를 능히 하느님 아들의 살과 피로 바꾸어 만인을 먹일 수 있다는 것을 보여 주었다. 이것이 보잘것없는 수수께끼였을까? 그리고 그는 초대 교회의 교부들을 교화하여, 이들로 하여금, 하느님은 〈하나〉인 동시에 〈삼위일체〉를 이루고 있으니, 〈성령〉은 〈성부〉와 〈성자〉로부터 나왔어도 〈성자〉는 〈성부〉와 〈성령〉에서 나올 수 없다고 선언하게 했다. 이것이 물질에만 눈이 어두워져 있던 무리를 위한 단순한 교리였을까? 그러나 이로써 구원, 셀프서비스 구원의 비밀을 손안에 넣을 수 있게 된 무리는 들은 척도 하지 않았다. 이것이 전부란 말인가? 그렇다면 신비치고는 참으로 진부하다. 그래서 어떻게 되었던가? 그들에게는 다른 종류의 신비가 필요했다. 그래서 배를 타고 지중해를 돌아다니며 잃어버린 지식의 보고를 찾아 헤맸다. 30데나리온의 도그마는 표면적인 베일에 지나지 않았다. 마음이 가난한 자를 위한 우화, 암시적인 상형 문자, 공기를 향한 한 번의 눈짓에 지나지 못했다. 그렇다면 삼위일체의 신비는? 너무나 단순했다. 그들에게는 그 이상의 무엇이 필요했다.

루빈스타인이었지 아마? 하느님을 믿느냐는 질문을 받자, 〈아니요, 나는 그보다 큰 것을 믿소〉 하고 대답했다는 사람은? 체스터턴이었지 아마? 하느님 믿기를 그만둔 사람은, 아무것도 믿지 않는 사람이 아니라 모든 것을 믿는 사람이라고 한 사람은?

그러나 〈모든 것〉이 하느님보다 더 큰 비밀은 아니다. 〈더 큰 비밀〉이라는 것은 존재하지 않는다. 그 까닭은, 밝혀지는 순간, 모든 비밀은 모두 하찮게 느껴지기 때문이다. 있다면 오로지 텅 빈 비밀이 있을 뿐이다. 잡으려고 할 때마다 손가락 사이로 빠져나가는 그런 비밀. 난초의 비밀은 고환을 상징하고 암시한다는 데 있다. 그러나 고환은 황도(黃道) 12궁의 기호를 상징하고, 황도 12궁은 천사들의 위계(位階)를 상징하고, 천사들의 위계는 음계(音階)를 상징하고, 음계는 체액과 체액 간의 관계를 상징한다. 기타 등등. 비의를 전수한다는 것은 끝까지 이런 유추를 그만두지 않겠다는 것이지 다른 것이 아니다. 우주는 양파처럼 껍질이 벗겨진다. 양파는 껍질로만 이루어져 있다. 영원한 양파를 상상해 보자. 중심은 도처에 있고, 둘레는 어디에도 없는 양파를. 비의를 전수한다는 것은 끝없는 뫼비우스의 띠 위를 여행하는 것이지 다른 것이 아니다.

진정한 비의 전수자는, 세상에서 가장 무서운 비밀은, 내용물이 없는 비밀이라는 사실을 아는 사람이다. 비밀이라는 것은 마땅히 그래야 원수가 고백을 강요하지 못하고, 경쟁하는 자가 빼앗아 갈 수 없기 때문이다.

이 대목에 이르자 나는, 진자 앞에서 벌어졌던 한밤중의 의례를 보다 논리적으로, 수미일관되게 설명할 수 있을 것 같았다. 벨보는 비밀을 손안에 넣었다고 선언함으로써 〈그들〉에게 자기의 힘을 과시했다. 그들이 보인 첫 번째 충동은, 어떻게 하든 벨보로부터 그 힘을 빼앗아 내겠다는 것이었다. 벨보가 비밀을 장악했다는 사실을 알게 되자마자 북을 울려 동아리를 소집한, 알리에같이 꾀 많은 인간도 예외는 아니었다. 벨보가 비밀 드러내기를 거절하면 거절할수록 〈그들〉은 그 비밀이 그만큼 더 위대할 것이라고 믿었다. 벨보가 가지지 않았다고 주장하면 주장할수록 〈그들〉은 그만큼 더 굳게 벨보가 비밀을 알고 있으리라고 확신했다. 진정한 비밀일 것이라고 확신했다. 하찮은 것이었다면, 벨보는 쉽사리 그것을 드러냈을 것이기 때문이다.

수세기 동안 이 비밀에 대한 수탐(搜探)은, 그 수많은 파문과 내분과 기습 공세 속에서도 〈그들〉을 하나로 응집시키는 구심점 노릇을 해왔다. 그런데 바야흐로 그것이 만천하에 공개될 시점에 이르자 〈그들〉은 두 가지를 두려워하기 시작했다. 첫 번째 두려움은, 그 비밀의 내용이라는 것이 별것이 아니면 어쩌나 하는 두려움, 두 번째 두려움은 그 비밀이 공개되면 더 이상 비밀이 없게 된다는 데 대한 두려움이었다. 비밀이 없어진다는 것은 〈그들〉에게 곧 존재의 기반이 무너진다는 뜻이었다.

알리에의 복안은 이랬다. 만일에 벨보가, 자기가 알고 있는 바를 모두 공개하면, 나 알리에는 지금까지 누리던 카리스마와 권능을 보장하던 신비스러운 후광을 일시에 잃고 만다. 그러나 벨보가 나에게만 그 비밀을 털어놓는다면 나 알리에는 불사신 생제르맹 행세를 계속할 수 있다. 결국 알리에가 불사신이라는 것은, 비밀의 폭로가 유예될 때만이 가능하다. 그래서 알리에는 벨보에게 자기에게만 귀띔해 달라고 설득한다. 그리고 그게 도무지 가능하지 않다는 것을 깨닫는 순간 알리에는 벨보가 곤경에 처하게 될 것임을 암시함으로써, 한 걸음 더 나아가 약간은 허황한 통속극을 연출함으로써 벨보를 격동시킨다. 이 늙은 백작은, 죽음 앞에서도 꺾이지 않는 피에몬테 사람들의 고집이, 자존심이 얼마나 지독한지 잘 알고 있었던 것이다. 그래서 알리에는 이것을 격동시켜, 벨보로 하여금 단호하게 결정적으로 자기의 제안을 거부하게 만든 것이었다.

다른 사람들 역시, 같은 두려움을 느낀 나머지 그를 죽이는 편을 선택했을 터이다. 벨보를 죽인다는 것은 지도를 잃는다는 뜻이다. 그들은 또 몇 세기 동안이나 지도를 찾아야 한다. 그러나 그들은 이로써 천박하고 감상적인 욕망의 강도

(強度)를 온전하게 지키게 된 셈이다.

암파루가 나에게 들려주었던 이야기가 문득 생각난다. 이탈리아로 오기 전에 암파루는 몇 달 동안 뉴욕에서 산 적이 있다. 벌건 대낮에도 살인 사건을 주제로 하는 텔레비전 시리즈를 찍을 수 있는 그런 동네였다. 암파루는, 그런 동네에 살면서도 새벽 2시에 귀가하고는 했다. 내가 그 말을 듣고, 색정광(色情狂)이 두렵지 않더냐고 물었다. 그러자 암파루가 그 비결을 들려주었다. 「강간범 비슷한 녀석이 나를 위협하면, 두 팔을 벌리고, 그래, 어서 빨리 하자, 이러면 질겁하고 도망쳐 버려.」

성추행범이 원하는 것은 섹스가 아니다. 성추행범이 노리는 것은 강간이라는 것이 주는 짜릿한 흥분, 희생자의 저항과 절망을 통한 기묘한 만족감의 성취 같은 것이다. 섹스를 쟁반에다 받쳐 들고, 옜다, 가져라, 이런 소리를 들으면 입맛이 싹 가시는 것은 당연하다. 그래도 덤빈다면 그것은 성추행범이나 색정광이 아닌 것이다.

우리는, 아무런 알맹이도 없는 텅 빈 비밀을 줌으로써 그들의 욕망을 일깨웠던 것이었다. 우리의 비밀만큼 속이 텅 빈 비밀도 없을 것이다. 그것이 무엇인지는 우리도 몰랐을 뿐만 아니라, 그것이 가짜라는 것만은 너무나도 분명하게 알고 있던 비밀이었으니까.

비행기는 몽블랑 상공을 날고 있었다. 승객들은 지자기류의 변동으로 솟아 오른 임파선종 같은 덩어리를 놓치지 않으려고 우르르 한쪽으로 몰려갔다. 내 생각이 옳다면 지자기류는 프로뱅의 메시지가 그렇듯이 더 이상은 이 세상에 존재하지 않는 것이기가 쉬웠다. 그러나 〈계획〉의 암호를 풀어낸 이야기, 우리가 재구성해 낸 이야기, 그것이 곧 〈역사〉였다.

내 기억은 다시 벨보의 마지막 파일로 되돌아간다. 만일에 인간 존재라는 것이, 비밀 수탐의 환상 같은 것을 통해서만 유지될 만큼 공허하고 허망한 것이라면(암파루가 움반다 제장에서 접신을 경험한 직후에 내게 한 말처럼), 구원은 요원하다. 인간이 그 지경이라면 노예나 다를 것이 없다. 우리는 마땅히 주인을 바라야 한다.

그럴 리가 없다. 리아는 그것이 아니라는 것을, 산다는 것은 그 이상의 의미를 지닌다는 것을 내게 가르쳐 주었다. 내게는 증거가 있다. 그 이름은 줄리오. 지금 이 순간 산간 별장이 있는 골짜기에서 염소 꼬리를 잡아당기며 놀고 있을 것이다. 아니고말고. 벨보도 두 번이나 〈아니〉라고 했다.

첫 번째 〈아니〉는 아불라피아의 비밀을 엿보려 하는 자를 상대로 아불라피아에다 남겨 놓은 〈아니〉. 질문은, 〈암호를 아십니까?〉. 대답, 곧 지식의 세계로 들어가는 열쇠가 되는 한마디의 암호는 〈아니〉. 진정한 암호는 존재하지 않는다. 뿐만 아니라 우리는 존재하지 않는다는 것조차 알지 못한다. 그러므로 자기의 무지를 인정하는 사람이라야, 내가 아불라피아의 파일을 통해서 알게 된 것만큼 배울 수 있게 된다.

그가 두 번째로 〈아니〉라고 한 것은, 토요일 밤의 일이다. 그는 이로써 자기에게로 뻗은 구원의 손길을 거부했다. 그는 지도를 하나 발명할 수도 있었고, 내가 보여 준 무수한 지도

중의 하나를 잠깐 이용할 수도 있었다. 어느 지도가 되었든, 진자의 설치부터가 부정확했으니 그 미치광이들이 〈세계의 배꼽〉인 〈X〉를 찾아내기는 불가능했을 터이고, 설사 찾아낸다고 하더라도 그 지도가 저희들이 찾고 있던 지도가 아니라는 것을 확인하는 데만도 수십 년이 소요될 터였다. 그런데도 불구하고 벨보는 그들에게 고개 숙이기를 거절하고 죽음을 택한 것이었다.

그가 고개 숙이기를 거절한 대상은 권력에의 욕망이 아니다. 그는 무의미에 고개 숙이기를 거절한 것이다. 그는, 우리의 존재가 지극히 연약하고, 세계를 향해 던지는 우리의 질문이 지극히 천박하기는 하지만, 그래도 어떤 의미가 있을 것이라는 것만은 어렴풋이나마 알고 있었던 것으로 보인다.

그 순간에 벨보가 깨달은 것은 무엇일까? 벨보는 그 깨달음 때문에 자신이 마지막으로 작성한 결정적인 파일을 뒤엎고, 〈계획〉이 실재한다고 믿는 적대자에게 자신의 운명을 내맡기지 않았던 것이다. 마침내 무슨 깨달음을 얻었기에 그는 자기 목숨으로 값을 치르는 것도 마다하지 않았을까? 그는 자기도 모르는 사이에, 알아야 할 것은 모두 알아 버린 사람처럼 목숨을 걸었다. 그는, 자기가 깨달은 유일선(唯一善)이자 절대선인 비밀에 견주면 공예원 박물관에서 벌어지는 일은 참으로 하찮기 짝이 없는 것으로 여겼음에 분명하다. 그는, 굳이 목숨을 부지하려고 애쓰는 것조차 창피한 일이라고 생각했음에 분명하다.

그런데도, 내 추론의 사슬에는 끊긴 고리가 있었다. 나에게는 벨보가 이 세상에서 태어나서 저 세상으로 가기까지 남겨 놓은 모든 파일이 아불라피아와 함께 남아 있었다. 그러나 빠진 것이 있었다. 나는 그것을 찾아야 했다.

밀라노에 도착해서 여권을 꺼내려고 주머니에 손을 넣다 보니 벨보가 나에게 남긴 이 집의 열쇠가 손끝에 닿았다. 지난 목요일, 벨보의 아파트 열쇠와 함께 받은 열쇠였다. 나는 벨보가 낡은 벽장을 가리키면서, 자기의 *opera omnia*(전 작품), 혹은 *juvenilia*(초기 작품집)가 그 속에 있다고 하던 것을 잊지 않고 있었다. 벨보는 거기에다 무언가 적어 놓았는지도 모른다. 아불라피아에는 기록되지 않은 것을. 그렇다면 그 기록은 벨보의 말마따나 그 〈모처〉의 벽장에 고스란히 파묻혀 있을 터였다.

내가 무슨 근거가 있어서 이렇게 추론한 것은 아니다. 그러나 근거가 없기 때문에 도리어 괜찮은 추론이라 여길 만했다. 그 시점에서는 그랬다.

나는 그래서 내 차를 찾아 몰고 이리로 온 것이다.

관리인이라든가 뭐라든가. 하여튼 카네파의 친척이라는 노파는 없었다. 그동안 그 노파도 세상을 떠났을지도 모르는 일이었다. 집에는 아무도 없었다. 나는 방방을 돌아다녔다. 곰팡이 냄새가 몹시 났다. 옛날에 벨보가 보여 주던 침대 데우는 걸 쓸까 하다가, 6월에 그런 걸 쓴다는 게 우스워서 그만두었다. 창문만 열어 놓아도 따뜻한 밤바람이 불어 들어올 터였다.

해가 졌지만 달은 없었다. 파리에서 경험한 그 토요일 밤처럼. 달은 밤이 늦어서야 떴다. 파리에서 보던 것보다 작았다. 달은 브리코 산과, 가을걷이가 끝났을 터인 누런 밀밭 사이의 나지막한 구릉으로 천천히 떠올랐다.

내가 그 집에 도착한 것은 오후 6시 전후였다. 아직 주위가 밝았다. 하지만 나는 먹을 것을 가져오지 않았다. 집 안을 뒤지다 보니 주방 서까래에 살라미 소시지가 걸려 있었다. 나는 살라미와 맹물로 저녁 식사를 대신했다. 그게 10시 무렵이었을까? 이제 목이 마르다. 나는 벨보의 카를로 백부의 서재에 있던 커다란 주전자에 물을 채워 가지고 와서는 10분마다 거의 한 잔씩 마시고 있다. 주전자가 비면 다시 채워 가지고 와서 마시고 있다.

새벽 3시쯤 된 듯하다. 불을 꺼버린 뒤라서 시계를 볼 수 없다. 창밖을 내다본다. 구릉 사면으로 반딧불 같기도 하고 별똥별 같기도 한 불빛이 언뜻언뜻 보인다. 자동차 전조등 불빛이 계곡과, 구릉지 위에 있는 마을을 오르내리고 있다. 벨보가 어렸을 때는 그런 전조등 불빛은 고사하고 차도 없고 신작로도 없었을 터였다. 대신 야간 통금이 있었을 터였다.

나는 그 집에 도착하자마자 벨보의 〈초기 작품집〉이 들어 있다는 벽장을 열었다. 초등학교 숙제에서부터 사춘기 때 쓴 시와 산문 보따리까지. 벽장은 창고를 방불케 했다. 사춘기에는 모두가 시를 쓴다. 진짜 시인은, 장성하면 그것을 파기하고, 가짜 시인은 그것을 출판한다. 벨보는, 시를 모아 두기에는 너무 냉소적인 데다, 우유부단해서 파기하지도 못해, 카를로 백부의 벽장에 처박아 두었을 것이다.

나는 몇 시간이고 그 기록을 읽었다. 몇 시간을 뒤져 읽다가, 포기하려는 순간에 이 결정적인 원고를 찾아냈다.

벨보가 몇 살 때 썼는지 그것은 분명하지 않다. 필체가 다른 페이지도 있고, 보삽(補揷)한 페이지도 있는 것으로 보아

해마다 손을 보아 왔던 모양이다. 모르기는 하지만 아주 어릴 때, 말하자면 열예닐곱 살 무렵에 써서 벽장에다 처박아 두었다가 20대, 30대, 어쩌면 그 뒤에도 자주 꺼내어 손을 보았던 것 같다. 그러다가 아불라피아에다 다시 시작하기까지 쓴다는 것을 아예 포기하고 있었던 것이다. 그가 이 시절의 문장과 주제를 아불라피아에다 되살리지 못하고 있었던 것은 전자 공학의 결정체인 컴퓨터에 굴욕감을 느꼈기 때문인지도 모르겠다.

읽고 있으려니, 1943년부터 1945년까지의 〈모처〉 피난 시절 이야기이고, 카를로 백부, 민병대, 교구 회관, 체칠리아, 트럼펫이 등장하는 것으로 보아 나도 들은 적이 있는 이야기였다. 절망이나 슬픔을 느낄 때나 술에 취했을 때마다 끊임없이 되돌아가는, 로맨틱한 벨보가 유난히 집착하는 테마이기도 했다. 〈회상의 문학〉. 벨보는 자기 같은 부랑자의 마지막 피난처가 그곳이라는 사실을 잘 알고 있었다.

그러나 나는 문학 평론가가 아니다. 나는, 마지막 단서를 찾아 헤매는 샘 스페이드일 뿐이다.

결국 나는 그 〈키 텍스트〉를 찾은 것이었다. 이 키 텍스트는, 〈모처〉를 무대로 쓴 벨보 이야기의 종장(終章)에 해당하는 것일 수밖에 없다. 그로부터는, 적어도 〈모처〉에서는 아무 일도 일어났을 수가 없으므로.

119

나팔에 감긴 화환(花環)에 불이 붙었다. 나는 궁륭 천장의 구멍이 열리면서, 휘황찬란한 불화살이 나팔의 관에서 쏟아져 나와 이미 숨이 끊어진 시체에 꽂히는 것을 보았다. 그러더니 구멍도 닫히고 나팔도 사라졌다.
— 요한 발렌틴 안드레아이, 『크리스티안 로젠크로이츠의 화학적 결혼』, 스트라스부르, 체츠너, 1616, pp. 125~126

벨보의 글에는 빠진 데도 있고, 중복되는 데도 있고, 몇 행이 지워진 데도 있었다. 나는 그 글을 정독하고 있다기보다는 재구성하고 있다는 편이, 되살리고 있다는 편이 옳겠다.

1945년 4월 말에 있었던 일 같다. 독일군이 철수하고 파시스트군이 패주한 뒤라서 〈모처〉는 파르티잔이 장악하고 있을 무렵이었다.

우리는 벨보로부터 2년 전 바로 이 집에서 전투 이야기를 들었다. 그 전투가 끝난 뒤 민병대는 밀라노로 진격하기 위해 〈모처〉에 집결해서 전열을 가다듬고 있었다. 민병대는 당시 〈라디오 런던〉의 진격 개시 신호를 기다리고 있었다. 밀라노에서 봉기를 통한 접응(接應) 준비가 되었다는 소식이 있으면 바로 〈모처〉를 떠날 터였다.

가리발디파 민병 여단들도 〈모처〉로 합류했는데, 당시 여단의 지휘관은 검은 수염이 볼 만해서 마을에서 인기가 있었던 거인 〈라스〉였다. 여단 병력은 제복을 마련할 여유가 없어서 목에는 붉은 수건, 가슴에는 붉은 별을 다는 것만으로 제복을 대신했다. 무장도 그랬다. 구식 엽총으로 무장한 병사가 있는가 하면 적으로부터 노획한 반자동 소총으로 무장한 병사도 있었다. 바돌리오파 여단과는 복색이나 무장이 대조적이었다. 당시 바돌리오 여단 병사들은 영국군의 제복과 흡사한 카키색 제복에다, 목에는 파란 수건을 두르고 있었다. 화기(火器)도 최신형 영국제 스텐 소총이었다. 연합군은, 2년 전부터, 매일 밤 11시, 영국군의 정찰기 〈피페토〉가 귀신같이 그 지역 상공을 지나가면서 어김없이 바돌리오파 여단에다 낙하산으로 보급품을 떨어뜨려 주고 있었으니 무리도 아니었다. 많은 사람들에게 〈피페토〉는 수수께끼와 같은 존재였다. 수십 리 인근에는 불빛 하나 새어 나가지 못하는 상황이었으므로 〈피페토〉가 무엇을 정찰하려고 그 지역 상공을 훑고 지나갔던 것인지는 아무도 몰랐다.

가리발디파와 바돌리오파 사이에는 긴장이 감돌았다. 적과의 전투가 있는 날 밤 바돌리오파에 속하는 병사들이 적진으로 돌격하면서, 〈《사보이아》[1]의 용사들이여, 진격!〉 하고 외친 게 발단이 되었다고 한다. 혹자는 그것을 이렇게 변호한다. 「옛날부터 써오던 구호가 입에 익어 있다가 은연중에 튀어나온 데 지나지 않다. 아니, 진격하는 판인데, 구호가 옳은지 그른지 따지는 군인이 어디에 있어? 그러니까 바돌리오파 병사들을 왕당파로 몰 필요는 없는 거야. 바돌리오파 병사들인들 전쟁의 책임이 국왕에게 있다는 걸 모르겠어?」 그러나 가리발디파 병사들은 코웃음을 쳤다. 「총검을 꽂아 들고 백병전을 벌이면서 사보이아 왕조 만세를 불렀다면 또 모르겠다. 최신식 스텐 총으로 무장하고 시가전을 벌이면서 사보

1 1861년에 일어나 1946년에 폐조(廢朝)한 이탈리아 왕가.

이아 왕조 운운해? 바돌리오 여단은 영국 놈들에게 매수당한 게 분명하다.」

하여튼 결국 잠정 협정을 맺게 되었다. 밀라노를 공격하려면 한 지휘관 아래서 연합 작전을 펼 필요가 있었기 때문이었다. 지휘관으로 뽑힌 사람은 〈몽고〉였다. 당시 최정예 여단을 지휘하고 있는 〈몽고〉는 제1차 세계 대전의 영웅일 뿐만 아니라 최연장자이기도 했다. 또한 동맹군의 지휘관들에게 신뢰할 만한 자로 꼽혔던 것이다.

그로부터 얼마 뒤, 짐작컨대 밀라노에서 봉기가 일어나기 전에 동맹군이 밀라노로 진격했던 것 같다. 그로부터 오래지 않아 좋은 소식이 왔다. 작전을 무사히 수행하고 동맹군이 〈모처〉로 귀환한다는 것이었다. 물론 사상자가 없었던 것은 아니었다. 라스는 전사했고 〈몽고〉는 부상을 입었다는 소문도 나돌았다.

어느 날 오후 자동차 소리와 군가 소리가 울려 퍼지면서 시민들은 중앙 광장으로 몰려 나갔다. 간선 도로에서 선발 부대가 마을로 들어오고 있었다. 병사들은 군용 트럭의 적재함에서 불끈 쥔 주먹과 깃발과 소총을 흔들고 있었다. 병사들의 머리와 어깨는 벌써 꽃으로 뒤덮여 있었다.

그런데 누군가가 외쳤다.「라스, 라스, 라스는 어디 있소?」 라스도 거기에 있었다. 그는 〈다지〉 트럭의 엔진 덮개 위에 걸터앉아 있었다. 수염은 뒤엉켜 있었고, 벌어진 셔츠 틈새로는 땀투성이 털에 뒤덮인 가슴이 시커멓게 드러나 있었다. 그는 웃으면서 군중을 향하여 손을 흔들었다.

라스와 함께 람피니도 다지 트럭에서 땅바닥으로 내려섰다. 람피니는, 또래들보다 몇 살 많기는 하지만 그래도 졸보기안경을 쓴 채로 악대부에서 함께 악기를 불던 소년이었다. 그러다 불과 3개월 전에 종적을 감추었는데, 이어서 날아든 소식이, 민병대에 입대했다는 소식이었다. 그가 입고 두른, 카키색 저고리와 파란 바지와 빨간 목수건은, 돈 티코 악대의 제복이었으니까 별로 달라진 것이 없는 셈이었다. 그러나 권총이 든 시커먼 가죽 권총집을 허리에 차고 있는 것은 적어도 또래에게는 충격적이었다. 람피니는, 두꺼운 졸보기안경(교구 회당의 또래들은 이 안경 때문에 그를 얼마나 놀렸던가) 너머로, 자기를 둘러싸고 있는 여자 아이들을 둘러보았는데, 그 모습이 플래시 고든의 모습처럼 그렇게 당당할 수 없었다. 야코포 벨보는 자기 자신에게 이렇게 물었다. 체칠리아도 여기에 와 있을까. 환영 인파 속에 섞여 있는 것일까.

반 시간이 채 못 되어 광장은 울긋불긋한 민병대원으로 가득 찼다. 사람들은 이구동성으로 〈몽고〉의 이름을 불렀다. 〈몽고〉에게 소감을 한마디 피력하라는 것이었다.

시청 발코니에 〈몽고〉가 나타났다. 목발을 짚으며 창백한 얼굴로 발코니에 나타난 〈몽고〉는 한 손을 들어 군중의 열기를 가라앉혔다. 야코포는 〈몽고〉의 연설을 기다렸다. 야코포 역시 또래 아이들처럼 위대한 〈일 두체〉 무솔리니의 역사적인 연설을 들으면서, 학교에서 시키는 대로 중요한 대목은 암기하면서 자라난 세대였으니 무리도 아니었다. 개중에는 일 두체 연설의 전문을, 위대한 선언이라는 이유에서 통째로 외고 다니는 학생들도 있던 시절이었다.

사람들이 조용해지자 〈몽고〉가 연설을 시작했다. 지독하게 쉰 목소리여서 제대로 들리지도 않았다. 「시민 여러분, 동지 여러분! 고통스러운 희생의 첩첩산중을 지나⋯⋯ 우리 여기 이 자리에 섰습니다. 자유를 위해 몸을 바친 전우들에게 이 영광을 돌립니다!」

그것뿐이었다. 〈몽고〉는 이 말만 하고는 안으로 들어가 버렸다.

군중은 환호했고 민병대원들은 자동 소총을, 영국제 스텐 소총을, 엽총을, 91년식 장총을 들고 축포를 울렸다. 탄피가 사방으로 날자 아이들은 민병대와 민간인의 다리 사이를 헤집고 다녔다. 곧 전쟁이 끝날 것 같아서 탄피 수집하기에는 절호의 기회였기 때문이었다. 탄피 수집광이 된 아이들에게, 전쟁이 끝난다는 것은 작지 않은 비극이었다.

하지만 사상자도 없지 않았다. 전사자 둘은 우연찮게도 〈모처〉보다 더 높은 곳에 위치한 〈산다비데〉 마을 출신이었다. 유가족들은 자기네 마을에다 매장하고 싶다고 당국에 요청했다.

민병대 지휘관은, 유가족의 요청을 받아들여 산다비데 마을에 매장하는 것을 허락하는 것은 물론 장례식도 성대하게 치러 주기로 했다. 민병대를 도열하게 하고, 화관(花棺)도 준비하고, 마을의 악대도 부르고, 교구 회당의 주임 사제도 초빙하고, 더구나 교구 회당 악대까지 부른다는 것이었다.

돈 티코 사제는 그 제안을 즉석에서 수락했다. 이유는 간단했다. 첫째는 파시스트를 증오하지 않은 날이 하루도 없었기 때문이고, 둘째로는, 악대부원들의 말에 따르면, 1년간 은밀하게 악대에다 장송곡을 두 곡 연습시키면서 실연(實演)할 날을 기다려 왔기 때문이라는 것이었다. 마을의 입빠른 사람들은, 돈 티코 사제가 즉석에서 민병대의 제안을 수락한 것은

〈조비네차〉[2] 사건을 벌충하고 싶기 때문이라고 했다.

〈조비네차〉 사건의 전말은 이렇다.

몇 달 전, 민병대가 들어오기 전의 일이었다. 돈 티코의 악대는 시성제(諡聖祭)에 연주하러 가는 도중 파시스트인 검은 여단을 만났다. 여단 사령관은 손가락으로 자동 소총을 툭툭 치면서 돈 티코 사제에게 명령했다. 「〈조비네차〉를 연주하시오!」 돈 티코 사제로서는 하는 수가 없었다. 그래서 아이들에게 명을 내렸다. 「얘들아, 해보자. 목숨은 부지해야 하지 않겠니.」 그가 박자를 맞추어 주자 끔찍한 불협화음이 〈모처〉의 산골짜기로 퍼져 나갔다. 목숨을 부지하기에 급급한 사람들의 귀에나 「조비네차」로 들렸을 터였다. 돈 티코 사제는 이 일로 사람들을 만날 때마다 몹시 부끄러워했다. 그는 뒷날, 연주하겠다고 항복한 것도 창피한 일이지만 연주를 제대로 못한 것은 그보다 더 창피한 일이라고 술회하고는 했다. 그는 사제이기 이전에, 반파시스트이기 이전에 예술가였던 것이다.

야코포는 「조비네차」를 연주하지 않았다. 당시 인후염을 앓고 있었기 때문이었다. 그날 봉바르동을 분 것은 아니발레 칸탈라메사와 피오 보, 이 두 아이였다. 그러니까 야코포가 없는 상태에서 이 둘은 나치즘과 파시즘을 붕괴시키는 데 결정적인 공을 세운 셈이었다. 그러나 벨보가 이 글을 쓸 때만 해도, 벨보를 괴롭힌 것은 「지오비네차」가 아니었다. 정작 벨보를 괴롭힌 것은, 자기에게 〈아니〉라고 말할 용기가 있는지 없는지 확인해 볼 기회가 있었는데도 그것을 놓쳤다는 사실이었다. 벨보가 진자 교수대 위에서 죽어 간 것도 어쩌면

2 파시스트 군가인 「청춘 찬가」.

이 때문인지도 모른다.

하여튼 장례식은 일요일 오전으로 정해졌다. 교구 회당 광장에는 고위 민병대원들과 마을 유지들이 모두 모였다. 민병 여단의 일개 중대를 거느린 〈몽고〉, 벨보의 카를로 백부, 시청의 고위 관리들도 제1차 대전 때 받은 훈장을 패용하고 그 자리로 모였다. 문제는 영웅의 죽음을 추도하는 것인 만큼 파시스트에 대한 부역(賦役) 여부는 하등 문제가 되지 않는 분위기였다. 장례식을 집전할 사제들도 도착했고, 검은 제복을 입은 마을 악대, 흰색, 검은색, 금색으로 치장한, 두 필의 말이 끄는 영구 마차(靈柩馬車)도 도착했다. 마부는, 삼각모를 쓰고, 어깨에는 말의 장식과 색깔이 같은 망토를 두르고 있는 품이 흡사 나폴레옹 휘하의 장군 같았다. 해가리개 모자에 카키색 윗도리와 파란 바지를 제복으로 입은 교구 회당 악대도, 반짝거리는 금관 악기와, 시커먼 목관 악기, 번쩍거리는 심벌즈와 큰북으로 채비하고 광장에 이르렀다.

〈모처〉에서 산다비데까지는 자그마치 경사 길로 6킬로미터였다. 일요일 오후가 되면 노인들이 이 길을 자주 지나다녔다. 노인들은 걷기도 하고, 걸으면서 나무 공 놀이도 하고, 그러다가 쉬기도 하고, 쉬면서 포도주를 마시기도 하고, 그러다 지치면 또 공놀이를 하는 등 시간을 죽이면서 산꼭대기 마을을 오르내리고는 했다.

6킬로미터의 오르막길은, 세월이 가는지 오는지에 상관없이 공놀이도 즐기고 포도주도 마시고 하면서 걷는 노인들에게는 그리 힘든 길이 아닌지도 모른다. 어깨에는 소총을 멘 채 대열을 지어, 눈을 부릅뜨고, 시원한 봄의 산 공기를 마시면서 걸어 올라가는 의장병(儀裝兵)들에게도 그 길은 그렇게 힘든 길이 아니었을 것이다. 하지만 뺨을 불룩거리면서, 땀을 뻘뻘 흘리면서, 가쁜 숨을 몰아쉬어야 하는 악대에게는 그게 아니었다. 마을 악대야 평생 연주를 해왔으니까 별것 아닐 수도 있지만, 교구 회당의 소년 악대에게 이것은 엄청난 고역이었다. 그런데도 그들은 씩씩하게 잘도 올라갔다. 돈 티코 사제가 앞장서서 율관(律管)을 두드리며 박자를 맞추면서 올라가자 클라리넷은 낑낑거렸고, 색소폰은 염소 우는 소리를 냈다. 트럼펫과 봉바르동이 내는 소리는 차라리 비명이었다. 그런데도 아이들은, 산꼭대기 마을에 이를 때까지, 공동묘지로 통하는 가파른 길 어귀에 오를 때까지도 잘 버티어 주었다. 이따금씩 아니발레 칸탈라메사와 피오 보가 부는 시늉만 할 때도 있었지만 야코포는 돈 티코 사제의 간절한 소망이 담긴 눈길에 보답하여 목양견(牧羊犬) 노릇을 착실하게 다하기를 마지않았다. 마을 악대에 견주어 그다지 손색없는 걸 보고 〈몽고〉를 비롯한 여단장들은 입이 마르게 돈 티코 사제의 교구 회당 악대를 칭찬했다.「야, 너희들 정말 대단하구나!」

목에는 푸른 수건을 두르고, 양차 대전의 훈장을 두루 단 한 연대장이 돈 티코 사제에게 말했다.「사제님, 애들은 마을에 남겨 두시지 그래요? 여기까지 올라오면서 벌써 지친 것 같은데요. 나중에 공동묘지로 올라오라고 하죠, 뭐. 내려갈 때는 트럭에 태우기로 하겠습니다.」

악대부원들은 곧장 술집으로 달려갔다. 마을의 악대부원들은 무수한 장례식에 불려 다닌 사람들이라 틈을 보아 즐기는 데 이골이 나 있었다. 그들은 거침없이 술집의 자리를 차지하고 곱창과 포도주를 주문했다. 거기에서 저녁까지 느긋하게 마실 심산이었다. 돈 티코의 악대부원들은 카운터에 몰려 있었다. 주인이 아이들에게 화학 약품처럼 색깔이 시퍼런, 박하 아이스크림을 나누어 주었다. 아이스크림을 입 안에 넣자 정맥두염(靜脈竇炎) 앓을 때처럼 이마 한가운데가 아려 왔다.

소년 악대가 악전고투 끝에 공동묘지에 오르니, 픽업트럭 한 대가 와서 기다리고 있었다. 아이들은 소리를 지르며 트럭 적재함으로 기어 올라갔다. 좁아서, 모두 설 수밖에 없었다. 그렇게 좁은 공간에 그 많은 아이들이 섰으니 자연 악기가 서로 뒤엉킬 수밖에 없었다. 조금 전에 소년 악대를 걱정하던 여단장이 다가와 돈 티코 사제에게 이런 말을 했다.「사제님, 마지막 의식 때 트럼펫 주자 하나가 필요한데요……. 군에서는 부는 신호나팔을 불어 주면 됩니다. 5분이면 될 겁니다.」

「어이, 트럼펫!」 돈 티코가, 전문 지휘자처럼 소리쳤다. 〈트럼펫〉이라는, 벨보에게는 자못 영광스러운 이름으로 불린 아이, 박하 아이스크림을 입가에 잔뜩 바른 채로 식구들과 함께 저녁 먹을 생각이나 하고 있던 아이는, 미학적 전율이나 고매한 이상은 도무지 접해 본 적이 없는 무감각한 농투성이의 아들일 뿐이었다. 아이는 우는소리를 했다. 늦었는걸요. 집에 가야 해요. 침도 다 말라 버렸어요. 아이는 이로써 여단장 앞에서 돈 티코 사제에게 망신을 준 셈이었다.

그때 정오의 영광 한가운데서 체칠리아의 모습을 떠올리던 야코포가 말했다.「저 애가 트럼펫만 빌려 준다면 제가 가겠어요.」

돈 티코 사제가 고마워서 어쩔 줄을 몰랐다. 이름만 당당했지 사실은 꼴이 말이 아니게 되어 버린 트럼펫 주자도 고마워했다. 두 소년은 왕실 경비병이 임무를 교대하듯이 그렇게 엄숙하게 악기를 바꾸었다.

야코포는, 아디스아바바 전투에서 탄 훈장을 가슴에 매단 안내자를 따라 공동묘지로 갔다. 주위의 모든 것들이 새하얗게 보였다. 햇빛을 받고 있는 공동묘지의 담벼락, 묘석, 묘지 주위에 둘러서서 바야흐로 꽃을 피우고 있는 나무, 축성(祝聖)을 준비하고 있는 주임 사제의 중백의(中白衣)도 하다. 갈색으로 보이는 것도 있었다. 묘석에 붙어 있는 빛바랜 사진의 색깔이 그랬다. 두 개의 묘석 사이에 도열한 의장병들도 다채로운 풍경을 지어내고 있었다.

여단장이 야코포에게 일렀다. 「애야, 너는 여기 내 옆에 서 있다가 내가 불라고 하거든 〈집합〉 나팔을 불면 된다. 그리고 또 내가 신호를 보내거든 〈소등〉[3] 나팔을 불면 된다. 아주 쉽지?」

쉬운 일이기는 했다. 하지만 야코포는 집합 나팔도 소등나팔도 불어 본 적이 없었다.

야코포는 트럼펫을 오른팔 사이에 끼고는 옆구리에 바짝 붙여, 흡사 카빈 소총 파지(把持)하듯이 하고, 머리는 곧추세우고, 배는 당겨 붙이고 가슴은 펴고 기다렸다.

몽고가 짤막한 연설을 했다. 겨우 서너 문장으로 이루어진 지극히 짧은 연설이었다. 야코포는, 나팔을 불자면 눈을 들어 하늘을 보아야 할 터인데, 그러면 눈이 너무 부신 나머지 장님이 될지도 모른다고 생각했다. 트럼펫 주자의 치명적인 운명. 까짓것, 한 번 죽지 두 번 죽어? 죽을 바에는 제대로라도 죽어야지.

「지금이다. 집합 나팔을 불어라.」 여단장이 속삭였다. 야

3 〈소등〉 시간을 알리는 나팔과 〈영결〉 나팔은 곡이 똑같다.

코포는 〈도〉, 〈미〉, 〈솔〉, 〈도〉만 불었다. 전쟁터를 누비던 거칠디 거친 사람들에게는 그걸로 충분한 것 같았다. 마지막 〈도〉는 심호흡을 한 뒤에 길게 길게. 벨보가 쓴 글에 따르면, 〈태양에까지 이르도록〉 길게 길게 불었다.

민병대 의장병들은 빳빳한 차렷 자세로 서 있었다. 산 사람들이 죽은 듯이 부동자세로 서 있었다.

움직이는 사람이라고는 무덤을 파는 사람들뿐이었다. 하관(下棺)하는 소리가, 밧줄이 직직거리는 소리, 밧줄이 나무를 스치는 소리가 들려왔다. 그러나 움직이는 것은 아무것도 없었다. 움직이는 것은, 둥그런 구에 반사된 듯이 일렁이는 햇빛뿐이었다. 구의 불변성을 강조하는 불빛의 희미한 움직임만 있었을 뿐이었다.

이어서 메마른 구령 〈받들어총〉! 주임 사제는 살수례(撒水禮) 기도문을 읊조렸다. 여단장들이 무덤가로 나와 한 줌씩의 흙을 뿌렸다. 의장병들이 공중을 향하여 조총(弔銃)을 쏘았다. 탓, 탓, 탓, 탓, 탓. 새들이 푸드덕거리면서 꽃이 만발한 나무에서 날아올랐다. 그러나 그 역시 진짜 움직임은 아니었다. 흡사 하나의 순간이 매번 다른 시각에서 재현되는 것 같았다. 한순간을 영원히 바라본다고 해서 그동안 시간이 흐르는 것은 아니다.

이런 이유에서 야코포는 발치로 탄피가 후두둑 떨어지는데도 불구하고 빳빳하게 서 있었다. 트럼펫을 옆구리에 끼고 있는 것이 아니었다. 그는 여전히 트럼펫의 마우스피스를 입술에 댄 채, 손가락은 활전(活栓)에 올려놓은 채, 나팔 주둥이를 대각선을 그리도록 쳐들어 하늘을 겨누면서 차렷 자세로 서 있었다. 그는 여전히 트럼펫을 불고 있는 것이었다.

야코포가 마지막으로 분 음절은 끊어질 줄을 몰랐다. 장례식장에 와 있는 사람들 귀에는 들리지 않았지만 그 소리는 여전히 트럼펫의 주둥이에서 울려 나오고 있었다. 나팔 주둥이에서 울려 나오는 것은 가벼운 숨결 같은 것, 그가 입술로 혀를 가볍게 누른 채로, 금속 마우스피스에서는 가볍게 뗀 채로 여전히 마우스피스를 통해 불어 넣고 있는 부드러운 바람 같은 것이었다. 트럼펫은 그의 입술에서 떨어져 있었는데도 불구하고 팔꿈치와 어깨의 긴장에 힘입어 여전히 하늘에 걸려 있었다.

그가 계속해서 그 가상의 음절을 불고 있었던 것은, 이로써 태양을 그 자리에다 묶어 두고 있는 끈을 잡고 있다고 생각했기 때문이었다. 그는 이로써 지구의 운행을 붙잡아, 영원히 정오에다 묶어 둘 수 있다고 생각했다. 따라서 이제 모든 것은 야코포의 트럼펫에 달려 있는 셈이었다. 만일에 야코포가 태양과의 싸움을 포기하고 그 끈을 놓쳐 버린다면 태양은 풍선처럼 날아가 버릴 것이고, 그렇게 되면 그날과 함께 그날의 행사, 의장병들의 변화 없는 동작, 전후가 없는 일련의 장면은 그대로 사라져 버릴 것이기 때문이었다. 그 모든 것이, 부동의 상태에서 진행될 수 있는 것은 오로지 그렇게 진행시키고 싶어 하는 야코포의 의지를 통해서만 가능한 것이었다.

야코포는 자기가 트럼펫을 거두면, 새 음절을 연주하기 위해 잠시라도 숨을 돌리면, 그의 귀를 멍멍하게 하던 조총 소리보다 큰 파열음이 터질 것만 같았고, 온 세계의 시계라는 시계는 모두 심계 항진(心悸亢進)을 일으킬 것만 같았다.

야코포는 자기 옆에 서 있는 여단장이 〈소등〉나팔을 불 것을 명령하지 않기를 간절히 소망했다. 야코포는 이렇게 생각했다. 소등나팔을 불라고 해도 거절할 거야. 이대로, 영원히, 이대로 있을 거야.

야코포는 잠수부가 흔히 빠지는 일종의 망아 상태(忘我狀態)에 몰입한 것이었다. 잠수부들은 물 위로 떠오르지 않고 계속해서 바다의 바닥을 미끄러지고 싶어 할 때 이와 비슷한 망아 상태에 몰입한다던가. 벨보는, 내가 읽고 있는 기록에서 당시의 느낌을 표현하려고 무진 애를 쓰고 있었다. 그의 문장은 중간중간 끊기고, 뒤틀리는가 하면, 통사 구조(統辭構造)가 무너지는가 하면 중간중간이 말줄임표로 무지러지기도 했다. 그러나 분명한 것은 그 순간, 바로 그 순간이야말로(벨보는 그렇게 표현하지 않고 있지만) 바로 그가 체칠리아를 소유하는 순간이었다.

문제는, 그때는 물론이고 그 뒤로도 야코포 벨보는, 이 무의식적인 자아를 기록하는 순간이 바로, 자신과 체칠리아, 자신과 로렌차, 자신과 소피아, 자신과 하늘과 땅의 화학적 결혼을 영원히 확인하는 순간이라는 것을 알지 못했다는 데 있다. 때가 되면 죽어야 할 팔자를 타고난 수많은 사람들 가운데서 외로이 이 〈위대한 작품〉의 결론을 마련하고 있었던 것이었다.

지금까지 그에게, 〈성배〉는 〈성찬배(聖餐杯)〉인 동시에 창(槍)이기도 하다는 사실을 귀띔한 사람은 없다. 그가 성찬배처럼 하늘을 향해 쳐들었던 트럼펫은 무기인 동시에, 하늘로 쏘아 올려 이 땅과 〈비극점(秘極點)〉을 잇는, 가장 감미로운 지배권의 획득을 가능케 하는 도구이기도 했다. 〈비극점〉의 획득은 곧 우주의 오로지 한곳에만 존재하는 〈고정점〉의 획득이 아닌가. 그것이 가능했다면 이 땅과, 그가 숨결로 창조한 것들을 화해하게 하는 것도 가능했을 것이다.

디오탈레비도 그에게, 어떻게 하면 〈토대〉의 세피라인 〈예소드〉에 머물 수 있는지 가르쳐 주지 않았다. 〈예소드〉가 무엇이던가? 〈과녁〉의 세피라 〈말후트〉를 향해 금방이라도 화살을 쏘아 보낼 것 같은 하늘의 활이 아닌가. 〈예소드〉는 나무나 과실을 짓는 데 필요한, 화살에서 떨어지는 물방울이다. *anima mundi*[세계령(世界靈)]이다. 왜 그런가 하면 물방울이 떨어지는 순간, 생식력은 전 생명체를 창조하면서 그것을 하나의 상호 관계 속으로 묶어 들이기 때문이다.

이 *Cingulum Veneris*(비너스의 띠)를 짜는 방법을 배운다는 것은 결국은 조물주의 오류를 수정하는 법을 배우는 것이나 마찬가지다.

사람들은, 〈기회〉를 노리면서 한평생을 보낸다. 그러나 사람들은 결정적인 순간, 탄생과 죽음을 정당화할 수 있는 결정적인 순간이 이미 지나갔다는 것을 깨닫지 못한다. 그런 순간은 다시 찾아오지 않는다. 그러나 그런 순간은 분명 존재했고, 그동안은 모든 계시의 순간이 그러하듯이, 더할 나위 없이 넉넉하고 찬란하고 풍부하다.

그날 야코포 벨보는 〈진실〉의 순간을 응시했다. 그것은 그에게 허락된 유일한 진실이었다. 그 뒤로 알게 되었을 터이거니와 진실은 짧고 일시적이므로(그 너머 있는 것은 모두 진실의 주석에 지나지 않는다는 것을 그는 잘 알고 있었다). 그래서 그는 시간의 고삐를 잡으려고 했던 것이었다.

그는 이해하지 못했다. 어린 시절에도 이해하지 못했다. 그날의 일을 쓰던 사춘기 시절에도 이해하지 못했다. 그날의 일을 더 이상 쓰지 않으려고 결심하던 성인 시절에도 이해하지 못했다.

나도 오늘 밤에야 이것을 깨달았다. 자기가 쓴 진실을 독자에게 깨닫게 하려면 작가는 죽어야 한다.

그의 성인 시절을 통틀어 야코포 벨보에게는 공포의 대상이었던 진자는, (꿈속에서 잃어버린 주소가 그랬듯이), 그가 자기 손으로 기록해 놓고도 결국 억압했던, 진정으로 세계의 천장에 손을 대던 그 순간의 상징이었다. 그러나 〈제논의 화살〉[4]을 날림으로써 시공을 동결시킨 순간은 상징도 아니고 기호도 아니다. 조짐도, 환상도, 비유도, 수수께끼도, 그 어느 것도 아니었다. 그것은 그것 자체일 뿐이었다. 그것은 어떤 다른 것으로도 해석될 수 없었다. 어떤 유예의 여지도 없는 순간은 기정사실이 되는 순간이다.

야코포 벨보는, 자기에게는 그런 순간이 있었으며, 평생 그 한순간의 경험이면 충분하다는 것을 이해하지 못했다. 그것을 인식하지 못한 채, 다른 순간을 기다리면서 세월을 보내다가 결국 자신을 파멸시킨 것이었다. 하지만 그도 의심은 해 보았을 것이다. 의심하지 않았다면, 그렇게 자주 트럼펫의 기억으로 회귀했을 리 없다. 그러나 그는 그것을 획득으로 기억하지 않고 상실로 기억했다.

진자와 함께 흔들리면서 야코포 벨보가 이것을 이해하고

4 고대 그리스 철학자 제논의 변증법을 비유. 궤변을 통한 역설을 일컫는다.

안식을 찾게 되었기를 나는 진심으로 믿고, 바라고, 빈다.

이윽고 여단장은 소등나팔을 불라고 명령했다. 그 명령이 아니었더라도 벨보는 곧 멈추었을 것이다. 그는 벌써 기진해 있었다. 그는 영원과의 접촉을 거기에서 포기하고 트럼펫을 불었다. 단 하나의 높은 음절을 부드럽게 〈데크레셴도〉로 붊으로써, 앞으로 마주할 우수에 세상을 대비시켰다.

여단장이 말했다.「브라보, 우리 꼬마 나팔수, 이제 그만 내려가자. 정말 굉장한 나팔수였군그래.」

주임 사제도 자리를 떴다. 민병 의장대는 트럭이 서 있는 공동묘지 뒤쪽 주차장으로 갔다. 무덤에다 흙을 채운 인부들도 자리를 떴다. 남은 것은 야코포뿐이었다. 그는 그 지복(至福)의 땅을 떠날 수가 없었다.

공동묘지에서 내려와 보니 교구 회당행 트럭은 떠나고 없었다.

야코포는, 자기를 버리고 떠난 돈 티코 사제를 원망하면서 혼자 떨어진 경위를 생각해 보았다. 시간적 거리를 두고 봤을 때, 돈 티코 사제는 여단장으로부터 들은 말을 오해했을 가능성이 있었다. 그는 민병대 여단장이 야코포를 데리고 가겠다고 한 줄 알고 그냥 내려갔을 것이다. 그러나 당시 야코포의 생각은 달랐다. 그는 자기가 〈집합〉 나팔을 분 뒤부터 〈소등〉 나팔을 불기까지는 몇 세기의 세월이 흘렀다고 생각했다. 악대부원들이 머리카락이 하얗게 셀 때까지 기다리다가 그 자리에서 죽고, 죽어서 재가 되어 바람에 날리다가, 시시각각으로 야코포의 눈앞에서 구릉지를 퍼렇게 물들이고 있는 엷은 안개가 되었을 것이라고 생각했다.

야코포는 혼자였다. 그의 뒤에는 인적이 끊긴 공동묘지가 있었다. 손에 든 것은 트럼펫. 앞에는 한 봉우리 한 봉우리를 시시각각으로 퍼렇게 물들여 오는 끝없는 구릉이 있을 뿐이었다. 머리 위에는, 야코포의 나팔에 붙잡혀 있다가 풀려나 복수의 화신이 된 태양이 있었다.

야코포는 울기로 했다.

그런데 울긋불긋하게 차린 영구 마차가, 나폴레옹 황제 휘하의 장군같이 차린 마부와 함께 야코포 앞에 나타났다. 나선형 기둥이 떠받치는, 흰색과 금색을 칠한 마차의 박공은 아시리아, 그리스, 이집트풍을 망라한 듯 자못 엄숙한 분위기를 자아냈다. 영구 마차를 끄는, 화관(火棺)처럼 꾸며진 말은 야만족의 가면 같은 것을 쓰고 있어서 눈밖에 보이지 않았다. 삼각모를 쓴 그 영구 마차의 어자(御者)는 외로운 트럼펫 주자 앞에서 잠깐 마차를 멈추었다. 야코포가 물었다. 「저를 집까지 데려다주시겠어요?」

어자는 웃었다. 야코포는 어자 옆으로 올라갔다. 따라서 야코포는 영구 마차를 타고 산 사람의 세상으로 돌아온 셈이었다. 과묵해 보이는 얼굴로 퇴근하던 〈카론〉[5]은 두 마리의 말을 재촉해서 비탈길로 내몰았다. 야코포는 트럼펫을 옆구리에 낀 채로 몸을 꼿꼿하게 세우고 점잖은 사제처럼 앉아, 기대도 하지 않았던 이 새로운 역할에 만족하고 있었다.

5 그리스 신화에 나오는 저승 삼도천의 뱃사공. 즉 사자를 저승으로 데려가는 사람.

비탈길을 내려오면서 모롱이를 돌 때마다 푸른빛이 도는 포도밭이 늘 새로운 풍경이 되어 펼쳐지고는 했다. 야코포로서는 도저히 측정이 불가능한 시간이 흐른 뒤에야 마차는 〈모처〉에 당도했다. 마차는 광장을 지나고 아케이드 앞을 지났다. 일요일 오후가 되면 몬페라토 광장이 그렇듯이, 아케이드 앞에도 인적이 없었다. 급우들 몇몇이, 옆구리에 트럼펫을 낀 채로 영구 마차 위에 앉아 두 눈으로 영원을 응시하고 있는 야코포를 보고는 부러운 듯이 손을 흔들었다.

야코포는 집으로 돌아갔지만 아무 말도 하지 않고 아무것도 먹지 않았다. 그는 테라스로 나가, 약음기(弱音器)도 끼워져 있지 않은 그 트럼펫을 불었다. 부드럽게 불었다. 시에스타 시간에 잠든 사람들을 깨우지 않을 만큼 부드럽게 불었다.

아버지가 무심한 얼굴로 다가왔다. 그러고 삶의 법칙을 상당한 수준까지 터득한 사람 특유의, 사람을 평온하게 하는 어조로 아들에게 말했다. 「이대로만 간다면, 한 달 뒤면, 우리는 집으로 돌아간다. 도시에서는 트럼펫을 불 수 없다. 그러다간 집주인에게 쫓겨날 테니까. 그러니 트럼펫은 잊어버려라. 음악이 그렇게 좋다면 피아노 레슨을 받게 해주마.」 그러고는 아들의 두 눈이 젖어 있는 걸 보고는 덧붙였다. 「바보같이, 울기는. 어려운 시절이 이제 다 갔다는 것도 모르는구나?」

다음 날 야코포는 트럼펫을 돈 티코 사제에게 돌려주었다. 그리고 그로부터 두 주일 뒤, 벨보 일가는 〈모처〉를 떠나 미래와 다시 합류했다.

말후트

120

「그러나 제가 보기에 개탄하여 마지않아야 할 것은, 우리 주위에 무분별하고 어리석은 광신적인 우상 숭배자들이 적지 않다는 것입니다. 이들은 위대한 이집트의 비의를 모방한다고 할 수조차 없습니다. 육신의 고귀함을 그 그림자와 비교할 수는 없는 노릇이니까요. 이들은 또한, 아무 근거도 없이 이미 숨이 끊어진 것들, 마음이 없는 것들의 배설물 속에서 신성(神性)을 찾고 있으니 이 아니 한심한 일인가요. 뿐만 아니라 이 우상 숭배자들은 신심이 돈독한 신들의 종이기도 한 우리 비웃기를, 우리 중에 섞여 있는 일찍이 짐승의 운명을 타고난 것들 비웃기와 한가지로 합니다. 더욱 개탄스러운 것은, 저희들의 미친 의례가 평판이 아주 좋은 것으로 착각하고 의기양양해 있다는 것입니다.」
모모스의 말이 끝나자 이시스 여신이 타일렀다. 「너무 마음을 쓰지 말라. 어두운 것과 밝은 것은 각기 다른 운명을 타고났음이라.」 모모스가 응수했다. 「그러나 문제는 이것들이, 저희가 빛 가운데 있다고 굳게 믿고 있다는 사실입니다.」
— 조르다노 브루노, 『교만한 야수의 추방』, 제3대화편, 제2부, 아서 D. 이머티 옮김, 러트거스 대학 출판부, 1964, p. 236

마음이 편해야 옳다. 나는 이해했다. 혹자는, 이해하면 평화가 온다고 하지 않던가. 나는 이해했다. 그러니까 평화로워야 한다. 누군가가 그러지 않았는가. 마음의 평화는, 오랜 이해와, 더불어 함과, 한 점 의혹 없는 깨달음의 노력 끝에 성취되는 차분한 명상에서 온다고. 이제 모든 것은 명명백백하다. 투명하다. 내 눈이 마침내 전체와 부분에 두루 미쳐, 부분이 어떻게 전체를 이루었는지 알게 되었다. 내 눈은, 이제 임파액이, 호흡이, 〈왜〉의 뿌리가 솟아나는 중심이 어디인가를 알게 되었다.

그러니까 마음이 편해야 옳다. 벨보의 카를로 백부의 서재 창가에 서서 구릉과, 그 구릉 위로 떠오르는 조각난 달을 본다. 브리코산의 둔중한 봉우리, 그 뒤로 펼쳐지는 산의 잘 다듬어진 봉우리들은 나에게 잠에서 깨어난 〈어머니 대지〉가 천천히 졸음에 겨운 눈으로 기지개를 켜고 하품을 하면서 수백 개의 화산이 폭발하는 중에도 푸른 벌판을 빚기도 하고 허물기도 하는 광경을 상상하게 한다. 〈어머니 대지〉는 잠결에 돌아누우면서 지표 위에 있는 것들을 이리저리 바꾸어 놓는다. 그래서 한때 삼엽충을 놓아먹이던 곳에는 다이아몬드가 있다. 다이아몬드가 있던 곳에는 포도나무가 섰다. 빙퇴석의 논리, 퇴적의 원리, 산사태의 원리다. 무심결에 자갈을 하나 굴렸는데 이것이 굴러 내려가면 사면(斜面)에는 공간이 생긴다. 아! *horror vacui*(공백에 대한 공포)여! 그러면 다른 돌이 미끄러져 내려와 그 공간을 메우고, 그 돌의 공간은 또 다른 돌이 메우고, 이렇게 해서 산이 생성된다. 표면. 표면 위의 표면. 지구의 지혜. 리아의 지혜.

이렇게 이해하는데도 나는 왜 평화스럽지 못한가? 운명을 사랑하라고? 운명이, 〈하느님의 섭리〉나 〈집정관들의 음모〉처럼 우리를 죽이려 드는데도 운명을 사랑해야 하는가? 나는 이해하지 못했는지도 모른다. 나는 어쩌면 수수께끼의 한 조각, 시공의 한 간극을 놓치고 있는지도 모른다.

어디에선가 읽은 적이 있다. 삶을 켜켜이 살아 내고 그리하여 마침내 삶이 경험으로 가득 차게 되면 모든 것, 가령 비밀, 힘, 영광, 이 세상에 태어난 까닭, 죽어 가는 까닭, 그 모든 것을 어떻게 바꿀 수 있었을지까지도 다 알 수 있게 된다고 한다. 그때 너는 지혜롭다. 그러나 그 순간 가장 위대한 지혜는, 네가 깨달은 지혜가 뒤늦게 얻은 지혜라는 것을 알아차리는 것이다. 사람은, 더 이상 깨달을 것이 없을 때만 모든 것을 깨닫는다.

이제 나는 〈천국의 율법〉이 무엇인지 안다. 나는 이제 하찮아 보이던, 가망이 없어 보이던, 누더기 같아 보이던 〈말후트〉의 율법을 안다. 〈지혜〉는 〈말후트〉 속에 숨어, 일찍이 누리던 광명을 찾아 사방을 더듬는다. 〈말후트〉의 진실은, 〈세피로트〉의 밤에 빛나는 유일한 진실은, 〈지혜〉는 〈말후트〉 안에서만 적나라하게 드러난다는 것이다. 〈말후트〉의 신비는 존재하는 데 있는 것이 아니고 존재를 떠나는 데 있는 것이다. 존재를 떠나면 결국, 〈다른 것들〉이 존재하기 시작하는 것이다.

그리고 그 〈다른 것들〉과 더불어 〈악마 연구가들〉은, 저희 광기의 비밀이 숨겨진 심연을 더듬는 것이다.

브리코산의 사면을 따라 포도밭이 끝없이 펼쳐져 있다. 나는 포도밭을 잘 안다. 나도 어린 시절부터 포도밭을 보면서 자라났다. 어떤 수(數)의 이론도, 포도밭이 오름순(順)으로 놓여 있는지 내림순으로 놓여 있는지 해명하지 못한다. 포도밭과 포도밭 사이에는(어린 시절부터 맨발로, 발바닥에 굳은살이 박히도록 오르내려 본 사람만이 안다) 복숭아나무가 있다. 오로지 포도밭 사이에서만 잘 자라는 노란 복숭아나무가 있다. 이 복숭아는 엄지손가락으로 눌러도 쉽게 쪼개진다. 복숭아가 쪼개지면, 화학 처리 한 듯이 깨끗한 씨가 온전하게 그대로 나온다. 이따금은 과육이, 하얀 과육이 유충처럼 조금 붙어 있는 경우도 있지만 대개는 씨앗만 말짱하게 나온다. 복숭아를 깨물면 껍질의 부드러운 감촉이 혀에서 사타구니로 전해지기도 한다. 한때는, 공룡이 놀던 곳이다. 그런데 다른 표면이 그 위를 덮은 것이다. 트럼펫을 불던 때의 벨보처럼, 나도 복숭아를 깨무는 순간에 〈하느님의 왕국〉을 이해하고 그것과 일체가 되었던 것이다. 그 나머지는 다 언어의 장난인 것이다. 그래서, 발명한 것이다. 카소봉은 〈계획〉을 발명한 것이다. 그것은 공룡과 복숭아를 설명하기 위해 무수한 사람들이 해온 짓이기도 하다.

나는 이해했다. 더 이상 이해할 것이 없다는 확신이 섰으니 나는 평화로워야 마땅하다. 승리에 도취되어야 옳다. 그러나 나는 여기에 있고 〈그들〉은, 내가 저희들이 목마르게 찾고 있는 어떤 열쇠를 가지고 있는 줄 알고 나를 뒤쫓고 있다. 남들이 나를 믿지 않고 나를 심문하려는 한, 이해만으로는 모자란다. 〈그들〉은 나를 찾고 있다. 〈그들〉은 파리에다 남긴 나의 족적을 밟았을 터이니 내가 여기 있다는 것을 알 것이다. 〈그들〉은 아직도 〈지도〉를 손에 넣으려고 한다. 내가 만일에 저들에게, 〈지도〉 같은 것은 없다고 하면 할수록, 〈지도〉를 손에 넣고 싶다는 저들의 욕망은 그만큼 더 뜨거워진다. 벨보가 옳다. 꺼져라, 이 어리석은 놈들아! 나를 죽이고 싶어? 그럼, 죽여. 죽여도, 〈지도〉 같은 것은 없다는 말은 하지 않겠다. 네놈들 머리로 직접 알아내지 못한다 해도 내 알 바 아니지.

리아를 다시 만날 수 없다고 생각하니, 나의 〈작품〉, 나의 〈화금석(化金石)〉 줄리오를 다시 볼 수 없다고 생각하니 가슴이 아프다. 그러나 돌은 저 혼자서도 잘 산다. 어쩌면 줄리오는 줄리오의 〈기회〉를 경험하고 있는지도 모른다. 줄리오는 벌써 하나의 공, 한 마리의 개미, 한 잎의 풀을 찾아, 그 안에서 천국과 심연을 동시에 보고 있는지도 모른다. 그 역시 만시지탄과 함께 깨닫게 될 것이다. 잘해 나갈 것이다. 걱정 말고, 내가 그랬듯이 저 혼자서 저의 삶을 살아가게 해주자.

이런 빌어먹을. 이래도 가슴이 아프기는 마찬가지 아닌가? 참자. 죽고 나면 괴로울 것도 없을 것이니까.

늦었다. 파리를 떠나면서 단서를 너무 많이 남긴 것 같다. 지금쯤은 내가 어디에 있는지 알았을 테지. 조금 있으면 이곳으로 몰려들 테지. 오늘 내가 한 생각을 모조리 여기 적어 두었으면 좋았을 것을. 하지만 그랬다 해도 〈그들〉은 내 글을 읽고, 여기에서 또 하나의 괴상한 이론을 유추해 내고, 내 글의 배후에 숨겨져 있는 밀지를 해독한답시고 세월을 보낼 테지. 〈그들〉은 이럴지도 모른다. 그자가 우리를 놀리느라고 그랬을 리가 없다. 그래, 그랬을 리가 없는지도 모른다. 어쩌면 〈존재〉라고 하는 것은, 저도 모르는 사이에 망각을 통해서 밀지를 보내고 있는지도 모른다.

쓰든 안 쓰든 다를 것이 없다. 침묵하고 있어도 침묵의 배후에서 의미를 찾으려 할 테니까. 워낙 그런 사람들이다. 계시에 눈이 먼 사람들. 말후트는 말후트일 뿐이다. 그것뿐이다.

그러나 저들에게 아무리 말해도 소용없다. 믿음이 없는 저들에게.

그러니 여기에서 기다리면서, 산을 바라보는 것도 좋겠지.

산이 참 아름답다.

도판 출처

각권 7 Cesare Evola, *De divinis attributis, quae Sephirot ab Hebraeis nuncupantur*, Venezia, 1589

상 15 P. S. Gruberger, ed., *Ten Luminous Emanations*, vol. 2, Jerusalem, 1973

상 64 Theophilus Schweighart, *Speculum sophicum rodostauroticum*, Frankfurt, 1618

상 249 Trithemius, *Clavis Steganographiae*, Frankfurt, 1606

상 271 A. E. Waite, *The Book of Black Magic*, London, 1898

중 361 J. V. Andreae, *Die Chymische Hochzeit des Christian Rosencreutz*, Strassburg, Zetzner, 1616

하 68 Léon Gautier, *La Chevalerie*, Paris, Palmé, 1884
Macrobius, *In Somnium Scipionis*, Venezia, Gryphius, 1565
Robert Fludd, *Utriusque Cosmi Historia*, II, *De Naturae Simia*, Frankfurt, de Bry, 1624

하 90 A. Kircher, *Ars Magna Sciendi*, Amsterdam, Jansson, 1669

하 204 Trithemius, *Clavis Steganographiae*, Frankfurt, 1606

옮긴이의 말

〈추〉의 자리에 〈진자〉를 매달면서

1995년 6월 2일, 나는 『푸코의 진자』를 다시 번역한 원고를 들고(정확하게 말하면, 개역판 원고가 든 컴퓨터는 가방에 넣고, 만일의 경우에 대비해서 그 원고를 복사한 플로피 디스크는 주머니에 넣고) 미국에서 서울로 돌아오다가 재미있는 일을 겪게 됩니다. 쓴 책이 여러 권 되고, 번역한 책이 또한 여러 권 되어서 나는, 내가 쓴 책이나 번역한 책을 버스나 기차나 비행기 같은 데서 읽고 있는 사람들을 가끔씩 만나고는 합니다. 그러나 나는, 직업의식에 그리 투철하지 못해서 그런지, 그런 사람들을 만나도 되도록이면 그 책에 대해서 아는 척하기를 삼가기로 합니다.

그런데 이날만은 사정이 다릅니다. 목에 군번줄이 감겨 있어서 주한 미군임에 분명해 보이는, 20대 초반의 한 청년이 내 옆자리에서 공교롭게도, 부피가 베개만 한 영어판 페이퍼백 『푸코의 진자』를 읽고 있는 것입니다. 나는 기회를 보아 그에게, 책이 재미있느냐고 물어보았습니다. 고개를 절레절레 흔들더군요. 왜 그러냐니까, 도대체 무슨 소리를 하고 있는지 모르겠다는 것입니다. 나는 어떤 대목이 그러냐고 물었습니다. 그랬더니 대뜸 책을 펼쳐 보이면서, 제1장의 히브리어 해제를 비롯, 번역도 안 된 채 생짜로 실려 있는 라틴어, 스페인어, 포르투갈어, 이탈리아어, 프랑스어, 독일어 문장을 일일이 손가락질해 보이면서 해제가 본문과 어떤 관련이 있는지 모르겠고, 외국어가 섞여 들어 문맥의 의미를 놓치기가 다반사라는 것이었습니다. 나는 우쭐해지지 않을 수가 없어서 그에게, 일일이 그 해제의 의미와 본문과의 관련성을 설명해 주고, 본문에 나오는 외국어 문장도, 그가 도움을 청할 때마다 영어로 번역해 주었습니다.

청년이 별 희한한 인간을 다 본다는 눈을 하고, 도대체 뭐 하는 사람이냐고 묻더군요. 나는 장난을 치고 있었던 것입니다. 나는 이 책을 번역하면서, 장난기 어린 에코 교수의 모습을 상상하고는 했습니다. 그래서 나 역시 장난을 좀 치고 있었던 것입니다. 하지만 장난을 더 치면서 즐길까 하다가 그만두고 청년에게 실토했습니다. 사실은, 『푸코의 진자』의 한국어판 역자인데, 난들 처음부터 잘 알았겠느냐, 지난 반년 동안 유대인, 포르투갈인, 스페인인, 이탈리아인, 독일인, 프랑스인을 찾아다니면서 졸라서 배운 덕분에 그 의미를 알게 되었다……. 『푸코의 진자』 때문에 지난 반년간 죽다가 살았다는 나의 고백을 듣고서야 청년은 속으로, 그러면 그렇지, 하는 눈치를 보이는 것입니다.

『푸코의 진자』가 어떠냐는 내 말에 청년이 한 대답은, 〈이 책이 나를 미치게 만든다〉는 것입니다. 그렇다면 읽지 않으면 되는 것이 아니냐는 나의 질문에는, 코가 꿰이면 읽다가 그만둘 수가 없는 게 움베르토 에코의 소설이라고 했습니다.

나는 에코의 책이 사람을 미치게 만든다는 그의 말을 이해했습니다. 초판을 교정할 당시 〈열린책들〉의 교정 팀도, 에코가 지어 놓은 복잡한 소설의 구조 속을 헤매다 한숨을 쉬면서, 〈오, 에코…… 푸코…… 사이코〉 하고 한탄했다니 무리도 아닙니다.

그러나 『장미의 이름』이 그렇듯이 『푸코의 진자』는 난해한 책이 아닙니다. 난해하게 보이는 것은 작가가 이야기꾼으로서 소설의 스토리만 끌고 가는 것이 아니라 자주 옆길로 빠져, 푸짐한 의미를 지닌 상징적인 기호를 정교하게 설명함으로써 그 스토리에다 개연성을 부여하고는 하는데, 그 설명에 동원되는 텍스트가 미국인에게는 물론이고 우리에게 특히 낯선 것이기 때문입니다. 역자가 『장미의 이름』에 그렇게 했듯이, 이 『푸코의 진자』에도 4백 여 항목의 각주를 단 까닭이 여기에 있습니다. 모를 때는 사람을 미치게 하는 것도 알게 되면 그게 곧 지적인 책 읽기의 재밋거리가 되고는 합니다.

수도원 경내를 설명하는 『장미의 이름』의 도입부가 그렇듯이 박물관 내부를 설명하는 이 『푸코의 진자』의 도입부도 꽤 까다롭습니다. 그러나 독자에게 바라거니와 이것은 작가 에코가 부러 그렇게 한 것인 만큼 도입부에서 좌절하지 않기를 바랍니다. 〈불가사의한 베스트셀러 작가〉 에코 교수는 『장미의 이름』의 도입부가 왜 그렇게 어려우냐는 질문에, 부러 한번 어렵게 써봤다면서, 어렵게 쓴 까닭을 이렇게 설명합니다.

〈……내 책 머리에 길고 난삽한 글이 실려 있는 데는 까닭이 있다. 원고를 읽어 본 내 친구들과 편집자들은, 너무 어려워서 읽으려니까 진땀이 나더라면서 처음의 백 페이지를 줄일 수 없느냐고 했다. 나는 두 번 생각해 볼 것도 없이 그 자리에서 거절했다. 나는 그들에게, 어떤 사람이 낯선 수도원에 들어가 이레를 묵을 작정을 한다면(실제로 『장미의 이름』은 이렇게 시작된다) 그 수도원 자체가 지닌 리듬을 받아들여야 하지 않겠느냐고 되물었다. 그런 수고를 할 생각이 없는 사람은 내 책을 읽어 낼 수 없다. 따라서 난삽한 첫 부분은 나의 호흡을 따라잡기 위해 독자가 마땅히 치러야 하는 입문 의례와 같은 것이다. 이 부분이 싫은 독자에게는 나머지도 싫을 수밖에 없다. 그런 사람은 산으로 올라갈 것이 아니라 산기슭에 남아 있는 것이 좋다. 소설로 들어간다는 것은 산을 오르는 것과 같다. 산을 오르자면 산의 호흡법을 배우고, 산의 행보를 익혀야 한다. 배울 생각이 없으면 산기슭에 남아 있으면 되는 일이 아닌가…….〉

요컨대, 준비 운동을 해야 하지 않겠느냐는 것입니다.

나는 독자 여러분이 이 준비 운동을 무사히 마치고 실로 무궁무진하면서도 아기자기하기 짝이 없는 에코의 산을 오를 수 있게 되기를 바랍니다.

역자는 처음부터 이 번역판의 말미에다 이 작품에 대한 해설을 써붙일 생각이었습니다. 그러나 두 가지 이유에서 결국은 그러지 않기로 했습니다. 첫째 이유는, 역자는 학문으로서의 문학을 제대로 공부한 사람이 아니라서 힘에 부쳤기 때문입니다. 에코 문학의 키워드라고 할 수 있는 〈기호〉, 〈코드〉, 〈포스트모더니즘〉, 〈인터텍스트추얼리티[相互典據性]〉, 〈개

방성〉 같은 개념을 가지고 이 소설을 해설하기에 역자의 힘은 부쳐도 많이 부칩니다. 그리고 두 번째 이유는 작가인 에코 교수의 의도에 역자로서 초를 치고 싶지 않았기 때문입니다.

작가 에코 교수는, 작품에 관한 도움말을 요구하는 독자에게 이렇게 말합니다.

〈작품이라는 것은 무한한 해석의 가능성을 안고 있다. 나는 내 작품과 독자 사이에 개입하는 것을 원하지 않는다. 독자들을 가로막고 섬으로써, 혹은 작품을 가로막고 섬으로써 그 무한한 해석의 가능성을 내가 자아서 훼손할 생각은 없다.〉

그래서 각주에서 사족(蛇足)을 단 바도 있으므로 이 작품을 해설하고 이 작품의 의의를 따지는 일은 이 방면의 전문가들 몫으로 넘기고자 합니다.

이 개역판은 여느 책의 개역판과는 좀 다르고, 『장미의 이름』의 개역판과도 또 다릅니다. 『장미의 이름』 개역판의 경우 오역한 것을 찾아서 바로잡고 문장을 다듬고 약 4백 여 항목의 각주를 단 것입니다만 이 개역판은 제목부터, 『푸코의 추』를 『푸코의 진자』로 바꾸고 처음부터 끝까지 각주를 달아 가면서 깡그리 다시 번역한 책입니다.

『푸코의 추(錘)』를 『푸코의 진자(振子)』로 바꾼 것은, 〈추〉라고 해버리면 어쩐지 가만히 매달려 있는 추가 연상되기 때문입니다. 그렇다면 이것은 원작자가 의미하는 바와 정확하게 일치하지 않습니다. 우리는 〈추 시계〉, 〈진자 시계〉의 경우처럼 〈추〉라는 말과 〈진자〉라는 말을 함께 쓰기도 합니다. 그러나 〈추〉는 늘어뜨려진 채 정지해 있다는 인상을 주는 데 견주어 〈진자〉는 일정한 진폭을 가지고 진동하는 느낌을 주는 것 같아서 〈추〉를 버리고 〈진자〉를 취했습니다. 에코의 〈진자〉가 되었든 푸코의 진자가 되었든, 진자에서 가장 중요한 것은 진폭의 정점에 위치하는 〈부동점(不動點)〉이라는 것에 유념할 것을 당부합니다. 에코는 바로 이 〈부동점〉을 얘기하기 위해 푸코가 발명한, 진자라고 하는 장치를 이용한 것으로 보입니다.

1990년 7월 초에 번역을 끝내고 같은 해 같은 달에 출간된 『푸코의 추』는 두고두고 내 양심을 괴롭혀 왔습니다. 내가 느낀 양심의 가책은, 성수대교가 내려앉는 사건과 함께 그 절정에 이릅니다. 성수대교 사건을 접하면서 나는, 나에게는 어떤 성수대교가 있는지 한번 살펴보게 됩니다. 고백하거니와, 이 책의 초판은 내가 건설한 수많은 성수대교 중의 하나입니다. 독자에게 용서를 비는 마음으로 나는 앞으로도 나의 성수대교를 하나하나 허물어 내고 튼튼한 다리, 튼튼한 역사를 지어낼 것을 약속합니다.

에코 소설의 초역과 개역에 관련해서 한 일본인 서양 고전학자에게 빚을 졌다는 것도 이 자리에서 고백해 두지 않으면 안 되겠습니다. 『장미의 이름』이 우리 나라에서 번역 출간되었을 때 일본의 다니구치 이사무(谷口勇) 교수는, 〈……벌써 한국어판이 나왔고 심지어는 러시아어판까지 나왔다〉고 쓴 적이 있습니다. 말의 결로 미루어 나는 그가, 그때까지도 일본어판을 내지 못하고 있는 일본의 번역계에 섭섭한 심정을 드러내는 것으로 이해했습니다. 『장미의 이름』 초판이 출간된 직후 다니구치 이사무 교수는 편지를 통해 한국어판의 역자인 나에게 〈재패니스 에코 소사이어티〉에 들 것을 권유한 적도 있습니다. 나는, 한국인인 내가 왜 일본의 에코 학회에 가입하느냐 싶어서 자못 당당하게 이 제의를 묵살했습니다. 그런데 지금 나는, 친절하게도 한글 편지까지 써서 보내 준 다니구치 이사무 교수에게 답장은 고사하고 자랑스러운 일이라도 하는 것처럼 그의 제의를 묵살한 무례를 몹시 부끄럽게 여깁니다.

다니구치 교수는 『장미의 이름』과 『푸코의 진자』를 해설하는 십수 권의 책을 일본어로 번역한 분입니다. 에코의 이 두 소설을 개역하면서 읽은 그의 번역서와 해설은 내게 큰 공부가 되었습니다. 그에게 무례를 범하고도 그의 역서를 통해 크게 신세를 지게 된 것입니다. 나는 머지않은 장래에 그를 만나 나의 공명정대하지 못했던 처신을 사죄할 생각입니다. 나는 몇 차례 일본인에게 무례하게 군 전력이 있기는 합니다만, 상대가 일본인이라면 한국인은 좀 무례하게 굴어도 좋다는 통념에 더 이상은 승복하지 않으려고 합니다. 〈열린책들〉의 홍지웅 사장에게 특별히 고마워하는 마음을 여기에다 박아 둡니다. 나는 초역이 성에 차지 않는다면서 『장미의 이름』에 이어 『푸코의 진자』까지 염치도 없이 개역하게 되었는데, 이런 짓을 아무나 용인할 수 있는 게 아닙니다. 우리는 앞으로도 뜻을 모으고 힘을 합하여 책을 만들되, 출판의 성수대교는 보이는 족족 허물어 나갈 것입니다.

1995년 6월 25일
역사의 성수대교를 기념하는 날
마포 일터에서
이 윤 기

움베르토 에코 연보

1932년 **출생** 1월 5일 이탈리아 피에몬테 주의 소도시 알레산드리아에서 태어남. 할아버지는 고아였음. 에코라는 성은 시청 직원이 *ex caelis oblatus*(천국으로부터의 선물)의 머리글자를 따서 만들어 주었다고 함. 아버지 줄리오 에코Giulio Eco는 세 차례의 전쟁에 징집당하기 전 회계사로 일했음. 어린 에코와 그의 어머니 조반나Giovanna는 제2차 세계대전 동안 피에몬테에 있는 작은 마을로 피신함. 거기에서 움베르토 에코는 파시스트와 빨치산 간의 총격전을 목격했는데, 그 사건은 후에 두 번째 소설 『푸코의 진자』를 쓰는 데 많은 영향을 미침. 에코는 살레지오 수도회의 교육을 받았는데, 이후 저서와 인터뷰에서 그 수도회의 질서와 창립자를 언급하곤 함.

1954년 **22세** 아버지는 에코가 법학을 공부하길 원했지만 에코는 중세 철학과 문학을 공부하기 위해 토리노 대학교에 입학함. 토리노 대학교에서 루이지 파레이손 교수의 지도하에 1954년 철학 학위를 취득함. 졸업 논문은 「토마스 아퀴나스의 미학 문제Il problema estetico in San Tommaso」. 이 시기에 에코는 신앙의 위기를 겪은 후 로마 가톨릭 교회를 포기함. 이탈리아 방송 협회RAI의 공개 채용 시험에 응시하여 합격함.

1955년 **23세** 1959년까지 RAI의 문화 프로그램 편집위원으로 일함. 그와 입사 동기들의 임무는 프로그램들을 〈젊어지게〉 하는 것이었음. 이들의 기발한 아이디어들은 텔레비전 관련 문화를 혁신했을 뿐 아니라

RAI가 이탈리아 문화의 중심이 되게 하는 데 진정한 공헌을 했다는 후세의 평가를 받음. RAI에서의 경험은 미디어의 눈을 통해 근대 문화를 검토해 보는 기회가 되었음. RAI에서 친해진 아방가르드 화가와 음악가, 작가(63 그룹)이 에코의 이후 집필에 중요한 기반이 됨.

1956년 24세 『토마스 아퀴나스의 미학 문제』 출간. 1964년까지 토리노 대학교에서 강사를 맡음.

1959년 27세 『중세 미학의 발전*Sviluppo dell'estetica medievale*』 출간(후에 『중세의 미학*Arte e bellezza nell'estetica medievale*』으로 개정판 출간). 이를 계기로 영향력 있는 중세 연구가로 인정받음. 밀라노의 봄피아니 출판사에서 1975년까지 논픽션 부분 수석 편집위원으로 일하면서 철학, 사회학, 기호학 총서들을 맡음. 아방가르드의 이념과 언어학적 실험에 전념하는 『일 베리*Il Verri*』지에 〈작은 일기*Diario minimo*〉라는 제목으로 칼럼 연재. 이 기간에 〈열린〉 텍스트와 기호학에 대한 생각을 진지하게 전개해 나가기 시작하여 나중에 이 주제에 관한 많은 에세이들을 집필함.

1961년 29세 이탈리아 토리노 대학교 문학 및 철학 학부에서 강의하고, 밀라노의 폴리테크니코 대학교 건축학부에서 미학 강사직을 맡음. 잡지 『마르카트레』 공동 창간.

1962년 30세 토리노 대학교와 밀라노 대학교에서 미학 강의를 시작함. 최초의 주저 『열린 작품*Opera aperta*』을 출간함. 저자가 어리둥절해할 정도로 국제적인 성공을 거둠. 이 책은 아방가르드 문학 운동인 〈63 그룹〉의 이론적 기반이 됨. 9월 봄피아니 출판사에서 만난 독일인 그래픽 아티스트이자 미술 교사인 레나테 람게Renate Ramge와 결혼. 1남 1녀를 둠. 레나테는 그의 농담이 마음에 들었다고 회고. 밀라노의 아파트와 리미니 근처에 있는 별장을 오가며 생활함. 밀라노의 아파트에는 3만 권의 장서가, 별장에는 2만 권의 장서가 있었다고 함. 「일 조르노Il Giorno」, 「라 스탐파La Stampa」, 「코리에레 델라 세라Corriere della Sera」, 「라 레푸블리카La Repubblica」 등의 신문과 잡지 『레스프레소*L'Espresso*』 등에 다양한 형태의 글을 발표함.

1963년 31세 『애석하지만 출판할 수 없습니다*Diario minimo*』 출간함. 주간 서평지 『타임스 리터러리 서플러먼트*Times Literary Supplement*』에 기고를 시작함.

1964년 32세 『매스컴과 미학*Apocalittici e integrati*』 출간함.

1965년 33세 『열린 작품』의 논문 한 편을 떼어서 『조이스의 시학*Le poetiche di Joyce*』으로 출간함. 제임스 조이스 학회의 명예 이사가 됨. 아메리카 대륙을 여행함.

1966년 34세 브라질 상파울루 대학교에서 강의함. 1969년까지 피렌체 대학교 건축학과에서 시각 커뮤니케이션 부교수로 일함. 어린이를 위한 책 『폭탄과 장군*La bomba e il generale*』과 『세 우주 비행사*I tre cosmonauti*』를 출간함.

1967년 35세 『시각 커뮤니케이션 기호학을 위한 노트*Appunti per una semiologia delle comunicazioni visive*』를 출간함. 잡지 『퀸디치*Quindici*』를 공동 창간함.

1968년 36세 『시각 커뮤니케이션 기호학을 위한 노트』를 개정하여 『구조의 부재*La struttura assente*』를 출간함. 이 책을 계기로 중세 미학에 대한 관심이 문화적 가치와 문학에 대한 보다 일반적인 관심으로 변화된 후에 자신의 연구 방향을 위한 기조를 설정함. 『예술의 정의*La definizione dell'arte*』를 출간함.

1969년 37세 뉴욕 대학교에서 초빙 교수 자격으로 강의함. 밀라노 폴리테크니코 대학교 건축학부의 기호학 부교수로 취임함.

1970년 38세 아르헨티나의 여러 대학에서 강의 시작함.

1971년 39세 철도 노동자 주세페 피넬리가 밀라노 경찰서에서 조사받던 중 〈투신자살〉한 사건을 둘러싸고 경찰 책임자인 루이지 칼라브레시에게 무혐의 판결이 내려짐. 이에 항의하는 757명의 지식인들의 공개서한에 에코도 참여함. 『내용의 형식들*Le forme del contenuto*』과 『기호: 개념과 역사*Il segno*』를 출간함. 이탈리아 공산당 내 좌파가 창간한 잡지(나중에 일간지로 전환) 『일 마니페스토*Il Manifesto*』에 데달루스(디덜러스)Dedalus라는 필명으로 기고함. 최초의 국제 기호학 학회지 『베르수스*VS*』의 편집자가 됨. 볼로냐 대학교 문학 및 철학 학부 기호학 부교수로 임명됨.

1972년 40세 미국 시카고 노스웨스턴 대학교에서 방문 교수로 강의함. 파리에서 창설된 국제기호학회 IASS/AIS 사무총장을 맡아 1979년까지 일함.

1973년 41세 『집안의 풍습*Il costume di casa*』(1977년에 출간한 『제국의 변방에서*Dalla periferia dell'impero*』의 일부로 수록됨) 출간함. 후에 『욕망의 7년*Sette anni di desiderio*』과 묶어 『가짜 전쟁*Semiologia quotidiana*』으로 재출간함. 『리에바나의 베아토*Beato di Liebana*』 한정판을 출간하여 250달러에 판매함.

1974년 42세 밀라노에서 제1회 국제기호학회를 조직함.

1975년 43세 볼로냐 대학교 기호학 정교수로 승진함(2007년까지 재직함). 미국 UC 샌디에이고 방문 교수를 지냄. 『일반 기호학 이론*Trattato di semiotica generale*』을 출간함. 『애석하지만 출판할 수 없습니다』 개정판 출간함.

1976년 44세 『대중문화의 이데올로기*Il superuomo di massa*』 출간함. 『일반 기호학 이론*A Theory of Semiotics*』을 미국 인디애나 대학교 출판부와 영국 맥밀란 출판사에서 동시 출간함. 미국 뉴욕 대학교 방문 교수를 지냄. 이탈리아 볼로냐 대학교 커뮤니케이션학 및 공연 연구소 소장으로 임명되어 1977년까지 역임함(1980~1983년 다시 소장직 역임). 63 그룹과 신아방가르드에 관한 연구 결과로 루티G. Luti, 로시P. Rossi 등과 함께 『아이디어와 편지*Le idee e le lettere*』를 출간함.

1977년 45세 『논문 잘 쓰는 방법*Come si fa una tesi di laurea*』과 『제국의 변방에서』 출간함. 미국 예일 대학교 방문 교수를 지냄. 『매스컴과 미학』 개정판 출간함.

1978년 46세 3월 16일 로마에서 전 총리이자 기독교 민주당 대표인 알도 모로가 극좌 게릴라인 붉은 여단에 납치되고 다섯 명의 경호원과 경찰이 그 자리에서 사살되는 사건이 발생하여 이탈리아 전체가 충격에 빠짐. 모로는 55일 뒤 시체로 발견됨. 에코는 『레스프레소』 칼럼(『가짜 전쟁』에 수록)을 통해 극좌 테러리즘을 신랄하게 비판함. 처음으로 추리 소설을 구상하기 시작함. 미국 컬럼비아 대학교 방문 교수를 지냄.

1979년 47세 『이야기 속의 독자*Lector in fabula*』 출간함. 『독자의 역할 *The Role of the Reader*』을 미국 인디애나 대학교 출판부와 영국 맥밀란 출판사에서 동시 출간함. 문학 월간지 『알파베타』를 공동 창간함. 국제 기호학회 부회장을 역임함.

1980년 48세 소설 『장미의 이름*Il nome della rosa*』을 출간함. 〈나는 1978년 3월 독창성이 풍부한 아이디어에 자극받아 글쓰기를 시작했다. 나는 한 수도사를 망치고 싶었다〉는 말로 창작 배경을 설명함. 이 소설의 첫 번째 제목안은 〈수도원 살인 사건〉이었으나 소설의 미스터리 측면에 과도하게 초점이 맞춰졌다고 판단, 데이비드 코퍼필드의 제목에서 영감을 받아 〈멜크의 아드소〉를 두 번째 제목안으로 잡았다가 결국 좀 더 시적인 〈장미의 이름〉이라는 제목을 선택함. 에코는 이 책이 열린 — 수수께끼 같고, 복잡하며 많은 해석의 층으로 열려 있는 — 텍스트로 읽히기를 원함. 이탈리아에서만 1년 동안 50만 부가 판매됨. 독일어판과 영어판은 각각 1백만 부, 2백만 부 이상이 판매되었으며, 세계 40개 언어로 번역되어 2천만 부 이상이 판매됨. 에코의 이름이 전 세계에 알려지는 결정적 계기가 됨. 미국 예일 대학교 방문 교수를 지냄.

1981년 49세 『장미의 이름』으로 스트레가상Premio Strega, 앙기아리상Premio Anghiari, 올해의 책상Premio Il Libro dell'anno 수상. 밀라노 공공 도서관의 요청으로 행한 강연 『도서관에 대해*De Bibliotheca*』를 출

간함. 몬테체리뇨네Monte Cerignone(이탈리아 중동부 해안에 가까운 작은 소읍으로, 에코의 별장이 있는 곳)의 명예시민이 됨.

1982년 50세 『장미의 이름』으로 프랑스 메디치상(외국 작품 부문) 수상.

1983년 51세 『알파베타』에 발표했던 「장미의 이름 작가 노트Postille al nome della rosa」를 『장미의 이름』 이탈리아어 포켓판에 첨부함. 『욕망의 7년: 1977~1983년의 연대기』를 포켓판으로 출간함. 볼로냐 대학교 커뮤니케이션학 연구소 소장 역임. 피렌체 로터리 클럽에서 주는 콜럼버스상Columbus Award을 수상함. 『장미의 이름』 영어판이 윌리엄 위버의 번역으로 출간되어 베스트셀러가 됨.

1984년 52세 『장미의 이름』이 미국 추리 작가 협회가 수여하는 에드거상 최종 후보에 오름. 『기호학과 언어 철학*Semiotica e filosofia del linguaggio*』 출간함. 상파울루에서 『텍스트의 개념*Conceito de texto*』 출간함. 미국 컬럼비아 대학교 방문 교수를 지냄.

1985년 53세 『예술과 광고*Sugli specchi e altri saggi*』를 출간함. 유네스코 캐나다 앤드 텔레클로브로부터 마셜 매클루언상Marshall McLuhan Award을 수상함. 벨기에 루뱅 가톨릭 대학교에서 명예박사 학위를 받음. 프랑스 정부로부터 예술 및 문학 훈장을 받음.

1986년 54세 볼로냐 대학교 기호학 박사 과정 주임 교수가 됨. 덴마크 오덴세 대학교에서 명예박사 학위를 받음.

1987년 55세 『장미의 이름』이 장자크 아노 감독, 숀 코너리 주연으로 영화화됨. 독일 콘스탄츠 대학교 출판부에서 『해석 논쟁*Streit der Interpretationen*』을 출간함. 『수용 기호학에 관한 노트*Notes sur la sémiotique de la réception*』를 출간함. 그동안 영어와 프랑스어로 썼던 다양한 글을 모아 중국에서 『구조주의와 기호학(結構主義和符號學)』 출간함. 미국 시카고 로욜라 대학교와 뉴욕 시립 대학교, 영국 런던 왕립 미술 학교에서 명예박사 학위를 받음.

1988년 56세 두 번째 소설 『푸코의 진자*Il pendolo di Foucault*』를 출간함. 즉각적인 성공을 거두어 세계에서 가장 중요한 소설가의 반열에 올라섬. 미국 브라운 대학교에서 명예박사 학위를 받음.

1989년 57세 그동안 썼던 에세이를 모아 독일 라이프치히에서 『이성의 미로에서: 예술과 기호에 관한 텍스트*Im Labyrinth der Vernunft: Texte über Kunst und Zeichen*』를 출간함. 『1609년 하나우 거리의 이상한 사건*Lo strano caso della Hanau 1609*』 출간함. 산마리노 대학교의 국제 기호학 및 인지학 연구 센터 소장을 맡음. 1995년까지 같은 대학교의 학술 집행 위원회도 맡음. 파리 3대학교(소르본 누벨)와 리에주 대학교에서 명예박사 학위를 받음. 방카렐라상Premio Bancarella을 수상함.

1990년 58세 『해석의 한계*I limiti dell'interpretazione*』 출간함. 그동안 쓴 글을 모아 독일에서 『새로운 중세를 향해 가는 길*Auf dem Wege zu einem Neuen Mittelalter*』을 출간함. 영국 캠브리지 대학교에서 열리는 태너 강연회Tanner Lectures on Human Values를 함. 불가리아 소피아 대학교, 영국 글래스고 대학교, 스페인 마드리드 콤플루텐스 대학교에서 명예박사 학위를 받음. 코스탄티노 마르모Costantino Marmo가 『장미의 이름』에 주석을 달아 책을 냄.

1991년 59세 벨기에 천문학자 에리크 발테르 엘스트가 새로 발견한 소행성에 에코의 이름을 붙임. 에코 13069호. 『별들과 작은 별들*Stelle e stellette*』과 『목소리: 행복한 해결*Vocali: Soluzioni felici*』 출간함. 옥스퍼드 률리 하우스 1(지금의 켈로그 대학교)의 명예 회원이 됨. 「전쟁에 대한 한 생각Pensare la guerra」을 『도서 리뷰*La Rivista dei Libri*』에 발표함.

1992년 60세 『세상의 바보들에게 웃으면서 화내는 방법*Il secondo diario minimo*』, 『작가와 텍스트 사이*Interpretation and Overinterpretation*』, 『메모리는 공장이다*La memoria vegetale*』를 출간함. 파리의 프랑스 칼리지 방문 교수, 미국 하버드 대학교 노튼 강사. 유네스코 국제 포럼과 파리 문화 학술 대학교의 회원이 됨. 미국 캔터베리의 켄트 대학교에서 명예박사 학위를 받음. 어린이를 위한 책 『뉴 행성의 난쟁이들*Gli gnomi di Gnu*』을 집필함.

1993년 61세 『유럽 문화에서 완벽한 언어의 탐색*La ricerca della lingua perfetta nella cultura europea*』을 출간함. 1998년까지 볼로냐 대학교 커뮤니케이션학 학과의 주임 교수를 지냄. 인디애나 대학교에서 명예박사 학위를 받음. 프랑스의 레지옹 도뇌르Légion d'Honneur 훈장(5등) 수훈함.

1994년 62세 『하버드에서 한 문학 강의*Six Walks in the Fictional Woods*』와 세 번째 소설 『전날의 섬*L'isola del giorno prima*』 출간함. 룸리R. Lumley가 『매스컴과 미학』의 일부 내용을 엮어 인디애나 대학교 출판부에서 영어판 『연기된 묵시파*Apocalypse Postponed*』 출간함. 국제기호학회의 명예 회장이 됨. 볼로냐 학술 아카데미 회원이 됨. 이스라엘의 텔아비브 대학교, 아르헨티나의 부에노스아이레스 대학교에서 명예박사 학위를 받음.

1995년 63세 그리스의 아테네 대학교, 캐나다 온타리오 지방 서드베리에 있는 로렌시안 대학교에서 명예박사 학위를 받음. 「영원한 파시즘Il fascimo eterno」을 컬럼비아 대학교의 한 심포지엄에서 발표함.

1996년 64세 추기경 카를로 마리아 마르티니Carlo Maria Martini와 함께 『세상 사람들에게 보내는 편지*In cosa crede chi non crede?*』 출간함. 파리 고등사범학교 외래 교수를 역임함. 뉴욕 컬럼비아 대학교 이탈리아 아카데미 고급 과정 특별 회원을 지내고, 폴란드의 바르샤바 미술 아카데미, 루마니아 콘스탄차의 오비두스 대학교, 미국 캘리포니아 산타클라라 대학교, 에스토니아의 타르투 대학교에서 명예박사 학위를 받음. 이탈리아에서 수여하는 〈명예를 드높인 대십자가 기사*Cavaliere di Gran Croce al Merito della Repubblica Italiana*〉를 받음.

1997년 65세 『신문이 살아남는 방법*Cinque scritti morali*』, 『칸트와 오리너구리*Kant e l'ornitorinco*』를 출간함. 4월 예루살렘에서 개최된 〈세

개의 일신교에서의 천국 개념〉 세미나에 참석함. 프랑스 그르노블 대학교와 스페인의 카스티야라만차 대학교에서 명예박사 학위를 받음.

1998년 66세 리베라토 산토로Liberato Santoro와 함께 『조이스에 대하여*Talking of Joyce*』 출간함. 뉴욕 컬럼비아 대학교 출판부와 런던에서 『언어와 광기*Serendipities: Language and Lunacy*』 출간함. 『거짓말의 전략*Tra menzogna e ironia*』 출간함. 캐나다 토론토 대학교에서 〈고조*Goggio* 강연〉을 함. 모스크바의 로모노소프 대학교와 베를린 자유 대학교에서 명예박사 학위를 받음. 미국 예술 문예 아카데미 명예회원이 됨.

1999년 67세 볼로냐 대학교 인문학 고등 종합 학교의 학장으로 취임해 지금까지 맡고 있음. 독일 정부로부터 〈학문 및 예술에 대한 공적을 기리는 훈장〉을 수훈함. 다보스 세계 경제 포럼에서 크리스털상을 받음.

2000년 68세 에코는 평소에 미네르바라는 브랜드의 성냥갑에 해둔 메모를 정리해서 잡지 칼럼에 연재하곤 했는데, 이 칼럼을 모아 〈미네르바의 성냥갑*La Bustina di Minerva*〉이라는 제목으로 출간함(한국어판은 『책으로 천년을 사는 방법』과 『민주주의가 어떻게 민주주의를 해치는가』로 분권). 실제 에코는 하루에 여러 갑의 담배를 피우고 밤늦게까지 일하며 손님들을 재미있게 해주고 무엇이든지 탐구하며 녹음기 틀기를 즐겨 하는 성격의 소유자. 네 번째 소설 『바우돌리노*Baudolino*』 출간함. 토론토 대학교 출판부에서 『번역의 경험*Experiences in Translation*』을 출간함. 몬트리올의 퀘벡 대학교에서 명예박사 학위를 받음. 스페인의 아스투리아스 왕자상Premio Principe de Asturias 수상함. 다그마르와 바츨라프 하벨 비전 97 재단상Dagmar and Vaclav Havel Vision 97 Foundation Award 수상함.

2001년 69세 『서적 수집에 대한 회상*Riflessioni sulla bibliofilia*』 출간함. 개방 대학교에서 명예박사 학위 받음.

2002년 70세 『나는 독자를 위해 글을 쓴다*Sulla letteratura*』 출간함. 옥스퍼드 대학교 와이든펠드 강의 교수직과 이탈리아 인문학 연구소 학술

자문위원장을 맡음. 옥스퍼드의 세인트 앤 칼리지 명예회원이 됨. 미국 뉴저지의 러트거스 대학교, 이스라엘의 예루살렘 대학교, 시에나 대학교에서 명예박사 학위를 받음. 유럽 문학을 대상으로 하는 오스트리아상 수상. 프랑스의 지중해상 외국인 부문 수상.

2003년 71세 『번역한다는 것*Dire quasi la stessa cosa*』과 『마우스 혹은 쥐? 협상으로서의 번역*Mouse or Rat? Translation as Negotiation*』을 출간함. 알렉산드리아 도서관 자문위원회 위원을 맡음. 프랑스 레지옹 도뇌르 훈장(4등) 수훈함.

2004년 72세 비매품 『남반구 땅의 언어*Il linguaggio della terra australe*』 출간함. 다섯 번째 소설 『로아나 여왕의 신비한 불꽃*La misteriosa fiamma della regina Loana*』, 『미의 역사*Storia della bellezza*』 출간함. 프랑스 브장송의 프랑셰 콩테 대학교에서 명예박사 학위를 받음.

2005년 73세 이탈리아 남부 레조 칼라브라아의 메디테라네아 대학교에서 명예박사 학위를 받음. UCLA 메달을 받음. 미국 『포린 폴리시』, 영국 『프로스펙트』의 공동 조사에서 〈세계에서 가장 영향력 있는 지식인〉 2위로 선정됨. 1위는 노엄 촘스키, 3위는 리처드 도킨스.

2006년 74세 『가재걸음*A passo di gambero*』을 출간함. 조지 W. 부시와 실비오 베를루스코니를 비판. 이탈리아 인문학 연구소의 소장직을 맡음.

2007년 75세 『추의 역사*Storia della bruttezza*』 출간함. 슬로베니아 류블랴나 대학교에서 명예박사 학위를 받음.

2008년 76세 스웨덴의 웁살라 대학교에서 명예박사 학위를 받음. 소국 레돈다의 하비에르 국왕에 의해 〈전날의 섬〉 공작으로 봉해짐.

2009년 77세 프랑스 문학 비평가 장클로드 카리에르와 책의 미래에 관해서 나눈 대화를 엮은 책, 『책의 우주*Non sperate di liberarvi dei libri*』를 출간함. 세르비아의 베오그라드 대학교에서 명예박사 학위를 받음.

2010년 78세 『프라하의 묘지*Il cimitero di Praga*』 출간함. 스페인의 세비야 대학교, 프랑스의 파리 2대학교에서 명예박사 학위를 받음.

2011년 79세 『적을 만들다*Costruire il nemico e altri scritti occasionali*』 출간함. 체사레 파베세상Cesare Pavese Award 수상.

2012년 80세 네이메헌 조약 메달Treaties of Nijmegen Medal 수상. 이스라엘의 텔아비브 미술관으로부터 올해의 인물로 선정됨.

2013년 81세 『전설의 땅 이야기*Storia delle terre e dei luoghi leggendari*』 출간함. 스페인의 부르고스 대학교에서 명예박사 학위를 받음.

2014년 82세 브라질 남부의 히우그란지두술 대학교에서 명예박사 학위를 받음. 구텐베르크상Gutenberg Preis 수상.

2015년 83세 여섯 번째이자 마지막 소설 『제0호*Numero zero*』 출간. 토리노 대학교에서 행한 연설에서, 인터넷상에 갈수록 증가하는 거짓과 음모 이론을 비판하며 웹은 바보와 노벨상 수상자의 구분이 없는 곳이라고 함. 11월 21일 마지막 트윗을 남김. 〈멀티미디어 기기들은 역사적 기억을 보존하는 것과 더불어 기억력을 증대하는 수단으로 활용될 수 있다.〉 〈내게 허락된 삶이 다하기 전까지 신문은 사라지지 않을 것이다.〉

2016년 84세 2월 19일 2년간의 투병 끝에 췌장암으로 밀라노 자택에서 별세. 유언으로, 향후 10년 동안 그를 주제로 한 어떤 학술 대회나 세미나도 추진하거나 허락하지 말 것을 당부. 대통령, 총리, 문화부 장관이 애도 성명 발표. 〈이탈리아 문화를 세계에 퍼트린 거인이 떠났다.〉 2월 23일 밀라노 스포르체스코성(현재는 박물관)에서 마랭 마레와 코렐리의 곡이 연주되는 가운데 장례식 거행. 수천 명의 군중이 모여 그의 죽음을 애도함. 2월 27일 에세이집 『미친 세상을 이해하는 척하는 방법*Pape Satàn Aleppe*』 출간됨.

열린책들 세계문학 **269** 푸코의 진자 하

옮긴이 이윤기(1947~2010) 경북 군위에서 태어나 성결교신학대 기독교학과를 수료했다. 1977년 단편소설 「하얀 헬리콥터」가 중앙일보 신춘문예에 당선되었으며, 1991년부터 1996년까지 미국 미시간 주립대학교 종교학 초빙 연구원으로 재직했다. 1998년 중편소설 「숨은 그림 찾기」로 동인문학상을, 2000년 소설집 『두물머리』로 대산문학상을 수상했다. 소설집으로 『하얀 헬리콥터』, 『외길보기 두길보기』, 『나비 넥타이』가 있으며 장편소설로 『하늘의 문』, 『사랑의 종자』, 『나무가 기도하는 집』이 있다. 그 밖에 『어른의 학교』, 『무지개와 프리즘』, 『이윤기의 그리스 로마 신화』, 『꽃아 꽃아 문 열어라』 등의 저서가 있으며, 보리슬라프 페키치의 『기적의 시대』, 움베르토 에코의 『장미의 이름』, 『전날의 섬』을 비롯해 카를 구스타프 융의 『인간과 상징』, 니코스 카잔차키스의 『그리스인 조르바』, 『미할리스 대장』 등 다수의 책을 번역했다.

지은이 움베르트 에코 **옮긴이** 이윤기 **발행인** 홍예빈 · 홍유진
발행처 주식회사 열린책들 **주소** 경기도 파주시 문발로 253 파주출판도시
전화 031-955-4000 **팩스** 031-955-4004 **홈페이지** www.openbooks.co.kr

ISBN 978-89-329-1269-1 04880 **ISBN** 978-89-329-1499-2 (세트)
발행일 1990년 7월 20일 초판 1쇄 1994년 12월 15일 초판 29쇄 1995년 7월 15일 2판 1쇄 1999년 11월 25일 2판 9쇄 2000년 9월 25일 3판 1쇄 2006년 8월 20일 3판 18쇄 2007년 1월 25일 4판 1쇄 2019년 11월 25일 4판 16쇄 2018년 12월 15일 특별판 1쇄 2021년 2월 20일 세계문학판 1쇄

열린책들 세계문학
Open Books World Literature

001 **죄와 벌** 표도르 도스또예프스끼 장편소설 | 홍대화 옮김 | 전2권 | 각 408, 512면

003 **최초의 인간** 알베르 카뮈 장편소설 | 김화영 옮김 | 392면

004 **소설** 제임스 미치너 장편소설 | 윤희기 옮김 | 전2권 | 각 280, 368면

006 **개를 데리고 다니는 부인** 안똔 체호프 소설선집 | 오종우 옮김 | 368면

007 **우주 만화** 이탈로 칼비노 단편집 | 김운찬 옮김 | 416면

008 **댈러웨이 부인** 버지니아 울프 장편소설 | 최애리 옮김 | 296면

009 **어머니** 막심 고리끼 장편소설 | 최윤락 옮김 | 544면

010 **변신** 프란츠 카프카 중단편집 | 홍성광 옮김 | 464면

011 **전도서에 바치는 장미** 로저 젤라즈니 중단편집 | 김상훈 옮김 | 432면

012 **대위의 딸** 알렉산드르 뿌쉬낀 장편소설 | 석영중 옮김 | 240면

013 **바다의 침묵** 베르코르 소설선집 | 이상해 옮김 | 256면

014 **원수들, 사랑 이야기** 아이작 싱어 장편소설 | 김진준 옮김 | 320면

015 **백치** 표도르 도스또예프스끼 장편소설 | 김근식 옮김 | 전2권 | 각 504, 528면

017 **1984년** 조지 오웰 장편소설 | 박경서 옮김 | 392면

019 **이상한 나라의 앨리스** 루이스 캐럴 환상동화 | 머빈 피크 그림 | 최용준 옮김 | 336면

020 **베네치아에서의 죽음** 토마스 만 중단편집 | 홍성광 옮김 | 432면

021 **그리스인 조르바** 니코스 카잔차키스 장편소설 | 이윤기 옮김 | 488면

022 **벚꽃 동산** 안똔 체호프 희곡선집 | 오종우 옮김 | 336면

023 **연애 소설 읽는 노인** 루이스 세풀베다 장편소설 | 정창 옮김 | 192면

024 **젊은 사자들** 어윈 쇼 장편소설 | 정영문 옮김 | 전2권 | 각 416, 408면

026 **젊은 베르테르의 슬픔** 요한 볼프강 폰 괴테 장편소설 | 김인순 옮김 | 240면

027 **시라노** 에드몽 로스탕 희곡 | 이상해 옮김 | 256면

028 **전망 좋은 방** E. M. 포스터 장편소설 | 고정아 옮김 | 352면

029 **까라마조프 씨네 형제들** 표도르 도스또예프스끼 장편소설 | 이대우 옮김 | 전3권 | 각 496, 496, 460면

032 **프랑스 중위의 여자** 존 파울즈 장편소설 | 김석희 옮김 | 전2권 | 각 344면

034 **소립자** 미셸 우엘벡 장편소설 | 이세욱 옮김 | 448면

035 **영혼의 자서전** 니코스 카잔차키스 자서전 | 안정효 옮김 | 전2권 | 각 352, 408면

037 **우리들** 예브게니 자먀찐 장편소설 | 석영중 옮김 | 320면

038 **뉴욕 3부작** 폴 오스터 장편소설 | 황보석 옮김 | 480면

039 **닥터 지바고** 보리스 빠스쩨르나끄 장편소설 | 박형규 옮김 | 전2권 | 각 400, 512면

041 **고리오 영감** 오노레 드 발자크 장편소설 | 임희근 옮김 | 456면

042 **뿌리** 알렉스 헤일리 장편소설 | 안정효 옮김 | 전2권 | 각 400, 448면

044 **백년보다 긴 하루** 친기즈 아이뜨마또프 장편소설 | 황보석 옮김 | 560면

045 **최후의 세계** 크리스토프 란스마이어 장편소설 | 장희권 옮김 | 264면

046 **추운 나라에서 돌아온 스파이** 존 르카레 장편소설 | 김석희 옮김 | 368면

047 **산도칸 — 몸프라쳄의 호랑이** 에밀리오 살가리 장편소설 | 유향란 옮김 | 428면

048 **기적의 시대** 보리슬라프 페키치 장편소설 | 이윤기 옮김 | 560면

049 **그리고 죽음** 짐 크레이스 장편소설 | 김석희 옮김 | 224면

050 **세설** 다니자키 준이치로 장편소설 | 송태욱 옮김 | 전2권 | 각 480면

052 **세상이 끝날 때까지 아직 10억 년** 스뜨루가츠끼 형제 장편소설 | 석영중 옮김 | 224면

053 **동물 농장** 조지 오웰 장편소설 | 박경서 옮김 | 208면

054 **캉디드 혹은 낙관주의** 볼테르 장편소설 | 이봉지 옮김 | 232면

055 **도적 떼** 프리드리히 폰 실러 희곡 | 김인순 옮김 | 264면

056 **플로베르의 앵무새** 줄리언 반스 장편소설 | 신재실 옮김 | 320면

057 **악령** 표도르 도스또예프스끼 장편소설 | 박혜경 옮김 | 전3권 | 각 328, 408, 528면

060 **의심스러운 싸움** 존 스타인벡 장편소설 | 윤희기 옮김 | 340면

061 **몽유병자들** 헤르만 브로흐 장편소설 | 김경연 옮김 | 전2권 | 각 568, 544면

063 **몰타의 매** 대실 해밋 장편소설 | 고정아 옮김 | 304면

064 **마야꼬프스끼 선집** 블라지미르 마야꼬프스끼 선집 | 석영중 옮김 | 384면

065 **드라큘라** 브램 스토커 장편소설 | 이세욱 옮김 | 전2권 | 각 340, 344면

067 **서부 전선 이상 없다** 에리히 마리아 레마르크 장편소설 | 홍성광 옮김 | 336면

068 **적과 흑** 스탕달 장편소설 | 임미경 옮김 | 전2권 | 각 432, 368면

070 **지상에서 영원으로** 제임스 존스 장편소설 | 이종인 옮김 | 전3권 | 각 396, 380, 496면

073 **파우스트** 요한 볼프강 폰 괴테 희곡 | 김인순 옮김 | 568면

074 **쾌걸 조로** 존스턴 매컬리 장편소설 | 김훈 옮김 | 316면

075 **거장과 마르가리따** 미하일 불가꼬프 장편소설 | 홍대화 옮김 | 전2권 | 각 364, 328면

077 **순수의 시대** 이디스 워튼 장편소설 | 고정아 옮김 | 448면

078 **검의 대가** 아르투로 페레스 레베르테 장편소설 | 김수진 옮김 | 384면

079 **예브게니 오네긴** 알렉산드르 뿌쉬낀 운문소설 | 석영중 옮김 | 328면
080 **장미의 이름** 움베르토 에코 장편소설 | 이윤기 옮김 | 전2권 | 각 440, 448면
082 **향수** 파트리크 쥐스킨트 장편소설 | 강명순 옮김 | 384면
083 **여자를 안다는 것** 아모스 오즈 장편소설 | 최창모 옮김 | 280면
084 **나는 고양이로소이다** 나쓰메 소세키 장편소설 | 김난주 옮김 | 544면
085 **웃는 남자** 빅토르 위고 장편소설 | 이형식 옮김 | 전2권 | 각 472, 496면
087 **아웃 오브 아프리카** 카렌 블릭센 장편소설 | 민승남 옮김 | 480면
088 **무엇을 할 것인가** 니꼴라이 체르니셰프스끼 장편소설 | 서정록 옮김 | 전2권 | 각 360, 404면
090 **도나 플로르와 그녀의 두 남편** 조르지 아마두 장편소설 | 오숙은 옮김 | 전2권 | 각 408, 308면
092 **미사고의 숲** 로버트 홀드스톡 장편소설 | 김상훈 옮김 | 424면
093 **신곡** 단테 알리기에리 장편서사시 | 김운찬 옮김 | 전3권 | 각 292, 296, 328면
096 **교수** 샬럿 브론테 장편소설 | 배미영 옮김 | 368면
097 **노름꾼** 표도르 도스또예프스끼 장편소설 | 이재필 옮김 | 320면
098 **하워즈 엔드** E. M. 포스터 장편소설 | 고정아 옮김 | 512면
099 **최후의 유혹** 니코스 카잔차키스 장편소설 | 안정효 옮김 | 전2권 | 각 408면
101 **키리냐가** 마이크 레스닉 장편소설 | 최용준 옮김 | 464면
102 **바스커빌가의 개** 아서 코넌 도일 장편소설 | 조영학 옮김 | 264면
103 **버마 시절** 조지 오웰 장편소설 | 박경서 옮김 | 408면
104 **10 1/2장으로 쓴 세계 역사** 줄리언 반스 장편소설 | 신재실 옮김 | 464면
105 **죽음의 집의 기록** 표도르 도스또예프스끼 장편소설 | 이덕형 옮김 | 528면
106 **소유** 앤토니어 수전 바이어트 장편소설 | 윤희기 옮김 | 전2권 | 각 440, 488면
108 **미성년** 표도르 도스또예프스끼 장편소설 | 이상룡 옮김 | 전2권 | 각 512, 544면
110 **성 앙투안느의 유혹** 귀스타브 플로베르 희곡소설 | 김용은 옮김 | 584면
111 **밤으로의 긴 여로** 유진 오닐 희곡 | 강유나 옮김 | 240면
112 **마법사** 존 파울즈 장편소설 | 정영문 옮김 | 전2권 | 각 512, 552면
114 **스쩨빤치꼬보 마을 사람들** 표도르 도스또예프스끼 장편소설 | 변현태 옮김 | 416면
115 **플랑드르 거장의 그림** 아르투로 페레스 레베르테 장편소설 | 정창 옮김 | 512면
116 **분신** 표도르 도스또예프스끼 장편소설 | 석영중 옮김 | 288면
117 **가난한 사람들** 표도르 도스또예프스끼 장편소설 | 석영중 옮김 | 256면
118 **인형의 집** 헨리크 입센 희곡 | 김창화 옮김 | 272면
119 **영원한 남편** 표도르 도스또예프스끼 장편소설 | 정명자 외 옮김 | 448면

120 **알코올** 기욤 아폴리네르 시집 | 황현산 옮김 | 352면

121 **지하로부터의 수기** 표도르 도스또예프스끼 장편소설 | 계동준 옮김 | 256면

122 **어느 작가의 오후** 페터 한트케 중편소설 | 홍성광 옮김 | 160면

123 **아저씨의 꿈** 표도르 도스또예프스끼 장편소설 | 박종소 옮김 | 312면

124 **네또츠까 네즈바노바** 표도르 도스또예프스끼 장편소설 | 박재만 옮김 | 316면

125 **곤두박질** 마이클 프레인 장편소설 | 최용준 옮김 | 528면

126 **백야 외** 표도르 도스또예프스끼 소설선집 | 석영중 외 옮김 | 408면

127 **살라미나의 병사들** 하비에르 세르카스 장편소설 | 김창민 옮김 | 304면

128 **뻬쩨르부르그 연대기 외** 표도르 도스또예프스끼 소설선집 | 이항재 옮김 | 296면

129 **상처받은 사람들** 표도르 도스또예프스끼 장편소설 | 윤우섭 옮김 | 전2권 | 각 296, 392면

131 **악어 외** 표도르 도스또예프스끼 소설선집 | 박혜경 외 옮김 | 312면

132 **허클베리 핀의 모험** 마크 트웨인 장편소설 | 윤교찬 옮김 | 416면

133 **부활** 레프 똘스또이 장편소설 | 이대우 옮김 | 전2권 | 각 308, 416면

135 **보물섬** 로버트 루이스 스티븐슨 장편소설 | 머빈 피크 그림 | 최용준 옮김 | 360면

136 **천일야화** 앙투안 갈랑 엮음 | 임호경 옮김 | 전6권 | 각 336, 328, 372, 392, 344, 320면

142 **아버지와 아들** 이반 뚜르게네프 장편소설 | 이상원 옮김 | 328면

143 **오만과 편견** 제인 오스틴 장편소설 | 원유경 옮김 | 480면

144 **천로 역정** 존 버니언 우화소설 | 이동일 옮김 | 432면

145 **대주교에게 죽음이 오다** 윌라 캐더 장편소설 | 윤명옥 옮김 | 352면

146 **권력과 영광** 그레이엄 그린 장편소설 | 김연수 옮김 | 384면

147 **80일간의 세계 일주** 쥘 베른 장편소설 | 고정아 옮김 | 352면

148 **바람과 함께 사라지다** 마거릿 미첼 장편소설 | 안정효 옮김 | 전3권 | 각 616, 640, 640면

151 **기탄잘리** 라빈드라나트 타고르 시집 | 장경렬 옮김 | 224면

152 **도리언 그레이의 초상** 오스카 와일드 장편소설 | 윤희기 옮김 | 384면

153 **레우코와의 대화** 체사레 파베세 희곡소설 | 김운찬 옮김 | 280면

154 **햄릿** 윌리엄 셰익스피어 희곡 | 박우수 옮김 | 256면

155 **맥베스** 윌리엄 셰익스피어 희곡 | 권오숙 옮김 | 176면

156 **아들과 연인** 데이비드 허버트 로런스 장편소설 | 최희섭 옮김 | 전2권 | 각 464, 432면

158 **그리고 아무 말도 하지 않았다** 하인리히 뵐 장편소설 | 홍성광 옮김 | 272면

159 **미덕의 불운** 싸드 장편소설 | 이형식 옮김 | 248면

160 **프랑켄슈타인** 메리 W. 셸리 장편소설 | 오숙은 옮김 | 320면

161 **위대한 개츠비** 프랜시스 스콧 피츠제럴드 장편소설 | 한애경 옮김 | 280면

162 **아Q정전** 루쉰 중단편집 | 김태성 옮김 | 320면

163 **로빈슨 크루소** 대니얼 디포 장편소설 | 류경희 옮김 | 456면

164 **타임머신** 허버트 조지 웰스 소설선집 | 김석희 옮김 | 304면

165 **제인 에어** 샬럿 브론테 장편소설 | 이미선 옮김 | 전2권 | 각 392, 384면

167 **풀잎** 월트 휘트먼 시집 | 허현숙 옮김 | 280면

168 **표류자들의 집** 기예르모 로살레스 장편소설 | 최유정 옮김 | 216면

169 **배빗** 싱클레어 루이스 장편소설 | 이종인 옮김 | 520면

170 **이토록 긴 편지** 마리아마 바 장편소설 | 백선희 옮김 | 192면

171 **느릅나무 아래 욕망** 유진 오닐 희곡 | 손동호 옮김 | 168면

172 **이방인** 알베르 카뮈 장편소설 | 김예령 옮김 | 208면

173 **미라마르** 나기브 마푸즈 장편소설 | 허진 옮김 | 288면

174 **지킬 박사와 하이드 씨** 로버트 루이스 스티븐슨 소설선집 | 조영학 옮김 | 320면

175 **루진** 이반 뚜르게네프 장편소설 | 이항재 옮김 | 264면

176 **피그말리온** 조지 버나드 쇼 희곡 | 김소임 옮김 | 256면

177 **목로주점** 에밀 졸라 장편소설 | 유기환 옮김 | 전2권 | 각 336면

179 **엠마** 제인 오스틴 장편소설 | 이미애 옮김 | 전2권 | 각 336, 360면

181 **비숍 살인 사건** S. S. 밴 다인 장편소설 | 최인자 옮김 | 464면

182 **우신예찬** 에라스무스 풍자문 | 김남우 옮김 | 296면

183 **하자르 사전** 밀로라드 파비치 장편소설 | 신현철 옮김 | 488면

184 **테스** 토머스 하디 장편소설 | 김문숙 옮김 | 전2권 | 각 392, 336면

186 **투명 인간** 허버트 조지 웰스 장편소설 | 김석희 옮김 | 288면

187 **93년** 빅토르 위고 장편소설 | 이형식 옮김 | 전2권 | 각 288, 360면

189 **젊은 예술가의 초상** 제임스 조이스 장편소설 | 성은애 옮김 | 384면

190 **소네트집** 윌리엄 셰익스피어 연작시집 | 박우수 옮김 | 200면

191 **메뚜기의 날** 너새니얼 웨스트 장편소설 | 김진준 옮김 | 280면

192 **나사의 회전** 헨리 제임스 중편소설 | 이승은 옮김 | 256면

193 **오셀로** 윌리엄 셰익스피어 희곡 | 권오숙 옮김 | 216면

194 **소송** 프란츠 카프카 장편소설 | 김재혁 옮김 | 376면

195 **나의 안토니아** 윌라 캐더 장편소설 | 전경자 옮김 | 368면

196 **자성록** 마르쿠스 아우렐리우스 명상록 | 박민수 옮김 | 240면

197 **오레스테이아** 아이스킬로스 비극 | 두행숙 옮김 | 336면
198 **노인과 바다** 어니스트 헤밍웨이 소설선집 | 이종인 옮김 | 320면
199 **무기여 잘 있거라** 어니스트 헤밍웨이 장편소설 | 이종인 옮김 | 464면
200 **서푼짜리 오페라** 베르톨트 브레히트 희곡선집 | 이은희 옮김 | 320면
201 **리어 왕** 윌리엄 셰익스피어 희곡 | 박우수 옮김 | 224면
202 **주홍 글자** 너대니얼 호손 장편소설 | 곽영미 옮김 | 360면
203 **모히칸족의 최후** 제임스 페니모어 쿠퍼 장편소설 | 이나경 옮김 | 512면
204 **곤충 극장** 카렐 차페크 희곡선집 | 김선형 옮김 | 360면
205 **누구를 위하여 종은 울리나** 어니스트 헤밍웨이 장편소설 | 이종인 옮김 | 전2권 | 각 416, 400면
207 **타르튀프** 몰리에르 희곡선집 | 신은영 옮김 | 416면
208 **유토피아** 토머스 모어 소설 | 전경자 옮김 | 288면
209 **인간과 초인** 조지 버나드 쇼 희곡 | 이후지 옮김 | 320면
210 **페드르와 이폴리트** 장 라신 희곡 | 신정아 옮김 | 200면
211 **말테의 수기** 라이너 마리아 릴케 장편소설 | 안문영 옮김 | 320면
212 **등대로** 버지니아 울프 장편소설 | 최애리 옮김 | 328면
213 **개의 심장** 미하일 불가꼬프 중편소설집 | 정연호 옮김 | 352면
214 **모비 딕** 허먼 멜빌 장편소설 | 강수정 옮김 | 전2권 | 각 464, 488면
216 **더블린 사람들** 제임스 조이스 단편소설집 | 이강훈 옮김 | 336면
217 **마의 산** 토마스 만 장편소설 | 윤순식 옮김 | 전3권 | 각 496, 488, 512면
220 **비극의 탄생** 프리드리히 니체 | 김남우 옮김 | 320면
221 **위대한 유산** 찰스 디킨스 장편소설 | 류경희 옮김 | 전2권 | 각 432, 448면
223 **사람은 무엇으로 사는가** 레프 똘스또이 소설선집 | 윤새라 옮김 | 464면
224 **자살 클럽** 로버트 루이스 스티븐슨 소설선집 | 임종기 옮김 | 272면
225 **채털리 부인의 연인** 데이비드 허버트 로런스 장편소설 | 이미선 옮김 | 전2권 | 각 336, 328면
227 **데미안** 헤르만 헤세 장편소설 | 김인순 옮김 | 264면
228 **두이노의 비가** 라이너 마리아 릴케 시 선집 | 손재준 옮김 | 504면
229 **페스트** 알베르 카뮈 장편소설 | 최윤주 옮김 | 432면
230 **여인의 초상** 헨리 제임스 장편소설 | 정상준 옮김 | 전2권 | 각 520, 544면
232 **성** 프란츠 카프카 장편소설 | 이재황 옮김 | 560면
233 **차라투스트라는 이렇게 말했다** 프리드리히 니체 산문시 | 김인순 옮김 | 464면
234 **노래의 책** 하인리히 하이네 시집 | 이재영 옮김 | 384면

235 **변신 이야기** 오비디우스 서사시 | 이종인 옮김 | 632면

236 **안나 까레니나** 레프 똘스또이 장편소설 | 이명현 옮김 | 전2권 | 각 800, 736면

238 **이반 일리치의 죽음 · 광인의 수기** 레프 똘스또이 중단편집 | 석영중 · 정지원 옮김 | 232면

239 **수레바퀴 아래서** 헤르만 헤세 장편소설 | 강명순 옮김 | 272면

240 **피터 팬** J. M. 배리 장편소설 | 최용준 옮김 | 272면

241 **정글 북** 러디어드 키플링 중단편집 | 오숙은 옮김 | 272면

242 **한여름 밤의 꿈** 윌리엄 셰익스피어 희곡 | 박우수 옮김 | 160면

243 **좁은 문** 앙드레 지드 장편소설 | 김화영 옮김 | 264면

244 **모리스** E. M. 포스터 장편소설 | 고정아 옮김 | 408면

245 **브라운 신부의 순진** 길버트 키스 체스터턴 단편집 | 이상원 옮김 | 336면

246 **각성** 케이트 쇼팽 장편소설 | 한애경 옮김 | 272면

247 **뷔히너 전집** 게오르크 뷔히너 지음 | 박종대 옮김 | 400면

248 **디미트리오스의 가면** 에릭 앰블러 장편소설 | 최용준 옮김 | 424면

249 **베르가모의 페스트 외** 옌스 페테르 야콥센 중단편 전집 | 박종대 옮김 | 208면

250 **폭풍우** 윌리엄 셰익스피어 희곡 | 박우수 옮김 | 176면

251 **어셴든, 영국 정보부 요원** 서머싯 몸 연작 소설집 | 이민아 옮김 | 416면

252 **기나긴 이별** 레이먼드 챈들러 장편소설 | 김진준 옮김 | 600면

253 **인도로 가는 길** E. M. 포스터 장편소설 | 민승남 옮김 | 552면

254 **올랜도** 버지니아 울프 장편소설 | 이미애 옮김 | 376면

255 **시지프 신화** 알베르 카뮈 지음 | 박언주 옮김 | 264면

256 **조지 오웰 산문선** 조지 오웰 지음 | 허진 옮김 | 424면

257 **로미오와 줄리엣** 윌리엄 셰익스피어 희곡 | 도해자 옮김 | 200면

258 **수용소군도** 알렉산드르 솔제니찐 기록문학 | 김학수 옮김 | 전6권 | 각 460면 내외

264 **스웨덴 기사** 레오 페루츠 장편소설 | 강명순 옮김 | 336면

265 **유리 열쇠** 대실 해밋 장편소설 | 홍성영 옮김 | 328면

266 **로드 짐** 조지프 콘래드 장편소설 | 최용준 옮김 | 608면

267 **푸코의 진자** 움베르토 에코 장편소설 | 이윤기 옮김 | 각 392, 384, 416면

각 권 8,800~15,800원